UN QUIDE PRATIQUE POUR

L'ÉVANGÉLISATION

COMMENT GAGNER ET GARDER LES NOUVEAUX MEMBRES
2ème EDITION

Balvin B. Braham

Un guide pratique pour l'évangélisation
Comment gagner et garder les nouveaux membres par Balvin B. Braham
Ce livre est écrit pour apporter information et motivation aux lecteurs. Son but n'est pas de fournir des conseils de type psychologique, légaux ou professionnels d'aucune sorte. Son contenu est seule opinion et expression de l'auteur, et pas nécessairement cette de l'éditeur.

ISBN : 978-1-956461-09-1

Imprimé aux USA
22901 SW 107 rue
Miami Florida 33170

Table des matières

Avant-propos

LA CROISSANCE démographique poursuit sa course explosive, et de nombreuses personnes vivent sans tenir compte de la Parole de Dieu et sans connaître la foi de Jésus. La croissance de l'Église ne suit pas l'explosion démographique et le fossé continue à s'élargir.

L'Évangile ne doit pas seulement être prêché comme un témoignage (Matthieu 24.14). Il doit également être proclamé pour convaincre de nouveaux croyants (Matthieu 28.18-20). L'Église doit trouver des stratégies créatives et innovantes pour capter et retenir l'attention des gens et les amener à s'engager à suivre Jésus.

S'il est vrai que dans notre société, la plupart des gens démontrent très peu d'intérêt pour l'Église et l'Évangile de Jésus, il est aussi évident que de nombreux membres d'église sont indifférents au commandement de notre Seigneur qui nous demande d'aller et de faire des disciples (voir Matthieu 28.19). Il est également vrai que dans certains cas, les relations interpersonnelles entre membres d'église et la qualité des services de culte n'inspirent pas les gens à se sentir très fiers de leur vie d'église. Ces réalités ne favorisent pas la croissance de l'Église.

L'objectif des différents départements et ministères pour gagner de nouveaux croyants au Christ et les consolider dans la foi n'est pas clairement compris ni appliqué dans beaucoup d'églises. C'est peut-être dû au fait que certains dirigeants ne possèdent pas les ressources nécessaires ou ne sont pas certains de la façon de procéder. On a souvent proposé d'utiliser les ministères basés sur les besoins comme porte d'entrée pour présenter l'Évangile et influencer les autres pour accepter le Christ. Cependant, on peut accomplir beaucoup plus en pratiquant cette dimension de l'évangélisation.

Si l'on veut contextualiser l'Évangile pour potentialiser l'évangélisation, il est nécessaire d'étudier intentionnellement les besoins de la communauté locale – et de la société au sens plus large – que l'on désire évangéliser. Pour cette raison, il est essentiel de mener des études et évaluations appropriées comme instruments nécessaires pour une meilleure évangélisation.

Si une proportion supérieure de membres d'église s'engageait dans l'évangélisation, ce serait une grande réponse à la prière de Jésus quand il envoie ses disciples deux par deux dans le champ missionnaire. « Il leur disait : La moisson est grande, mais il y a peu d'ouvriers. Priez donc le Seigneur de la moisson d'envoyer des ouvriers dans sa moisson. » (Luc 10.2)

Le ministère des petits groupes est un moyen essentiel pour répondre à ce problème en motivant plus d'ouvriers à s'engager dans le champ pour fortifier les nouveaux croyants. Grâce à ce ministère, davantage de membres pourront identifier, développer et utiliser leurs dons spirituels pour amener des âmes au Seigneur. Même si cette méthode se révèle très efficace dans certains territoires, il est toujours nécessaire de l'améliorer et de la compléter dans d'autres domaines pour réussir à combler le fossé entre le nombre de membres et de non-membres dans chaque société.

Cependant, aussi efficace que soit le ministère des petits groupes, il ne peut ni éclipser ni remplacer l'évangélisation publique. Il doit au contraire le compléter. Avant toute activité d'évangélisation publique, les initiatives des petits groupes qui répondent aux besoins de la population, attirent et préparent les personnes à recevoir la prédication de l'Évangile.

Ceux qui s'engagent dans l'évangélisation publique ne devraient pas se lancer sans avoir attentivement considéré et préparé tous les aspects de l'initiative, s'ils veulent réussir. Pour obtenir les meilleurs résultats, nous devons suivre le conseil de Jésus : « Lequel d'entre vous, s'il veut bâtir une tour, ne s'assied pas d'abord pour calculer la dépense et voir s'il a de quoi la terminer, de peur qu'après avoir posé les fondations, il ne soit pas capable d'achever, et que tous ceux qui le verront, ne se moquent et ne disent : Cet homme a commencé à bâtir et n'a pas été capable d'achever. » (Luc 14.28-30)

Le pasteur a la responsabilité de guider l'église dans la conception de stratégies pour prendre soin des nouveaux croyants. Ellen White écrit : « La prédication n'est qu'une petite partie de l'œuvre qui doit être accomplie pour le salut des âmes. L'Esprit de Dieu convainc les pécheurs de vérité et les confie aux soins de l'Église. Les prédicateurs doivent faire leur part, mais ils ne peuvent accomplir la tâche qui incombe à l'Église. Dieu de- mande à celle-ci de prendre soin de ceux qui sont jeunes dans la foi et dans la vie chrétienne, de leur rendre visite, non pour bavarder à tort et à travers, mais pour prier avec eux et pour leur adresser des paroles qui seront « comme des pommes d'or dans un panier d'argent » (Proverbes 25.11). » — *Témoignages pour l'Église,* vol. 1, chap. 85, p. 522. L'Église doit prendre soin des nouveaux croyants, et leur enseigner quelle est leur responsabilité pour préserver leur salut et leur destinée éternelle. En tant que nouveaux membres dans la foi, ils doivent prendre des initiatives délibérées pour maintenir leur relation avec le Seigneur et l'Église.

Le MANUEL PRATIQUE D'ÉVANGÉLISATION : COMMENT GAGNER ET GARDER DE NOUVEAUX MEMBRES du Dr Balvin B. Braham est une ressource pertinente et utile pour l'Église. Il est rare de trouver un ouvrage qui couvre toutes les notions essentielles mentionnées ci-dessus. C'est pourtant le cas de cet ouvrage qui est un manuel pratique et complet. Tous les pasteurs devraient en posséder un exemplaire car il présente des notions réalistes sur les moyens d'engager les laïcs, et d'organiser l'église pour l'évangélisation et comment entreprendre le discipulat des nouveaux membres. Il propose aux pasteurs des moyens innovants pour programmer et mettre en œuvre l'évangélisation personnelle et publique, et explique comment raffermir ceux qui ont récemment accepté la foi.

Ce livre propose aux Départements du Ministère auprès des enfants, de la jeunesse, de la famille, des femmes, des hommes, de la santé et des Ministères personnels des approches spécifiques pour programmer et mettre en œuvre des initiatives d'évangélisation basées sur les objectifs respectifs de ces Départements. Il présente de façon intéressante des moyens innovants d'accomplir le ministère des petits groupes dans l'église. C'est une excellente ressource pour tous les responsables de petits groupes et membres d'église. Les nouveaux membres d'église trouveront également dans ce livre des instructions utiles pour rester attachés à la foi. Cet ouvrage s'adresse donc réellement à tous, dirigeants et membres d'église.

Dr. Israel Leito
Ex-Président de la Division interaméricaine

Recommandations

« Cher lecteur, cet ouvrage que vous avez entre les mains est une contribution de valeur pour relever le défi de terminer la tâche de prêcher l'Évangile à cette génération. Il identifie les forces de travail de l'Église et les intègre à ce que nous pouvons appeler une stratégie globale destinée à mettre l'église locale en action pour sauver les âmes. Il lance un appel à se mettre en action dans la perspective de l'évangélisation publique et celle de l'évangélisation interne, afin que chaque membre d'église devienne le principal agent et moteur de la stratégie présentée dans cet ouvrage. L'objectif de ce livre remarquable est d'amener les âmes aux pieds de Jésus et de les faire rester actifs dans la tâche à accomplir. Je le recommande sans réserve. »

— *Dr Filiberto Verduzco, trésorier de la Division interaméricaine*

« Si vous êtes passionné pour le retour du Christ et désireux de participer à l'accomplissement de la mission en transmettant l'Évangile à toute personne et toute nation, ce livre est pour vous. Il propose une méthode pas à pas, une approche nouvelle du ministère dans une société postmoderne et se révèlera une ressource de valeur, que vous soyez un instructeur, un évangéliste inexpérimenté ou une personne engagée depuis longtemps dans le ministère de l'Évangile. Cette approche est totalement adaptée à notre époque. »

— *Pasteur Leon Wellington, vice-président de la Division interaméricaine et ancien président de l'Union des Antilles.*

« L'évangélisation est la mission de toute l'Église, et non pas seulement la tâche d'un département. Cet ouvrage motive l'ensemble de l'église locale — chaque membre, chaque département, chaque comité et chaque service — à s'engager et collaborer dans la mission de conduire autrui au Christ. »

— *Dr James Daniel, secrétaire itinérant et directeur adjoint de la Gestion chrétienne de la vie de la Division interaméricaine*

« Si vous lisez cette recommandation, cela signifie que vous avez entre les mains un ouvrage de qualité. Ne perdez pas l'occasion de le lire, de l'utiliser, et de mettre en pratique les principes qui y sont exposés. Je considère ce livre comme une excellente ressource pour l'Église du XXIe siècle. Il ne s'agit pas d'un simple manuel de procédures ou de méthodes d'évangélisation à appliquer sur une période donnée. C'est une façon simple de se préparer sérieusement à être plus efficace en tant que disciple du Christ. L'idée du petit groupe est un style de vie et non pas juste une stratégie ou méthode. C'est ce qui est clairement expliqué au chapitre 5. On pense effectivement que la base de l'effort chrétien se produit au niveau du petit groupe. Souvenons-nous : « La constitution de petits groupes pour mener une action évangélique est un plan qui m'a été présenté par Celui qui ne peut commettre d'erreur. » — Évangéliser, sect. 5, p. 111. C'est la façon la plus catégorique d'affirmer que tout effort humain doit passer par le petit groupe. C'est la raison pour laquelle la proposition de faire des disciples grâce à ce moyen est une idée innovante et efficace, car elle qualifie les membres d'église et les motive pour se mettre en action. »

— *Pasteur Melchor Ferreyra, directeur du département de l'École du sabbat et des Ministères personnels pour la Division interaméricaine.*

«Le MANUEL PRATIQUE POUR L'ÉVANGÉLISATION : COMMENT GAGNER ET GARDER DE NOUVEAUX MEMBRES de Balvin B. Braham propose une nouvelle vision de l'évangélisation dans la Division Interaméricaine et au-delà. Ce livre met l'accent sur l'application de nouvelles connaissances, compétences et attitudes nécessaires pour trouver le délicat équilibre entre la croissance quantitative et qualitative, à tous les niveaux de l'Église. Il instille aux pasteurs et membres laïcs une nouvelle passion pour l'évangélisation et la consolidation des nouveaux membres. »

— *Pasteur Samuel Telemaque, directeur de l'Office des Missions adventistes et directeur adjoint du département de l'École du sabbat et des Ministères personnels de la Division interaméricaine*

«Rêvez-vous que la jeunesse s'investisse dans l'évangélisation ? En tant que jeune, désirez-vous être mieux équipé pour l'évangélisation, pour partager en première ligne votre foi avec la génération contemporaine ? Si oui, vous avez le bon instrument en main!

Le MANUEL PRATIQUE POUR L'ÉVANGÉLISATION : COMMENT GAGNER ET GARDER DE NOUVEAUX MEMBRES de Balvin B. Braham est une ressource actuelle. L'auteur propose des idées nouvelles et pratiques pour aider tous les jeunes de votre église à mieux mettre en œuvre la stratégie d'évangélisation des jeunes. Que pensez-vous d'une vision basée sur un groupe de travail ? Lisez ce livre ; il transformera le ministère des jeunes ! »
— *Louise Nocandy, directrice adjointe du ministère de la Jeunesse de la Division interaméricaine.*

« Je recommande sans réserve le MANUEL PRATIQUE POUR L'ÉVANGÉLISATION de Balvin B. Braham. Le contenu de cet ouvrage est utile pour notre époque. Ses concepts sont valables et pertinents et je suis convaincu que l'utilisation de cet outil renforcera la conviction du lecteur de s'engager dans des stratégies plus efficaces pour gagner des âmes. Chaque responsable de l'église aux différents niveaux et chaque membre laïc devrait en posséder un exemplaire. Ce sera une grande bénédiction pour accomplir la mission de proclamation que Dieu nous a confiée.
— *Dr Erwin A. González, directeur du Ministère des publications de la Division interaméricaine.*

« Le chapitre 12 présente les bases importantes de l'évangélisation des jeunes et par les jeunes. Que votre groupe de jeunesse soit nombreux ou non, vous trouverez dans ce chapitre tous les outils pratiques dont vous avez besoin pour l'évangélisation des jeunes. »

— *Dr Baraka G. Muganda, ex-directeur du ministère de la Jeunesse (1995–2010) à la Conférence générale.*

Préface

DANS LE MONDE ENTIER, l'Église met en action énormément d'innovations et de créativité dans le domaine de l'évangélisation. Pourtant, les églises ont toujours besoin de nouvelles approches pour gagner des âmes, et favoriser le discipulat et la croissance qualitative. Le MANUEL PRATIQUE POUR L'ÉVANGÉLISATION : COMMENT GAGNER ET GARDER DE NOUVEAUX MEMBRES est un trésor d'idées fraîches et nouvelles pour les pasteurs, anciens, responsables d'églises locales, leaders de petits groupes, administrateurs et responsables de départements aux niveaux des fédérations, unions et divisions, tout comme pour les membres d'église, y compris les jeunes baptisés.

Ce livre permettra de potentialiser les efforts et fournira des ressources pour : 1) ceux qui conçoivent les stratégies d'évangélisation dans les zones urbaines, suburbaines et rurales, à tous les niveaux de l'organisation de l'Église ; 2) ceux qui organisent et mettent en œuvre les initiatives d'évangélisation au niveau du champ local ; 3) les responsables de l'organisation et de la mise en œuvre des initiatives d'évangélisation dans l'église, à chaque niveau de l'organisation ; 4) tous les responsables des stratégies pour fortifier et édifier les membres d'église. 5) tous ceux qui sont chargés de favoriser la croissance qualitative de l'église locale ; 6) tous ceux qui sont responsables d'organiser et diriger des petits groupes dans l'église locale ; 7) les membres d'église qui sont intéressés à participer aux ministères d'évangélisation de leur communauté ; 8) tous les pasteurs et laïcs engagés dans l'évangélisation et la prédication de l'Évangile ; 9) tous ceux qui servent en tant qu'ouvriers bibliques et instructeurs bibliques 10) tous ceux qui proposent une formation dans l'évangélisation et le discipulat.

Pour être efficaces, les évangélistes doivent avoir une compréhension biblique de l'évangélisation, des dynamiques de leur communauté locale, et être familiarisés avec la société et ses besoins. De plus, ils doivent développer et mettre en œuvre des stratégies efficaces pour répondre à ces besoins, partager le message de l'Évangile, susciter des décisions, confirmer et fortifier dans la foi ceux qui choisissent de suivre le Christ.

Pour cette raison, ce livre propose une approche complète de l'évangélisation. Dans la première partie, vous apprendrez à engager l'église locale, à la préparer pour gagner des âmes et à programmer un cycle continu d'évangélisation. La deuxième partie explique les stratégies spécifiques pour atteindre la population et susciter des décisions pour le Christ, précisant en particulier comment planifier, préparer et mettre en œuvre une campagne d'évangélisation publique. La troisième partie applique ces stratégies variées aux différents départements de l'église, suggérant comment chaque membre d'église peut s'engager pour partager l'Évangile avec toutes les classes de population, permettant ainsi l'implication totale du membre dans la mission évangélique de l'organisation. Enfin, puisque l'évangélisation ne se limite pas à ajouter des membres supplémentaires sur un registre d'église, mais à préparer des personnes pour le retour du Christ, la quatrième partie se concentre sur la pérennisation des résultats, avec l'attention portée aux nouveaux croyants et leur édification dans la foi, afin qu'ils deviennent des disciples engagés du Christ.

Les stratégies présentées dans ce livre se concentrent sur l'action sociale. C'est un moyen par lequel il est possible d'attirer et de conserver l'attention et l'intérêt de ceux qui ont besoin d'établir une relation de salut avec le Seigneur et de les encourager à se donner au Christ. Il s'agit d'une ressource innovante, d'un outil efficace pour tous les chrétiens. En lisant ces chapitres, vous découvrirez des idées nouvelles qui déclencheront un remue-méninges, et vous aideront à affronter certains problèmes spécifiques de l'évangélisation et du discipulat qui nécessitent des approches plus efficaces.

Ce livre vous inspirera pour adopter une pensée critique et communiquer aux autres des compétences pour les ministères de contact, d'édification, de croissance de l'église et de discipulat.

Vous tirerez un grand profit en adoptant les concepts qui y sont présentés, en les contextualisant selon les besoins de votre territoire, et en les adaptant, les modifiant et les améliorant même si nécessaire. Les dix-huit chapitres, ainsi que les appendices vous motiveront pour creuser davantage afin d'élargir vos horizons et d'approfondir vos connaissance sur ce sujet vital.

C'est seulement grâce à l'œuvre du Saint-Esprit que l'on peut réellement amener efficacement des âmes au Christ. Avec beaucoup de prière, d'étude de la Bible et de dépendance par rapport au Saint-Esprit, les pasteurs, anciens, évangélistes, responsables de départements et de ministères, instructeurs bibliques, membres d'église et nouveaux convertis qui appliquent les principes de ce livre obtiendront de grands résultats et gagneront des âmes pour le royaume des cieux. Bonne lecture à travers ce guide pratique, à tous ceux qui consacrent leur vie et leur service au Seigneur et à ses enfants.

Remerciements

IL A FALLU BEAUCOUP DE TEMPS, de sacrifices, de recherches et de réflexion pour rédiger ce livre. C'est bien-sûr le Seigneur qui a rendu possible son élaboration. Je lui suis très reconnaissant pour la publication de cette ressource d'évangélisation. Il en est le centre, et c'est lui qui m'a permis de réaliser cet ouvrage. Il est évident que ce livre est consacré au Seigneur et à sa cause. Que son œuvre continue à progresser !

Parmi ceux qui ont consenti à des sacrifices pour que la publication de cet ouvrage devienne réalité il y a Ann, mon épouse bien-aimée et mes chères filles Shavannie, avocate et Julaine, médecin. Je les remercie pour leur patience constante et pour leur capacité à conserver leur bonne humeur et leur courage, même dans les moments où j'accordais beaucoup de temps et d'attention à ce travail. Leurs prières, leurs encouragements et leur soutien m'ont motivé pour atteindre la dernière ligne. Elles sont vraiment merveilleuses : je les félicite et je les aime pour cela.

Le pasteur Israel Leito, ex-président de la Division interaméricaine a énormément contribué à inspirer cette publication, bien plus qu'il ne l'imagine. En me permettant de coordonner les stratégies d'évangélisation de l'Église dans la Division interaméricaine, il m'a fourni un avantage qui a enrichi mon schéma de pensée et m'a permis d'acquérir beaucoup d'expérience pratique, m'aidant ainsi à faire de ce livre une ressource pertinente pour l'évangélisation.

La passion pour l'évangélisation du pasteur Peter Joseph de la Fédération du Sud des Bahamas, ainsi que son ministère de prédication m'ont considérablement influencé pour entreprendre ce projet. Je lui suis très reconnaissant pour la motivation qu'il m'a transmise, afin que ce livre devienne réalité.

J'ai énormément apprécié la contribution du pasteur Garfeld Blake, de Madame Shirnet Wellington, de Margaret Daniel, de pasteur Jeff Jefferson et d'Alfonso Veloza Harvey pour le temps et les efforts consacrés à lire le manuscrit et pour leurs suggestions grammaticales et autres.

1ère partie
Mobiliser votre église pour l'Évangélisation

1

Dieu appelle chaque membre à évangéliser

DIEU CRÉA LES ÊTRES HUMAINS pour sa gloire (Ésaïe 43.7), pour qu'ils pratiquent le bien (Éphésiens 2.10), pour qu'ils puissent tisser une relation personnelle avec lui (Actes 17.26-28), et pour qu'ils vivent dans la sainteté, sans défaut devant sa face (Éphésiens 1.4). Confronté au serpent dans le jardin d'Éden, le premier couple pécha, entravant le projet divin. Depuis ce drame, les humains sont enclins, par nature, à résister à Dieu (Genèse 3.1-8).

Mais avant même la fondation du monde, il avait prévu de rétablir son projet originel pour l'humanité (1 Pierre 1.18-20 ; Apocalypse 13.8). Dieu a confié pour cela des aptitudes, la force d'agir, et un mandat à ceux qui acceptent de proclamer l'Évangile éternel de Jésus (Éphésiens 4.11,12 ; Actes 4.29 ; Marc 16.15). Cette méthode et l'influence qu'elle exerce, redonnent aux humains une sainteté où ils pratiquent de bonnes actions et sont prêts à accueillir le rétablissement total et final de la vie édénique. « Dieu pourrait atteindre son but en sauvant les pécheurs sans notre concours ; mais si nous voulons former un caractère semblable à celui du Christ, nous devons participer à son œuvre. Si nous voulons participer à sa joie — la joie que procure la vue des âmes rachetées par son sacrifice — il nous faut prendre part à ses efforts salutaires. » — *Jésus-Christ*, chap. 14, p. 125.

Dans le livre des Actes, Luc brosse un tableau impressionnant de ceux qui, dotés d'aptitudes et de force, agirent spontanément, tissèrent habilement des réseaux dans leur entourage, élaborèrent des stratégies agressives, cultivèrent entre eux un enthousiasme contagieux, et proclamèrent avec harmonie et détermination l'Évangile du Christ (Actes 2 ; 4.32-37 ; 5.12-6.7).

Dynamisées par le Saint-Esprit, ces personnes exercèrent efficacement leur rôle évangélique et virent jour après jour des gens par centaines nouer une relation intime avec le Seigneur.

Siècle après siècle, des pasteurs de toutes nationalités, cultures, et appartenances ethniques ont annoncé l'Évangile de Jésus à des foules comme à des petites audiences. face à l'élargissement de l'écart entre ceux qui acceptaient l'Évangile et ceux qui le rejetaient, bon nombre de pasteurs pensèrent que leur efficacité n'atteignait pas celle voulue par le Seigneur. Beaucoup se demandèrent s'ils employaient la bonne stratégie, ce qui les amena à chercher de nouveaux moyens d'évangéliser pour s'acquitter du mandat confié par Jésus.

Joseph Kidder explique que depuis 1970, certains pasteurs ont épousé le concept suivant : pour accroître les résultats, ils faut renoncer au modèle traditionnel du ministère, devenir des leaders visionnaires et projeter une vision qui change l'Église au niveau culturel et structurel. Afin d'atteindre ce but, ils préconisent que le pasteur soit président directeur général (PDG) de sa congrégation s'il veut la voir s'agrandir. Il doit s'approprier, à ce titre, le rôle de leader charismatique autour duquel les gens gravitent. Malheureusement, cette méthode aboutit dans de nombreux cas à des églises gigantesques, et non à une communauté qui se dévoue au mandat donné par Jésus.

Dans le domaine médical, il existe une liste de médicaments que toute structure de soins doit avoir sous la main pour les donner aux patients, selon les besoins. Ce sont les médicaments VEN : vitaux, essentiels, et nécessaires. Sans eux, une structure médicale n'est pas équipée face aux problèmes de base : elle ne procure pas de soins efficaces à la population environnante.

De la même manière, un pasteur appelé par Dieu à exercer un ministère spirituel efficace auprès de son église devrait avoir une liste de *devoirs vitaux, essentiels, et nécessaires* à accomplir. Ces devoirs consistent, entre autres, à enseigner et prêcher la Parole de Dieu ; prendre soin des membres par des visites, prodiguer des conseils et du réconfort ; tenir des cérémonies telles que la sainte Cène, les baptêmes, les mariages, et les funérailles ; présider des comités et des réunions administratives ; et répondre à d'autres besoins de la congrégation.

Il arrive que, débordé par ses activités locales, le pasteur néglige le devoir vital, essentiel, et nécessaire de représenter l'Église auprès de la communauté qui l'entoure, d'élaborer – avec la collaboration des membres – un programme d'évangélisation efficace. Les chrétiens ont pour privilège la possibilité d'élargir le royaume de Dieu en invitant les personnes qui ne se sont pas engagées envers Jésus à le faire : une mission dont le pasteur doit assumer la direction.

Jésus donne à ceux qui se lancent dans ce travail l'assurance de sa puissance, en vue du succès. Dans Jean 15.7 et 8, Jésus disait : « Si vous demeurez en moi et que mes paroles demeurent en vous, demandez tout ce que vous voudrez, et cela vous sera accordé. Mon Père est glorifié en ceci : que vous portiez beaucoup de fruit, et vous serez mes disciples. » Jésus a promis d'être constamment à nos côtés tout au long du mandat de Matthieu 28.18-20. Commentant cette promesse, Ellen White déclare :

> « "Allez, faites de toutes les nations des disciples. [...] Et voici, je suis avec vous tous les jours, jusqu'à la fin du monde". telles furent les dernières paroles du Christ à ses disciples. [...] À nous aussi, ce même mandat est confié. [...] À nous aussi est donnée l'assurance de la présence permanente du Christ. » — *Évangéliser*, sect. 1, p. 19.

Évangéliser et gagner des âmes constituent un devoir vital, essentiel, et nécessaire, non seulement pour le pasteur, mais aussi pour la congrégation tout entière. S'adressant à l'ensemble des croyants au sein du christianisme, l'apôtre Pierre affirme dans 1 Pierre 2.9 : « Vous, par contre, vous êtes une race élue, un sacerdoce royal, une nation sainte, un peuple racheté, afin d'annoncer les vertus de celui qui vous a appelés des ténèbres à son admirable lumière. » Ce verset décrit le sacerdoce des croyants, concept non conforme au « modèle PDG » du pastorat défendu par ceux qui ont adopté une vision postmoderne de l'Église. Ellen White soulignait l'importance de l'évangélisation comme devoir de chaque chrétien en disant : « L'œuvre qui surpasse toutes les autres, la grande affaire qui sollicite toutes nos énergies c'est celle qui consiste à sauver les âmes pour lesquelles le Christ est mort. Que ce soit là le travail le plus important de votre vie. » — *Messages à la jeunesse*, chap. 69, p. 225.

Dans les écrits d'Ellen White, les prérequis et l'urgence du mandat évangélique sont abondamment accentués. « Nous vivons les dernières scènes de l'histoire de ce monde. Ceux qui connaissent la vérité éprouvent un sentiment de responsabilité qui devrait les faire trembler. [...] un monde périssant dans le péché a besoin d'être éclairé. La perle perdue doit être retrouvée. La brebis égarée doit être ramenée en sûreté à la bergerie. Qui se joindront à ces efforts ? » — *The Review and Herald*, 23 juillet 1895. Ailleurs, elle dit : « Le travail d'évangélisation, qui consiste à faire connaître les Écritures à nos semblables, à avertir hommes et femmes de ce qui va s'abattre sur le monde, doit absorber encore et toujours davantage le temps des serviteurs de Dieu. » — *Évangéliser*, sect. 1, p. 21. « Accomplissons maintenant le travail qui nous est assigné, et proclamons le message qui doit éveiller en tous le sentiment du danger. Si chacun de nous s'était acquitté de sa tâche, le nombre de croyants serait bien supérieur à ce qu'il est aujourd'hui. » — *Témoignages pour l'Église*, vol. 3, chap. 54, p. 350.

Habiliter par le ministère

Dieu a appelé les pasteurs à un double ministère qui fait partie de leurs devoirs vitaux, essentiels et nécessaires. Premièrement, il leur incombe d'édifier ceux qui appartiennent à la communauté des croyants. Lorsque Jésus appela à nouveau Pierre au ministère évangélique dans Jean 21.15-17, il lui demanda de prendre soin de ses agneaux et d'être le berger de ses brebis (versets 15, 16). Ellen White commente : « Son œuvre lui était assignée : il devait paître les brebis du Seigneur [...], il ne chercherait pas seulement à sauver ceux qui étaient hors du troupeau, mais deviendrait le pasteur des brebis. » — *Conquérants pacifiques*, chap. 51, p. 462.

Deuxièmement, les pasteurs ont la responsabilité de former, puis d'engager les croyants dans des ministères qui influencent les personnes extérieures à accepter Jésus comme leur Sauveur et devenir membres de l'Église.

> « La meilleure aide que les pasteurs peuvent apporter aux membres de nos églises ne consiste pas à les sermonner, mais à planifier du travail pour eux. Donnez à chacun quelque chose à faire pour les autres. Aidez chaque personne à comprendre qu'en recevant la grâce du Christ, elle est tenue de travailler

pour lui. Enseignez à tous comment faire ce travail, notamment à ceux qui viennent d'adhérer à la foi. En se mettant à l'œuvre, le découragé oubliera bien vite son découragement ; le faible deviendra fort, l'ignorant intelligent, et tous seront préparés à présenter la vérité qui réside en Jésus. L'Église trouvera un soutien infaillible en celui qui a promis de sauver tous ceux qui viennent à lui. » — *Testimonies for the Church*, vol. 6, chap. 4, p. 49.

La Bible confère au pasteur une vaste autorité pour former les laïques à l'évangélisation. Écrivant à Timothée, un jeune ministre de l'Évangile, l'apôtre Paul conseille : « Et ce que tu as entendu de moi en présence de beaucoup de témoins, confie-le à des hommes fidèles, qui soient capables de l'enseigner aussi à d'autres. » (2 Timothée 2.2) L'Église a fondamentalement été conçue comme nulle autre institution humaine. C'est un corps dont le Christ est la tête et chaque membre – recevant des dons spirituels – exerce un ministère. Le pasteur doit aider les membres à identifier leurs dons spirituels pour les utiliser dans l'église et au sein du monde environnant. « En fait, Dieu a placé chacun des membres dans le corps comme il a voulu. » (1 Corinthiens 12.18) une église en bonne santé, active, vivante se compose de membres qui découvrent, développent et emploient leurs dons spirituels.

Les pasteurs doivent être proactifs dans leur leadership en préparant les membres d'église au service, principalement au sein d'activités orientées vers l'évangélisation. Christian Schwartz étudia des églises à travers le monde dans le cadre du programme Natural Church Development [Développement naturel d'église]. Il trouva plusieurs caractéristiques communes aux églises qui se développent, quelle que soit leur dimension ou leur dénomination. L'une de ces caractéristiques est l'habilitation par le leadership. Empruntée au monde de l'entreprise, l'expression désigne un dirigeant qui bâtit l'assurance et la compétence des autres en leur présentant une vision captivante, en les aidant à y adhérer puis à utiliser leurs aptitudes pour concrétiser cette vision. Selon Christian Schwartz, cela se produit quand les leaders forment, soutiennent, motivent et guident les membres au lieu d'agir en superstars. Russell Burrill soutient lui aussi ce concept d'habilitation, expliquant que les pasteurs devraient passer du temps à former des disciples et à déléguer, afin que l'énergie investie dans d'autres membres soit multipliée.

Il faut plus d'ouvriers

Matthieu l'évangéliste nous offre un synopsis du ministère compatissant et foncièrement missionnaire de Jésus : « Jésus parcourait toutes les villes et les villages, il enseignait dans leurs synagogues, prêchait l'Évangile du royaume et guérissait toute maladie et toute infirmité. À la vue des foules, il en eut compassion, car elles étaient lassées et abattues comme des brebis qui n'ont pas de bergers. Alors il dit à ses disciples : La moisson est grande, mais il y a peu d'ouvriers. Priez donc le Seigneur de la moisson d'envoyer des ouvriers dans sa moisson. » (Matthieu 9.35-38)

Afin d'accomplir la mission de l'Église, Jésus instruisit ses disciples à recruter d'autres personnes. Il faut plus d'ouvriers actifs pour exécuter le mandat évangélique aujourd'hui, comme ce fut le cas à l'époque de Jésus. Nous pouvons disposer d'une Église mondiale composée de millions de personnes, mais il faut encore plus d'ouvriers. Nous avons peut-être une église locale forte de milliers, de centaines ou des vingtaines, pourtant il nous faut plus de personnes prêtes à apporter l'Évangile aux multitudes. Ellen White a dit :

> « Les anges accompagneront tous ceux qui, connaissant les vérités bibliques, s'efforceront de rechercher les hommes et les femmes avides de lumière. Et partout où se rendent les anges on peut avancer sans crainte. Ce travail accompli avec fidélité, amènera de nombreux pécheurs à se détourner de l'idolâtrie pour adorer le Dieu vivant. Ils cesseront alors de glorifier les institutions humaines pour se ranger résolument du côté de Dieu et de sa loi. » — *Prophètes et rois*, chap. 13, p. 126.

Mobiliser les membres pour l'action

La participation du pasteur à l'évangélisation n'est pas optionnelle. Elle constitue l'activité la plus importante de son mandat, et doit occuper la première place dans son agenda annuel comme dans celui des membres. Par conséquent, le pasteur doit les mobiliser. S'adressant aux pasteurs, Ellen White a dit : « Préparez les ouvriers à se rendre par les chemins et le long des haies. Nous avons besoin de bons vignerons pour transplanter des plantes vers d'autres localités et en prendre soin pour qu'ils grandissent. Aller dans des régions lointaines constitue un devoir particulièrement bénéfique au peuple de Dieu. Mettez des efforts en œuvre pour préparer de nouvelles zones, établir de nouveaux centres d'influence partout où cela est possible. Rassemblez des ouvriers qui possèdent un véritable zèle missionnaire et envoyez-les au loin comme dans le voisinage diffuser la lumière et la connaissance de Dieu » — *Testimonies for the Church*, vol. 9, chap. 12, p. 118.

La participation des laïques est fortement soulignée dans l'Esprit de prophétie. Parmi les nombreuses déclarations d'Ellen White à ce sujet, en voici deux : « Que des groupes de travail soient organisés dans nos églises en vue du service. Dans l'œuvre du Seigneur, il ne doit pas y avoir de membres inactifs. Que plusieurs personnes s'unissent pour travailler en qualité de pêcheurs d'hommes, s'efforçant de rassembler des âmes pour les conduire de la corruption du monde à la pureté salvatrice de l'amour du Christ. » — *Évangéliser*, sect. 5 p. 111. « Tous ceux qui reçoivent la vie du Christ sont mis à part pour travailler au salut de leurs semblables. C'est en vue de cette œuvre que l'Église a été établie, et tous ceux qui entre dans l'Église s'engagent solennellement, par là, à devenir des collaborateurs du Christ. » — *Jésus-Christ*, chap. 86, p. 822.

Beaucoup plus de membres doivent être motivés, mobilisés, et amenés à participer activement au ministère évangélique. Dans cette mobilisation, les pasteurs sont appelés à préparer les membres spirituellement pour les campagnes, organiser les campagnes, en tenir certaines eux-mêmes, en diriger d'autres en invitant des évangélistes, organiser des campagnes laïques, des petits groupes et d'autres initiatives d'évangélisation, établir des objectifs annuels, et promouvoir des activités d'évangélisation par le biais d'initiatives départementales dans les églises locales. Les chapitres suivants décriront les moyens de mener à bien ces projets.

Révision et discussion

- *Dans quel but Dieu accorde-t-il des dons spirituels ?*
- *Quel privilège particulier Dieu offre-t-il à ceux qui croient en Jésus ?*
- *Pour qui l'appel à l'évangélisation et à gagner des âmes est-il un « devoir vital, essentiel, et nécessaire » ?*
- *Décrivez le concept d'habilitation par les leaders.*
- *Comment ce concept peut-il accroître l'efficacité du ministère évangélique d'un pasteur ?*

2

Lancer votre église dans la croissance

L'Église : le corps du Christ

'ÉGLISE est le corps du Christ. Il en est la tête (Éphésiens 1.22,23), et ses membres dépendent les uns des autres. Ceux qui ont été baptisés ont symboliquement pris part à la mort, l'ensevelissement et la résurrection du Christ (Romains 6.3-11). Ils sont ainsi une nouvelle création, bénéficiant d'une nouveauté de vie en Christ Jésus (2 Corinthiens 5.14-17 ; Romains 6.13 ; Galates 2.20 ; Colossiens 3.4). Selon l'apôtre Pierre, les membres du corps du Christ sont appelés à une fonction sacerdotale, ils ont directement accès à Dieu, leur Père céleste (1 Pierre 2.9). Par conséquent, leurs actions et leur manière de vivre (Romains 12.1,2 ; 2 Corinthiens 6.16), doivent démontrer – à tous ceux qu'ils côtoient – la rédemption qu'ils ont gratuitement reçue du Seigneur.

Appartenir au corps du Christ est un privilège élevé (Philippiens 3.14). Munis des dons accordés par le Saint-Esprit, les membres sont appelés à une vie de ministère (1 Corinthiens 12.4-7,27,28 ; Éphésiens 4.11-16 ; Galates 1.15-16). Pour un bonfonctionnement de l'ensemble du corps, les églises et les pasteurs doivent prendre des mesures afin que les règlements, les votes et les programmes convergent vers l'accomplissent de la mission confiée au corps, et préparent les membres à vivre de façon à être prêts pour le royaume de Dieu.

Partager la foi chrétienne

L'ordre de Jésus dans Matthieu 28.18-20 s'inscrit dans le cadre d'une responsabilité qui concerne l'Église dans son ensemble et chaque croyant en particulier. Une organisation et une formation des membres d'église est donc nécessaire. Ellen White nous donne ce conseil inspiré : « En un sens tout particulier, les adventistes ont été suscités pour être des sentinelles et des porte-lumière. Le dernier avertissement pour un monde qui périt leur a été confié. La Parole de Dieu projette sur eux une lumière éblouissante. Leur tâche est d'une importance capitale : la proclamation des messages du premier, du second et du troisième ange. Aucune œuvre ne peut lui être comparée. Rien ne doit en détourner notre attention. » — *Témoignages pour l'Église*, vol. 3, chap. 54, p. 344. L'urgence de la proclamation de l'Évangile exige des ambassadeurs du Christ qui n'attendent pas d'être sollicités. Au contraire, en tant qu'envoyés, ils doivent être proactifs en allant vers les personnes qui ont besoin de mieux comprendre la foi qu'ils démontrent.

Animés du Saint-Esprit, chaque membre de l'église a la responsabilité de tendre la main vers autrui en précepte et en exemple, les aidant à accepter le Christ et connaître le salut qu'il est prêt à impartir. C'est à l'église organisée qu'incombe la responsabilité d'éduquer chaque membre, lui montrant comment œuvrer au salut des autres et lui offrant des occasions de le faire. Ellen White a suggéré que chaque membre d'église devrait faire le travail qui correspond le mieux à ses aptitudes. Elle a dit que les membres devraient investir leur énergie dans la cause du Christ et travailler harmonieusement à l'accomplissement du mandat évangélique (voir *Le ministère pastoral*, chap. 26, p. 176).

La valeur du ministère laïque

Les membres laïques ont des occasions uniques de témoigner pour Jésus puisqu'ils entrent en contact avec une grande diversité de gens. Ils peuvent rencontrer des personnes qui traversent des périodes de transition et qui sont donc plus réceptives à l'Évangile de Jésus, source d'espoir et d'assurance d'un avenir meilleur. Les pauvres, les affamés, les malades, les prisonniers, les gens physiquement atteints, les victimes de maltraitance en tout genre, les délinquants et ceux qui souffrent émotionnellement sont autant d'individus ayant besoin d'un ministère spécialisé. Les personnes endeuillées, divorcées, séparées, ainsi que celles qui n'ont pas d'emploi ou qui affrontent d'autres situations pénibles de la vie, doivent être approchées et connectées à l'amour de Jésus pour découvrir les possibilités qu'il est disposé à leur offrir.

Certains membres d'église ont des aptitudes spécifiques qui leur permettent d'échanger avec ces personnes ; il faut les former et les encourager dans ce sens. Par exemple, l'église ou un autre lieu approprié peut servir de centre thérapeutique où des membres qualifiés offrent un accompagnement, ou réfèrent les personnes à des professionnels chrétiens si une thérapie spécialisée s'avère nécessaire. De même, avec un suivi et des encouragements, beaucoup de membres peuvent exercer un ministère médiatique social. D'autres possèdent le don de l'hospitalité et doivent être encouragés à l'utiliser pour offrir l'amour de Jésus à autrui.

Les pasteurs comme les responsables d'église, ainsi que les divers ministères concernés par l'évangélisation, sont appelés à apporter inspiration et motivation aux membres, leur permettant d'exprimer leur créativité et leurs aptitudes innovantes dans le but de gagner des âmes à Jésus par l'évangélisation. Cherchez à développer, promouvoir et mettre en œuvre les ressources de votre église qui habiliteront les membres dans leurs efforts d'évangélisation. Trouvez des occasions de collaboration et de formation propice à chacun. facilitez les interactions entre les membres d'une église ou d'un district. Donnez aux membres l'assurance qu'ils peuvent compter sur le soutien des leaders de l'église qui sont là pour leur permettre de réaliser au mieux leur potentiel.

Centre de formation des laïques

Il serait bien que les pasteurs implantent une telle structure dans chaque église ou district. Celle-ci servira à former régulièrement les membres laïques au ministère d'évangélisation. Faites appel à des bénévoles spirituellement dévoués, possédant des aptitudes, de l'expérience, ou une qualification professionnelle qui les rend compétents à préparer d'autres membres aux divers domaines de l'évangélisation et du ministère chrétien. Les

déclarations suivantes expriment le soutien apporté par Ellen White
à cette initiative dans nos églises :

> Un grand nombre seraient disposés à travailler si on leur
> montrait comment ils doivent s'y prendre. Il faut les instruire et
> les encourager.
>
> Chaque église doit être une école de travailleurs chrétiens. Ses
> membres apprendront à donner des études bibliques dans les
> familles, à diriger et à enseigner les classes de l'École du sabbat,
> à secourir les pauvres, à soigner les malades et à œuvrer en
> faveur des inconvertis. Il devrait y avoir des cours d'hygiène,
> des cours de cuisine, et d'autres encore, où l'on enseignerait les
> différentes branches du service chrétien. Mais l'enseignement
> seul n'est pas suffisant. Il faut aussi faire un travail actif sous la
> direction de maîtres compétents. Ceux-ci donneront l'exemple
> en s'occupant des nécessiteux ; d'autres s'efforceront de les
> imiter. un seul exemple a plus de valeur que beaucoup de
> préceptes. — *Le ministère de la guérison*, sect. 3, p. 123.
>
> Gagner des âmes au Christ est un travail qui exige que l'on se
> prépare avec soin. On ne peut pas entrer au service du Seigneur
> et espérer réussir pleinement sans cela. […] L'architecte vous
> dira […] combien de temps il lui a fallu pour apprendre à
> dresser le plan d'une belle et confortable maison. Ainsi en est-
> il de tous les métiers.
>
> Les serviteurs du Christ montreraient-il moins de soin à se
> préparer pour une œuvre beaucoup plus importante ? Devraient-
> ils ignorer les méthodes qu'il faut employer pour gagner des
> âmes ? Cela exige une connaissance suffisante de la nature
> humaine, une étude approfondie, un esprit attentif et beaucoup
> de prière. Ainsi on apprendra comment aborder les grands
> sujets qui se rapportent au bonheur éternel des hommes. — *Le
> ministère évangélique*, sect. 3, chap. 6, p. 87, 88.

Trois catégories de membres d'église

Travaillant avec les églises chrétiennes aux États-Unis,
l'institut Gallup a mené un sondage à l'aide de sa ME25
Membership Engagement Survey [Sondage de l'implication des
membres]. En mars 2013, cette étude fut publiée ; elle identifia trois
catégories de membres dans une église chrétienne moyenne : les
engagés, les non engagés, et les activement désengagés.
L'engagement correspond au sentiment d'attachement d'un croyant
à sa congrégation.

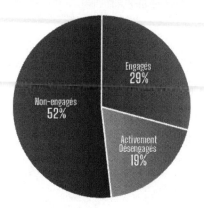

Trois catégories de membres d'église

Engagés 29%

Non-engagés 52%

Activement Désengagés 19%

Les *engagés*, soit 29 %, ont des liens psychologiques et émotionnels forts avec leur église. Ces membres sont beaucoup plus spirituels et quotidiennement satisfaits que les autres ; ils participent pleinement à la vie et à la mission de l'église. Ils consacrent plus de temps au service communautaire, vont jusqu'à dix fois plus inviter des visiteurs à l'église, et, financièrement, contribuent deux à trois plus au fonctionnement de leur congrégation. Ils sont motivés par leur foi et leur sentiment d'appartenance croissants.

Les *non engagés*, soit 52 %, sont ceux qui « font partie de la foule ». Ils assistent régulièrement aux services et activités de l'église, mais sont plutôt liés socialement que rationnellement ou émotionnellement à elle. Ces membres participent moins financièrement, ils servent et invitent moins les gens extérieurs à l'Église. Ils sont souvent satisfaits de leur église simplement pour ce qu'elle leur apporte. Il n'est pas difficile d'imaginer que cette catégorie de fidèles s'engagerait si une attention appropriée leur était accordée dans le but d'améliorer leur participation à la vie ecclésiale et communautaire.

Finalement, l'étude identifia 19 % de membres *activement désengagés*. Ces individus peuvent être répartis en deux groupes. L'un assiste aux services par intermittence, mais considère qu'il adhère à la foi. L'autre peut être régulièrement présent, mais s'oppose constamment à presque tout ce qui se rapporte à l'église ; ce groupe est le plus susceptible d'exercer une influence négative au sein de la congrégation.

Dans le but de préparer son assemblée à la joie de servir en ce monde et [...] la plus grande joie d'un service plus vaste dans le monde à venir (Ellen G. White, *Éducation*, chap. 1, p. 13), le pasteur doit discerner les caractéristiques des membres qui en font partie. Pour évaluer le niveau d'engagement spirituel de l'église, le comité, sous la direction du pasteur, désignera une équipe qui mènera le sondage suivant, adaptée au contexte d'une congrégation adventiste du septième jour :

N°	Indicateur	Oui	Non
	Tableau 1 : Indicateur d'engagement des membres d'une église adventiste		
1	J'aime profondément mon église et je suis très proche des membres qui la composent.		
2	Mes relations personnelles avec les membres me rapprochent de Jésus.		
3	J'apprécie davantage la compagnie des personnes de mon église que celle de mes autres amis.		
4	J'apprécie la façon dont le pasteur, les anciens et les autres leaders dirigent mon église.		
5	J'aime assister aux services de l'église parce que j'y trouve une source d'inspiration et d'édification.		
6	J'aime étudier les leçons de l'École du sabbat et n parler en groupe.		
7	Je m'identifie fortement aux enseignements de mon église		
8	Par conviction personnelle, je m'efforce de vivre selon les normes mises en avant par mon église.		
9	Je pense que mon église procure un cadre spirituel favorable à une préparation personnelle au retour de Jésus.		
10	Je suis motivé par l'influence de mon église à me préparer pour le retour de Jésus.		
11	Je m'épanouis en développant et employant mes talents et mes dons spirituels dans l'église.		
12	J'ai le sentiment que mes contributions sont sincèrement appréciées par ma congrégation.		
13	Je considère que c'est un privilège d'aider l'église financièrement, même quand cela implique des sacrifices		
14	J'aime participer aux ministères d'évangélisation de mon église.		
15	Cela me passionne de parler de mes principes et de ma foi.		
16	Je suis partant quand il s'agit d'inviter mes amis à l'église.		

Grille pour déterminer la catégorie à laquelle chaque membre appartient :

1. Engagé   9 – 16 Oui
2. Non engagés   5 – 8   Oui
3. Activement désengagé   0 – 4   Oui

Certains pasteurs consacrent beaucoup de temps à l'évangélisation et à s'occuper de la congrégation globalement, tout en connaissant très peu les individus. Cela est compréhensible dans les grandes églises ; néanmoins, on y trouve une raison de créer des petits groupes, de solliciter la participation d'anciens et de responsables pour édifier les membres et en prendre soin. L'École du sabbat joue aussi un rôle vital dans ce ministère d'édification. Lorsque les pasteurs passent plus de temps dans les visites et l'interaction au sein des petits groupes ainsi qu'au cours des activités sociales, les membres participent plus à la vie d'église et progressent dans leur spiritualité.

Faire grandir l'église

Quand les pasteurs et les membres combinent leurs efforts pour augmenter ou approfondir la qualité de vie de l'église, quand ils déploient leur dévouement au-delà du cercle ecclésial, l'église grandit. Les deux dimensions d'une croissance authentique sont : (1) qualitative et (2) quantitative.

Si l'aspect quantitatif concerne l'effectif et l'expansion géographique de l'Église, sa croissance qualitative se rapporte à la manière dont les membres vivent leur christianisme. Cela se voit dans des interactions spirituelles et sociales plus intenses, les membres se rapprochant les uns des autres par amour, tolérance, patience, pardon, bonheur, acceptation, bonté, paix, attention, compassion et gentillesse. Lorsque les membres d'église cherchent à être présents, à participer aux différents services et activités, quand ils sentent vraiment qu'ils forment une communauté, la croissance qualitative devient une réalité.

Les difficultés rencontrées par beaucoup d'églises sur le plan quantitatif sont étroitement liées à l'aspect qualitatif. De nouveaux membres seront attirés par une église faisant preuve d'une santé qualitative. Une église qui reflète amour, attention, et intérêt envers les gens tout en les aidant à développer leur potentiel au maximum, leur donnera envie d'en faire partie. C'est la qualité de vie et les relations au sein de la communauté ecclésiale – à la fois avec Dieu et entre coreligionnaires – qui importe le plus. Quand les gens sentent qu'ils sont inclus et acceptés, que l'on subvient à leurs besoins sociaux, spirituels, émotionnels et cognitifs, ils restent et demandent à d'autres de les rejoindre ; résultat : l'église grandit.

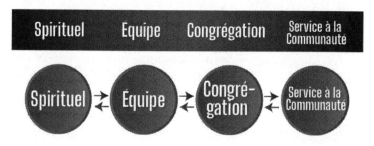

Quatre dynamiques de croissance de l'église

Qu'elle soit en zone urbaine, suburbaine, ou rurale, une église grandit qualitativement et quantitativement lorsque les dynamiques suivantes sont prises en compte :

1. **Dynamique spirituelle** : Il s'agit de la qualité des services religieux, qui se concentrent sur le Divin et enrichissent la vie spirituelle de chaque adorateur. Cela inclut la prédication, l'instruction, la prière, l'étude de la Bible, la musique, la louange, les remerciements, la confession, la consécration et la révérence. Pour atteindre la qualité tant dans la forme que le fond, chacun de ces aspects requiert leadership, préparation et participation.

2. **Dynamique d'équipe** : L'église est une communauté de croyants où chaque personne possède des dons spirituels uniques. Il faut encourager et promouvoir l'organisation d'équipes de travail pour solliciter ces dons spirituels dans un but édificateur. Les petits

groupes et les départements permettent aux membres de travailler ensemble pour exécuter les plans de mission, les programmes et les initiatives stratégiques de l'église.

3. **Dynamique congrégationnelle** : Des relations saines et stimulantes entre membres constituent un aspect important de la communion qui favorise les liens entre croyants. Les activités sociales, les efforts constructifs pour résoudre les confits, ainsi qu'une planification et des prises de décision inclusives renforcent ces relations.

4. **Dynamique de ministère vers la communauté** : L'église doit se placer à la portée de la population qui l'entoure. Chaque membre doit vouloir vivre sa foi à la gloire de Dieu. Les gens désirent voir le Christ, et les membres d'église sont ses ambassadeurs. une façon d'y parvenir est de se mêler aux autres et de toucher leur vie au plan social. Par des actes individuels de bonté et des initiatives de groupe, les membres manifestent amour et compassion à leurs semblables. En répondant aux besoins sociaux de la population, ces interactions rendent l'Évangile plus attrayant et valorise l'image de l'église dans la communauté. Associées à des études bibliques et la proclamation publique de la Parole de Dieu, ces activités produisent des résultats magnifiques : des prises de décision pour Jésus.

Découvrir les besoins de l'église locale

Afin de répondre efficacement aux quatre dynamiques précédentes et promouvoir la croissance qualitative de l'église, menez le sondage présenté dans la table 2 (p. 33-35). Ce dernier révèlera les besoins de la congrégation, les aptitudes des membres, et les faiblesses qui ont besoin d'être prises en compte. Les informations recueillies permettront d'améliorer l'édification spirituelle ainsi que la participation des membres grâce aux services religieux, la formation, les événements et les initiatives d'évangélisation.

Selon la dimension de l'église, ce sondage sera conduit formellement ou informellement. Dans les deux cas, désignez un comité qui aura la charge d'obtenir les données. Le comité des

Ministères personnels peut remplir cette fonction ou un autre comité spécialement nommé pour la mener à bien. Les membres du comité détermineront la durée de la collecte des réponses ainsi que la tranche d'âge du groupe soumis au sondage. Ils choisiront aussi des personnes de confiance pour effectuer l'enquête. Finalement, ils analyseront les résultats, présenteront leurs observations et recommandations au pasteur et au comité d'église. Celui-ci doit alors examiner attentivement ce rapport et prendre les mesures appropriées. Le comité d'église définira qui aura la charge de mettre en œuvre des initiatives, établira un calendrier pour leur déploiement et leur achèvement, et déterminera un moyen d'évaluation de leur progrès et de leur efficacité.

Une église saine

La santé d'une église est l'une des conditions préalables à sa croissance. Les gens sont intéressés à devenir membres d'une église qui non seulement démontre des signes de bonne santé, mais qui l'est réellement. Tant les dirigeants que les membres, en association avec le Saint-Esprit, sont responsables la création de cette santé. Les pasteurs et les anciens doivent assumer le rôle principal de diriger les membres vers la formation d'une telle communauté. Ils devraient chercher à permettre aux membres d'y parvenir au moyen des six impératifs suivants.

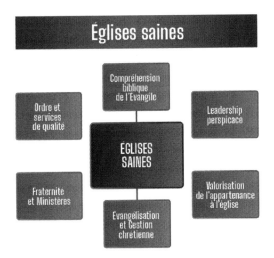

Impératif n° 1 : les membres ont une compréhension biblique de l'Évangile.

- Ils comprennent la vie et le ministère du Christ.
- Ils savent qui est le fondement de l'Église.
- Ils comprennent le processus du salut.
- Ils comprennent l'influence de l'Évangile sur la vie des croyants.
- Ils connaissent le pouvoir transformateur de l'Évangile.

Impératif n ° 2 : Leadership perspicace

- Des dirigeants qui ont la capacité d'influencer les autres en direction du royaume.
- Des dirigeants qui veillent à ce que les conflits soient résolus au temps opportun.
- Des dirigeants qui donnent des orientations et tiennent les membres informés.
- Des dirigeants qui écoutent les membres et les autres.
- Des dirigeants qui permettent la participation totale inclusive des membres.
- Des dirigeants qui sont des exemples ou modèles authentiques de la façon dont les membres devraient se porter.

- Des dirigeants qui adoptent la créativité et l'innovation.

Impératif n ° 3 : les membres apprécient leur appartenance à l'Église

- Ils savent quelles sont les conditions préalables pour devenir membre.
- Ils valorisent les vœux qu'ils ont prononcés lors de leur baptême.
- Ils savent bien ce que signifie être membre de l'Église.
- Ils sont engagés dans la cause et la mission de l'Église.
- Ils se soumettent et souscrivent à une pleine participation à la vie de l'Église.
- Ils possèdent et démontrent un sentiment d'appartenance à l'Église.
- Ils acceptent et démontrent un abandon total au Christ.
- Ils prennent le royaume au sérieux et le manifestent dans leur style de vie.

Impératif n ° 4 : les membres ont une compréhension biblique de l'évangélisation et de la gestion Chrétienne

- Ils sont capables de faire la différence entre l'évangélisation et la gestion chrétienne.
- Ils savent ce que la Bible dit à propos de l'évangélisation et de la gestion chrétienne.
- Ils savent quel est le rôle de chaque membre dans le programme d'évangélisation et de gestion chrétienne de l'Église.
- Ils savent quelle est la valeur de l'évangélisation et de la gestion chrétienne pour l'Église.

Impératif n ° 5 : Les membres apprécient la fraternité des autres et les ministères de l'Église

- Ils font preuve d'amour les uns pour les autres et envers ceux qui ne font pas partie de leur communauté de foi.

- Ils font preuve de compassion dans le service les uns aux autres et à ceux de la communauté élargie.
- Ils sont impliqués dans le partage de leurs bénédictions matérielles et spirituelles avec les autres.
- Ils dispensent des soins aux nécessiteux, aux souffrants et aux moins fortunés.
- Ils expriment de la joie et sont accueillants envers les autres.
- Ils prennent le temps de s'occuper des intérêts et des besoins des autres.

Impératif n ° 6 : Il y a de l'ordre et de la qualité dans les services de l'Église

- Les gens apprennent en fonction de la nature, du contenu et du mode d'enseignement et d'instruction dans l'Église.
- Les membres sont disciplinés pour grandir et servir socialement, spirituellement et autrement.
- La planification est un élément visible dans l'exécution des éléments du culte d'adoration.
- Les fidèles comprennent et font preuve de révérence pendant les services.
- Le ministère du Saint-Esprit est souligné et appliqué.
- Chacun respecte et valorise les autres.

Révision et discussion

- *Nommez les six impératifs d'une église saine et expliquez comment ils pourraient transformer et revitaliser votre congrégation locale.*
- *Quelle est la mission de l'Église et qui doit la remplir ?*
- *Comment les pasteurs et les dirigeants peuvent-ils former les membres à gagner des âmes à Jésus ?*
- *Suggérez au moins trois moyens par lesquels votre église pourrait accroître le nombre de membres engagés et diminuer celui des non engagés ou activement désengagés.*
- *Quelle est la différence entre la croissance qualitative et quantitative ? Discutez.*
- *Quelle est l'intensité des quatre dynamiques de croissance dans votre église ?*
- *Proposez au moins une amélioration que votre église pourrait apporter dans chacun de ces quatre domaines.*

Table 2 : Sondage des besoins de l'église locale	
Nom de l'église	
Nom du chargé de sondage :	
Nombre de membres	
Groupe sondé :	
1. Hommes adultes 2. Femmes adultes 3. Jeunes hommes	
4. Jeunes femmes 5. Garçons et filles	
Tranche d'âge du groupe sondé :	
1. 10–15 2. 16–25 3. 26–35 4. 36–45 5. 46–55 6. 56+	
Dynamique spirituelle	
1.	Dans quels domaines souhaitez-vous que votre église s'améliore ? 1. Prédication 2. Instruction 3. Prière 4. Étude de la Bible 5. Ministères répondant aux besoins 6. Services religieux
2.	Quelles sont vos suggestions pour améliorer les domaines que vous avez choisis ?
3.	Quels ministères changeriez-vous ou amélioriez-vous ?
Dynamique d'équipe	
4.	Quelle est la force du leadership spirituel de l'église ? 1. Très forte 2. Forte 3. Faible 4. Très faible 5. Médiocre
5.	Comment définiriez-vous la vie spirituelle des membres ? 1. Très forte 2. Forte 3. Faible 4. Très faible 5. Médiocre
6.	Quel pourcentage des membres constitue des disciples actifs selon vous ? 1. 10 % 2. 20 % 3. 30 % 4. 40 % 5. 50 %+
7.	Seriez-vous disposé à participer à certains projets, programmes et initiatives de l'église ? 1. Définitivement 2. Probablement 3. Probablement pas 4. Définitivement pas

	Dynamique congrégationnelle
8.	Quel degré de spiritualité caractérise les relations entre les membres ? 1. Très spirituelles 2. Spirituelles 3. Un peu spirituelles 4. Pas spirituelles
9.	Comment les conflits sont-ils habituellement résolus dans l'église ? 1. Avec excellence 2. Avec satisfaction 3. Sans satisfaction 4. Très mal
10.	Est-ce que les dirigeants écoutent les membres ? 1. Toujours 2. D'ordinaire 3. Parfois 4. Jamais
11.	Les dirigeants donnent-ils aux membres le sentiment d'être inclus et acceptés ? 1. Toujours 2. D'ordinaire 3. Parfois 4. Jamais
12.	Quel est le degré de motivation des membres à participer à la vie de l'église ? 1. Très motivés 2. Motivés 3. Un peu motivés 4. Pas motivés
	Dynamique de ministère extérieur
13.	L'église organise-t-elle des activités qui répondent aux besoins sociaux extérieurs ? 1. Oui 2. Non
14.	Les activités qui répondent aux besoins sociaux de la communauté sont-elles efficaces ? 1. Très efficaces 2. Efficaces 3. Inefficaces 4. Très inefficaces
15.	L'église organise-telle des activités qui répondent aux besoins spirituels extérieurs ? 1. Oui 2. Non
16.	L'église organise-telle des activités qui répondent aux besoins spirituels extérieurs ? 1. Oui 2. Non
17.	Les activités menées par l'église pour gagner des âmes sont-elles efficaces ? 1. Très efficaces 2. Efficaces 3. Inefficaces 4. Très inefficaces
18.	Quelles activités spécifiques aimeriez-vous que l'on mette en œuvre pour répondre aux besoins spirituels de la communauté ?

19.	Quelles ressources sont nécessaires pour que cette initiative réussisse ?
20.	Quelles activités spécifiques aimeriez-vous que l'on mette en œuvre pour répondre aux besoins sociaux de la communauté ?
21.	Quelles ressources sont nécessaires pour que cette initiative réussisse ?
22.	Avec quels groupes extérieurs seriez-vous en mesure de travailler sur le plan social ou spirituel ?

3
Planifier pour réussir

L E CHRIST appelle ses disciples au ministère évangélique dans leur communauté, leur accordant la bénédiction nécessaire à travers des dons et des capacités. Il veut les habiliter à être ses instruments pour gagner des âmes. toutefois, l'évangélisation requiert aussi des efforts humains. Ceux qui y participent doivent veiller à ce que chaque aspect de la planification et de la préparation soit respecté. Il faut pour cela déterminer les besoins de la communauté, les stratégies appropriées, les ressources à employer, et les plans de travail détaillés. Enfin, l'évaluation de l'efficacité des initiatives permet de faciliter toute planification future.

Le Comité d'évangélisation

Ce comité devrait exister dans chaque congrégation pour faciliter la planification des efforts évangéliques. Le Comité des Ministères personnels prépare les membres d'église aux ministères extérieurs ; il peut, en étant élargi, travailler comme Comité d'évangélisation. Le pasteur doit en être le président et un membre qui en fait partie sera désigné comme vice-président.

Des buts spécifiques et des objectifs annuels seront fixés. Ils consisteront, entre autres à :
1. Établir un Plan directeur pour l'église, incluant ses perspectives d'évangélisation à court, moyen, et long terme.
2. Recruter, former et déployer des membres pour gagner des âmes.
3. Fournir des ressources à ces membres pour travailler.
4. Tenir l'ensemble des membres d'église informé des initiatives menées afin de les familiariser à ces activités.

5. Établir des comparaisons entre les résultats obtenus et les résultats escomptés, à l'intention de ceux qui participent aux initiatives.
6. Évaluer les efforts d'évangélisation dans leur ensemble ainsi que le travail des participants pour pouvoir modifier ou améliorer ces initiatives.
7. Motiver et encourager d'autres membres à se joindre aux participants.
8. Déterminer, mettre en œuvre, prolonger et superviser des initiatives visant à édifier et retenir les nouveaux croyants.

Les départements et l'évangélisation

Gagner et édifier des âmes constituent les fonctions primordiales de chaque département d'église. À cette fin, cet ouvrage s'adresse plus spécifiquement aux Ministères de la famille, de la femme, des hommes, des enfants, de la jeunesse et de la santé.

La faculté Thom Rainer et Billy Graham, spécialisée dans la Mission, l'Évangélisation et la Croissance des églises, a effectué un sondage auprès de membres aux États-Unis, qui ne connaissaient pas Jésus auparavant. 43 % d'entre eux ont été gagnés au Christ par l'influence familiale, un argument de poids en faveur de l'évangélisation au cœur des familles. Dans ce groupe, 35 % soulignèrent que leur femme les a conduits à l'Église. Cet élément valorise l'évangélisation menée par les femmes. Si 9 % des hommes amenèrent leurs femmes à accepter Jésus, ceux-ci ont aussi un langage propre aux hommes, ce qui leur offre des occasions uniques de toucher d'autres hommes par l'Évangile. Puis, le sondage montra que le ministère des enfants et des jeunes avait gagné 25 % des croyants à Jésus. De plus, Ellen White écrit dans *Le ministère de la guérison* : « Faites comprendre aux gens l'heureuse influence [des lois de la santé] sur leur vie présente et sur leur vie future » — p. 120. Elle décrit par ailleurs que le ministère de la santé constitue le bras droit de l'Évangile (voir *Témoignages pour l'Église*, vol. 2, chap. 68, p. 565).

La mission de l'Église en faveur des âmes englobe tous ces ministères. Aussi, chacun de ces départements doit cultiver une vision évangélique déterminée. Ils peuvent, à cette fin, former sa propre équipe d'action. En collaboration avec le Comité d'évangélisation de l'Église, cette équipe évaluera les besoins de la communauté dans son domaine départemental, déterminera les stratégies et les objectifs du département dans le cadre de ses efforts évangéliques.

Il n'est certes pas pratique pour une église de mener sept campagnes différentes par an, mais les ministères peuvent coopérer à l'organisation d'un programme qui inclut chaque membre d'église. Le Comité d'évangélisation doit coordonner cette coopération interdépartementale. Un dirigeant ou un membre de ces départements se joindra à ce Comité. En préparant la feuille de route de l'année, ce dernier fixera le nombre de campagnes à tenir, ainsi que les ministères qui travailleront de concert à leur réalisation. Dans tous les cas de figure, le département de l'École du sabbat et celui des Ministères personnels sont habituellement sollicités, étant directement responsables des activités évangéliques de l'église.

Pour rester focaliser sur les objectifs à atteindre, le Comité évangélique et les équipes d'action départementales en activité doivent répondre attentivement aux questions suivantes :

1. Quels sont les objectifs spécifiques déterminés en termes d'évangélisation ?
2. Dans quels domaines le comité et l'équipe d'action interviendront-ils ?
3. Quels sont les groupes démographiques ciblés par ces initiatives ?
4. Que devons-nous savoir de ces groupes avant de nous lancer ?
5. Combien de personnes avons-nous besoin pour mener à bien ces efforts ?
6. Quelle stratégie utiliser pour instruire les membres d'église par rapport à ces initiatives ?
7. Qui sera en charge de cette instruction ?
8. Quand débutera-t-elle et combien de temps durera-t-elle ?
9. Comment mobiliserons-nous les personnes qui travailleront ?
10. Qui sera en charge de cette mobilisation ?
11. Quand débutera-t-elle et combien de temps durera-t-elle ?
12. Quelle formation donner aux participants ?
13. Qui effectuera cette formation ?
14. Combien de temps durera-t-elle ?

15. Quel rôle confer à chaque participant dans l'effort d'évangélisation ?
16. Quelles ressources seront nécessaires à la réalisation du travail ?
17. Comment obtenir ces ressources ?
18. Qui se chargera de les obtenir ?
19. À quelle date faudra-t-il avoir réuni l'ensemble des ressources ?
20. Quand le travail de terrain commencera-t-il ?
21. Quel lapse de temps se donner pour mettre en œuvre et compléter l'effort d'évangélisation ?
22. Comment l'évaluer par la suite ?
23. Qui se chargera de cette évaluation ?

Le problème de la continuité

La continuité est une difficulté rencontrée fréquemment par les églises qui mettent en œuvre des ministères. Souvent, un dirigeant d'un département trouve l'inspiration d'entamer une initiative, mais avant que celle-ci soit vraiment comprise – et souvent lorsqu'elle a presque produit les résultats escomptés – elle est abandonnée, modifiée, ou livrée à une désintégration. Les dirigeants doivent s'efforcer de laisser les efforts d'évangélisation se développer et produire les résultats attendus.

La courbe sigmoïde du schéma n° 1 illustre le cycle de vie habituel des systèmes, initiatives et programmes naturels et humains. Au départ, tout démarre lentement. Avec la maturité vient une croissance exponentielle. Puis, le cycle atteint un plafond où la croissance s'arrête. De là on assiste à un déclin qui mène à l'extinction.

Les initiatives évangéliques d'une église suivent le même cycle de croissance et de déclin. Dans de nombreux cas, les dirigeants laissent ces efforts périr avant qu'ils ne connaissent leur croissance exponentielle. D'autres initiatives arrivent au plafond, puis déclinent prématurément. Il est indispensable de planifier la continuité des ministères extérieurs afin d'atteindre et de prolonger leur croissance exponentielle. Cela requiert du temps, des ressources et de la communication ainsi qu'une stratégie de leadership intentionnelle.

Schéma n°1 : La courbe sigmoïde illustre la croissance et la chute des entités vivantes, sociales et organisationnelles

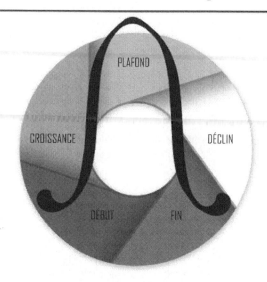

Un cycle de leadership continu

Pour assurer la continuité des activités d'évangélisation, il est important de respecter un cycle régulier : étude des besoins, analyse, détermination du projet et des résultats attendus, exécution, et évaluation. Le pasteur, le Comité d'évangélisation et les équipes d'action départementales devraient prendre en compte ce processus de 5 étapes avant d'entamer une activité en faveur des âmes. Le schéma n° 2 illustre ces étapes :

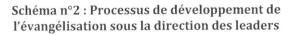

Schéma n°2 : Processus de développement de l'évangélisation sous la direction des leaders

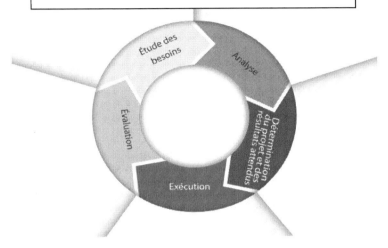

1. Étude des besoins du territoire qui sera évangélisé

Pratiquée dans tous les cas, cette étude déterminera les meilleures stratégies à employer. Elle a pour but d'identifier les forces, les faiblesses, les ouvertures et les menaces. Elle doit être complète pour apporter des réponses à tous les besoins de la population ciblée. Elle doit aussi suivre systématiquement les problèmes spécifiques en rapport avec le travail effectué afin de repérer les changements qui nécessitent des ajustements de ce travail pour qu'il soit toujours approprié et efficace.

L'étude servira, entre autres, à répondre aux questions suivantes : Est-ce un environnement urbain ? Si oui, est-ce un centre-ville, une ville, une zone résidentielle de la ville ou de sa périphérie immédiate ? S'il s'agit d'une ban- lieue, le territoire est-il au cœur de la banlieue, s'agit-il d'une banlieue métropolitaine ou d'une zone rurale adjacente à l'agglomération métropolitaine ? Dans le cas d'une petite ville ou d'une zone rurale, quel est le nombre d'habitants, et quelles sont leurs activités économiques principales et leurs besoins sociaux ? Dans tous les cas, connaître les limites du territoire sera appréciable. Essayez aussi de réunir des informations sur les organismes communautaires locaux et leurs dirigeants.

Il est important de connaître les générations qui composent le territoire ainsi que leur intérêt respectif pour la religion. Le tableau qui suit décrit la fréquentation de l'église aux États-Unis par génération, selon les recherches de Thom Rainer. Ce sont des données utiles à une église locale qui s'efforce de trouver des stratégies d'évangélisation appropriées.

Tableau 1 : Générations et présence à l'église	
Années de naissance	**Fréquentation de l'église**
Avant 1946	51 %
1946 - 1964	41 %
1965 - 1977	34 %
1977 - 1994	29 %

Les leaders d'une communauté et ceux qui connaissent l'endroit depuis des années peuvent fournir des informations utiles et précieuses sur la population. Contactez ces personnes et invitez-les à participer au sondage présenté dans le tableau 2 qui a pour but d'identifier les besoins sociaux et spirituels de la population, puis de déterminer les stratégies répondant le mieux à ces besoins. Ce sondage peut être fait par le Comité d'évangélisation ou une équipe d'action départementale. Basé sur les besoins des zones urbaines, il pourra néanmoins être adapté à d'autres contextes.

Tableau 2 : Sondage pour connaître les besoins de la communauté
Nom de l'église :
Nom du membre de l'équipe de sondage :
Zone géographique :
Population de la zone géographique :
Nombre d'églises adventistes dans la zone géographique :

1	Quels sont les groupes religieux prédominants dans votre communauté ? 1. Chrétien 2. Juif 3. Musulman 4. Autres _____
2	Quelles sont les dénominations chrétiennes prédominantes ? 1. Réformée 2. Presbytérienne 3. Baptiste 4. Méthodiste 5. Adventiste 6. Pentecôtiste 7. Catholique 8. Anglicane 9. Mormone 10. Autres _____
3	Quels sont les principaux employeurs de votre communauté ?
4	Comment décririez-vous le niveau économique moyen de votre communauté ?
5	Quels groupes ethniques sont représentés dans votre communauté ? 1. Latino-Américain 2. Afro-Américain 3. Afro-Caribéen 4. Caucasien 5. Indien d'Amérique 6. Juif 7. Asiatique 8. Moyen-oriental 9. Africain 10. Autres _____
6	Quelles langues sont représentées dans votre communauté ? 1. Anglais 2. Espagnol 3. Français 4. Portugais 5. Chinois 6. Coréen 7. Arabe 8. Autres _____
7	Comment notre Église pourrait-elle tisser des liens sociaux avec les groupes démographiques de votre communauté ?
8	Comment notre Église pourrait-elle tisser des liens spirituels avec les groupes démographiques de votre communauté ?
9	Quels sont les besoins spécifiques des familles dans votre communauté ?

2. Analyse

Dans l'analyse, les dirigeants de l'église utilisent les informations obtenues lors de l'étude des besoins pour déterminer l'écart entre la condition actuelle de la communauté et les résultats escomptés par l'église. Cette phase inclut l'identification des problèmes susceptibles d'entraver la mise en œuvre d'une initiative d'évangélisation bien précise. Veillez à prendre en compte les problèmes qui n'existent pas maintenant, mais qui pourraient survenir. Enfin, déterminez si l'église et le groupe cible sont prêts pour l'initiative concernée.

3. Détermination du projet

Il s'agit de réunir et utiliser les conclusions de l'étude et l'analyse pour établir un plan d'action. Identifiez la manière dont les habitants de la zone cible peuvent réagir et déterminez l'attitude à adopter par ceux qui sont en charge de l'effort évangélique dans ce cas de figure. Envisagez les méthodes, les ressources, la durée et le suivi relatifs au projet proposé. Déterminez le territoire où l'on se focalisera, les besoins de ce territoire, les aspects spécifiques à mettre en œuvre, et le nombre de personnes nécessaires à la réalisation du projet. Mobilisez et formez l'équipe et veillez à répondre à la fois aux besoins sociaux et spirituels de la communauté.

4. Exécution

Il s'agit de la mise en œuvre du projet d'évangélisation et de tous ses éléments spécifiques. Cela peut inclure : des campagnes publiques, des cours pour apprendre à gagner des âmes, l'organisation de petits groupes en vue d'évangéliser, des stratégies pour transformer l'église en une communauté édifiante et accueillante, la formation de laïques pour les aider à mener à bien une campagne du début à la fin, l'utilisation des nouvelles technologies, l'habilitation des membres à améliorer l'image de l'église par des ministères relatifs aux besoins de la communauté, et la préparation des membres à travailler comme ouvriers bibliques et à effectuer des visites d'évangélisation.

5. Évaluation

Il est important que les dirigeants de l'église évaluent l'efficacité de l'étude, l'analyse, la planification et l'exécution des différentes initiatives d'évangélisation. Il s'agira de voir si les objectifs attendus ont été atteints. L'évaluation permet aussi d'apprécier ce qui a été bien fait et ce qui pourrait être amélioré à l'avenir. Enfin, elle détermine les éléments qui nécessitent une prise en compte au sein du processus continuel des décisions ainsi que le suivi qui doit être mis en place.

Révision et discussion

- *Identifiez cinq fonctions du Comité d'évangélisation.*
- *Expliquez la relation entre ce Comité et les équipes d'action départementales.*
- *À partir du processus illustré par la courbe sigmoïde, évaluez la continuité des efforts d'évangélisation dans votre église.*
- *Suggérez trois moyens pour garantir cette continuité.*
- *Décrivez les cinq phases du processus de développement de l'évangélisation sous la direction des leaders.*
- *Quelles sont les caractéristiques à prendre en compte dans votre communauté pour planifier l'évangélisation ?*
- *Dans quel département souhaitez-vous contribuer au ministère extérieur de votre église ? Expliquez votre choix.*

4

Évangélisation par le style de vie

L'évangélisation est une préoccupation faisant partie du style de vie de chaque membre de l'Église chrétienne. C'est l'effort volontaire des croyants pour intérioriser l'Évangile, expérimenter la transformation personnelle et, grâce à la puissance du Saint-Esprit, illustrer la ressemblance avec le Christ comme mode de vie. L'apôtre Paul décrit le processus de ce style de vie transformé en ces mots : « Ne vous conformez pas au siècle présent, mais soyez transformés par le renouvellement de l'intelligence, afin que vous discerniez quelle est la volonté de Dieu, ce qui est bon, agréable et parfait ». Romains 12:2. Le renouvellement de l'esprit produit une réforme dans la façon dont les gens vivent, interagissent et servent. Comme résultat de ce renouveau, ils influencent les autres par des moyens délibérés, afin d'accepter Jésus comme leur Sauveur et devenir des disciples du Christ. Le résultat : les disciples engendrent des disciples. Examinons la nécessité d'un processus de formation de disciples.

Réflexions théologiques

Le monde actuel dans lequel nous vivons est considéré comme l'ère du mal où prédominent la convoitise de la chair, la convoitise des yeux et l'orgueil de la vie (cf. Gal.1:4 ; 2 Cor. 4:4 ; Éph. 2:2 ; 1 Jean 2:15-17). Il est mis en opposition avec le temps à venir qui sera glorieux, dépourvu de toute racine de mal (cf. Ésaïe 65:17-18 ; Matthieu 19:28 ; 2 Pierre 3:13 ; Apocalypse 7:9-17 ; 21:1-5). Les disciples du Christ doivent relever le défi de faire face à ces deux âges en même temps. Sous l'influence des réalités quotidiennes présentes, dont une grande partie est dirigée par le malin, combinée à la nature humaine pécheresse, ils sont forcés à chaque instant de se confronter aux distractions de l'ère actuelle du mal. Une telle coercition masque la plénitude des révélations réelles sur l'âge à venir et encourage l'apathie et l'indifférence spirituelle. L'apôtre Paul, dans son conseil inscrit dans Romains 12:2, les exhorte à ne pas continuer à être comme le système mondial changeant et déchu (le temps ancien de la rébellion) dont ils font encore physiquement partie, mais à être radicalement changés à la ressemblance de Christ. Un tel changement entraînera des personnes qu'Ellen White dans le livre *Education* décrit comme expérimentant les joies du service dans cette vie et vivant dans l'attente des joies suprêmes d'un service plus large dans la vie à venir.

Dans son conseil « ne vous conformez pas au siècle présent » (Romains 12:2a), Paul emploie la forme passive de l'impératif présent du verbe avec l'article négatif pour appeler les croyants en Christ à cesser les comportements de conformité au temps présent mauvais. Ailleurs, il déclare « Je puis tout par Celui qui me fortifie » (Phil4:13). C'est l'assurance que tous peuvent vivre la vie idéale dans cet âge présent qui est la vie de transformation. Il ajoute : « Mais soyez transformés par le renouvellement de votre esprit » (Romains 12:2b NKJV *traduit par nous*). Cette vie de transformation est mise en opposition à celle de conformité à ce monde et n'est humainement possible que par l'aide divine. Ellen White a dit : « Rien que la grâce de Dieu peut convaincre et convertir le cœur ; par Lui seul les esclaves de la coutume peuvent obtenir le pouvoir de briser les chaînes qui les lient. Il est impossible à un homme de présenter son corps comme un sacrifice vivant, saint, acceptable à Dieu, tout en continuant à se livrer à des habitudes qui le privent de vigueur physique, mentale et morale » (CTBH p. 10 - *traduit par nous).*

Paul met l'accent dans Romains 12:1-15 et 13, sur l'expression de la « foi-justice » qui amplifie le concept de vie transformée. Il accentue la notion que le christianisme est un mode de vie et que la vie chrétienne est une réponse obéissante à la grâce de Dieu. Cette réponse se manifeste par une adoration significative (Romains 12:1-2), qui consiste en un abandon total de soi et une participation utile à la vie de l'église ou de la communauté chrétienne. En ce sens, les chrétiens devraient reconnaître leur dépendance de Dieu, les uns des autres (Romains 12:3-5), devraient utiliser les dons qui leur ont été faits par Dieu, par le Saint-Esprit, pour le bien des autres (Romains 12:6-8) et pratiquer le véritable amour dans toutes leurs relations personnelles (Romains 12:9-21). Par son demande « Soyez transformés » au verset 2, Paul lance un appel aux chrétiens à consacrer leur vie entière à Dieu.

Alors que les croyants sont transformés dans leur esprit et sont rendu conformes à l'image du Christ par la puissance du Saint-Esprit (Tite 3:4-7), ils développeront une relation durable avec Lui (Marc 3:13-15), pourront connaître la justice du Christ (Malachie 3:17-18), participeront activement à la mission du Christ (Matthieu 28: 18-20), communiqueront de manière saine au sein de la communauté de foi (Éphésiens 4:29) et chercheront activement à nourrir d'autres dans la foi (Jean 15:16). Ce n'est que par le renouveau spirituel que les croyants font la volonté de Dieu (1 Thessaloniciens 5:16-18). Cette vie transformée est un catalyseur qui attire d'autres à Christ, d'autres qui vivent en conformité avec à cet âge mauvais ou au monde. À cet égard, l'évangélisation est un style de vie plutôt qu'une activité, un événement ou un programme.

Évangélisation et vie chrétienne

Paul considérait l'évangélisation comme une partie intégrante de l'expérience de la vie humaine. Il a énuméré les dons du Saint-Esprit, dont l'évangéliste (Éphésiens 4:11) et a conclu que ce n'était pas le domaine du don de Timothée. Cependant, il l'a toujours défié : « Fais l'œuvre d'un évangéliste, remplis bien ton ministère» 2Timothée 4:5. Il y a quelque chose d'important dans l'évangélisation. C'est l'œuvre centrale de la vie chrétienne. Que les croyants en Christ aient ou non un tel don, on attend d'eux qu'ils fassent le travail d'un évangéliste afin de ne pas perdre leur passion de voir sauver les âmes perdues.

L'origine de l'évangélisation est enracinée dans trois mots grecs (Sam Chan, 2018) :

- *euangelion* - « évangile » - pour décrire ce qui est dit (Marc 1: 14-15)
- *euangelistes* - « évangéliste » - pour décrire la personne qui parle de l'Évangile (Actes 21:8 ; Éph. 4:11)

- *euangelizo* - « proclamer l'Évangile » - pour décrire l'activité de parler de l'Évangile (Rom. 10:15).

Le mot évangile est dérivé du terme anglo-saxon *god-spell*, qui signifie « bonne histoire », une interprétation du latin *evangelium* et du grec *euangelion*, qui signifie « bonne nouvelle » ou « bonne parole ». L'évangile signifie « bonne nouvelle ». Quand quelqu'un possède une bonne nouvelle, l'inclination naturelle est de la dire à tout le monde. La vie transformée annonce automatiquement la bonne nouvelle ou évangélise. Chan dit : « L'évangélisation est notre effort humain de proclamer ce message - qui implique nécessairement d'utiliser notre humanité : communication, langage, expressions, métaphores, histoires, expériences, personnalité, émotions, contexte, culture, lieux » (page 14). Chaque chrétien proclame la bonne nouvelle ou l'évangile par son mode de vie.

Cinq objectifs ou éléments principaux de l'évangélisation par le style de vie

1. Etablir une connexion spirituelle
2. Gagner des âmes
3. S'équiper pour le service
4. Faire et garder des disciples
5. Construire des relations

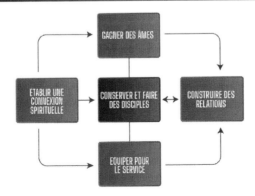

OBJECTIFS DE L'ÉVANGELISATION PAR LE STYLE DE VIE

Les cinq composantes ou objectifs de l'évangélisation comme style de vie sont interdépendants et sont simultanément pratiqués, individuellement ou collectivement, par les membres de l'église. Le renouveau spirituel qui se manifeste par l'évangélisation au moyen du style de vie est une expérience de croissance progressive. L'apôtre Paul déclare : « Mais croissez dans la grâce et dans la connaissance de notre Seigneur et Sauveur Jésus-Christ. A Lui soit la gloire, maintenant et pour l'éternité. Amen ! » 2 Pierre 3:18. Pour que les croyants grandissent en Christ, ils doivent s'immerger dans la connaissance spirituelle, ce qui implique l'établissement de routines quotidiennes.

De plus, ils doivent acquérir des compétences et des valeurs cognitives, comportementales et autres pour soutenir leurs actions. Par conséquent, cela nécessite une certaine forme d'éducation. La croissance spirituelle personnelle nourrit sa conscience de la nécessité pour les autres d'accepter le Christ, impose au croyant de s'impliquer personnellement pour établir les relations humaines nécessaires et autres compétences pour instaurer les liens sociaux avec les autres et, tôt ou tard, les aider à s'engager envers Christ et à maintenir cette alliance.

Etablir une connexion spirituelle

Cette composante de l'évangélisation comme style de vie implique la relation continue des croyants avec le Divin. C'est la connexion verticale qui demande des efforts conscients et permanents de la part du croyant. Cette relation intime est développée et renforcée par l'étude de la Bible, la lecture de l'Esprit de Prophétie, d'autres écrits inspirés et des initiatives de prières soutenues. La connaissance acquise par l'étude, la lecture, les réunions avec d'autres croyants, la participation fidèle à des expériences d'adoration personnelles, familiales et collectives (Hébreu 10:25) doivent faire partie de la vie des croyants. De telles rencontres conduisent à refléter la justice du Christ qui est la quintessence de la vie du chrétien.

Une étude spéciale sur la Justice du Christ devrait être la quête de chaque croyant afin de devenir comme lui. « Voyez quel amour le Père nous a témoigné, pour que nous soyons appelés enfants de Dieu ! Et nous le sommes. Si le monde ne nous connaît pas, c'est qu'il ne l'a pas connu. Bien-aimés, nous sommes maintenant enfants de Dieu, et ce que nous serons n'a pas encore été manifesté ; mais nous savons que, lorsque cela sera manifesté, nous serons semblables à lui, parce que nous le verrons tel qu'il est. Quiconque a cette espérance en lui se purifie, comme lui-même est pur » (1 Jean 3:1-3).

Les églises ou les communautés de foi devraient stratégiquement, chaque année, fournir des études spécifiques sur la Justice du Christ pour réviser et rafraichir les connaissances de base de leurs membres. Pour s'assurer que cela se fait dans le cadre du programme annuel d'éducation spirituelle des églises, un ancien peut avoir la responsabilité de coordonner cet exercice important destiné à la croissance spirituelle de tous les membres. Quelqu'un peut également coordonner l'activité de prière pour s'assurer qu'elle est spécialement préparée et prise en compte comme un aspect essentiel de la vie de l'église et de chaque croyant. Il serait intéressant d'avoir des sessions de prière quotidiennes ou hebdomadaires dans chaque maison, ou dans un lieu désigné du voisinage où inviter tant les membres de l'église que les non-membres à participer à ces rencontres de croissance spirituelle en petits groupes.

Au moyen des actions de mise en relation spirituelle, tous sont poussés à se concentrer sur leur besoin personnel de transformation spirituelle, de fidélité et de participation à la Mission du Christ, par laquelle le Saint-Esprit peut vraiment accomplir le travail en eux et les utiliser au service des autres. « Quand Jésus fut entré dans la maison, ses disciples lui demandèrent en particulier : Pourquoi n'avons-nous pu chasser cet esprit ? Il leur dit : Cette espèce-là ne peut sortir que par la prière » (Marc 9:28-29).

En plus de se concentrer sur la justice du Christ, les activités de prière, l'étude des doctrines fondamentales de la Bible comme mentionné au chapitre 21 serviront également à construire la connexion spirituelle des croyants. L'apôtre Paul déclare : « Efforce-toi de te présenter devant Dieu comme un homme éprouvé, un ouvrier qui n'a point à rougir, qui dispense droitement la parole de la vérité. » (2Timothée 2:15). Équiper les croyants pour qu'ils croissent dans leur relation spirituelle avec le Seigneur inclut de les aider à gérer toutes les ressources que le Seigneur a mises à leur disposition. « Ne crains pas ce que tu vas souffrir. Voici, le diable jettera quelques-uns de vous en prison, afin que vous soyez éprouvés, et vous aurez une tribulation de dix jours. Sois fidèle jusqu'à la mort, et je te donnerai la couronne de vie. Que celui qui a des oreilles entende ce que l'Esprit dit aux Églises : Celui qui vaincra n'aura pas à souffrir la seconde mort. » (Apocalypse 2:10-11).

Équiper pour le service

Cela inclut toutes les approches didactiques pour développer des compétences relationnelles et pour favoriser des opportunités spécifiques pour une connexion, une récolte et une consolidation efficaces des membres. Au moyen de cette importante composante qu'est l'évangélisation comme style de vie, tous les croyants devraient explorer leurs forces et leurs domaines de croissance afin de les utiliser de manière significative pour développer leur fidélité au Seigneur et participer à sa cause. Alors qu'ils considèrent les diverses opportunités de mission dans l'église et identifient les domaines d'intérêt pour y participer, ils devraient chercher des formations pour développer des compétences, des aptitudes, des concepts et des principes pour participer efficacement à la mission. « Nous avons beaucoup à dire là-dessus, et des choses difficiles à expliquer, parce que vous êtes devenus lents à comprendre. Vous, en effet, qui depuis longtemps devriez être des maîtres, vous avez encore besoin qu'on vous enseigne les premiers rudiments des oracles de Dieu, vous en êtes venus à avoir besoin de lait et non d'une nourriture solide. Or, quiconque en est au lait n'a pas l'expérience de la parole de justice ; car il est un enfant. Mais la nourriture solide est pour les hommes faits, pour ceux dont le jugement est exercé par l'usage à discerner ce qui est bien et ce qui est mal. » (Hébreu 5:11-14).

L'idéal serait qu'une étude soit menée sur la congrégation locale et sur toute communauté à évangéliser par la congrégation. L'étude sur les membres de l'église déterminera les besoins de la congrégation, ce que les membres sont capables de réaliser et quelles lacunes doivent être comblées. Selon la taille de l'église, elle peut être menée de manière formelle ou informelle. L'enquête sur la communauté indiquera les besoins sociaux à satisfaire et la meilleure façon de lancer et de développer des programmes pour répondre aux besoins spirituels des résidents. « Car, lequel de vous, s'il veut bâtir une tour, ne s'assied d'abord pour calculer la dépense et voir s'il a de quoi la terminer, de peur qu'après avoir posé les fondements, il ne puisse l'achever, et que tous ceux qui le verront ne se mettent à le railler » (Luc 14:28-29).

Chaque ministère au sein de l'église devrait identifier les domaines dans lesquels des projets doivent être entrepris pour accomplir certains des aspects de la mission à la fois au sein et hors de la congrégation locale et surtout pour établir des liens avec ceux qui sont en dehors de la foi. Il faut promouvoir ces projets et solliciter la participation des membres. Les membres recrutés pour participer à de tels projets devraient être formés. Lorsque les personnes sont formées, elles devraient être affectées à des responsabilités spécifiques en rapport avec leur formation afin qu'elles soient capables d'utiliser leurs compétences dans l'œuvre du Seigneur. Les pasteurs et les directeurs des ministères devraient créer des modules de formation et veiller à ce que des formateurs qualifiés soient disponibles pour transmettre des connaissances, des compétences et des valeurs aux membres afin qu'ils participent efficacement à la mission.

Chaque module de formation doit être contextualisé par rapport à l'activité de la mission à accomplir. Les membres doivent également être formés à la conduite d'études bibliques avec d'autres personnes et à la manière d'initier et de développer des intérêts pour l'évangélisation. Les dirigeants du ministère au sein de l'organisation ou de l'église locale devraient être impliqués dans l'identification des projets de mission et dans la préparation du matériel de formation pertinent pour ces projets. Ils devraient se rendre disponibles pour aider les pasteurs et autres formateurs identifiés à remplir la tâche d'équiper les membres pour le service. Chaque niveau de l'organisation et de l'église locale devrait fixer des dates chaque année pour la formation des pasteurs, des autres employés et des membres pour exécuter les projets de mission établis. L'essence de l'équipement est de fournir le soutien nécessaire aux membres pour vivre et participer à l'évangélisation en tant que style de vie.

Construire des relations

Construire des relations est une approche délibérée et contextualisée pour établir des relations mutuelles et amicales avec les autres. L'approche consiste à initier un contact avec les autres sur un plan social qui mène à des relations amicales, en travaillant ensemble pour atteindre des objectifs spécifiques pour aboutir à l'étude de la Parole de Dieu. Il s'agit principalement de se préparer et de préparer les autres à aborder de manière constructive les problèmes de la vie, à partager des moments de bonheur, à s'impliquer dans des démarches de soutien et à aider dans la gestion du style de vie et d'autres problèmes sociaux. Salomon a dit : « Le fruit du juste est un arbre de vie, et le sage s'empare des âmes » Proverbes 11:30. Lorsque des relations sociales s'établissent entre croyants et non-croyants, la voie est créée pour un dialogue qui mène à des discussions amicales sur des sujets variés. John MacArthur a dit : « Quoique les conversations d'évangélisation spontanées devraient faire partie de la vie de chaque croyant, la majorité des présentations de l'évangile se déroulent dans le cadre des relations existantes» Traduit de *Evangelism*, p.166.

Cet élément de construction des relations consiste à : a) aider les autres à faire face à leurs problèmes sociaux, physiques et émotionnels, b) encourager les autres à s'intéresser aux questions spirituelles et à avoir une relation intime avec le Seigneur. « Après cela, le Seigneur désigna encore soixante-dix autres disciples, et il les envoya deux à deux devant lui dans toutes les villes et dans tous les lieux où lui-même devait aller. Il leur dit : La moisson est grande, mais il y a peu d'ouvriers. Priez donc le maitre de la moisson d'envoyer des ouvriers dans sa moisson. » (Luc 10:1-2).

Chaque champ et chaque congrégation locale devraient déterminer la meilleure méthode possible pour attirer l'attention des personnes extérieures à la foi et déterminer comment établir des relations amicales avec elles. Pour être efficace, les membres devraient être formés à cette initiative. Chacun devrait avoir au moins deux personnes avec lesquelles il est en interaction sociale et en construction de relations. Au moins l'un devrait être membre de l'église, l'autre devrait être non-membre. Le membre est celui avec lequel partager la foi et sert de témoin associé. Le non-membre sera le contact à évangéliser. Tous les efforts devraient être faits sous la direction du Saint-Esprit pour sauver le non-membre et l'unir au corps du Christ comme membre de l'église. Dès que le non-membre devient membre, un autre non-membre doit le remplacer, tout en maintenant la relation avec le nouveau membre afin de le conserver et d'en faire un disciple pour le royaume de Dieu.

La transition entre les simples interactions sociales et la construction d'une relation devrait être intentionnelle. Chaque membre devrait entreprendre de partager ou de parler de sa relation spirituelle en racontant son histoire puis en invitant le contact à vivre une expérience avec le Seigneur. Lorsque les individus arrivent à vous accepter en tant que personne, ils seront probablement plus disposés à avoir une conversation spirituelle. Grâce à une telle conversation, la porte est ouverte pour présenter ou partager l'évangile car ils sont prêts à écouter. Cela les amène à exprimer un intérêt continu pour les choses de Dieu qui finalement les conduit à accepter l'Évangile qui exige un changement de leur part. Faire des études bibliques avec ceux avec qui des relations ont été établies est un aspect intentionnel de cette étape de construction de relations. De telles études renforceront certainement leur connaissance de la foi et les encourageront à créer des relations plus étroites avec le Seigneur pour développer un engagement spirituel personnel avec lui.

Il est important que les pasteurs et dirigeants de l'église mettent en place une organisation pour aider les membres à travers ce processus de construction de relations avec les autres. Il devrait y avoir du matériel suffisant, approprié, des ressources mises à disposition, ainsi que du mentorat et de l'encadrement afin d'assurer le succès du processus.

Avant la tenue de chaque campagne d'évangélisation pour gagner les âmes, des actions de construction de relations appropriées, bien préparées et exécutées devraient être exécutées dans le cadre d'une stratégie. Chaque membre de l'église devrait être invité et formé à participer à des actions pour nouer des relations sur une base annuelle. Grâce à des campagnes de construction de relations bien exécutées, avant la tenue de toute campagne pour gagner des âmes, les personnes seront déjà préparées à prendre des décisions pour le Seigneur.

Gagner des âmes

Cela comprend toutes les activités d'évangélisation, à la fois personnelles et publiques, qui motivent les individus à trouver la sécurité en Christ, à prendre des décisions pour l'accepter comme leur Sauveur, à devenir membres de l'Église et citoyens du Royaume de Dieu. Les pasteurs et les prédicateurs laïcs ont des responsabilités majeures dans leur propre organisation et celle des membres de l'Église pour une évangélisation personnelle et publique efficace qui vise à récolter les âmes pour le Royaume. L'évangélisation publique est la méthode la plus efficace pour parler et persuader, petits et grands groupes d'individus, à accepter le Christ lors d'une expérience unique. Les prédicateurs ont besoin de prendre le temps de se préparer à vaincre leurs peurs et à s'engager dans cette activité divine. L'Ancien Testament montre clairement que Dieu a utilisé ses porte-paroles dans la proclamation publique pour déclarer ses messages. Jésus a proclamé le message publiquement et l'a fait en collaboration avec ses disciples.

Les apôtres ont également été impliqués dans l'évangélisation publique et le mandat est donné de même à tous les croyants. Les prédicateurs doivent décider que, par la grâce de Dieu, ils revendiqueront la puissance du Saint-Esprit, se prépareront ainsi que leurs équipes et iront de l'avant pour proclamer l'évangile par l'évangélisation publique. Les invitations à l'évangélisation efficaces, qui produisent de bons résultats, dépendent d'une prière persistante, de préparations personnelles et du terrain, d'un contenu, d'un langage et de directives clairs. Les prédicateurs doivent être résolus, courageux et intrépides pour lancer l'invitation aux autres.

Toute congrégation devrait déterminer un moment chaque année pour mener une campagne intensive pour gagner des âmes ou proclamer et récolter le fruit des impacts précédents. L'endroit où ces impacts spéciaux auront lieu devrait être déterminé au moins un an à l'avance et des actions intensives de renforcement des relations menées par les membres pour préparer adéquatement les gens à la prise de décision pendant la phase de proclamation et de récolte devraient y être menées. Celles-ci peuvent également être considérées comme un stage de formation pour atteindre une plus grande efficacité dans le gain d'âmes. La formation pour proclamer l'évangile et moissonner des âmes devrait couvrir des sujets pertinents qui permettront aux pasteurs/évangélistes de se connecter avec leurs fidèles par la prédication, de connecter les gens au Christ, de présenter des vérités éprouvées, de répondre aux besoins sociaux et spirituels des fidèles, de présenter l'espoir et de récolter des décisions pour les baptêmes. Idéalement, ces campagnes « Proclamer et récolter » devraient durer deux semaines ou plus. Cela donne l'occasion de présenter une série de sujets fondamentaux à couvrir à partir de la Parole de Dieu. Cependant, chaque contexte local doit déterminer le processus de prise de décision.

Les campagnes annuelles de proclamation et de moisson des âmes sont organisées tant pour les membres de l'église que pour les non-membres. L'intention est de baptiser un nombre significatif de personnes qui sont prêtes et en même temps, selon le contexte, d'offrir un stage de formation pour :

    i.   Pasteurs de district/d'église de la zone, de la région ou du champ local

    ii.   Étudiants en théologie en formation

    iii.   Coordonnateurs de prière

    iv.   Evangélistes laïcs

    v.   Ouvriers laïcs de la Bible

    vi.   Employés de la Mission/ Fédération et ouvriers bibliques

    vii.   Témoins laïcs

    viii.   Fournisseurs de technologie d'évangélisation

Moissonner un grand nombre de personnes dans une campagne ou dans un laps de temps déterminé est quelque chose à célébrer. Ellen White a dit : « Reprenons maintenant le travail qui nous a été confié et proclamons le message qui doit éveiller chez les hommes et les femmes le sentiment de leur danger. Si chaque Adventiste du Septième Jour avait accompli le travail qui lui était confié, le nombre de croyants serait maintenant beaucoup plus grand qu'il ne l'est » Traduit de *Testimonies for the Church*, vol. 9, chap. 2, p. 25. Gagner efficacement les âmes demande les efforts combinés de tous les membres de la communauté de foi. C'est certainement u

Un appel à l'implication totale du membre. « Tous ceux qui reçoivent la vie du Christ sont mis à part pour travailler au salut de leurs semblables. C'est en vue de cette œuvre que l'Eglise a été établie, et tous ceux qui entrent dans l'Eglise s'engagent solennellement, par là, à devenir des collaborateurs du Christ. » *Jésus-Christ*, chap. 86, p. 822.4. Jésus a très clairement dit que les efforts humains pour gagner les âmes ne doivent pas être dénués de l'action divine : « Et voici, j'enverrai sur vous ce que mon Père a promis ; mais vous, restez dans la ville jusqu'à ce que vous soyez revêtus de la puissance d'en haut. » Luc 24:49

La campagne annuelle de proclamation et de moisson peut être menée en direct par des moyens technologiques à partir d'un site principal. La technologie a supprimé les frontières ; les réseaux sociaux et autres plates-formes numériques créent la possibilité pour un large éventail de personnes d'être atteint par l'évangile à travers une même série de conférences. Elle peut même être rediffusée sur de nombreuses plates-formes. La collaboration entre les districts pastoraux et autres entités organisationnelles créent une plus grande possibilité de succès.

Conserver et faire des disciples

Cela inclut les activités sociales et spirituelles délibérément offertes pour faire des nouveaux membres des disciples dans la foi de l'avènement en leur fournissant témoignage, amour, assurance et soutien. Aussi, en les équipant pour partager efficacement leur foi avec les autres, on les influence à accepter le Christ comme leur Sauveur. Dans Jean 15:7 et 8, Jésus a dit : « Si vous demeurez en moi, et que mes paroles demeurent en vous, demandez ce que vous voudrez, et cela vous sera accordé. Si vous portez beaucoup de fruit, c'est ainsi que mon Père sera glorifié, et que vous serez mes disciples.» Jean 15:16-17 : «Ce n'est pas vous qui m'avez choisi ; mais moi, je vous ai choisis, et je vous ai établis, afin que vous alliez, et que vous portiez du fruit, et que votre fruit demeure, afin que ce que vous demanderez au Père en mon nom, il vous le donne. Ce que je vous commande, c'est de vous aimer les uns les autres.»

Toute action pour gagner une âme ou proclamer et moissonner doit être associée à une méthode spéciale de conservation et de disciplat incluant tous les membres nouvellement baptisés, méthode intégrée au processus de planification. Le programme spécial «Conserve et fais des disciples » devrait être confié à personnes spécifiques pour son exécution. Les besoins des individus ne sont pas tous identiques, aussi, il est important de contextualiser les opérations « Rétention et discipulat » des Unions, des champs locaux et des communautés. Cependant, il est nécessaire de prévoir des activités pour fournir assurance, témoignage, amour et soutien à chacun des nouveaux croyants. Trois chapitres entiers de ce livre ont traité des aspects de cet important sujet : garder et faire des disciples.

La perte de membres (attrition) dans les églises ne se limite pas aux nouveaux membres. Il y a des personnes dans l'église depuis de nombreuses années, voire des décennies, qui apostasient pour diverses raisons. Afin de résoudre ce problème, les programmes « garder et faire des disciples » doivent être organisés pour répondre aux besoins de tous les membres. Les divers ministères de l'Église qui sont censés planifier et initier ces derniers sont :

i. Ministères des enfants pour conserver et faire des enfants des disciples.
ii. Ministères de la jeunesse pour conserver et faire des jeunes des disciples.
iii. École du sabbat pour conserver et faire de tous les membres des disciples grâce à des programmes d'étude.
iv. Ministères des femmes pour conserver et faire des femmes des disciples.
v. Ministères des hommes pour conserver et faire des hommes des disciples.
vi. Ministères de la famille pour conserver et faire des couples des disciples.
vii. Association pastorale pour conserver et faire des pasteurs et de leur famille des disciples.

Évangélisation comme style de vie et ministères de l'Église

On attend de chaque ministère qu'il adhère au programme de l'évangélisation comme style de vie de l'église et y participe activement afin de remplir la mission générale de l'organisation. Chaque directeur ou chef de département devrait déterminer un ou une combinaison de cinq éléments qui exprimerait les plans fondamentaux de son ministère. Ils devraient établir des objectifs réalisables dans ces domaines et mobiliser la participation des laïcs à leur réalisation.

Chaque programme majeur ou congrès de tout département ou ministère de l'église devrait avoir une composante dans laquelle les non-membres sont invités à participer à certains aspects du programme d'évangélisation comme style de vie, en particulier en nouant des relations qui impactent les individus au niveau social. Par exemple, tout congrès devrait avoir la participation de non-membres pour réaliser des actions d'impact sur la communauté avec les membres et participer à d'autres aspects du programme selon l'organisation prévue. À travers les observations et la contribution, on s'attend à ce que ces non-membres développent un intérêt pour l'église, ses croyances et le désir d'y appartenir.

Exemple de programme centré sur la Mission

Là où il est prévu que 2 000 jeunes adventistes participent à un camporée d'éclaireurs, des dispositions seront prises pour recevoir un nombre supplémentaire de participants non adventistes. Ce programme doit être bien présenté aux groupes de jeunes de la communauté pour qu'ils s'y joignent en tant qu'observateurs. Ils y établiront des relations ou contacts et prendront part aux opérations qui seront associées à ce camporée pour répondre aux besoins sociaux de la communauté où se déroulera le programme. La direction du camporée déterminera dans quels autres domaines du planning ils pourraient participer. Tous les membres devraient être avertis qu'il s'agit d'une initiative missionnaire où les non-membres sont présents dans l'espoir qu'ils se comporteront tous en véritables témoins du Christ grâce à l'intégration.

Une organisation similaire sera prévue, pour accueillir l'assistance non-adventiste, par les ministères des femmes, des enfants, de la santé, de la famille, de la communication, des hommes, de la jeunesse, de l'éducation, des publications, des ministères personnels, de gestion chrétienne, de la liberté religieuse et de l'école du sabbat.

Quelques méthodes d'évangélisation

Il y a de nombreuses méthodes qui pourraient être utilisées pour atteindre les objectifs de l'évangélisation. En ayant le choix, les membres sont en mesure de déterminer les meilleures approches compatibles avec leurs intérêts, leur passion, et qui leur procure l'inspiration nécessaire pour s'engager à influencer les autres vers Christ. La liste ci-dessous souligne quelques-unes de ces méthodes accompagnées d'une brève explication de la manière dont elles pourraient être exécutées. Aucune n'est complète en soi et la combinaison de deux ou plus garantirait davantage d'efficacité.

1. Évangélisation par le style de vie naturel

a. En vivant correctement une vie compatible avec l'évangile du Christ comme énoncé dans les Écritures et les gens verront, admireront et choisiront d'imiter l'évangile tel que vous le vivez de manière pratique.

b. L'admiration de la vie que vous illustrez incitera les autres à vous poser des questions sur Dieu.

2. Évangélisation par le service

a. Elle met l'emphase sur l'expression de l'amour par la serviabilité comme moyen d'ouvrir les portes à l'évangélisation.

b. En aidant les autres à gérer efficacement leurs problèmes et leurs situations, on crée des occasions de partager l'évangile avec eux.

3. Évangélisation par les évènements

a. Elle met à profit l'élan des intérêts du moment du public, quand ils existent.

b. Elle s'appuie sur le rassemblement de foules, grandes ou petites, et l'utilise pour partager des messages pertinents de l'évangile.

4. Évangélisation de voisinage

a. Elle provient d'un foyer personnel et d'un contact individuel avec les autres, en particulier les nouveaux.

b. Elle saisit l'occasion de rencontrer des gens dans les maisons ou les lieux communs, publics ou privés, pour partager l'évangile.

5. Évangélisation par la prédication de rue
a. Dans cette approche, le message est partagé avec les gens alors qu'ils passent dans la rue.
b. Elle ne nécessite pas forcément d'invitation puisque qu'il y a une audience évidente – ceux qui passent, vaquant à leurs occupations personnelles.
c. Elle peut créer des occasions pour une évangélisation de personne à personne.

6. Évangélisation par les prospectus
a. C'est une méthode simple et versatile d'évangélisation personnelle. Juste remettre un tract à quelqu'un qui passe près de vous.
b. Elle est idéale pour les situations où la conversation n'est pas possible.
c. En ayant une variété de tracts, il est possible de partager divers sujets de l'évangile.

7. Évangélisation de conversation
a. Elle implique le partage de l'évangile lors des conversations normales et quotidiennes avec ceux avec lesquels on entre en contact habituellement.
b. Elle peut avoir lieu par téléphone, à la caisse d'un magasin, au bureau - si c'est autorisé - à un événement sportif, en voyage (avion) ou toute autre rencontre humaine.

8. Évangélisation relationnelle ou amicale
a. C'est une évangélisation personnelle – parler aux autres de Christ.
b. Une variété d'outils peut être utilisée : des imprimés, la Bible, etc.
c. Elle peut être faite par n'importe qui.

9. Évangélisation publique

a. Un groupe important d'individus est en mesure d'entendre le message au même moment et a l'opportunité de réagir.

b. De nombreuses personnes sont capables de collaborer au partage de l'évangile.

10. Évangélisation en petits groupes

a. Les membres qui n'ont pas les compétences nécessaires pour témoigner personnellement s'acquittent de cette tâche dans le cadre du groupe.

b. Une relation est établie avec l'intéressé, ce qui favorise son désir d'accepter l'évangile.

11. Évangélisation dans les foyers pour enfants

a. Une équipe organisée ou un groupe de personnes visite de manière stratégique les foyers pour enfants sur une base hebdomadaire ou bi-hebdomadaires.

b. Les équipes de visite ou groupes apportent des dons et soutiennent par la nutrition, l'hygiène et autres besoins physiologiques, sociaux et spirituels des enfants de ces foyers.

12. Évangélisation de l'enfermement

a. Une équipe organisée ou un groupe de personnes visite stratégiquement les centres d'enfermement sur une base hebdomadaire ou deux fois par semaine.

b. Les équipes de visite ou les groupes apportent des dons et portent assistance par la nutrition, l'hygiène et autres besoins physiologiques, sociaux et spirituels des personnes dans ces centres.

c. L'évangélisation de l'enfermement concerne les personnes qui sont en prison, dans les foyers pour personnes âgées, dans les centres de soins pour adultes, dans les maisons de retraite, les centres de réhabilitation, les personnes âgées isolées, etc.

13. Évangélisation numérique

a. Un groupe organisé de membres utilisateurs des réseaux sociaux partage l'évangile avec ceux qui ne sont affiliés à aucune église et les personnes de confession différente.

b. Tous les membres du groupe devraient avoir un moins un compte sur les réseaux sociaux : WhatsApp, Facebook, Instagram, YouTube, etc.

14. Évangélisation par la santé
a. Un groupe organisé de membres, ayant de l'intérêt et la passion pour un style de vie sain, est mobilisé pour entrer en relation avec les gens de la communauté pour partager leur foi.
b. Il organise des expositions sur la santé qui incluront quelques-unes des activités suivantes ou davantage : vidéos sur les pratiques de style de vie sain, littérature sur la santé, préparation de repas sains, conférences sur des questions liées au style de vie, dépistages – signes vitaux, test de Harvard (test d'aptitude physique) – exercice physique, jus santé, collecte de données, etc.
c. Il utilisera le matériel de l'évangélisation par la santé, y compris les cours de Bible et Santé, pour atteindre les objectifs visés.

15. Évangélisation par le style de vie familial
a. Un groupe organisé de membres ayant la passion d'influencer et d'améliorer la santé du style de vie des familles.
b. Il utilisera le matériel d'évangélisation par la vie de famille y compris les cours de Bible sur la vie de familiale pour atteindre les résultats désirés.

16. Évangélisation par la réconciliation
a. Une équipe organisée ou un groupe de personnes et équipées pour contacter les anciens membres et les influencer pour qu'ils renouent avec la foi.
b. Utilisation d'une approche spécialisée pour identifier les anciens membres et les amener à se réengager dans l'église par le biais du contact, de l'écoute, de l'empathie, de la reconnaissance, de la sécurité, de la prière, de l'anticipation, de l'accueil, de la réconciliation et de la réintégration.

Responsabiliser les membres actifs

Tous les membres actifs de l'église devraient être identifiés et intégrés à un programme spécial de formation au disciplat en vue de participer à la formation d'évangélisation par le style de vie de l'église en fonction de leur passion, intérêt, dons spirituels, talents ou compétences. Chaque ministère impliqué dans « garder et faire des disciples » sous la direction du pasteur et d'autres délégués de l'église devrait coordonner ses efforts pour être efficace. Chaque membre actif devrait être encouragé à choisir la catégorie de mission dans laquelle il ou elle sera impliqué et, si nécessaire, être formé. Voici une liste de quelques domaines où les membres actifs de l'église peuvent être impliqués dans des actions missionnaires :

- Coordinateur de prière.
- Prédication évangélique.
- Instructeurs bibliques.
- Leader de petits groupes.
- Constructeur de relations sociales.
- Sponsor financier de projets sociaux.
- Sponsor financier de projets évangéliques
- Développeurs de matériels et de ressources visuelles.
- Prestataires de services technologiques.
- Equipe des ministères de contextualisation.
- Responsables de l'équipe de témoignage évangélique.
- Prise de décisions pour le baptême.
- Equipe de réengagement des membres inactifs.
- Soins aux personnes à besoins spéciaux.

Réengager les membres inactifs

Tous les membres inactifs de l'église devraient être identifiés. Après avoir déterminé la cause de leur inactivité lors d'un dialogue prévu avec eux à cet effet, des efforts devraient être faits pour répondre à leurs besoins et/ou préoccupations. Le cas échéant, ces personnes devraient être référées à des membres au sein de l'église ou à des professionnels compétents, capables de résoudre leurs problèmes. Les dirigeants de l'église devraient désigner des personnes dotées des compétences, du tact, de l'art de la persuasion et qui sont confidentielles, pour répondre à leurs besoins ou préoccupations. Dans le processus d'implication de ces membres inactifs, ils devraient être encouragés à participer aux activités d'évangélisation par le style de vie de l'église, en particulier la connexion spirituelle. Le but de ce travail de réengagement est de les rétablir dans la colonne des membres actifs.

Appréciation et reconnaissance

« Voici, je viens bientôt, et ma rétribution est avec moi, pour rendre à chacun selon ce qu'est son œuvre. Je suis l'alpha et l'oméga, le premier et le dernier, le commencement et la fin. Heureux ceux qui lavent leurs robes, afin d'avoir droit à l'arbre de vie, et d'entrer par les portes dans la ville ! » Apocalypse 22:12-14. La récompense ultime est donnée par le Seigneur. Cependant, il est naturel au comportement humain, et dans le cadre de la motivation, de donner et recevoir des récompenses. Les pasteurs et autres responsables du ministère devraient concevoir un programme spécial d'appréciation et de reconnaissance pour les membres qui ont tenu leurs engagements dans le programme d'évangélisation par le style de vie de l'Église. Cela peut être un banquet annuel, un diner officiel ou une autre activité représentative. À cette occasion, des représentants d'autres niveaux de l'organisation devraient être présents pour exprimer leur reconnaissance aux membres au nom de l'ensemble ou de celles qu'ils représentent. Un pins de récompense et des certificats peuvent également être remis aux membres pour leur implication significative dans la mission.

Évaluation des progrès

Pour s'assurer régulièrement que les actions sont aussi efficaces que possible, et les adapter, il est important de les évaluer. L'évaluation est un processus qui examine de manière critique un programme. Selon Patton (1987), cela implique la collecte et l'analyse d'informations sur les activités, les caractéristiques et les résultats d'un programme. Son but est de porter des jugements sur le programme, d'améliorer son efficacité et/ou de renseigner la prise de décision en matière de programmation. L'évaluation aide à identifier les domaines à améliorer et, au final, à atteindre les objectifs plus efficacement. Elle permet aux dirigeants de vérifier le succès ou l'avancement des programmes ou des actions et de pouvoir en transmettre l'impact aux autres, ce qui est essentiel pour les relations publiques, le moral des participants et pour attirer et conserver le soutien des participants actuels et potentiels.

Ci-après se trouvent quelques formulaires qui peuvent être utilisés pour collecter des données et faciliter une évaluation efficace du programme d'évangélisation par le style de vie.

Identification des membres actifs et inactifs pour l'autonomisation et le réengagement

N°	Désignation de la mission	Nombre Membres Actifs	Nombre Membres Inactifs	Commenta ires
1	Nombre de membres			
2	Coordinateurs de Prière			
3	Prédicateurs			
4	Instructeurs bibliques			
5	Constructeur relations sociales			
6	Sponsors financiers projets sociaux			
7	Sponsors financiers projets évangéliques			
8	Développeur de matériels et de ressources visuels			
9	Prestataires de services technologiques			
10	Équipe des ministères de contextualisation			
11	Responsables de l'équipe de témoignage évangélique			
12	Fourniture de service de support au témoignage évangélique			
13	Prise de décisions pour le baptême			
14	Coordinateur de réengagements des membres inactifs			

15	Développement et production de matériels et ressources nécessaires			
16	Coordinateur équipe réengagement membres inactifs			
17	Soins aux personnes à besoins spéciaux			

Répartition des membres pour construire des relations sociales et gagner des âmes

N°	Nom des membres	Domaine de participation	Projet spécial
1			
2			
3			
4			
5			
7			
8			
9			
10			
11			
12			
13			
14			
15			

Formulaire d'exécution des projets du département

N°	Nom du département	Nom projet	Objectifs	Durée (Date)	Nombre de participants
1					
2					
3					
4					
5					
6					
7					
8					
9					
10					

Révision et discussion

- *Définissez l'évangélisation par le style de vie et expliquez comment elle est réalisée.*
- *Comment le conseil de Paul dans Romains 12:2 « Ne vous conformez pas au siècle présent » et « soyez transformés par le renouvellement de l'intelligence » est-il pertinent pour l'évangélisation ?*
- *Expliquez et différenciez les mots grecs qui forment la racine de « évangélisation ».*
- *Identifiez et expliquez les cinq principaux objectifs ou composants de l'évangélisation par le style de vie.*
- *Montez un programme d'évangélisation pour votre église ou votre région incluant les cinq composantes principales de l'évangélisation par le style de vie.*
- *Comment évalueriez-vous l'efficacité de votre programme d'évangélisation par le style de vie ?*
- *Différencier les membres actifs et inactifs de votre église et élaborez un plan pour évangéliser la communauté qui implique les deux groupes.*

2e PARTIE
DES STRATÉGIES POUR L'ÉVANGÉLISATION RÉUSSIE

5
Évangélisation numérique

Qu'est-ce que l'évangélisation numérique ?

L'ÉVANGÉLISATION NUMÉRIQUE est l'intégration stratégique de divers outils numériques, de différentes technologies pour accomplir la mission, partager l'Évangile de Jésus avec les autres et inciter les auditeurs à s'engager à devenir disciples du Christ et membres d'une communauté de foi.

Dans Luc 8:1-11, nous découvrons que le semeur ne se limite pas à un type particulier de sol : il a semé parmi les rochers, les épines, la terre fertile et moins fertile. Dans les dernières heures de l'histoire de ce monde, les semeurs de l'évangile doivent être présents sur chaque type de sol en utilisant les méthodes agricoles les meilleures ou les plus pertinentes. Le message du Christ doit être proclamé à tous ou au plus grand nombre de personnes que possible. L'évangélisation numérique est une approche puissante. La technologie offre la possibilité de se connecter avec un public mondial.

Ellen White déclare : « De nouvelles méthodes doivent être introduites. Le peuple de Dieu doit être conscient des nécessités du temps dans lequel il vit. Certaines méthodes utilisées pour la prédication de l'évangile seront différentes des méthodes utilisées dans le passé ; que personne, à cause de cela, ne bloque le chemin par la critique ». Traduit de *Testimonies For the Church* Vol. 6, p. 96-97.

Grâce à l'évangélisation numérique, les proclamateurs de l'évangile peuvent atteindre des objectifs d'évangélisation multiples. Cinq d'entre les principaux sont les suivants :

1. Atteindre les gens indépendamment des frontières géographiques et culturelles et développer des relations avec elles.
2. Equiper tous ceux qui sont atteints, de manière pertinente et nécessaire, de connaissances, ressources, services, actes de bienveillance, soins de compassion, de soutien et d'assistance.
3. Secourir et intégrer dans la communauté des croyants tous ceux qui ont développé la conviction de vivre une relation salvatrice avec Christ.
4. Garder ceux qui sont secourus dans la communauté de foi, par l'enseignement des doctrines, le partage des règles qui les aideront à développer une culture et un style de vie leur permettant de demeurer fermes dans la communauté de foi.
5. Faire de tous les croyants des disciples engagés et actifs, participant à la mission du Christ et servant les autres.

Pour atteindre ces cinq objectifs de l'évangélisation numérique, un effort combiné et collaboratif des membres qui proclament la Bonne Nouvelle du Christ à travers les chaines numériques est nécessaire.

L'usage efficace des moyens technologiques pratiques pour atteindre, équiper, sauver, retenir et faire des disciples dans la foi de Jésus, aidera grandement l'église à devenir une communauté, plus large et plus dynamique, de croyants fidèles.

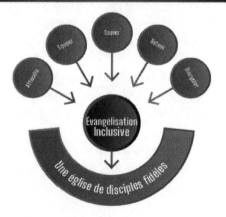

Exécution de l'Évangélisation Numérique en Phases

Phase 1
La phase de planification et de stratégie intentionnelles

C'est la phase dans laquelle les témoins numériques développent la vision. Durant la phase de planification intentionnelle et d'élaboration de stratégies, les exigences suivantes sont soigneusement traitées :

- Constituer un comité d'évangélisation numérique ou collaboratif.
- Mettre en place un processus de coordination de prière.
- Nommer des techniciens.
- Identifier les ressources en ligne et les plateformes de diffusion à utiliser.
- Nommer des mentors de connaissance biblique.
- Choisir des spécialistes en promotion/marketing.
- Identifier le public ciblé.
- Sélectionner les plateformes à utiliser.
- Identifier et acquérir les ressources technologiques nécessaires.
- Sélectionner l'équipe de direction, l'entrainement nécessaire et le calendrier de formation.
- Choisir les réseaux sociaux et autres plateformes que les membres utiliseront pour se connecter avec le public ciblé (définir la stratégie et la formation nécessaires pour la préparation en ligne).
- Définir les ressources en ligne axées sur le public cible (telles les études bibliques, etc.).
- Établir la date et la stratégie d'exécution.
- Développer le mécanisme de réponse des contacts, la procédure de distribution et de suivi.
- Définir un plan d'urgence en cas de panne du système ou de problème.
- Mettre en place un système de communication interne et une stratégie intégrant l'Implication Totale du Membre.
- Élaborer un plan de promotion numérique pour atteindre les contacts.

- Déterminer le budget de la campagne.

Phase 2

Phase de Mobilisation et d'Implication Totale du Membre

Dans cette phase, chaque membre de l'église possédant un compte sur les réseaux sociaux est invité à se connecter avec un ou plusieurs amis de confession différente qu'il aimerait voir dans le Royaume de Dieu. Il les invitera à se connecter sur une plateforme d'étude biblique désignée et à suivre la série de cours de Bible recommandée. À la fin de chaque leçon, le membre peut faire une révision ou juste avoir une conversation avec son ami sur le sujet étudié. L'échange peut commencer avec la simple question : comment était la leçon ?

Au terme de la série d'études bibliques en ligne, le membre instructeur devrait essayer d'obtenir la décision de l'étudiant concernant son engagement envers Christ. Le membre peut référer l'étudiant à un mentor de connaissance biblique dans une église ou l'inviter à un programme d'évangélisation en ligne ou numérique prévu ou en cours. Le membre doit partager toutes les informations nécessaires pour que l'étudiant se connecte et s'engage dans une telle campagne en ligne. Une partie de l'événement spécial marquant la fin de la série d'études devrait être une cérémonie de remise des diplômes au cours de laquelle un certificat sera décerné à chaque étudiant.

Pour que la remise des diplômes soit significative, il importe que chaque église locale en fasse une initiative évangélique majeure en invitant de nombreuses personnes de la localité à suivre le cours biblique. Les personnes qui ne maîtrisent pas la technologie peuvent avoir un membre qui les inscrit et fait l'étude avec eux directement par téléphone ou face à face quand c'est possible.

Les membres peuvent télécharger les leçons ou utiliser celles mises à leur disposition par leur église locale. Terminer une série de cours bibliques avant une campagne d'évangélisation en ligne est l'un des moyens les plus puissants de préparer les individus à prendre des décisions pour Christ pendant la campagne numérique publique. C'est une action majeure de préparation pré-numérique à l'évangélisation que d'avoir des gens prêts à prendre des décisions pour le Seigneur et à être baptisés en tant que membres du corps du Christ.

Plateformes en ligne pour l'évangélisation numérique
        Le nombre des réseaux sociaux et autres chaînes d'évangélisation en ligne continue d'exploser avec le développement régulier et périodique de l'accès à des plateformes supplémentaires. La capacité de se connecter, de communiquer et de recevoir des messages est rendue de plus en plus facile. Certaines des plates-formes et moyens numériques disponibles sont :

i. WhatsApp	ii. YouTube
iii. Twitter	iv. Instagram
v. Télévision	vi. Radio
vii. Facebook	viii. Tik-ToK
ix. Snapchat	x. Cable
xi. Messenger	xii. WeChat
Xiii. Tumblr	xiv. Viber
xv. Pinterest	xvi. LinkedIn

Phase 3
Conduire la campagne en ligne
        L'équipe collaborative d'évangélisation coordonnera, orientera et promouvra le projet afin d'atteindre l'objectif de ce programme d'évangélisation en ligne. Elle organisera les cérémonies de remise des certificats, les détails du programme d'évangélisation en ligne, la promotion et l'exécution de la partie annonce de la campagne.
        À ce stade, l'équipe doit s'assurer que les éléments essentiels pour l'exécution du programme cités ci-dessous, qui auraient dû être définis durant la phase de planification et de stratégie intentionnelle, sont effectivement organisés. Combinés avec les autres, tout doit maintenant être mis en mouvement.

    1. Éléments essentiels à l'exécution du programme
        i.   La date et la durée de la campagne.
        ii.   Le prédicateur de la campagne numérique ou en ligne.

iii.   Les assistants techniques et l'assistance nécessaires.

iv.   Les médias à travers lesquels le programme sera diffusé.

v.   La répartition des noms et des contacts de toutes les personnes qui se sont inscrites au préalable aux cours bibliques à des personnes sélectionnées ou mentors pour assurer leur accompagnement.

vi.   Le personnel qui contactera et accompagnera chacun des candidats quotidiennement durant la campagne afin de favoriser leur prise de décision.

vii.   Elaborer le programme et affecter un personnel aux rencontres du soir ou de la journée durant la campagne.

viii.   Inviter tous les membres des églises à prier pour cette initiative évangélique.

2. Suggestions pour la promotion du programme :

i.   Campagne publicitaire dans les églises.

ii.   Promotion de 30 secondes sur les réseaux sociaux.

iii.   Court dialogue dynamique entre deux ou plusieurs membres/jeunes.

iv.   Utilisation des médias officiels de l'Église tels les télévision, radio et site Web.

v.   Impliquer les membres d'église sur les réseaux sociaux dans la promotion du programme.

vi.   Spots – Des publicités de 30 secondes annonçant que quelque chose va se passer (créer des attentes).

3. Participation de chaque église locale.

i.   Établir un objectif d'études bibliques.

ii.   Exécuter le plan d'étude biblique.

iii.   Promouvoir la campagne en ligne.

iv.   S'assurer de l'engagement de chaque membre d'église à inviter quelqu'un à regarder ou à écouter les présentations durant la campagne.

v.   Mettre en place une base de données en ligne avec une carte réponse ou un code.

vi.   Mettre la carte de réponse ou le code à la disposition de tous les membres de l'église.

    vii.   Au moment de l'appel, quand le prédicateur donne les indications pour remplir la carte de réponse, chaque membre d'église doit envoyer la carte ou le code à ses invités afin qu'ils la remplissent.

Les recherches de Thom Rainer dévoilent que les pasteurs et leur prédication ont été les éléments les plus influents dans la décision des gens d'accepter le Christ et de se joindre à une église. Lors de l'appel des disciples, Marc écrit que Jésus : « en établit douze, pour les avoir avec lui, et pour les envoyer prêcher » (Marc 3 :14 Version Segond). Les douze étaient avec Jésus, observant ce qu'Il faisait, puis Il les envoya pour reproduire tout ce qu'ils l'avaient vu faire. Sa prédication a été le premier exemple de ses disciples d'alors et est de même pertinente pour les prédicateurs d'aujourd'hui, peu importe le canal ou la méthode utilisée pour transmettre le message.

La prédication qui atteint efficacement les incroyants lors d'une campagne en ligne, les conduit à accepter le Christ et à s'associer à une congrégation locale, doit satisfaire les exigences suivantes : I) un contenu biblique et Christocentrique, 2) un prédicateur sincère et authentique 3) un prédicateur enhardi et inspiré par le Saint-Esprit, 4) un message pertinent pour les auditeurs non croyants ou non engagés, 5) des illustrations attirantes qui captent l'attention 6) un message délivré de manière énergique et dynamique 7) un appel persuasif.

Jésus, Pierre et Paul entraient en relation avec les personnes qu'ils cherchaient à atteindre en allant vers elles. Leurs sermons ne ressemblaient pas à l'oraison publique de leur époque. Ils étaient adaptés à la vie de leurs auditeurs. En proclamant la Parole, ils traitaient les gens avec respect et s'exprimaient de manière à être clairement compris par les auditeurs. Ils traitaient de questions qui présentaient un intérêt pour leurs auditeurs et touchaient directement leur vie. Les prédicateurs en ligne doivent de même être pertinents.

La prédication en ligne nécessite la connexion délibérée du prédicateur avec l'esprit et le cœur des auditeurs afin de les aider à comprendre le message et la vérité spirituelle qu'il apporte. Cela fait appel aux dimensions cognitives et affectives de la psychologie humaine. Cette connexion commence avec la démonstration de l'identification du prédicateur avec les auditeurs, du respect à leur égard et de l'appréciation qu'ils ont accepté de se connecter. L'apôtre Paul résume son approche des gens de la manière suivante : « Car, bien que je sois libre à l'égard de tous, je me suis rendu le serviteur de tous, afin de gagner le plus grand nombre » (1 Cor. 9 :19). Jésus a fait preuve de respect pour des individus que peut-être personne d'autre de sa culture à l'époque n'aurait respectés. Entre autres : la femme surprise en adultère, la femme samaritaine rejetée par les gens de la communauté dans laquelle elle vivait qui a été forcée de puiser de l'eau dans la chaleur du jour (Jean 8:1-11), les collecteurs d'impôts (Marc 2: 13-17), les lépreux (Luc 17:11-19), les prostituées (Luc 7:41-44, et les officiers de l'armée romaine (Matthieu 8:5-14).

Comment augmenter l'engagement du public dans les réunions de campagne en ligne

L'engagement du public lors des réunions de campagne d'évangélisation en ligne se manifeste par : la croissance de l'attention, de l'intérêt, des connaissances et de la participation ou de la connexion des individus aux évènements de la campagne. Lorsque ceux qui composent l'audience s'engagent, ils partagent automatiquement leurs expériences et connaissances avec les autres et motivent ceux de leur sphère d'influence à accéder de même au programme.

L'engagement du public peut être négatif, positif ou moyen. S'il est négatif, les gens peuvent ne pas se connecter régulièrement et parler sans enthousiasme du programme, ce qui ne serait pas attractif pour ceux qui n'y ont pas eu accès. Cela pourrait même décourager certains qui y ont assisté. Dans le cas d'un engagement moyen, les auditeurs ne seront pas impatients de revenir au programme et pourraient ne pas chercher ou inviter d'autres personnes à y assister. Un engagement positif est ce que désirent tous les proclamateurs de l'Évangile en ligne. Ceux qui s'engagent positivement parlent du programme avec passion, partagent avec enthousiasme leur expérience avec quelque personne qu'ils rencontrent, attendent avec impatience le prochain épisode et invitent les autres à se connecter. Pour augmenter l'engagement de l'audience à votre campagne numérique, les points suivants doivent être considérés :

1. Obtenir l'inscription du plus grand nombre possible d'invités.
2. Préparer un kit de campagne numérique et l'envoyer aux invités ou aux participants.
3. Trouver un moyen de favoriser les relations personnelles.
4. Apporter des solutions aux défis quotidiens.
5. Présenter aux gens des éléments clé pour leur satisfaction future.
6. Poser des questions clés et demander aux gens de répondre.
7. Créer et mettre à leur disposition une fiche de réponse.
8. Présenter des illustrations en temps réel pendant les réunions.
9. Demander aux auditeurs de transmettre des questions dans les commentaires ou par l'outil de discussion/chat.
10. Répondre aux questions.
11. Exprimer des reconnaissances et des appréciations spéciales.
12. Partager des expériences personnelles.
13. Mettre en évidence les caractéristiques importantes du public ou ses problèmes actuels.
14. Présenter des images visuelles convaincantes.
15. Développer des sujets ayant rapport avec les enjeux des auditeurs.
16. Utiliser des touches d'humour et des anecdotes humoristiques.
17. Expliquer aux auditeurs comment le sujet présenté les concerne.
18. Solliciter l'implication de l'auditoire en rendant le sujet immédiat, personnel et local.

Phase 4
La phase de rétention

Un programme de six à douze semaines de rétention en ligne devrait être tenu pour instruire et guider les croyants nouvellement baptisés dans leur relation avec le Christ et la communauté des croyants. Les chapitres « Comment nourrir efficacement les nouveaux croyants » et « Pour le Nouveau croyant », fournissent des informations approfondies sur les méthodes à suivre pour les former et les consolider dans la foi.

Résumé des 18 étapes de l'évangélisation en ligne
1. Constituer une équipe de prière et présenter le programme au Seigneur.
2. Mettre en place l'équipe de développement et d'exécution.
3. Développer la vision.
4. Communiquer avec les membres de l'église et les impliquer.
5. Déterminer une date pour la préparation et le lancement d'une vaste campagne d'études bibliques.
6. Développer une large base de données des étudiants des cours bibliques.
7. Déterminer une date pour la campagne de sauvetage.
8. Faire la promotion et inviter les gens à se connecter et à recevoir le message.
9. Déterminer et/ou développer une plateforme numérique personnalisée ou un portail pour partager et accéder à des informations spécifiques.
10. Obtenir que les membres de l'église partagent les campagnes en direct - organisent des soirées autour de ces rencontres.
11. Réaliser la campagne proprement dite.
12. Avoir un espace virtuel de consultation, une salle de discussion/chat ou un centre d'appels pour les réflexions après la réunion.
13. Répartir les candidats dans des équipes ou des petits groupes au moyen de plateformes électroniques ou de réseaux sociaux.
14. Faire un suivi quotidien des candidats.
15. Faire les arrangements nécessaires pour baptiser ceux qui, instruits, sont prêts.
16. Offrir un programme de rétention aux baptisés.
17. Avoir un programme de suivi des non-baptisés.
18. Impliquer les membres des classes de l'école du sabbat ou des petits groupes.

Suggestion pour le contenu du kit de campagne numérique
1. Série de leçons bibliques.
2. Bloc-notes de la campagne.

3. Logo de la campagne.
4. Pins de la campagne.
5. Casquettes, chemises, écussons, autocollants, etc. avec le logo de la campagne.
6. Affiches et brochures de la campagne.
7. Vidéos promotionnelles de la campagne.

Témoins virtuels

Intégrer les membres de l'église en tant que témoins en ligne est un aspect important du témoignage virtuel (WOW). Les églises peuvent développer un réseau de témoins virtuels Il s'agit d'un groupe de membres d'église qui s'engage à maintenir une forte présence en ligne et qui, au moyen de leur connaissance et l'utilisation de toutes les formes possibles de technologique, influencent les autres à : a) pratiquer de saines habitudes de vie, b) accepter Jésus comme leur Sauveur, c) participer à la vie et à la mission de l'Église adventiste du septième jour et d) rejoindre le réseau de témoins virtuels.

Chaque réseau de témoins virtuels est censé être un atout avec un nombre croissant d'abonnés ; il déterminera et utilisera la plateforme en ligne sur le 'open web' comme outil majeur pour transmettre la liste des sujets à leur cercle d'amis virtuels pour influencer les abonnés.

Un témoin virtuel peut collaborer avec d'autres pour se défier les uns les autres quant au nombre d'abonnés à obtenir et le nombre de personnes qui prennent concrètement des décisions par rapport aux quatre objectifs énoncés plus haut.

Les églises devraient recruter et organiser les Témoins autour de thèmes communs. Elles peuvent procéder à des inscriptions afin de pouvoir identifier chaque participant puis, périodiquement, mettre à jour leur adhésion et les classer en fonction de leur nombre d'abonnés.

Le témoin sera impliqué dans des blogs et publiera régulièrement des articles sur des sujets pertinents sur des plateformes déterminées. On s'attend à ce qu'ils génèrent de nombreux abonnés enthousiastes, des personnes engagées qui prêtent une attention particulière à leurs vues.

Les témoins virtuels peuvent choisir des sphères d'influence en utilisant divers créneaux tels que :

1. Réponses aux questions bibliques fréquemment posées.
2. Sujets d'étude biblique.
3. Une série télévisée sélectionnée.
4. Un lieu de culte et de de fraternité.
5. Des sermons en vidéo.
6. Ministères des médias chrétiens.
7. Groupe d'intérêt Facebook.
8. Chaîne YouTube Adventiste.

Les témoins virtuels peuvent être classés en conséquence en :

1. Méga-témoins - ceux qui influencent 100 abonnés ou plus sur les réseaux sociaux.
2. Macro-témoins - ceux qui influencent entre 50 et 99 personnes sur les réseaux sociaux.
3. Micro-témoins - ceux qui influencent entre 20 et 49 personnes
4. Témoins débutant - ceux qui influencent entre 1 et 19 personnes.

Autres domaines d'importance :

1. Règles et processus de création de blogs.
2. Fournir du contenu vidéo.
3. Podcasting
4. Messages sociaux uniquement.
5. Le Méga-témoin peut être présenté sur le site Web de l'église ou dans d'autres endroits stratégiques du domaine informatique de l'église.

La plateforme idéale des Témoins en ligne

Chaque témoin en ligne devrait choisir la plateforme à employer pour influencer ses abonnés. Une liste de plateformes en ligne est fournie sous la rubrique « Plateformes pour l'évangélisation numérique », mentionnée précédemment. Les témoins en ligne peuvent décider d'exploiter l'un de ces éléments ou d'autres qui ne figurent pas dans la liste. L'idéal serait qu'ils utilisent leurs comptes existants ou une de leurs plateformes déjà actives. Cela permettra la continuité et un accès aisé aux amis et abonnés qu'ils veulent influencer, d'autant qu'ils sont déjà présents dans leur base de données.

Conclusion

L'évangélisation virtuelle est une stratégie technologique qui utilise toutes les formes numériques et les réseaux sociaux pour partager l'Évangile de Jésus et inciter les connectés à s'engager pour Christ et devenir membres de la communauté de foi. Cette approche est l'une des « nouvelles méthodes » introduites par les dirigeants de l'Église afin de conduire les personnes à Christ alors que les gens sont conscients des impératifs du temps dans lequel ils vivent. Ellen White déclare : « L'œuvre de Dieu sur cette terre ne sera pas achevée à moins que les hommes et les femmes qui composent nos églises ne se mettent au travail et unissent leurs efforts à ceux des prédicateurs et des membres officiants de l'Église. » *Conseils à l'Église, p.25.*

Grâce à l'effort et la collaboration des proclamateurs numériques de la Bonne Nouvelle du Christ, l'évangélisation virtuelle devrait atteindre au moins cinq objectifs. En utilisant tous les moyens technologiques pratiques et pertinents pour : atteindre, équiper, sauver, retenir et faire des disciples dans la foi de Jésus, le résultat sera une église de disciples fidèles. L'exécution de ce type d'évangélisation peut être réalisée à travers les phases suivantes : intentionnalité, connexion, acquisition de connaissances et prédication en ligne. Les proclamateurs virtuels de la Bonne Nouvelle doivent connaître les plates-formes de réseaux sociaux disponibles nécessaires à la campagne d'évangélisation en ligne et maîtriser l'usage.

Le résumé des 18 étapes de l'évangélisation virtuelle, comment augmenter l'engagement dans les réunions de la campagne virtuelle et des suggestions d'outils pour le kit de campagne virtuelle font partie des éléments essentiels à étudier, comprendre et adopter afin de réussir le programme. Ne pas oublier ou négliger : après toute campagne d'évangélisation virtuelle, il doit y avoir des programmes de rétention intentionnellement planifiés et exécutés pour nourrir les nouveaux baptisés, en les instruisant dans les enseignements doctrinaux de la Bible, la culture et la pratique de la foi.

Formulaire d'organisation d'évangélisation virtuelle		
Membres du comité Évangélisation collaborative	Noms	Ministères
Date de la campagne		
Description	Nom	Information de contact
Prédicateur		
Coordinateur prière		
Responsables techniques		
Instructeurs bibliques		
Coordinateur du programme de chaque soir		
Coordinateur de publicité		
Autre information		
Autre information		

Révision et discussion

- *Qu'est-ce que l'évangélisation virtuelle ?*
- *Mentionnez certains des objectifs de l'évangélisation virtuelle ?*
- *Expliquez ou définissez chacun des objectifs de l'évangélisation virtuelle mentionnés.*
- *Identifiez et expliquez les quatre phases de l'évangélisation virtuelle étudiées dans ce chapitre.*
- *Nommez dix étapes de l'évangélisation virtuelle et expliquez l'importance de chacune d'elle.*
- *Décrivez la phase de la prédication dans la campagne virtuelle.*
- *Définissez l'engagement du public dans l'évangélisation virtuelle et comment le renforcer.*
- *Préparez un programme d'évangélisation virtuelle complet prêt à être mis en œuvre dans une église locale ou une zone.*
- *Expliquez ce qu'est un Réseau de Témoins Virtuels et élaborez un programme complet de témoins virtuels prêt à être mis en œuvre dans votre église locale.*

6

Visites Evangéliques

DE NOMBREUX RÉCITS à travers le monde témoignent que l'implantation de congrégations adventistes du septième jour et la croissance importante de l'Église est largement due aux contacts personnels entre membres d'églises et les gens de l'extérieur. Ces contacts évangéliques ont apporté espoir et conviction à des millions de personnes qui vivent aujourd'hui dans l'attente du second avènement.

Les pionniers de l'adventisme dans la Division interaméricaine

En 1879, le pasteur John N. Loughborough – missionnaire adventiste venu des États-Unis d'Amérique et vivant à Southampton, Angleterre, et William Ings, colporteur de la même ville anglaise – envoyèrent un carton de livres et de prospectus à Haïti, sans préciser d'adresse. Ces écrits arrivèrent entre les mains d'un missionnaire épiscopalien qui, à son tour, les présenta à d'autres missionnaires protestants. Un missionnaire baptiste distribua les publications à sa congrégation. Quand Henry Williams et sa femme – jeune couple jamaïcain de cette église – étudièrent les textes, ils commencèrent à observer le sabbat comme jour de repos et à partager ce qu'ils avaient appris. En 1892, plus de dix ans après, le pasteur L.C. Chadwick leur rendit visite pour la première fois. Il les baptisa, et ils devinrent les premiers adventistes du septième jour de la Division interaméricaine.

Henry Williams et sa femme continuèrent leurs activités évangéliques à travers la Jamaïque, et leur influence se répandit dans la région caribéenne. Des personnes vivant sur d'autres îles et d'autres pays participèrent aussi aux visites évangéliques et à la distribution de publications. Cela contribua à la croissance de l'adventisme dans ce territoire. Avec l'augmentation des membres, la Conférence générale procura des dirigeants pour travailler dans le territoire et créa, en 1906, l'union de fédération des Indes occidentales. Par la suite, la Mission Latine Américaine du Nord fut créée en 1914. En 1922, la Conférence générale organisa la Division interaméricaine comptant 8 146 membres dans 221 églises réparties au sein de 3 fédérations et 10 missions. Dès 1924, le nombre de membres en Inter-Amérique passa à 11 670, regroupés dans 229 églises. En 2012, cet effectif atteignait les 3,6 millions, et la croissance continue encore aujourd'hui. Les visites évangéliques faites par les laïques constituent un facteur primordial de cette croissance.

Les pionniers de l'adventisme dans la Division Sud-américaine

Un docker de New York souhaitait envoyer quelques publications portugaises en Amérique du Sud, le « continent négligé ». Il les confia au capitaine d'un bateau qui promit de les remettre à quelqu'un au Brésil. Au moment de rentrer à New York, il se souvint de sa promesse et se débarrassa du colis en le lançant sur le quai où son navire avait déjà largué les amarres. un commerçant de Santa Catarina emporta les publications chez lui et s'en servit comme papier d'emballage dans son épicerie. Parmi ses clients, un ivrogne utilisa le papier pour colmater les fissures du mur de sa cuisine. Le jour arriva où, penché contre son mur, il se mit à lire. Plus il lisait, plus il eut le sentiment qu'il avait trouvé ce qu'il recherchait. Il devint le premier adventiste du Brésil. Cet homme commença à visiter des gens pour leur parler de l'Évangile, et aujourd'hui ce petit ministère laïc a donné lieu à une abondante moisson. Des millions de personnes se réjouissent dans la foi adventiste, et les visites personnelles figurent encore parmi les activités les plus importantes de l'Église dans la Division Sud-américaine.

La plume inspirée soutient les visites évangéliques

L'esprit de prophétie accentue beaucoup l'évangélisation individuelle. Ellen White déclare : « L'œuvre du Christ comprenait de nombreux entretiens particuliers. Le Sauveur affectionnait les tête-à-tête. Ce qu'une âme avait reçu passait ensuite à des milliers d'autres. » — *Témoignages pour l'Église*, vol. 2, chap. 55, p. 468. Les disciples de Jésus employèrent la même méthode pour prêcher l'Évangile. Actes 8.26-40 retrace l'entretien entre Philippe et l'eunuque éthiopien après lequel cet éminent officier gouvernemental accepta Jésus.

L'histoire de la femme samaritaine dans le quatrième chapitre de Jean illustre comment toute une cité reçut la connaissance salvatrice de Jésus par une visite et un contact en tête-à-tête. Dans son livre *Jésus-Christ*, Ellen White écrit :

> Jésus n'attendait pas qu'un vaste auditoire fût rassemblé. Souvent il commençait à enseigner quelques personnes réunies autour de lui ; les passants s'arrêtaient alors, l'un après l'autre, pour écouter, si bien qu'une multitude ne tardait pas à entendre avec étonnement et révérence les paroles divines prononcées par le Maître envoyé du ciel. Celui qui travaille pour le Christ ne doit pas éprouver moins de ferveur en parlant à un petit nombre d'auditeurs. Il se peut qu'une seule personne se trouve présente pour écouter le message ; mais qui peut dire jusqu'où s'étendra son influence ? Même aux yeux des disciples, l'entretien du Sauveur avec une femme de Samarie paraissait chose insignifiante. Mais il argumenta avec elle avec plus de zèle et d'éloquence que s'il s'était trouvé en présence de rois, de magistrats ou de grands prêtres. Les leçons qu'il donna à cette femme ont été répétées jusqu'aux extrêmes limites de la terre.
>
> Dès qu'elle eut trouvé le Sauveur, la Samaritaine lui amena des âmes. Elle se montra animée d'un esprit missionnaire plus efficace que celui des disciples. […] Grâce à une femme pour laquelle ils n'éprouvaient que du mépris, toute la population d'une cité eut l'occasion d'entendre le Sauveur. — chap. 19, p. 163, 164.

Les visites évangéliques calquées sur la méthode de Jésus produisent d'abondants résultats ; elles sont encore aujourd'hui indispensables au peuple de Dieu qui s'engage dans l'évangélisation. Ellen White écrivait : « Pendant des années, il m'a été dit que le travail de maison en maison est celui qui fera de la prédication de la Parole un succès. » — *Évangéliser*, sect. 13, p. 429. Madame White pouvait ainsi affirmer que « ce n'est pas la prédication qui est la chose la plus importante, mais le travail de

maison en maison ». — *Le ministère évangélique*, sect. 10, p. 403.
« Partout se trouvent des gens auxquels la Parole de Dieu n'a jamais
été présentée et qui n'assistent à aucun service religieux. Pour que
l'Evangile leur parvienne, il faut aller les trouver chez eux. » — *Le
ministère de la guérison*, p. 119.

La pratique des visites évangéliques

Ceux qui croient en Jésus doivent être proactifs dans leur
préparation à aller vers les autres et partager leur foi. Pour y
parvenir, il est essentiel de consacrer beaucoup de temps à la prière
personnelle et l'étude de la Bible. Chaque chrétien sincère devrait
aspirer à une vie de prière plus significative et une étude personnelle
plus profonde de la Bible, pour enrichir leur spiritualité (1
Thessaloniciens 5.17 ; 2 Timothée 2.15). La vie de prière de Jésus
est un modèle pour tous les croyants. Comme Jésus, chacun doit
trouver un moment, un endroit et une méthode propices à la prière.
Ils doivent prier en s'attendant et en croyant à la réponse du
Seigneur. Prier et étudier la Parole devraient constituer une manière
de vivre qui précède et accompagne les visites évangéliques.

Effectuées à domicile, ces visites ont un but précis : amener
les âmes à Jésus. Il en existe plusieurs types, mais dans cette section,
nous nous focaliserons sur trois d'entre elles : (1) visites aux
nouveaux intéressés, (2) visites de suivi et (3) visites en vue d'une
décision. Quand une personne commence par rencontrer un nouvel
intéressé, la progression naturelle sera d'avancer vers l'étape du
suivi et par la suite celle de la décision. Chaque croyant doit aspirer
à ce que ses visites évangéliques culminent en des prises de
décisions pour le Christ.

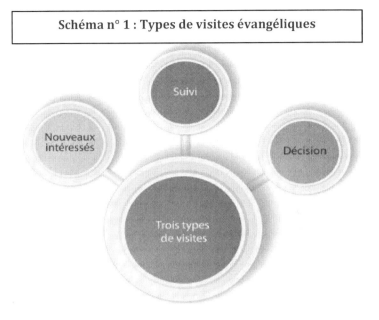

Ce sont des visites aux personnes avec lesquelles les croyants n'ont eu aucun échange personnel et qu'ils aimeraient conduire à Jésus. Pour commencer, il n'est pas nécessaire de se focaliser d'emblée sur le thème du salut ; il est préférable de bâtir une relation sociale solide et s'orienter par la suite vers la spiritualité. Le croyant aura donc à réitérer ses contacts. Il ne faut pas se préoccuper uniquement des connaissances ou des amis que l'on fréquente, mais également des parfaits étrangers. La première étape à franchir est d'établir une liste de nouveaux intéressés à contacter. Présentez leurs noms en prière au Seigneur et demandez-lui de vous guider pour aborder et influencer ces personnes afin de les amener à un cheminement intime avec Dieu. tout en priant pour elles, cherchez la bonne occasion d'entamer le processus des visites. Soyez également prêt si le Seigneur place une personne sur votre route de façon imprévue.

Maintenant que vous savez ceux que vous allez contacter, il faut choisir un moment et un endroit appropriés. Si vous manquez d'assurance ou que vous êtes timide, demandez à une personne expérimentée de vous accompagner. Cependant, comme le Seigneur est votre associé dans ce projet, que vous avez demandé son aide et que vous êtes assuré de sa présence, vous devez aller de l'avant avec foi. Si une personne bien expérimentée vous accompagne, demandez-lui de vous coacher sur la manière d'initier la conversation et de mener la visite. Il est important de ne jamais oublier que les méthodes des autres peuvent ne pas correspondre à votre personnalité et votre façon de travailler. D'où la nécessité de chercher votre propre approche. Les gens aiment parler de leur famille, leurs enfants, leur carrière : saisissez cette occasion pour établir un lien personnel.

Si vous êtes au courant d'un événement particulier dans la vie de la personne que vous aimeriez contacter, c'est une bonne idée d'établir le premier contact à cette occasion. Si le Nouvel An approche, rendez-lui une visite de nouvel an. S'il s'agit de son anniversaire, d'une date marquante, ou de la réussite à un examen, saisissez l'occasion pour lui souhaiter vos bonnes pensées et initier le contact. Vous pouvez peut-être apporter un cadeau, si possible. Choisissez-les en fonction des intérêts de la personne et pour lui faire plaisir. Si elle a des enfants, vous pouvez offrir des revues, des livres d'histoires ou des CD contenant des récits chrétiens édifiants que toute la famille appréciera.

Une naissance, un deuil, ou d'autres moments cruciaux offrent la possibilité d'entrer en contact avec une personne. Il peut s'agir aussi d'un événement capital dans la communauté, l'entreprise ou le monde. À l'ère technologique où les gens sont absorbés par leur vie personnelle et d'autres préoccupations, le premier contact peut être effectué par mail, lettre, appel, sms, ou réseau social. Transmettre un message par quelqu'un que vous connaissez constitue une autre possibilité. Par exemple, un ami peut dire de votre part et en votre absence : « Je connais quelqu'un qui utilise souvent les réseaux sociaux et qui aimerait bien vous rencontrer. Et si je vous le présentais ? »

Ce contact initial peut permettre de se familiariser avec la personne et entamer le tissage d'un lien social solide. Des conversations régulières peuvent mener au thème de la providence divine. Puis, vous pouvez lui proposer de participer à des activités au bénéfice des autres. À mesure que la familiarité grandit, vous aurez peut-être la possibilité d'aborder des sujets bibliques et l'intéressé vous posera lui-même une question relative à la foi. Ne laissez pas passer ces occasions. Soyez vigilant et prêt à discerner les opportunités d'atteindre votre objectif ! Au moment propice, invitez l'intéressé à l'église pour assister à un concert, un projet communautaire, ou une activité sociale.

Comment aborder l'aspect spirituel de la conversation

Il y a de nombreuses questions et expériences qui permettent d'entamer et de poursuivre un échange spirituel quand on rend visite à un nouvel intéressé. Parfois, la transition émerge naturellement d'une situation ou de la conversation. On peut alors faire allusion au temps et à l'énergie investis dans le choix et le développement d'une carrière, souvent au détriment de la vie spirituelle. Une bonne question serait, dans ce cas : « À votre avis, comment les gens devraient-ils faire pour grandir spirituellement ? » Face à une tragédie, une expérience négative, ou même la résolution positive d'une situation difficile, vous pouvez dire : « Comment votre conception de Dieu a- t-elle été influencée par cette expérience ? »

Après plusieurs conversations, vous pouvez demander à la personne : « Nous avons parlé de bien des choses, mais nous n'avons jamais évoqué la religion. Si vous me permettez, où en êtes-vous actuellement dans votre cheminement spirituel ? » Parfois, on peut même entrer en matière ainsi : « Quelle est votre conception personnelle de Dieu ? » Vous pouvez aussi initier une conversation spirituelle en disant : « Aimeriez-vous que je vous parle brièvement de ma relation personnelle avec Dieu ? » La question suivante peut aussi servir d'amorce : « Est-ce qu'à un moment donné dans votre vie, vous avez accepté Jésus comme votre Sauveur ? »

Voici d'autres exemples : Puis-je vous raconter comment je suis arrivé à cette étape de mon cheminement spirituel ? Pensez-vous que les valeurs spirituelles influencent la vie conjugale, ou la vision de la vie et du travail ? Si vous étiez sûr que Dieu existe, aimeriez-vous le connaître personnellement ? Si vous pouviez connaître Dieu personnellement, le feriez-vous ? Que pensez-vous de votre foi ? Avez-vous fait la passionnante découverte de connaître Dieu personnellement ? Allez-vous souvent à l'église ? Aimeriez-vous que nous parlions un peu des bases de nos croyances chrétiennes ? Pouvons-nous parler un peu de quelques thèmes primordiaux de la vie ? Pensez-vous que nous devrions accorder plus de place à la foi dans nos vies ? Et si je vous parlais en partie de mes croyances fondamentales pour que vous puissiez voir si cela vous intéresse ? Beaucoup de gens se disent chrétiens. Qu'est-ce qu'un chrétien selon vous ? Quelqu'un vous a-t-il déjà expliqué comment fortifier votre foi ?

D'autres moyens d'entrer en empathie avec les gens
Invitez la personne chez vous pour une rencontre amicale. Dites-lui que cela vous plairait beaucoup de l'avoir comme ami ou de passer des moments agréables avec elle. Pendant votre visite, il serait bon d'adresser une prière de circonstance à un moment donné. Cela peut être un excellent témoignage de votre foi. Si nécessaire, invitez – ou demandez à la personne d'inviter – d'autres familles, amis, connaissances pour participer à une activité intéressante. Si vous ne savez quoi faire à cette occasion, vous pouvez chanter ensemble ou regardez un DVD contenant un message spirituel qui peut stimuler des conversations. L'ambiance peut être encore plus conviviale si vous servez un repas. Cela peut aussi être l'occasion d'introduire le sujet de la santé. Une sortie en famille ou une autre activité récréative peut aussi captiver l'attention, retenir l'intérêt, tisser une relation, créer une transition vers des sujets plus transcendants et des thèmes relatifs à la foi.

Le suivi

Les visites aux nouveaux intéressés se sont bien déroulées, la transition a eu lieu, et maintenant les conversations portent aussi sur les choses spirituelles. Il se peut aussi que vous ayez à visiter une personne intéressée par un sujet biblique particulier. Une autre aura assisté à une réunion et répondu à un appel ; le but de la visite sera de poursuivre l'étude entamée. Peut-être même qu'il s'agit de quelqu'un ayant exprimé le désir de marcher avec Jésus, d'où la nécessité d'un suivi. Ellen White a dit : « L'intérêt suscité doit être suivi grâce à un travail personnel : par des visites, des études bibliques, en enseignant à sonder les Écritures, en priant avec les familles et les personnes intéressées et en cherchant à graver plus profondément les impressions produites sur les cœurs et sur les consciences. » — *Évangéliser*, sect. 13, p. 395.

*Visiter une personne qui ne vient plus à une campagne
d'évangélisation*

Ceux qui ont manifesté de l'intérêt pour une campagne
d'évangélisation peuvent avoir manqué certaines soirées. Le suivi
a pour but de les tenir au courant du message central de chaque
sujet présenté en leur absence et d'obtenir un retour de leur part.
On pourra leur procurer des documents imprimés à propos de ces
sujets. La visite sert aussi à les encourager à revenir aux réunions.
Si une difficulté les a éloignés, proposez votre aide, dans la
mesure du possible, pour résoudre la situation et les ramener à la
campagne.

Il est judicieux de leur parler du thème que le prédicateur
développera à la réunion suivante, en soulignant toujours que le
sujet est passionnant et qu'il serait dommage de le rater. S'ils ne
peuvent pas venir, dites-leur que vous êtes navré, trouvez la date
qui leur conviendrait mieux, et donnez-leur l'assurance que vous les
tiendrez informés des éléments-clé du message. Cependant, ne
partez pas sans convenir avec eux de la prochaine date à laquelle ils
s'engagent à venir de nouveau. Dites-leur que vous reprendrez
contact pour les informer et les aider à retourner aux réunions.

Suivi pendant une campagne d'évangélisation
Quand une personne répond à un appel au cours d'une réunion et
exprime le désir d'apprendre davantage, c'est le moment de
commencer un suivi. Le visiteur, dans ce cas, peut se préparer. Sa
visite doit être bien planifiée, car il s'agit de parler de la Bible à
l'intéressé. Si la personne a évoqué une question spécifique,
n'oubliez pas de faire des recherches sur le sujet et d'avoir des
réponses à apporter. L'un des objectifs de ce suivi est de préparer
l'intéressé à prendre la décision de se faire baptiser.

Si la campagne d'évangélisation est à l'origine de ce suivi,
révisez avec la personne les éléments-clé des messages présentés et
fournissez des réponses à ses questions. Si elle ne pose aucune
question, posez-en quelques-unes sur les points de doctrine
essentiels. utilisez des passages bibliques pour renforcer ces
concepts. Une série de guides d'étude biblique peut vous être très
utile. Vous trouverez ci-après un modèle de carte d'engagement

permettant de couvrir les points de doctrine importants pendant le suivi de l'intéressé.

Conseils d'ordre général

La requête d'une visite sort parfois du cadre d'une campagne d'évangélisation, et découle d'une rencontre ayant créé un intérêt. Parfois, l'intéressé lui-même prend cette initiative, pour des raisons diverses. une série d'études bibliques est un des meilleurs moyens permettant de rendre témoignage à cette personne et de répondre à ses besoins de façon méthodique. Il est toujours important d'apporter des réponses satisfaisantes à ses questions.

On a souvent besoin de renforts, raison pour laquelle Jésus envoya ses disciples par petits groupes ou en équipes. Choisissez bien votre équipe. Si vous et votre équipe n'avez pas la compétence de répondre à certaines questions, dites-le à l'intéressé. Dites-lui qu'une autre personne pourra lui apporter des réponses adéquates et que vous comptez l'inviter à la visite suivante. Demandez à l'intéressé la permission de vous faire accompagner par cette personne. S'il faut du temps et des recherches pour répondre à une question, dites à l'intéressé que vous allez approfondir le sujet et lui fournir une réponse à la prochaine occasion.

Ne perdez pas de temps à discuter sur des points de désaccord. « Nous avons là un enseignement pour tous nos prédicateurs, nos représentants-évangélistes et nos ouvriers. Quand vous vous trouvez en présence de gens qui, comme Nathanaël, ont des préjugés contre la vérité, n'insistez pas trop sur vos conceptions particulières. Parlez tout d'abord avec eux de sujets sur lesquels vous pouvez tomber d'accord. Recueillez-vous avec eux pour prier, et, avec une foi humble, formulez vos requêtes devant le trône de la grâce. Ainsi, vous trouverez-vous dans une relation plus étroite avec le ciel, les préjugés perdront leur force, et il sera plus facile d'atteindre les cœurs. — *Évangéliser*, sect. 13, p. 403.

Il arrive, au fil des visites, que des problèmes d'ordre social, émotionnel, ou physique soient « déterrés » et doivent être résolus avant que l'intéressé ne se donne à Jésus. Dans ces cas, si vous n'êtes pas à la hauteur, confiez la personne à un spécialiste qui l'accompagnera vers une solution. Veillez toujours à ne pas vous aventurer en territoire inconnu. Laissez le travail spécialisé aux spécialistes. Si vous référez la personne, gardez contact avec elle. En tissant des liens solides, vous l'aiderez à affronter ses problèmes et à se joindre au bercail dans la joie.

La décision

Quand un intéressé a participé à des échanges relatifs à sa destinée éternelle et qu'arrive le moment pour lui de se décider à suivre le Seigneur dans le baptême, il est nécessaire de lui rendre une visite pour cela. Cette visite peut ne pas succéder à celles entreprises auprès des nouveaux intéressés ou effectuées dans le cadre d'un suivi. Le fait est que la personne est maintenant sur le point de prendre une décision capitale par rapport à sa destinée éternelle. C'est donc sur cette décision qu'il faudra se focaliser.

Repérez rapidement les aspects où vous investirez vos efforts. Si vous êtes en pleine campagne d'évangélisation, cette personne est-elle prête à se joindre à l'église maintenant ou plus tard ? Focalisez-vous sur ceux qui sont prêts à se décider immédiatement pour le baptême. Certaines personnes sont disposées, mais, à cause de certaines situations, elles ne sont pas préparées à se faire baptiser. Elles feront partie d'une moisson future. Ne les abandonnez pas, mais gardez le contact pour qu'elles voient, ressentent et sachent que vous vous intéressez sincèrement à elles. Demandez à d'autres membres d'église de leur rendre visite en attendant. Ils y a aussi ceux qui sont préparés mais non disposés. Vous aurez peut-être à faire intervenir des interlocuteurs qui les mettront davantage en confiance et arriveront à les persuader. Les décisions de ceux qui sont disposés et préparés doivent être prises en compte immédiatement.

Souvenez-vous que contrecarrer un intéressé par des argumentations ne constitue jamais une approche idéale. Quand une personne est sur le point de se décider, elle cherche parfois des échappatoires. Soyez-en conscient, avancez, et n'entamez pas une discussion houleuse qui dévierait de la mission qui vous tient à cœur. À ce point, les études bibliques ne doivent servir qu'à enlever des doutes ou résoudre des problèmes bien spécifiques. Ce sont des moments où une bataille pour le contrôle de l'esprit fait rage, et elle requiert des prières incessantes. Donnez à l'intéressé une carte d'engagement et une charte d'alliance à signer. En apposant son nom, sa signature et la date prévue pour son baptême, il éprouvera un sentiment de responsabilité vis-à-vis de la décision qu'il est en train de prendre.

La carte d'engagement couvre des points de doctrine spécifiques. Elle servira de guide aux membres d'église qui travaillent à présenter aux intéressés les doctrines importantes menant à la charte d'alliance. Le formulaire A (p. 56, 57) fournit un modèle de cette carte, pouvant être contextualisée selon les besoins.

Formulaire A: Exemple de carte d'engagement
Mes engagements personnels

Nom : _____
Date : _____

J'ai étudié, accepté et cru en la doctrine de Dieu :
1. La Parole de Dieu
2. La Trinité
3. Dieu le Père
4. Dieu le Fils
5. Dieu le Saint-Esprit
Signature : _____

J'ai étudié, accepté et cru en la doctrine de l'homme :
6. La création
7. La nature de l'homme
Signature : _____

J'ai étudié, accepté et cru en la doctrine du salut :
8. Le grand conflit
9. La vie, la mort, et la résurrection du Christ
10. L'expérience du salut
11. Grandir en Christ
Signature : _____

J'ai étudié, accepté et cru en la doctrine de l'Église :
12. L'Église
13. Le reste et sa mission

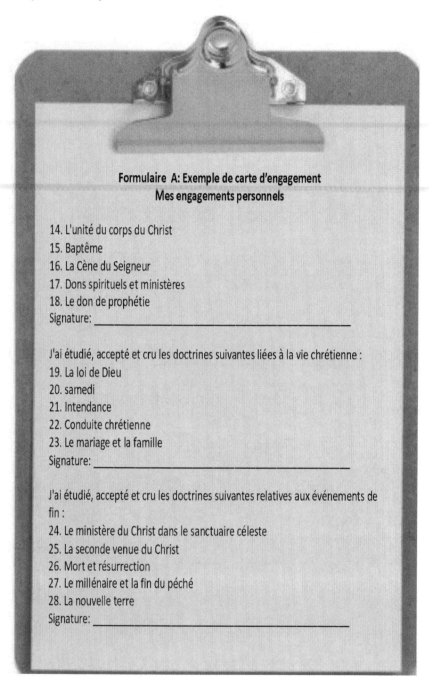

Formulaire A: Exemple de carte d'engagement
Mes engagements personnels

14. L'unité du corps du Christ
15. Baptême
16. La Cène du Seigneur
17. Dons spirituels et ministères
18. Le don de prophétie
Signature: _____

J'ai étudié, accepté et cru les doctrines suivantes liées à la vie chrétienne :
19. La loi de Dieu
20. samedi
21. Intendance
22. Conduite chrétienne
23. Le mariage et la famille
Signature: _____

J'ai étudié, accepté et cru les doctrines suivantes relatives aux événements de fin :
24. Le ministère du Christ dans le sanctuaire céleste
25. La seconde venue du Christ
26. Mort et résurrection
27. Le millénaire et la fin du péché
28. La nouvelle terre
Signature: _____

La charte d'alliance est un accord signé par lequel l'intéressé prend la décision de soumettre sa vie au Seigneur et de sceller sa décision par le baptême à une date spécifiée. Elle implique aussi son engagement à devenir un disciple actif du Christ et un membre de l'église. Le formulaire B présente un modèle de cette charte.

Formulaire B: Exemple de charte d'Alliance
Mon alliance personnelle avec Dieu

Je m'appelle : _____

J'ai accepté Jésus comme Sauveur personnel et j'ai décidé de devenir chré9en.

J'ai erré loin de Jésus, mais j'ai choisi de ne plus faire cela. Je m'engage à me donner en9èrement à lui.

J'ai suivi le Seigneur Jésus par le passé, mais j'accepte maintenant les vérités bibliques supplémentaires rela9ves au sabbat du sep9ème jour.

J'ai décidé de vivre en harmonie avec toute la vérité des Écritures.

Reconnaissance que j'ai la responsabilité d'obéir de façon complète, je veux sceller mon alliance avec Jésus par le baptême.

Date de mon baptême : _____

Mon adresse : _____

Signature : _____

Date : _____

Comment susciter des décisions à suivre le Seigneur

Les gens prennent souvent des décisions en fonction de la valeur qu'elles leur apporteront. Ils évaluent les risques et les comparent à la récompense à obtenir. D'ordinaire, au moment de franchir le pas, de nombreuses distractions s'érigent devant eux. L'intéressé qui est sur le point de choisir Jésus doit déterminer la valeur ultime de son choix, notamment s'il aura à renoncer à une chose qui lui est chère en cours de route. Le diable l'attaque et le décourage souvent à ce moment-là, notamment en se servant des personnes de l'entourage intime de l'intéressé. C'est pour cela que la prière est primordiale dans ces visites.

L'expression des émotions occupe une place importante dans la prise de décisions. Le croyant chrétien qui cherche à susciter des décisions lors de visites évangéliques doit exprimer avec enthousiasme la joie de l'Évangile. Que l'intéressé ressente la joie et le bonheur qui surgissent quand l'Esprit de Dieu agit, et offrez-lui la liberté d'exprimer cette émotion.

Toutefois, l'intéressé de devrait pas attendre d'éprouver une émotion particulière. Une décision dépasse une simple émotion. Elle consiste en un examen calculé et intentionnel des faits présentés et une action consciente en réponse à la vérité. Si les émotions étaient l'unique fondement d'une décision, de nombreux fidèles serviteurs du Seigneur aujourd'hui n'auraient jamais mis la main à la charrue.

Ceux qui motivent les intéressés à se décider pour Jésus doivent leur faire part des récompenses et des valeurs subséquentes, en les comparant aux facteurs induisant une résistance. Il faut encourager l'intéressé à contempler les valeurs plus élevées. Montrez-lui ce qui produira les meilleurs résultats à long-terme, et incitez-lui à préférer la récompense éternelle à la satisfaction temporaire.

Si une personne dépend des émotions qu'elle peut ressentir, elle cherchera souvent à reporter sa décision, parce que tout en reconnaissant la vérité et la meilleure voie à suivre, elle a du mal à se décider par rapport aux valeurs. Elle ne ressentira pas que son choix est bon ou attrayant, et l'attitude la plus censée peut paraître sombre.

La maîtrise cognitive joue un rôle majeur dans la prise de décisions. Beaucoup d'intéressés placent une valeur excessive sur une relation particulière ou sur quelque chose qui leur tient à cœur Cela ne les encourage pas à couper des liens et entamer de nouvelles relations. Ces personnes ont tendance à préférer la gratification immédiate à la récompense plus lointaine. Pour surmonter cela, elles doivent acquérir suffisamment de maîtrise cognitive pour détourner leur attention de ce qui les obnubile. Elles doivent apprendre à découvrir, faire un acte de foi, et faire confiance au Seigneur pour qu'il réalise ses promesses et les portent à de nouveaux sommets dans leur expérience religieuse.

L'art de la persuasion

Pour prendre une décision pour Jésus, il faut dépendre de la prière. La puissance divine est une influence majeure dans cette démarche. Il faut aussi se préparer en apprenant comment les êtres humains agissent et ce qui motive leurs actions. L'art de la persuasion est fondamental au processus consistant à aider une personne à se décider.

Pour amener des personnes à choisir Jésus, il faut les persuader à l'aimer et le servir. Aristote, ancien philosophe grec, enseigna qu'on peut persuader quelqu'un à agir à travers l'association de trois facteurs : ethos, pathos et logos. Ethos – qui a donné le mot « étique » – se rapporte au caractère de celui qui s'adresse à l'intéressé. Cela inclut votre présentation physique, vos gestes, la confiance que vous inspirez, etc. Pathos se rapporte à l'émotion, la passion, les sentiments et la confiance avec lesquels vous présentez le message. Logos reflète la logique, le raisonnement et les arguments qui étayent votre message. Ceux qui s'efforcent de gagner des âmes à Jésus doivent employer régulièrement ces trois éléments de persuasion.

Révision et discussion

- *Où trouve-t-on des exhortations à visiter des personnes en tête-à-tête dans la Bible et l'esprit de prophétie ?*
- *Citez au moins cinq choses que les croyants chrétiens peuvent faire pour réussir leurs visites d'évangélisation.*
- *Identifiez et différenciez les trois types de visites présentés dans ce chapitre.*
- *Mentionnez trois moyens par lesquels un membre d'église peut entamer une visite auprès d'un nouvel intéressé.*
- *Dans vos visites, à quel moment utilisez-vous une carte d'engagement à la place d'une charte d'alliance ?*
- *Expliquez l'importance des facteurs ethos, pathos et logos dans les visites d'évangélisation.*

7

Les petits groupes d'évangélisation

ES ORGANISATIONS EFFICACES sont composées de personnes ou membres réunis en petites équipes ou groupes, qui travaillent en harmonie pour atteindre des objectifs spécifiques. un petit groupe d'évangélisation est généralement une équipe de sept à dix membres d'église qui s'engagent à collaborer les uns avec les autres pour atteindre des objectifs spécifiques d'évangélisation pour gagner des âmes. tous ceux qui acceptent Jésus comme leur Sauveur personnel deviennent automatiquement membres du corps du Christ et du sacerdoce royal de Dieu. Ils reçoivent tous des dons spirituels par l'onction du Saint-Esprit, et ont donc le devoir de partager leur foi (1 Pierre 2.9). Dans les petits groupes d'évangélisation, les membres sont en mesure d'identifier leurs dons spirituels, de les développer et de les employer pour accomplir la mission évangélique, au moyen d'initiatives personnelles et collectives. Le témoignage est bénéfique pour ceux qui le pratiquent, car ils sont personnellement transformés à la ressemblance du Sauveur, dès qu'ils s'y engagent pour amener autrui au Christ.

Les bases bibliques des petits groupes d'évangélisation

L'alliance que Dieu conclut avec Abraham s'enracine dans l'établissement d'une communauté. Dieu décide d'établir son peuple en tant que communauté reconnue, par l'intermédiaire de laquelle l'histoire du salut se déploie (Genèse 12.1-3). Modèle d'efficacité, Jésus œuvre avec un groupe de douze disciples. Il transforme cette association hétéroclite en une communauté de chrétiens. Il partage ses repas avec eux, marche avec eux, et établit des liens solides avec eux. Il est leur mentor, les appelle ses amis et exerce son ministère en leur faveur (Jean 15.12-17).

Tout au long de la Bible, Dieu est présenté comme un être relationnel qui œuvre dans le contexte de la communauté. Il dirige au moyen des relations et atteint ses objectifs grâce à des processus qu'il entreprend au travers d'une communauté ou d'un groupe de serviteurs. Tous les chrétiens sont ses serviteurs, et en tant que tels, ils reçoivent leur force du Saint-Esprit. Ils doivent donc s'organiser pour exercer leur ministère pour Dieu.

Les quatre caractéristiques d'un petit groupe d'évangélisation

Chaque petit groupe d'évangélisation devrait inclure quatre éléments essentiels : *la dévotion, l'édification, la communauté et la mission.*

La dévotion consiste à croire en une puissance supérieure, et à agir en fonction d'un système de valeurs dépassant le simple intérêt personnel. Cet élément est essentiel pour l'efficacité du groupe. La dévotion ou vie de prière et de méditation est liée au temps que les membres dédient ensemble à l'étude de la Parole de Dieu, pour en acquérir une meilleure connaissance, et pour leur croissance personnelle. Pendant ces moments de dévotion, ils s'engagent dans un dialogue de prière, qui consiste à parler de ce qu'est la prière, comment mieux prier, comment Dieu répond aux prières, et des certitudes apportées par la prière. Ils s'encouragent et s'aident mutuellement à fortifier leur vie de prière. Ils étudient différents types de prière, et la façon de les faire monter vers Dieu. On insiste spécialement sur la foi et le lien qui existe entre la foi et la prière. L'acceptation et le don du pardon, dans le groupe et à l'extérieur est aussi un sujet important à étudier. Le groupe déterminera la quantité de temps qu'il veut consacrer à sa vie de prière et de méditation. Ce temps peut se composer d'un chant, d'une prière, d'une discussion sur la spiritualité et d'une dernière prière.

L'édification représente tout ce qui se fait dans le groupe. L'engagement dans la dévotion, la communauté et la mission sont tous les aspects de l'initiative de nourriture spirituelle. Lorsque des personnes travaillent activement pour les autres, spirituellement, socialement et physiquement, ils sont réellement fortifiés dans ce processus. Cependant, la fortification inclut également le fait de répondre aux besoins spécifiques de chaque membre individuellement, qu'ils soient physiques, sociaux, spirituels ou autres. C'est ce ministère de fortification qui rend les petits groupes d'évangélisation si puissants, car chaque participant est nourri et fortifié, directement et indirectement, à travers les différentes interactions du groupe.

La communauté concerne les activités sociales dans lesquelles les membres du groupe sont engagés – individuellement et collectivement – pour répondre aux besoins de ceux qui ne partagent pas leur foi. Chaque petit groupe devrait s'engager dans des activités sociales. Celles-ci ne doivent pas forcément être organisées par le groupe lui-même, mais peuvent être mises en place par le comité d'évangélisation ou l'un des départements de l'église. Chaque petit groupe peut s'investir dans ces activités en faveur de la société.

La mission désigne l'activité d'évangélisation spécifique du groupe, dans le but d'influencer, inspirer, motiver et former ceux qui n'ont pas la foi, afin qu'ils acceptent le Christ comme leur Sauveur, deviennent ses disciples, et se joignent à son Église. Les membres s'investissent déjà dans la mission lorsqu'ils invitent les autres à participer aux moments de spiritualité du groupe. Les petits groupes peuvent également s'engager dans d'autres initiatives, telles que des études bibliques pour les non-chrétiens, des moments de prière avec eux, des visites à leur domicile pour les encourager. Quand les membres du groupe invitent des personnes à assister à un programme d'évangélisation de l'église, comme une semaine de prière, une campagne d'évangélisation, le service du sabbat matin ou tout autre programme orienté sur l'Évangile, le groupe participe aux activités missionnaires.

L'École du sabbat et les petits groupes

L'unité d'action de l'École du sabbat est un petit groupe standard qui est organisé dans chaque église. Selon Ellen G. White, « l'École du sabbat, si elle est bien menée, est l'un des meilleurs outils pour amener les âmes à la connaissance de la vérité » — *Counsels on Sabbath School Work*, chap. 4, p. 115. Selon le département de l'École du sabbat et des ministères personnels de la Conférence générale, l'unité d'action de l'École du sabbat est un « plan mis en œuvre pour organiser, équiper et mobiliser l'église pour qu'elle accomplisse sa mission, qu'elle soutienne les nouveaux membres et ceux qui sont actifs depuis longtemps ». Voici une description de cette École du sabbat :

C'est un lieu caractérisé par une ambiance chaleureuse et bienveillante, où les membres, nouveaux ou expérimentés, ressentent le soutien spirituel et émotionnel et l'encouragement dont ils ont besoin pour affronter les difficultés de la vie quotidienne. C'est un lieu où l'on prend soin en priorité des membres absents ; où le responsable conduit la classe, alors que tous partagent les joies et les difficultés qu'ils ont rencontrées durant la semaine, quand ils ont parlé de Jésus, suivant le plan d'évangélisation établi par la classe.

Enfin, c'est un lieu où les listes de prières sont mises à jour, où les membres sont formés de façon adéquate pour gagner des âmes pendant la semaine suivante, et où la discussion de la leçon est totalement orientée vers la vie pratique et les occasions de témoignage pendant la semaine[1].

Dans l'idéal, l'unité d'action de l'École du sabbat correctement organisée remplit les pré-requis de dévotion, programmes d'aide, communauté et mission. Cependant, en raison du temps nécessaire pour répondre efficacement à ces quatre critères du programme du petit groupe, il peut être utile d'organiser de petits groupes de volontaires, en dehors des unités d'action de l'École du sabbat. Dans ce cas, tous ceux qui désirent participer en donnant du temps, de l'argent, leur influence, leurs talents ou efforts doivent fonctionner en petits groupes organisés. Là où de tels petits groupes sont constitués, il faudra toutefois s'efforcer de ne pas éclipser la fonction des unités d'action de l'École du sabbat régulières dans l'église locale.

---

[1] Sabbath School and Personal Ministries Department of the General Conference of Seventh-day Adventists, "Cool tools for Sabbath School Action units," Sabbath School and Personal Ministries Department of the General Conference of Seventh-day Adventists, Silver Springs, Maryland, 2009),
http://www.sabbathschoolpersonalministries.org/site/1/leafets/Action%20units.pdf.

Comité de coordination des petits groupes

On peut nommer un comité de coordination des petits groupes pour promouvoir, organiser et établir les petits groupes dans l'église. Ce comité devrait être présidé par le pasteur, et les leaders de chaque petit groupe devraient faire partie du comité d'église. Les responsabilités du comité consistent, entre autres, à :

• Promouvoir et organiser les petits groupes.
• Motiver le leader de chaque groupe.
• Définir des stratégies pour les ministères des petits groupes.
• Recevoir les rapports périodiques sur le progrès de chaque groupe.
• Former et responsabiliser les leaders et les membres des groupes.
• Assister les leaders des groupes pour la formation des membres du groupe.
• Évaluer les performances et l'efficacité de chaque groupe, en fonction des objectifs prédéfinis du groupe.
• Assister toutes les autres fonctions administratives des petits groupes.

Établir les petits groupes

Différentes méthodes peuvent être utilisées pour constituer les petits groupes, y compris les approches orientées vers le leader ou orientées vers les membres. Dans l'approche *orientée vers le leader*, le comité de coordination des petits groupes choisit les leaders des petits groupes et recommande leur nom au comité d'église pour approbation. Les leaders choisissent à leur tour entre sept et dix membres pour leur groupe, et présentent les noms au comité de coordination des petits groupes pour approbation. Dans l'approche *orientée vers les membres*, le comité de coordination des petits groupes divise les membres intéressés en groupes de sept à dix personnes. Les membres de chaque groupe choisissent parmi eux un leader et présentent son nom au comité de coordination des petits groupes pour approbation. Ces deux approches peuvent aussi être utilisées pour former des petits groupes composés de membres habitant dans une région spécifique du district, de membres unis par un intérêt commun, ou de membres ayant une profession, formation ou des compétences communes.

Quelle que soit la méthode choisie, les membres du petit groupe nouvellement formé choisissent d'autres responsables – comme un secrétaire et un trésorier – s'ils le jugent nécessaire. Le groupe détermine ensuite les points suivants :

- Objectif du groupe.
- Initiatives et activités spécifiques dans lesquelles le groupe s'engagera.
- Zone géographique dans laquelle on concentrera les initiatives du groupe.
- temps et lieu de réunion.
- Méthodes les plus efficaces pour accomplir la mission du groupe.
- Objectifs à atteindre dans une période de temps déterminée.
- Méthode d'évaluation de l'efficacité.

Formulaire A : Organisation et membres du petit groupe

Nom de l'église :_____

Nom du groupe de ministère : _____

Date d'organisation : _____

Nom du leader du groupe : _____

Téléphone : _____ E-mail : _____

Secrétaire : _____ Téléphone : _____

Trésorier : _____ Téléphone : _____

Autres membres du groupe : Téléphone

_____ _____
_____ _____
_____ _____
_____ _____

Commentaires du comité de coordination :

Signature : Date :

Étapes de développement du petit groupe

Pour qu'un petit groupe soit efficace, les leaders doivent être disposés à aider les membres à comprendre leurs rôles et fonctions respectifs, alors qu'ils apprennent à collaborer. Chaque groupe passe par différentes étapes de développement, c'est pourquoi les groupes nouvellement formés sont différents des groupes plus anciens. Dans les nouveaux groupes, les membres doivent apprendre à se connaître, à clarifier les tâches à accomplir et à se partager les responsabilités. Dans son livre *The Leadership Experience* (L'expérience du leadership), Richard Daft explique que les groupes, de quelque type que ce soit, passent par cinq phases de développement : formation, confrontation, normalisation, réalisation, et dissolution.

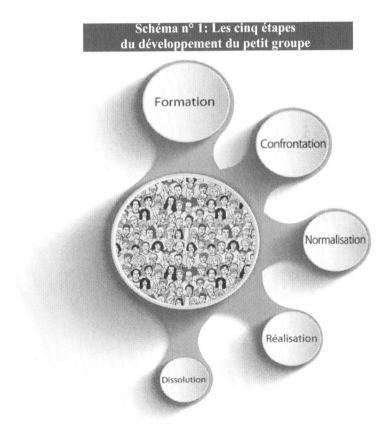

Schéma n° 1: Les cinq étapes du développement du petit groupe

Formation

Confrontation

Normalisation

Réalisation

Dissolution

Formation

C'est l'étape initiale de l'organisation du groupe. Tous les membres montent à bord, apprennent à se connaître, et reçoivent une orientation pour les tâches à accomplir. À cette étape, les membres décident de l'objectif du groupe, de l'heure des réunions. Les responsables du groupe établissent les agendas, les règlements de base, et explorent les possibilités d'amitiés. Il est important que le leader facilite l'interaction et la communication entre les membres du groupe, et les aide à se sentir à l'aise pour créer des liens les uns avec les autres.

Confrontation

À ce stade, les personnalités se révèlent plus clairement, et il est probable que des confits apparaissent. Il est courant de voir émerger différentes perspectives et opinions sur la façon dont le groupe devrait fonctionner, dont les règlements devraient être interprétés, et sur ce que le groupe devrait faire. Le manque de cohésion et d'unité peut devenir trop prononcé. Pour que le groupe réussisse et soit efficace, il doit vaincre ces défis. À cette étape, le leader doit jouer un rôle clé pour aider les membres à dépasser leurs incertitudes et les perceptions conflictuelles, afin de trouver des valeurs communes et de se mettre d'accord sur une mission.

Normalisation

C'est la phase où les confits sont résolus et où l'unité et l'harmonie deviennent visibles dans le groupe. Les rôles sont clairement définis et compris. La fonction de chacun est comprise quand les membres apprennent à s'accepter les uns les autres. Le leader doit continuer à favoriser et mettre l'accent sur l'ouverture et la communication, vérifiant toujours que les rôles sont clairement définis et que les objectifs souhaités sont la priorité pour chacun.

Réalisation

À ce stade, l'accent doit être mis principalement sur l'accomplissement de la mission et des objectifs du groupe. Chaque membre est motivé et se consacre à ces objectifs. Les interactions sont fréquentes et les efforts coordonnés. L'intérêt du groupe a la priorité sur les intérêts personnels, et les réalisations pratiques deviennent visibles. Les leaders efficaces concentrent leur attention sur l'accomplissement effectif des tâches et aide le groupe à s'autogérer. C'est le moment où le groupe fait ce pour quoi il s'est organisé.

Dissolution

Les groupes ne sont pas éternels. Le moment vient où le groupe cesse de fonctionner pour que de nouveaux groupes soient constitués. Lorsque les groupes sont organisés pour des objectifs sans fin, l'intérêt des membres s'émousse, la participation diminue et cesse même parfois. C'est la raison pour laquelle lorsque les objectifs ont été atteints, le groupe devrait être dissous.

Les membres du groupe devraient célébrer le fait qu'ils se sont organisés, ont atteint leurs objectifs, et sont maintenant prêts à dissoudre leur association. Lors de la célébration, les membres feront une rétrospective des différentes phases, identifieront les réussites et les échecs, détermineront ce qui aurait dû être fait différemment pour une meilleure efficacité, exprimeront leur gratitude pour la participation de chacun, offriront reconnaissance et récompenses, et se réjouiront avec les personnes qui auront accepté la vérité grâce au ministère du groupe.

Les membres du comité de coordination des petits groupes peuvent être présents et participer à la célébration de dissolution. Ils peuvent faire leurs propres observations et encourager les membres du groupe pour les préparer à s'engager lors de la réorganisation d'un nouveau groupe.

Le rôle du leader d'un petit groupe

Les leaders des petits groupes doivent être des membres d'église baptisés, qui suivent l'exemple du disciple chrétien. Ils doivent avoir une vie de prière, d'étude de la Bible et de méditation régulière, entretenir de bonnes relations avec autrui, être en relativement bonne santé physique et émotionnelle, participer activement aux activités d'église ou être désireux d'y participer, et être fortement engagé dans la mission de l'église. Ils doivent s'assurer que le groupe met en place des plans adaptés, et veiller à ce que les réunions du groupe incluent les quatre éléments essentiels : dévotion, nourriture spirituelle, communauté et mission. Ils sont les bergers des membres, et les aident à se consacrer à l'objectif du groupe. Ils devraient rencontrer chaque membre individuellement pour encourager leur croissance spirituelle et leur engagement dans les activités du groupe, et de l'église au sens plus large. Ils devraient motiver les autres à fonctionner en tant que co-leaders du groupe, encourager chaque membre à fréquenter régulièrement l'église, et prier fréquemment pour les membres, les initiatives du groupe, les programmes généraux et l'administration de l'église. Les leaders doivent avoir comme priorité le développement et la communication de la vision et des objectifs du groupe. L'évaluation de l'efficacité du groupe doit également être d'intérêt vital pour eux.

Susciter la cohésion dans les petits groupes

Pour fonctionner efficacement, un petit groupe a besoin de cohésion. Elle est favorisée par la participation de tous les membres. Pour vérifier que tous sont engagés pour susciter cette cohésion, le leader doit assumer activement son rôle de direction et poser les questions clé pour établir cette dynamique de groupe essentielle. Les réponses aux questions devraient être enregistrées et discutées, et il est souhaitable d'obtenir dans chaque cas un vote à large consensus ou majorité. Ces questions incluent :

• Qui doivent être les responsables de ce groupe ?
• Quels objectifs spécifiques visons-nous en tant que groupe ?
• Quelles sont vos attentes par rapport au groupe ?
• Quand le groupe devrait-il se réunir ?
• À quelle fréquence le groupe devrait-il se réunir ?
• Où le groupe devrait-il se réunir ?
• En fonction de votre expérience dans d'autres contextes de groupe, quelles sont les erreurs à éviter ?
• Existe-t-il des tâches spécifiques dans lesquelles vous souhaitez vous engager pour contribuer au succès du groupe ?
• Combien de temps envisagez-vous que ce groupe doive fonctionner ?

Le leader devrait faire en sorte que les réponses à ces questions soient imprimées et en donner un exemplaire à chaque membre. Ce document constitue un agrément ou une charte entre les membres du groupe. L'idéal serait que chaque membre le signe.

Le secrétaire du groupe peut recueillir et archiver ensuite un exemplaire de cette charte signée par chaque membre.

Une formation pour les leaders de petits groupes

L'efficacité de n'importe quel groupe dépend de la qualité de ses leaders. trop souvent, certains groupes échouent parce que leurs leaders ne sont pas correctement formés pour la tâche. Ce chapitre met en évidence certains thèmes qui doivent être traités dans le processus de formation des leaders de petits groupes. Cette préparation doit fournir une formation à la fois théorique et pratique.

- Philosophie biblique des petits groupes
- La véritable efficacité des petits groupes
- Le petit groupe : une communauté amicale
- Différents styles de leadership
- Dynamique de groupe
- Gestion et résolution des confits
- Diriger la discussion : formuler et utiliser les questions de discussion
- Leadership et écoute
- Développer les relations entre membres du groupe
- Comment diriger des réunions efficaces
- Diriger le groupe pendant les cinq étapes d'un groupe
- Comment mener des sessions efficaces d'étude de la Bible
- Attentes des membres du groupe
- Diriger l'évaluation du groupe
- L'art de la persuasion : motiver les autres à participer
- favoriser la réconciliation
- La vie spirituelle d'un leader de groupe
- Les quatre éléments d'un petit groupe d'évangélisation
- Établir une vision commune du groupe
- Comment instaurer une bonne ambiance de groupe

Compétences essentielles d'un leader de groupe efficace

- *Il écoute attentivement.* Pour comprendre ce qui est exprimé, le leader de groupe doit se concentrer attentivement sur ce qui est dit. L'attention prêtée au ton de la voix et au langage corporel de celui qui parle fait partie de l'écoute. Cela lui donne des clés pour savoir comment répondre, pour comprendre l'intention du message et l'utiliser pour le bien du groupe.

- *Il reformule.* En reformulant ce qui vient d'être dit, le leader s'assure qu'il a bien compris le contenu et les sentiments qui ont été exprimés.

- *Il questionne et simplifie.* Le leader pose des questions et essaie de simplifier ce qui vient d'être dit. Il s'assure ainsi de la bonne compréhension, pour le bien du groupe.

- *Il résume.* Le leader condense ce qui vient d'être dit pour que les points essentiels soient bien compris.

- *Il soutient et inspire.* Certains membres du groupe sont timides ; d'autres ressentent certaines anxiétés et craintes. Le leader devrait aider tous les membres du groupe à gérer ces craintes, anxiétés et timidités, pour leur permettre de participer activement dans le groupe.

- *Il instaure une ambiance positive.* L'ambiance du groupe est vitale pour la réussite. Elle concerne l'atmosphère qui règne lors des réunions. Les leaders peuvent instaurer une ambiance formelle, ennuyante, austère ou triviale, ou au contraire cultiver une atmosphère de soutien, d'amitié et d'acceptation.

- Le leader de groupe peut aussi posséder d'autres capacités importantes, par exemple : donner l'exemple du comportement désiré ; se montrer transparent ; observer pour repérer les comportements non verbaux ; savoir s'exprimer avec le regard pour interrompre une prise de parole inappropriée ; être capable, par le ton de sa voix, de dynamiser le groupe ; utiliser cette énergie pour que le groupe s'engage.

Les erreurs que le leader doit éviter

Au fil du temps, ceux qui ont organisé des groupes ont découvert les raisons pour lesquelles certains leaders réussissent et d'autres pas. Grâce à leur expérience, Edward E. Jacobs et ses collaborateurs partagent des informations utiles sur les raisons de l'échec de certains leaders de petits groupes. Ces causes correspondent à ce que j'ai constaté pendant plusieurs années de direction de groupe et d'interaction avec des groupes. Les erreurs comprennent, entre autres :

• *Le manque de planification.* Le meilleur moyen de s'assurer qu'une réunion soit bénéfique pour les participants est de bien la préparer.

• *Le désir de faire trop.* Il vaut mieux présenter correctement deux ou trois thèmes, plutôt que d'en survoler rapidement plusieurs. Il est judicieux de préparer une série de thèmes, de façon à compléter un sujet avant d'en aborder un autre, et de vérifier que la présentation a été aussi efficace que possible.

• *Se fixer sur des questions secondaires.* Les activités, thèmes et exercices devraient être décidés en fonction des intérêts des membres. Il faut prendre en compte l'intérêt de la majorité des membres plutôt que celui de quelques personnes.

• *La mauvaise gestion du temps et du programme.*

• *Le manque de préparation d'un démarrage intéressant.*

• *Une programmation floue.*

• *Le manque de souplesse.*

Dynamique des petits groupes efficaces

La bonne utilisation du temps dans le groupe concerne les rencontres habituelles tout comme les traditions et célébrations spéciales destinées à affirmer les membres, à resserrer leurs liens d'équipe, à ajouter de la créativité et de l'humour au programme régulier. Il est utile de se mettre d'accord sur le temps que l'on passe ensemble lors des activités de groupe, et sur ce que l'on en attend. Si l'on permet à certaines personnes de dominer la conversation et d'accaparer le temps commun, cela peut décourager certains membres de venir. Les gens sont occupés, ils n'ont donc pas beaucoup de temps à passer en situation de monologue ou de domination individuelle. Ils veulent être certains de bien utiliser leur temps. Dans les petits groupes d'évangélisation efficaces, les membres passent leur temps dans le partage, l'acceptation, le mélange des idées, le développement d'initiatives et l'exécution de plans.

Le leader d'un petit groupe doit être dynamique et vérifier que chaque membre est engagé pour assumer ses responsabilités. Il doit faire en sorte que chaque membre reçoive les encouragements, la formation et les ressources dont il a besoin pour remplir sa tâche. Il est utile d'effectuer périodiquement une évaluation des performances du groupe, de demander aux membres des suggestions pour l'amélioration, et d'en proposer d'autres, afin d'assurer une efficacité optimale.

Le matériel et les ressources appropriées doivent être mis à la disposition du groupe. Un membre doit être chargé de la responsabilité de procurer et de distribuer le matériel que le groupe juge nécessaire pour atteindre ses objectifs et remplir sa mission. Si l'église est responsable de fournir ce matériel, la personne en charge doit savoir qui elle doit contacter pour cela. Si le groupe lui-même en est responsable, il faut établir bien clairement la procédure à suivre pour se procurer ce matériel et ces ressources.

Les relations dans le groupe sont essentielles pour l'efficacité et la productivité. Le leader doit s'efforcer d'aider les membres à collaborer en équipe. Voici, entre autres, les indicateurs d'une équipe forte : les membres se témoignent mutuellement de l'affection et de l'attention, ils participent régulièrement aux réunions et activités du groupe, les objectifs souhaités sont atteints.

L'engagement de chaque membre du groupe est un facteur essentiel pour la réussite. Encouragez tous les membres à participer aux principales activités du groupe. Chacun devrait se sentir libre de partager des connaissances intéressantes et de participer aux discussions. Les membres devraient aussi être encouragés à amener des visiteurs, et à faire en sorte que ces invités se sentent bien accueillis et à leur aise.

Un climat de confiance dans lequel les membres collaborent pour leurs objectifs communs, dans l'abnégation, la persévérance et la loyauté, est vital pour le bon fonctionnement du groupe. Leaders et membres devraient coopérer pour cultiver une atmosphère de confiance et de fiabilité. Chacun devrait développer un sens d'appartenance et de responsabilité vis-à-vis des autres.

Les modèles de communication efficace dans le groupe impliquent de parler clairement et ouvertement, et d'écouter avec empathie. Cela permet une gestion constructive du confit et une résolution efficace des problèmes. C'est un facteur de confort à la fois pour les membres et pour les visiteurs, qui influe énormément sur la décision de rester ou non dans le groupe. Quand les participants se sentent libres de participer aux discussions, cela contribue à établir un climat chaleureux et accueillant. Efforcez-vous d'accueillir les suggestions de chacun. En cas de désaccord, cherchez une solution satisfaisante tant pour le groupe que pour les individus dont l'opinion diverge.

La prière et les petits groupes

Les petits groupes d'évangélisation devraient constituer un milieu sûr et stimulant, où les membres sont des disciples qui se déploient pour le service. La prière est l'ingrédient principal de la réussite des activités du petit groupe. L'efficacité des membres du groupe dans leur vie personnelle et leur service à autrui dépend de leur persévérance dans la prière. Dans Colossiens 4.2, Paul recommande : « Persévérez dans la prière ». Cette persévérance dans la prière doit devenir un style de vie pour les chrétiens. Dans Actes 12, nous constatons que le pouvoir de la prière du groupe permet à Pierre d'être libéré de sa prison.

Certains membres peuvent craindre de ne pas avoir à un niveau acceptable pour être capable de participer à une discussion, ou impressionner les autres. Il est important qu'ils se souviennent que témoigner ne signifie pas impressionner autrui. S'ils persévèrent dans la prière, le Saint-Esprit prendra le plein contrôle sur leur vie, et élèvera leur conversation, au point qu'elle aura du sens pour ceux avec lesquels ils communiquent (Colossiens 4.6).

Les petits groupes et les dons spirituels

Un don spirituel est une dotation spéciale de capacités ou d'attributs accordés par le Saint-Esprit à chaque croyant, dans le but d'unifier et d'édifier le corps du Christ. Les dons spirituels ne peuvent être ni gagnés, ni achetés ni mérités. L'église de Corinthe avait une vision erronée du concept des dons spirituels. Certains membres avaient une opinion exagérée de leur propre importance, parce qu'ils pensaient avoir reçu du Saint-Esprit plus de dons publics et spectaculaires que les autres. Certains convoitaient les dons des autres. Par conséquent, les dons qui étaient censés unir le corps du Christ devenaient source de division parmi eux. Le schisme prit de telles proportions que l'apôtre Paul fut contraint d'aborder la question des dons spirituels. Il insista sur le fait que les dons du Saint-Esprit doivent fonctionner de façon analogue à la synergie des différents organes du corps (1 Corinthiens 12.12-26 ; Romains 12.4).

En 1 Corinthiens 12.14-21, il insiste sur le fait que chaque membre doit s'engager dans l'action, sinon le corps ne fonctionnera pas de façon optimale. Dans cette relation interdépendante, chaque membre a une tâche à accomplir et on a besoin de chacun (versets 27, 28). Ellen White écrit :

Chaque personne reçoit un don ou talent particulier qui doit être utilisé pour l'avancement du royaume de Dieu. À tous les ouvriers responsables de Dieu, du plus petit et moins connu, à ceux qui occupent des positions élevées dans l'Église, le Seigneur confie un don. Le pasteur ne peut pas travailler seul pour le salut des âmes. Ceux qui ont reçu les plus petits dons ne sont pas pour autant dispensés de les utiliser au mieux, et en le faisant, leurs talents se multiplieront. [...] Personne ne devrait se prétendre ne pas pouvoir glorifier Dieu par des talents qu'il ne possède pas et dont il n'est pas responsable. — *Testimonies for the Church*, vol. 4, chap. 61, p. 618.

Chaque membre devrait être capable d'identifier son ou ses dons et de les utiliser pour le bien de l'église. Le petit groupe est le lieu idéal pour aider chacun à repérer, développer et utiliser ses dons spirituels. Dans ce cadre de groupe, il faudrait intentionnellement donner aux membres des occasions d'étudier, expérimenter et explorer des façons de découvrir leurs dons spirituels.

Identifier les dons spirituels dans le cadre du petit groupe

Chaque membre devrait prier ardemment pour recevoir l'aide du Saint-Esprit. En groupe, on lira ensuite Romains 12.1-13, 1 Pierre 4.8-11, et 1 Corinthiens 12. On établira une liste de tous les dons spirituels cités dans ces passages, puis on fera les exercices suivants :

1. Discutez ce que chaque passage apporte à la compréhension de chacun pour la bonne utilisation des dons du Saint-Esprit.

2. Identifiez lesquels de ces dons chaque membre du groupe pense que les autres possèdent. Certains membres peuvent avoir des dons qui ne sont pas mentionnés dans les passages étudiés. On essaiera aussi de les repérer.

3. Chaque membre du groupe indiquera alors s'il reconnaît ou non le ou les dons que les autres membres lui ont attribué.

4. Si un membre du groupe ne confirme pas les dons que les autres voient chez lui, il indiquera le ou les dons qu'il pense posséder.

5. Dressez une liste des dons spirituels que chaque membre du groupe possède.

6. Donnez à chaque membre du groupe une tâche en fonction du don spirituel qui a été reconnu chez lui.

7. Si nécessaire, proposez une formation pour aider chacun à prendre confiance en lui dans l'utilisation de ses dons.

8. Déterminez, en tant que groupe, quels dons peuvent être utilisés pour atteindre les objectifs souhaités.

9. On peut également employer des questionnaires sur les dons spirituels pour aider les membres à identifier et confirmer leurs dons.

Études bibliques dans les petits groupes

Les petits groupes peuvent utiliser les études bibliques pour leur propre vie spirituelle, leur édification, leur mission. Quelle que soit la raison, on emploiera des méthodes similaires. Si l'on étudie un certain livre de la Bible, on peut assigner à chaque membre peut un passage spécifique à lire et préparer. Il étudiera les thèmes principaux, les mots répétés, les principaux personnages, et les divisions importantes dans le texte. Il peut également chercher le contexte historique du livre dans les commentaires bibliques, dictionnaires ou encyclopédies. Lorsque le groupe se réunit pour l'étude, chacun présente le passage qui lui a été assigné. Si on utilise un thème biblique pour conduire l'étude, on peut adopter une approche similaire en donnant à chacun des questions spécifiques pour qu'il les prépare à l'avance. Quand le groupe se réunit, chacun présente les questions qui lui ont été assignées et apporte ses réponses. Cela rend l'étude dynamique et interactive. Vous trouverez dans les appendices toute une gamme de méthodes d'étude biblique différentes.

Suggestions utiles pour l'étude biblique dans le petit groupe

1. Exploitez l'introduction pour susciter l'intérêt et l'enthousiasme des membres sur le sujet.
2. Éveillez la curiosité pour susciter l'intérêt.
3. Évitez la déception en ne donnant pas la vérité centrale en début de discussion, mais en vous concentrant plutôt sur les réflexions des membres sur le sujet d'étude.
4. Revoyez les études précédentes pour vérifier l'achèvement, la continuité, et favoriser la transition entre les différents sujets.
5. Si l'étude porte sur un livre ou un chapitre de la Bible, préparez des observations sur chaque paragraphe.
6. Étudiez le sens de chaque observation.
7. Créez un titre pour chaque paragraphe.
8. Demandez le sens du passage à chaque participant.
9. Chaque fois que c'est possible et pertinent, aidez les membres à entrer personnellement dans la scène du passage en posant des questions telles que : « Qu'entends-tu ici ? », « Qu'est-ce que cela évoque ? », ou « Que vois-tu là ? »
10. Donnez si nécessaire des informations sur le contexte du passage.

11. Si vous utilisez un guide d'étude, concentrez-vous attentivement sur la signification de chaque question.

12. Identifiez le thème principal de la leçon ou du passage.

13. En vous basant sur ce thème, mettez par écrit l'objectif de l'étude spécifique.

14. Montrez en quoi chaque question ou paragraphe correspond au thème.

15. Consacrez suffisamment de temps sur chaque passage ou question pour que chacun le comprenne clairement.

16. formulez des questions brèves et claires en lien avec l'observation, l'interprétation, et l'application.

17. Les questions, observations, et interprétations doivent favoriser la progression dans l'étude du passage ou de la leçon.

18. Considérez la séquence des questions ou observations, en vérifiant que chacune introduit bien la suivante.

19. Notez les questions les plus importantes, afin de les traiter plus tard si le temps vient à manquer.

20. Discutez de la vérité que Dieu demande à chacun de pratiquer, en fonction du message de ce passage.

21. Étudiez le sens de la vérité centrale de l'étude pour la vie de chaque personne du groupe.

22. Priez beaucoup, pendant la préparation, au début et pendant l'étude. Arrêtez-vous pendant l'étude, et demandez à Dieu d'éclairer chaque esprit sur le point discuté, avant de passer au suivant. Lorsqu'une question ou un passage semble difficile et que tout le monde est bloqué dans l'incertitude et la confusion, priez !

Évaluation des petits groupes d'évangélisation

Chaque groupe devrait effectuer une évaluation périodique, basée sur les performances spécifiques ciblées. Les forces et faiblesses du groupe doivent être considérées. Le comité de coordination des petits groupes devrait préparer une fiche d'évaluation que chaque groupe peut utiliser pour mesurer sa réussite, son esprit d'équipe, et les besoins du groupe en termes de développement. Les résultats de cette évaluation doivent être utilisés pour décider de l'orientation future du groupe, et améliorer son efficacité dans les quatre domaines : dévotion, édification, communauté et mission.

Révision et discussion

- *Identifier et définir les quatre éléments caractéristiques d'un petit groupe efficace.*
- *Décrire la fonction du comité de coordination des petits groupes dans l'église locale.*
- *Expliquer deux méthodes ou approches qui peuvent être utilisées pour constituer un petit groupe.*
- *Citer deux caractéristiques de chacun des cinq stades d'un petit groupe.*
- *Quel rôle important le leader joue-t-il dans l'organisation et le développement du petit groupe ?*
- *Quelle est l'importance de la prière pour l'efficacité des membres du petit groupe ?*
- *Citer cinq façons d'aider les membres d'un petit groupe à identifier et utiliser leurs dons spirituels.*

8
Évangélisation publique

SSIS AU BORD DU PUITS de Jacob en Samarie, Jésus contemplait les immenses champs de blé attendant la moisson. Il vit aussi beaucoup de gens venir puiser de l'eau. Il discerna en eux une soif que l'eau du puits ne pouvait pas étancher. Ces personnes avaient besoin d'une expérience spirituelle profonde qui aboutirait à une plénitude éternelle. Devant cette scène, Jésus s'adressa à ses disciples : « Eh bien ! Je vous le dis, levez les yeux et regardez les champs qui sont blancs pour la moisson » (Jean 4.35). La moisson est une bonne illustration de la tâche évangélique qui consiste à gagner des âmes au royaume de Dieu. À l'image du blé mûr, les gens avaient besoin d'être « moissonnés », autrement dit, amenés à accepter la vérité de l'Évangile.

Quand il envoya les soixante-dix disciples exercer le ministère évangélique, Jésus employa encore cette analogie en précisant qu'il fallait plus de moissonneurs : « La moisson est grande, mais il y a peu d'ouvriers. Priez donc le Seigneur de la moisson d'envoyer des ouvriers dans sa moisson » (Matthieu 9.37,38). Le Seigneur a besoin de moissonneurs disposés à travailler dans les diverses branches du ministère évangélique et à découvrir les fruits de l'évangélisation publique.

Ellen White donne le conseil inspiré suivant, au sujet de l'importance de la proclamation publique de la Parole de Dieu : « Nous devons nous efforcer de réunir de grands auditoires pour que soient entendues les paroles du ministre de l'Évangile. Ceux qui annoncent la Parole du Seigneur devront proclamer la vérité. Ils devront, en quelque sorte, amener leurs auditeurs au pied du Sinaï pour qu'ils entendent les paroles prononcées par Dieu au milieu de scènes d'une grandeur terrifiante. » — *Évangéliser*, sect. 6, p. 115.

Le message de l'évangélisation publique provient de la Parole inspirée de Dieu, dans laquelle nous trouvons l'expression écrite de l'enseignement céleste destiné aux hommes de toute nation, tribu, langue et peuple. L'Évangile n'est pas un système humain de pensées ni d'actions, c'est pourquoi la Bible est la seule source de notre prédication. C'est uniquement en elle que nous trouvons l'autorité objective selon laquelle tout enseignement chrétien doit être mesuré.

L'évangélisation publique est la proclamation – guidée par le Saint-Esprit – de l'Évangile de Jésus, au moyen de la prédication publique. Ce message inclut la divinité, l'incarnation, le ministère, la mort, la résurrection, l'ascension, l'intercession, et le retour de Jésus. Il implique l'enseignement public de l'origine, de l'histoire et de la destinée du monde et de ses habitants. La prédication publique est la présentation de la bonne nouvelle – grâce à des moyens verbaux et non-verbaux – lors de laquelle les auditeurs reçoivent une invitation à accepter le message et à y répondre.

La prédication publique dans la Bible

La prédication publique est omniprésente dans les Écritures, ce qui démontre qu'il s'agit d'un moyen indéniablement intemporel et efficace de communiquer l'Évangile au monde. Il ne s'agit pas d'une invention humaine, mais d'un ministère institué par Dieu. Au travers des âges, Dieu a toujours eu des représentants qui ont proclamé publiquement ses messages. L'historien Flavius Josèphe et Clément d'Alexandrie font partie de ceux qui ont soutenu que Noé avait prêché publiquement la repentance au peuple de son époque. Pierre affirme également que Noé a prêché à sa génération. Il écrit : « Il n'a pas épargné le monde ancien, mais s'il a préservé huit personnes, dont Noé, prédicateur de la justice, lorsqu'il fit venir le déluge sur un monde d'impies. » (2 Pierre 2.5) Quand le territoire de Juda était sur le point d'être envahi par l'Assyrie, Dieu avait besoin d'un messager qui proclame publiquement son message. Il appela Ésaïe pour se charger de cette proclamation : « J'entendis la voix du Seigneur, disant : Qui enverrai-je, et qui marchera pour nous ? Je répondis : Me voici, envoie-moi ! » (Ésaïe 6.8)

Jésus commence son ministère public à Nazareth – avec l'évangélisation publique. Il lit la prophétie d'Ésaïe 61.1,2 et annonce aux personnes assemblées à la synagogue qu'il est venu pour accomplir cette prophétie. Il reconnaît que l'Esprit de Dieu l'a oint « pour annoncer la bonne nouvelle aux pauvres, […] pour proclamer aux captifs la délivrance, et aux aveugles le recouvrement de la vue, pour renvoyer libres les opprimés, pour proclamer une année de grâce du Seigneur. » (Luc 4.18,19) Il a vécu un ministère d'évangélisation, et l'évangélisation publique en représentait la majeure partie. Il fait référence à ses propres actes publics d'évangélisation quand il envoie les disciples de Jean faire à leur maître leur rapport sur son propre ministère. « Allez annoncer à Jean ce que vous entendez et voyez : les aveugles recouvrent la vue, les boiteux marchent, les lépreux sont purifiés, les sourds entendent, les morts ressuscitent et la bonne nouvelle est annoncée aux pauvres. » (Matthieu 11.5) Lorsque Jésus s'apprête à aller dans un autre territoire, Jésus dit : « Il faut aussi que j'annonce aux autres villes la bonne nouvelle du royaume de Dieu ; car c'est pour cela que j'ai été envoyé. » (Luc 4.43)

Nous lisons dans Luc 8.1 que « Jésus allait de ville en ville et de village en village ; il prêchait et annonçait la bonne nouvelle du royaume de Dieu. Les douze étaient avec lui. » (Luc 8.1,2) Nous voyons ici Jésus évangéliser publiquement en compagnie des disciples. Il prêche à des milliers de personnes et les nourrit (Matthieu 14.13-21). Nous lisons dans Luc 9.6 : « Ils partirent et allèrent de village en village ; ils annonçaient la bonne nouvelle et opéraient partout des guérisons. » Il proclame également l'Évangile dans le temple, malgré l'opposition des autorités religieuses. « un de ces jours-là, comme Jésus enseignait le peuple dans le temple et qu'il annonçait la bonne nouvelle, les principaux sacrificateurs et les scribes, avec les anciens, sur- vinrent et lui dirent : Dis-nous par quelle autorité tu fais cela, ou qui est celui qui t'a donné cette autorité. » (Luc 20.1,2)

L'objectif de l'évangélisation publique est d'obtenir une réponse. Nous lisons dans Luc 16.16 : « Jusqu'à Jean, c'étaient la loi et les prophètes ; depuis lors, le royaume de Dieu est annoncé comme une bonne nouvelle, et chacun use de violence pour y entrer. » Jésus envoie ses disciples, et par extension tous les croyants, pour proclamer l'Évangile et susciter une prise de décision, en leur donnant l'assurance de sa présence perpétuelle avec eux (Matthieu 28.18-20).

Actes 14.1 nous présente l'apôtre Paul qui commence à évangéliser les villes des Gentils en établissant des liens avec la communauté juive. Il prêche l'Évangile dans les synagogues, devant toute une assemblée. Il fait donc de l'évangélisation publique, et cela dans beaucoup de lieux différents : Antioche de Pisidie (Actes 13.14-44), Thessalonique (Actes 17.1-3), Bérée (Actes 17.10), Athènes (Actes 17.16,17), Corinthe (Actes 18.1,4) et Éphèse (Actes 19.1,8).

Paul concentre ses efforts d'évangélisation publique sur de nouveaux territoires où l'Évangile n'a pas encore été prêché. « Et je me suis fait un point d'honneur d'annoncer l'Évangile là où le Christ n'avait pas été nommé, afin de ne pas bâtir sur le fondement d'autrui, mais selon qu'il est écrit : Ceux à qui il n'avait pas été annoncé verront, et ceux qui n'en avaient pas entendu parler comprendront. » (Romains 15.20,21) De même, il écrit à l'église de Corinthe : « Nous ne nous glorifions pas, hors de toute mesure, des travaux d'autrui. Mais nous avons l'espérance, si votre foi augmente, de devenir encore plus grands parmi vous, dans notre propre domaine, en évangélisant les contrées situées au-delà de chez vous, au lieu de nous glorifier de ce qui a déjà été fait dans le domaine des autres. » (2 Corinthiens 10.15,16)

Le pasteur et l'évangélisation publique

L'organisation de son propre travail, de celui des ouvriers laïcs et de ce- lui de l'église est une responsabilité essentielle du pasteur. La réussite dans l'évangélisation publique n'est ni un rêve, ni une chance qui advient par hasard ; c'est le résultat d'un travail consciencieux. Beaucoup de pasteurs craignent de s'y engager, parce qu'ils ne se sentent pas prêts face à ce que cela implique. Les prédicateurs ne doivent cependant pas oublier que Jésus leur promet d'être avec eux tous les jours. Il assure la puissance divine afin de donner le succès à ceux qui acceptent de fournir les efforts nécessaires, pour organiser et réaliser l'évangélisation publique.

Je crois que la plupart des pasteurs ont un grand intérêt pour le salut des âmes. Pourtant, beaucoup restent réticents face aux conférences publiques d'évangélisation, parce qu'ils redoutent l'échec. Certains d'entre eux ne sont pas préparés pour le travail que cela implique. Dans de nombreux cas, les prédicateurs se concentrent sur les petits groupes et d'autres méthodes d'évangélisation personnelle, au lieu de planifier et d'organiser une évangélisation publique efficace. Les petits groupes et l'évangélisation personnelle sont importants, tout autant que les différentes méthodes utilisées pour gagner les âmes. Ellen White écrit que nous devrions faire appel à toute une variété de méthodes pour cette œuvre (voir *Évangéliser*, sect. 4. p. 70 ; sect. 5, p. 102, 103). Cela ne nous permet pas pour autant d'abandonner le moyen le plus efficace de captiver et retenir l'attention et l'intérêt de groupes importants de personnes réunies en un lieu, de leur présenter la bonne nouvelle et d'obtenir un grand nombre de décisions en même temps. Si nous désirons multiplier nos résultats dans le salut des âmes, nous devons consacrer plus de temps à programmer et élaborer des méthodes d'évangélisation publique plus efficaces.

Certains ont reçu un don particulier dans ce domaine. Beaucoup de pasteurs ont le potentiel de devenir des évangélistes très talentueux, mais soit ils sont inconscients de ce don, soit ils sont trop timorés pour aller de l'avant et le développer. Certains pensent peut-être posséder ce don, mais ils ne font rien pour le cultiver. Heureusement, beaucoup de pasteurs ont ce don et l'emploient activement. Chaque pasteur devrait découvrir s'il le possède, afin de le cultiver pour le salut des âmes, rendant ainsi honneur et gloire au Seigneur. Beaucoup de ceux qui le possèdent ne seront peut-être jamais considérés comme des « stars de l'évangélisation » ; ils ont néanmoins ce don et ont le devoir de l'utiliser.

Beaucoup de pasteurs attendent qu'un spécialiste de l'évangélisation les assiste avant de mener une campagne d'évangélisation publique. Ils devraient prendre en compte le conseil de Paul à Timothée : « Mais toi, sois sobre en tout, supporte les souffrances, fais l'œuvre d'un évangéliste, remplis bien ton service. » (2 Timothée 4.5) Même si Timothée pensait ne pas posséder le don d'évangélisation, Paul lui conseille d'accomplir cette œuvre d'évangélisation et de s'engager dans la proclamation de l'Évangile. Chaque pasteur est appelé à proclamer la bonne nouvelle, c'est-à-dire à accomplir l'œuvre d'un évangéliste. Il est inutile d'attendre l'arrivée d'un spécialiste de l'évangélisation. C'est le Christ, œuvrant au moyen du Saint-Esprit, qui gagne les âmes (voir *Testimonies to Ministers*, chap. 5, p. 144, 145). Les pasteurs doivent se placer au pied de la croix, là où le Saint-Esprit peut prendre leur vie en charge et les utiliser. La plus urgente des préoccupations du pasteur concernant l'évangélisation publique ne doit pas être de savoir s'il aura ou non du succès, mais plutôt de se remettre à Dieu en prière : « Seigneur, je me donne à toi. Utilise-moi selon ta volonté, et pour ta gloire »

Selon Ézéchiel, les messagers de Dieu ont la responsabilité d'avertir les nations du jugement à venir, dans l'intérêt même de leur propre salut. « Quand je dirai au méchant : Méchant, oui, tu mourras ! si tu ne parles pas pour avertir le méchant au sujet de sa conduite, ce méchant mourra à cause de son injustice, mais je te réclamerai son sang. Mais si toi tu avertis le méchant pour le détourner de sa conduite, et qu'il ne se détourne pas de sa conduite, il mourra dans son injustice, et toi tu sauveras ta vie. » (Ézéchiel 33.8,9) L'évangélisation publique est une question de vie ou de mort, et chaque pasteur est appelé personnellement à proclamer le message, et à préparer ses églises à s'y engager.

Ceux qui engagent leurs efforts dans l'évangélisation publique pour sauver les âmes et donnent tout d'eux-mêmes, expérimentent l'onction du Saint-Esprit, participent à la joie de voir des âmes se donner à Jésus et peuvent témoigner de l'efficacité de cette méthode. Ils sont intrinsèquement motivés pour organiser et planifier des campagnes d'évangélisation, et pour former leurs membres afin qu'ils s'y engagent également.

À ceux qui ne se sont pas encore engagés, on peut conseiller : « Goûtez et voyez ! » (Psaume 34.9) La vocation élevée et sacrée au ministère de l'Évangile est un appel à la proclamation publique de cet Évangile. C'est le travail du pasteur, et c'est un privilège sacré. L'œuvre de prédication de l'Évangile afin de sauver les âmes pour le royaume de Dieu doit être achevée, et l'évangélisation publique est une méthode essentielle parmi de nombreuses autres pour l'accomplir. C'est une méthode prévue par Dieu, et il l'utilise dans son plan, par l'intermédiaire du pasteur et de l'équipe laïque d'évangélisation.

Mythes concernant l'évangélisation publique

Beaucoup de ceux qui ne s'engagent pas dans l'évangélisation publique imaginent ou croient qu'il existe de nombreux obstacles à cette méthode. Très souvent, ils s'appuient sur cela pour justifier leur position, mais ne se basent pas sur des données avérées. Parmi ces mythes ou objections, on en- tend, entre autres : « L'évangélisation publique ne fonctionne pas », « Nous l'avons déjà fait, ou vu d'autres le faire, sans succès », « Les personnes baptisées à la suite de conférences publiques ne restent pas dans l'église », « L'évangélisation publique coûte trop cher », « Cette méthode gaspille trop de temps, les prédicateurs sont très occupés, et il existe des méthodes plus faciles », « Les réunions publiques ne sont plus adaptées à notre époque », « Les gens ne viennent pas à ces réunions », « La population postmoderne ne s'intéresse pas aux présentations basées sur la Bible », « Les gens sont trop occupés pour venir aux conférences chaque soir », « Le message spécifique de l'Église adventiste est trop direct pour la proclamation publique », « L'évangélisation publique perturbe tout le programme de l'église, et il est difficile, ensuite, de remettre les choses à leur place ».

Certains mettent en parallèle le nombre de baptêmes avec la somme d'argent investie pour la campagne, et concluent que cela n'en vaut pas la peine. D'autres prétendent qu'à l'ère de l'évangélisation par satellite, radio, Internet et réseaux sociaux, l'évangélisation publique est devenue obsolète. Toutes ces tentatives pour trouver des arguments plausibles sont simplement « des citernes crevassées, qui ne retiennent pas l'eau » (Jérémie 2.13).

La vérité sur l'évangélisation publique

L'évangélisation publique fonctionne ! C'est la méthode essentielle grâce à laquelle les messages des trois anges sont portés au monde par l'Église adventiste. Grâce l'évangélisation publique, les gens reçoivent l'espérance de la vie éternelle. Elle fonctionne donc pour tous ceux qui recherchent quelque chose de meilleur. Elle fonctionne pour ceux qui cherchent un sens à leur vie. Cela fonctionne, tout simplement !

L'évangélisation publique n'exclut pas l'évangélisation personnelle. L'évangélisation personnelle et dans les petits groupes sont complémentaires à l'évangélisation publique. Elles préparent la voie de l'évangélisation publique, afin que les campagnes publiques puissent être plus courtes et efficaces. Les efforts d'évangélisation publique réussissent lorsque les efforts personnels se révèlent insuffisants. De nombreuses personnes ont achevé le cycle d'études bibliques, développé des relations dans l'église et parfois même commencé à la fréquenter, mais n'ont jamais été baptisées. Pourtant, lors des campagnes d'évangélisation, elles donnent leur vie au Christ, sont baptisées et deviennent membres de l'église. L'évangélisation publique fonctionne !

De plus, l'argument selon lequel ceux qui rejoignent l'église à la suite d'une campagne d'évangélisation publique ne restent pas n'est pas confirmé par les faits. Une étude menée dans une fédération des États-Unis révèle qu'au moins une personne sur deux qui quittent l'Église adventiste est née et a été élevée dans l'Église. Cette étude indique également que les nouveaux convertis apportent un renouveau d'énergie et de passion dans l'église locale et sont à l'origine d'un nouveau développement de l'Église[2].

L'évangélisation publique est tout aussi vivante et puissante aujourd'hui qu'auparavant. Nous ne pouvons pas retenir les objections qui s'y opposent comme des arguments valables pour la rejeter. Les patriarches et les prophètes, Jésus, les apôtres ont pratiqué l'évangélisation publique, et cette méthode est toujours – et restera – pertinente et adaptée au XXIe siècle. Ce n'est pas l'effort humain agissant seul qui donnera de la puissance à l'évangélisation publique, mais plutôt l'association de l'humain et du divin. L'heure est avancée, le Christ aimerait revenir et la moisson est arrivée à maturité, mais il y a peu d'ouvriers. L'évangélisation publique est un outil efficace pour communiquer l'Évangile à des centaines de personnes en même temps.

---

1. [2] Monte Sahlin, « Résultats nets » [Résultats nets], *Revue Adventiste, 7 septembre 2000*, p. 16, kttp:// arckives.adventistreview.org/2000-1541/1541story1-3.ktml.

L'évangélisation publique requiert du temps

Le temps où les campagnes d'évangélisation duraient douze semaines est révolu. Des milliers d'âmes ont été gagnées grâce à ces campagnes. Les prédicateurs, préparaient le sol, semaient les graines, récoltaient la moisson et nourrissaient les croyants en une seule campagne. Dans de nombreuses sociétés, il serait difficile de procéder de la même manière aujourd'hui. En réalité, une meilleure préparation pré-campagne permet à des initiatives plus courtes d'être fructueuses. En revanche, la limitation de l'évangélisation publique à une semaine dessert gravement la proclamation de l'Évangile. L'expérience a montré que lors des campagnes trop courtes, on fait très peu pour permettre à tous ceux qui seraient prêts de répondre à l'invitation. De plus, une campagne d'évangélisation d'une semaine seulement ne permet pas la présentation de toutes les vérités de l'Évangile au complet.

Il faudrait présenter un minimum de quatorze messages pour couvrir les doctrines basiques de l'église. Cela donne également aux personnes plus de temps pour développer une relation personnelle avec le Christ et les membres de l'église. Ne nous laissons pas décourager par les craintes et obstacles. Donnons à l'évangélisation publique plus de temps pour la prière, l'instruction biblique, le développement de relations, et la prise de décisions.

L'évangélisation publique est coûteuse

Au XXIe siècle, tout a un prix. Presque tout ce qui existe coûte quelque chose à quelqu'un. Cependant, si l'on se base sur la valeur perçue des biens et services, les gens négligent souvent le coût quand ils veulent quelque chose. Soyons conscients de la valeur des choses ! La proclamation de l'Évangile au moyen de l'évangélisation publique peut être très coûteuse. Cependant, le salut des âmes perdues qui résulte de cette proclamation n'a pas de prix. C'est la raison pour laquelle nous lisons dans Matthieu 24.14 et 28.18-20, que Jésus confie à son église la mission de prêcher l'Évangile à ceux qui ne le connaissent pas. C'est la raison pour laquelle l'Église ne doit pas hésiter à investir des fonds pour accomplir cette mission, avec la pleine confiance que Dieu récompensera par le succès les efforts de son peuple.

Commentant une occasion lors de laquelle l'église a fait preuve d'une ambition insuffisante dans l'évangélisation, Ellen White écrit :

> « Je suis convaincue que nous aurions pu réunir un bon auditoire si nos frères avaient trouvé une salle convenable pour accueillir le public. Mais ils ne s'attendaient pas à avoir beaucoup de monde, et c'est pourquoi ils n'en ont pas eu beaucoup. Nous ne pouvons pas espérer que les gens viendront écouter des vérités impopulaires quand on annonce que la réunion se tiendra dans un sous-sol ou dans une petite salle contenant seulement une centaine de places assises. Le caractère et l'importance de notre œuvre se mesurent aux efforts que nous faisons pour la faire connaître au public. Quand ces efforts sont timides, nous donnons l'impression que le message que nous présentons ne mérite pas qu'on y prête attention. Ainsi, à cause de leur manque de foi, nos prédicateurs se rendent la tâche particulièrement difficile. » — *Évangéliser*, sect. 12, p. 380.

Il est de la responsabilité de chaque membre d'église de participer à cette mission pour sauver des vies. Lorsque l'on ignore l'appel à financer l'évangélisation publique, on se trouve dans une situation similaire à celle décrite dans Aggée 1.4,5 : « Est-ce le temps pour vous d'habiter vos demeures lambrissées, quand cette Maison est en ruines ? Ainsi parle maintenant l'Éternel des armées : Réfléchissez à votre conduite ! » Nous devrions consacrer des fonds à la proclamation de l'Évangile, tout comme nous réservons un budget pour répondre à nos besoins matériels.

Dans certaines régions, seuls 34 à 40 % des membres d'église restituent la dîme, dont une partie est employée pour financer les activités d'évangélisation de l'Église. Parfois, ce pourcentage est encore inférieur. Quelle est la contribution apportée par les autres 56 à 60 % ? Ceux qui rendent fidèlement leur dîme au Seigneur peuvent-ils prétendre avoir fait assez, et se satisfaire de cela pour la proclamation de l'Évangile ? Le Seigneur se montre-t-il pingre et peu généreux envers ses enfants ? Referme-t-il sa main pour se retenir de les bénir ?

Ellen White écrit dans *Conquérants pacifiques* : « L'argent, le temps, la réputation, tous ces dons reçus de la main divine, ils ne les considèrent que comme un moyen de contribuer à l'avancement du règne de Dieu. Il en était ainsi dans l'Église primitive. Lorsque dans l'Église de nos jours on verra, animés de la puissance de l'Esprit, les membres détourner leurs affections des choses de la terre, et accepter de faire des sacrifices pour que leurs semblables aient la possibilité d'entendre prêcher l'Évangile, les vérités qu'ils proclameront auront une puissante influence sur leurs auditeurs. » — chap. 16, p. 64.

Beaucoup d'églises laissent de nombreuses choses détourner leur attention et leur argent de l'importante tâche de proclamer publiquement l'Évangile. Dans certaines régions, l'Église est sur le point de perdre, si ce n'est pas déjà fait, le sens de l'urgence de la mission du salut des âmes. L'évangélisation publique fait partie intégrante de l'accomplissement de cette mission, et doit le rester. L'Église doit donc trouver des moyens efficaces de financer l'évangélisation publique.

Il serait nécessaire que beaucoup de membres d'église acceptent de faire de plus grands sacrifices pour financer l'évangélisation publique. Chaque église devrait prévoir un budget pour l'évangélisation publique. Les membres d'église devraient, lorsqu'ils établissent leur budget personnel, mettre de côté un certain montant destiné à l'évangélisation publique. Cette somme devrait être apportée à l'église avec la mention « offrande pour l'évangélisation ». À chaque niveau de la structure organisationnelle de l'église, un budget d'évangélisation devrait être prévu de façon à ce que les fonds soient redistribués en fonction des besoins.

Il serait utile de prévoir des moyens innovants de récolter des fonds pour l'évangélisation publique. Ellen White écrit : « J'ai de bonnes raisons de croire que beaucoup de personnes qui n'appartiennent pas à notre Église nous apporteront une aide financière considérable. Il m'a été montré qu'en bien des endroits, notamment dans les grandes villes d'Amérique, de telles personnes nous prêteront leur soutien. » — *Évangéliser*, sect. 10, p. 342.

L'église devrait mettre en place des stratégies spéciales pour récolter des fonds auprès de ces personnes. Les projets d'évangélisation publique devraient être prévus dans le cycle annuel des offrandes de chaque église. Il faudrait organiser une collecte spéciale pour l'évangélisation publique une ou deux fois par trimestre, de façon à recueillir suffisamment d'argent pour ce domaine essentiel de la mission de l'église. L'appel à l'offrande devrait souligner l'importance de l'évangélisation publique. Le chapitre 8 et l'appendice D proposent des méthodes supplémentaires.

Comment augmenter l'assistance aux conférences d'évangélisation publique ?

Ce n'est pas le fait du hasard si les gens viennent nombreux aux campagnes d'évangélisation publique : il faut pour cela un programme minutieusement organisé. Les campagnes de douze semaines du passé étaient si fructueuses pour trois principales raisons. Il y avait l'intérêt pour la nouveauté représentée par le chapiteau ; la convergence de toute une foule dans le quartier lorsque l'heure approchait ; et la longueur de la campagne donnait le temps pour que la fréquentation augmente soir après soir. Les campagnes d'une ou deux semaines ne laissent pas le temps suffisant pour cette croissance. Elles doivent donc débuter avec un effectif complet de personnes qui ont été préparées au préalable. C'est là que les activités de pré- campagne trouvent tout leur intérêt.

Certains évangélistes et églises impriment et distribuent des milliers de prospectus publicitaires, en espérant obtenir une grande affluence. Cependant, les gens reçoivent aujourd'hui beaucoup plus de publicité imprimée qu'auparavant, et les prospectus n'attirent plus leur attention. En réalité, ils sont aujourd'hui capables de fabriquer eux-mêmes des prospectus de meilleure qualité. Le plus souvent, au lieu d'inciter à se rendre aux réunions, les prospectus sont plutôt dissuasifs.

La meilleure façon de favoriser la fréquentation des réunions d'évangélisation consiste à motiver les membres à s'engager. Les membres devraient se passionner pour la campagne et s'activer pour y amener leurs amis. Ils devraient préparer ces personnes et arriver avec elles au début de la campagne. Si chaque membre parvenait à amener au moins une personne aux réunions, nous ne serions jamais déçus de la fréquentation des conférences.

Il faut du temps pour susciter une dynamique de campagne d'évangélisation. Le pasteur ne peut pas réaliser cela tout seul. L'église, en tant qu'ensemble, doit travailler en équipes dans la prière, l'organisation, la formation, la promotion, la publicité et la préparation physique. Il ne faut pas tant s'appuyer sur le matériel imprimé que sur l'enthousiasme des membres qui amèneront leurs amis et connaissances. L'énergie mise en œuvre pour amener des auditeurs aux réunions dépend de l'œuvre du Saint-Esprit et de l'engagement actif des membres d'église.

Captiver l'attention et la retenir

Une présentation attractive du message, et un programme intéressant jouent un rôle vital pour captiver l'attention des auditeurs, et les inciter à revenir. De plus, si les gens sont émotionnellement et cognitivement interpellés par le message, ils seront plus à même de prendre une décision positive pour l'accepter et vivre en harmonie avec ce message. Ellen White fait l'observation suivante :

« Dans les grandes villes d'aujourd'hui, où tant de choses attirent les regards, les gens ne peuvent être intéressés que par des moyens hors du commun. Les prédicateurs choisis par Dieu comprendront qu'il est nécessaire de déployer des efforts exceptionnels pour capter l'attention des foules. Lorsqu'ils parviennent à réunir un grand nombre de personnes, ils doivent communiquer des messages d'une qualité telle que les gens soient tirés de leur torpeur et avertis. Ils doivent utiliser tous les moyens possibles pour que la vérité soit présentée clairement et distinctement. » — *Évangéliser*, sect. 6, p. 118.

Dans les campagnes d'évangélisation publique, il est important de connaître les différents modes d'apprentissage des personnes. Le style d'apprentissage est la façon la plus facile et agréable d'apprendre, pour un individu. Il n'a rien à voir avec les capacités intellectuelles ou l'intelligence. Il concerne la façon dont chaque cerveau fonctionne le plus efficacement pour acquérir, assimiler et décoder les nouvelles informations. Il n'existe pas de bon ou mauvais style d'apprentissage, chacun possède le sien et certains sont capables de l'exploiter mieux que d'autres. La théorie de Neil Fleming identifie quatre styles d'apprentissage différents :

Styles d'apprentissage

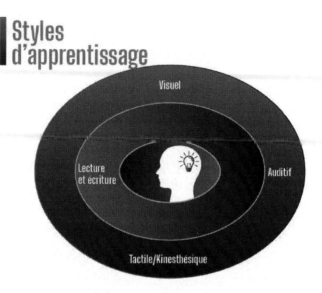

1. *Style visuel* : Les personnes visuelles reçoivent mieux les informations présentées visuellement. On utilise avec elles des supports visuels et illustrations tels que des vidéos, cartes, diagrammes, pour favoriser l'expérience d'apprentissage de ce groupe de personnes. Les apprenants visuels tendent à utiliser des images mentales lorsqu'ils essaient de se rappeler quelque chose.

2. *Style auditif* : Les personnes appartenant à ce groupe mémorisent mieux les informations présentées oralement ou sous forme audio. Les enregistrements audio leur sont utiles. Lorsqu'elles essaient de se souvenir de quelque chose, elles essaient souvent d' « entendre » la façon dont on le leur a raconté, ou comment elles l'ont elles-mêmes prononcé à voix haute. Elles parviennent mieux à apprendre dans un échange écoute – parole.

3. *Style lecture – écriture* : Ces personnes retiennent mieux les informations présentées sous forme écrite. Pour capter leur intérêt, on utilisera des projections des points essentiels de la présentation, ou on peut leur fournir un support papier du plan de l'exposé qu'ils pourront suivre. Les magazines, livres et autre matériel écrit sont utiles pour ce groupe d'apprenants.

4. Style *tactile / kinesthésique* : Ces personnes apprennent le plus facilement au moyen d'expériences tangibles auxquelles elles peuvent participer. Elles préfèrent l'apprentissage à travers la participation active et l'exploration. Elles tireront profit de démonstrations pratiques et d'activités qui font entrer en jeu le mouvement et le contact physique.

La mesure dans laquelle les prédicateurs sont capables de communiquer efficacement leurs messages dépend en grande partie de leur capacité à faire appel aux différents styles d'apprentissage de leurs auditeurs et à captiver leur attention. Il faut s'assurer que chaque programme et présentation d'évangélisation inclut des éléments basiques répondant à chaque style d'apprentissage, de façon à satisfaire les besoins cognitifs et émotionnels de tous les auditeurs. « Que chaque serviteur de Dieu étudie, projette, conçoive des méthodes pour atteindre les gens là où ils sont. Nous devons réaliser un plan hors du commun. Il faut absolument que nous attirions l'attention des hommes. Nous devons être animés d'un zèle intense, persuadés d'être à proximité d'un temps de trouble et de confusion dont nous n'avons qu'une faible idée. » — *Évangéliser*, sect. 6, p. 118.

Les chapitres suivants de ce livre proposent des idées et programmes qui peuvent être utilisés pour éveiller l'intérêt et faire appel aux différents styles d'apprentissage.

Une prédication actuelle

« Ceux qui veulent étudier la manière dont le Christ enseignait et s'appliquer à suivre sa voie, éveilleront et retiendront aujourd'hui l'intérêt d'un grand nombre de personnes, comme le Christ le fit en son temps. [….] Lorsque vous révélerez aux gens, parce que vous les aimez, le caractère pratique de la vérité, des âmes seront convaincues, grâce à l'action du Saint-Esprit qui doit se servir de vous. Car c'est le Saint-Esprit qui rend la vérité impressionnante. » — *Évangéliser*, sect. 6, p. 119.

L'évangélisation publique consiste à prêcher l'Évangile de Jésus. Le Christ doit être le centre de chaque réunion. Le Christ est le message que nous proclamons. Proclamez-le ! Jésus est toujours pertinent. Dans votre prédication, faites en sorte que Jésus prenne du sens pour chaque auditeur, individuellement.

Beaucoup de gens s'interrogent sur le sens des crises aux niveaux personnel et mondial. Certains sont découragés par le bombardement incessant de nouvelles alarmantes par les médias. Ils se couchent dans l'anxiété, et la retrouvent à leur réveil. Les conditions sociales de nombreuses personnes sont peu enviables. Certaines ont des problèmes de santé. Leurs revenus sont insuffisants pour subvenir à leurs besoins. Même plusieurs de ceux qui vivent dans l'aisance économique sentent au-dedans d'eux une petite voix qui leur souffle qu'il leur manque encore quelque chose.

Le prédicateur doit évoquer les crises actuelles, mais il doit présenter des solutions qui vont bien au-delà de celles des politiciens, de la science et de la philosophie. Les scientifiques, sociologues, environnementalistes et ingénieurs font tous des prédictions. Ils étudient le futur et annoncent ce qui doit bientôt advenir. Au contraire, seul l'évangéliste, qui se fonde sur la Parole de Dieu et reçoit la force du Saint-Esprit, peut naviguer sûrement dans l'obscurité et le chaos, et parler d'espérance à ceux qui l'ont perdue. Les prédicateurs doivent amener leurs auditeurs au-delà du désespoir, de l'impuissance et de la destruction de ce monde pour leur montrer la nouvelle terre qui les attend à l'horizon. Le message de l'Évangile doit être proclamé avec fraîcheur.

George Washington Burnap a dit : « Les trois éléments essentiels du bonheur dans cette vie sont : quelque chose à faire, quelque chose à aimer et quelque chose à espérer. » L'Évangile nous offre ces trois éléments, il constitue donc la solution que nous devons présenter dans l'évangélisation publique. Ellen White écrit : « Nous avons le devoir de faire connaître fidèlement tout le conseil de Dieu (cf. Actes 20.27). Nous ne devons pas atténuer les vérités particulières qui nous ont séparés du monde et ont fait de nous ce que nous sommes, car elles sont chargées de valeurs éternelles. [...] Quant à nous, nous devons, par la plume et la parole, proclamer la vérité au monde, non d'une manière banale et terne, mais par une démonstration de l'Esprit et de la puissance de Dieu. » — *Évangéliser*, sect. 6, p. 116, 117.

L'évangéliste doit prêcher pour son temps, et son message doit avoir un contenu, un langage et une direction clairs. Il ne doit jamais être source de confusion ou d'exclusion. Le message du Seigneur crucifié et ressuscité doit être présenté de telle façon que les gens puissent le comprendre. La croix du Christ a une grande puissance. Présentons cette puissance de façon à ce que les personnes puissent se l'approprier.

Les gens doivent comprendre clairement leur situation devant le Seigneur et reconnaître leur état de péché, puis recevoir le salut que le Christ a acquis pour eux. Donnons-leur l'occasion d'accepter celui qui est mort sur la croix pour leurs péchés. Il a payé le prix de son propre sang. Il est ressuscité des morts, et sa résurrection garantit que nous ressusciterons aussi ; nous pouvons croire en cette promesse. Par la repentance, leurs péchés seront effacés et ils seront régénérés par le Saint-Esprit.

Une prédication puissante

Le prédicateur doit proclamer le message avec force et conviction. Ellen White écrit : « Maintenant, oui, maintenant, nous devons proclamer la vérité présente, avec assurance et puissance. Ne faites pas entendre une note plaintive, ne chantez pas de cantiques tristes et lugubres. » — *Évangéliser.*, sect. 7, p. 168. Elle conseille également : « Lorsque ces vérités seront remises à la place qui leur convient dans le grand plan de Dieu, lorsqu'elles seront présentées intelligemment, avec conviction et une crainte respectueuse par les serviteurs du Seigneur, beaucoup d'âmes croiront sincèrement, convaincues par le poids de l'évidence, et sans attendre que chaque problème qui pourrait se présenter à leur esprit soit résolu. » — *Ibid.*, section 6, p. 117.

« Ceux qui présentent la vérité ne doivent pas se laisser entraîner dans des controverses. Ils doivent prêcher l'Évangile avec une foi et une conviction telles qu'un intérêt soit éveillé. Par les paroles qu'ils prononcent, les prières qu'ils offrent, l'influence qu'ils exercent, ils doivent répandre une semence qui portera du fruit à la gloire de Dieu. Que le langage soit clair. (cf. 1 Corinthiens 14.7,8). L'attention des gens doit être attirée sur le message du troisième ange. Il ne faut pas que les serviteurs de Dieu agissent comme des somnambules, mais comme des hommes qui se préparent au retour du Christ. » — *Évangéliser* p. 115.

La prédication des vérités doctrinales de l'Église

La proclamation évangélique doit répondre aux questions existentielles essentielles. Le prédicateur doit se concentrer sur les vérités doctrinales de l'Église, qui ne sont pas souvent abordées lors des services de cultes habituels. Il faut présenter ces doctrines selon un ordre adapté, de façon à répondre aux questions existentielles importantes. Le sabbat et la création, l'origine du mal et la chute de l'humanité, la croix et l'assurance du salut, l'état des morts et la résurrection, la doctrine du sanctuaire et du jugement investigatif, le retour du Christ et la création d'un nouveau ciel et d'une nouvelle terre : ces thèmes doivent être présentés de façon à ce que les auditeurs les comprennent. Grâce à ces présentations, ils doivent être en mesure de discerner le plan de salut de Dieu pour racheter l'humanité et restaurer sa domination sur terre.

Prêcher la repentance et la conversion

Chaque sermon de la campagne d'évangélisation publique est l'occasion pour le prédicateur d'inspirer et motiver ses auditeurs pour qu'ils établissent une relation intime avec le Christ. La croissance spirituelle qui en résulte doit être progressive, jusqu'à ce que chaque auditeur se donne totalement à Jésus et accepte le baptême. Chaque présentation d'une prédication publique efficace doit se concentrer sur la conversion. Ellen White déclare éloquemment : « Quand l'Esprit de Dieu prend possession du cœur, il transforme la vie. Les pensées de péché sont mises de côté, les actions mauvaises rejetées ; l'amour, l'humilité et la paix prennent la place de la colère, de l'envie et de la dispute. La joie chasse la tristesse, et le visage reflète la lumière du ciel. » — Vous recevrez une puissance, p. 15. Accepter le Christ mène à la vraie repentance et conversion.

L'appel à la décision

Greg Laurie raconte comment il s'est retrouvé en train de témoigner sur une plage de Californie, alors qu'il n'était chrétien que depuis deux semaines. C'était un jeune converti idéaliste, sans beaucoup de formation. Il n'avait même pas mémorisé ce qui était imprimé sur le tract qu'il proposait. Il se dirigea vers une femme d'âge moyen et lui demanda s'il pouvait lui parler de Jésus, puis il lui tendit le prospectus. En arrivant à l'endroit où était posée la question : « Existe-t-il une raison qui vous empêche d'accepter le Christ ? », elle répondit : « Non. » Soudain, il se retrouva paralysé, ne sachant pas quoi faire. Il lui proposa alors de fermer les yeux pour prier, pendant qu'il cherchait frénétiquement sur le tract un modèle de prière à lire. Il n'avait pas envisagé une réponse positive. Pendant qu'ils priaient, il était certain que cela ne marcherait pas, elle ne deviendrait pas chrétienne. Pourtant, quand ils eurent terminé, elle ouvrit les yeux et confia : « Quelque chose a changé à l'intérieur de moi ». Il lui répondit étonné : « Oui, quelque chose a aussi changé à l'intérieur de moi ». L'expérience d'avoir amené quelqu'un à prendre une décision pour le Christ avait allumé un feu en lui, et à partir de ce mo- ment là, il continua à inviter les gens à accepter Jésus dans leur vie.

Dans l'évangélisation publique, le prédicateur doit délibérément lancer un appel à la décision. Les invitations efficaces, qui produisent de bons résultats sont caractérisées par un contenu, un langage et une direction clairs. Faites savoir clairement aux personnes ce que vous attendez d'elles. Demandez-leur de lever la main, de se lever, de s'avancer, de remplir un coupon-réponse, ou d'indiquer leur réponse par un geste, en leur expliquant clairement pourquoi.

Dwight L. Moody raconte qu'il a une fois prêché l'Évangile dans une réunion publique, mais qu'il n'a lancé aucun appel. En conclusion, il demanda à ses auditeurs de réfléchir au message qu'il leur avait adressé pendant la semaine à venir. Cette même nuit, le grand incendie de Chicago ravagea la ville. Plusieurs des personnes qui assistaient à la réunion périrent. À partir de ce moment-là, il résolut de ne jamais dire aux gens de rentrer chez eux et de réfléchir à l'Évangile. Il leur demanderait toujours de prendre leur décision, chaque fois qu'il prêcherait. Le prédicateur doit être décidé, audacieux, et ne pas craindre de lancer l'invitation.

Révision et discussion

- *Pourquoi autant de pasteur et de membres laïcs sont-ils si réticents à conduire des campagnes d'évangélisation publiques ?*

- *Citez trois mythes et trois vérités concernant l'évangélisation publique.*

- *Discutez des effets de la durée d'une campagne d'évangélisation sur son succès. Combien de semaines au minimum une campagne devrait-elle durer ?*

- *Quels sont les meilleurs moyens d'assurer un bon taux de fréquentation aux conférences d'évangélisation publique ?*

- *Suggérez des méthodes efficaces pour récolter des fonds pour l'évangélisation publique.*

- *Identifiez quatre principes qu'un évangéliste doit prendre en compte lorsqu'il prépare ses prédications pour l'évangélisation publique.*

9

Préparation d'une campagne d'évangélisation publique

L'ÉVANGÉLISATION n'est pas une activité ni un évènement. C'est un style de vie d'église, vécu pratiquement par ses membres. Aucune approche ne peut être considérée comme la seule qui soit efficace. Il est plutôt nécessaire déterminer, en fonction du contexte, la méthode qui correspond le mieux aux besoins locaux. Même les évangélistes les plus expérimentés peuvent trouver chez les autres des idées qui amélioreront encore leur efficacité et leur succès. Ce chapitre et le suivant proposent un plan d'évangélisation qui motivera les membres à mieux s'engager pour gagner des âmes. Les paroles du Christ assurent le succès dans cet effort : « Ce n'est pas vous qui m'avez choisi, mais moi, je vous ai choisis et je vous ai établis, afin que vous alliez, que vous portiez du fruit, et que votre fruit demeure, pour que tout ce que vous demanderez au Père en mon nom, il vous le donne. » (Jean 15.16)

Le succès ne se mesure pas sur ce que nous commençons, mais sur ce que nous achevons. Pour garantir l'efficacité, la cohérence et les résultats à long terme, une préparation adéquate est essentielle. Ellen White écrit : « Dieu est un Dieu d'ordre. tout ce qui se fait dans le ciel s'exécute avec un ensemble parfait. L'armée des anges déploie son activité dans une soumission et une discipline rigoureuses. Aucune entreprise ne peut réussir sans ordre et sans unanimité. Non moins qu'aux jours d'Israël, Dieu réclame aujourd'hui de l'ordre et de la méthode dans son œuvre. tous ceux qui travaillent pour lui doivent le faire intelligemment, et non avec négligence et insouciance. Il marque son œuvre du sceau de son approbation lorsqu'elle est accomplie avec foi et exactitude. » — *Patriarches et prophètes*, chap. 33, p. 353.

L'initiative d'évangélisation intégrative

Une initiative d'évangélisation intégrative est une approche dans laquelle les différents ministères de l'église collaborent pour atteindre un objectif d'évangélisation commun. Dans ce processus, les leaders de chaque ministère mettent leurs intérêts personnels et ceux de leur département à la seconde place, et donnent la priorité à un intérêt commun qui est celui de la croissance de l'église et de l'avancement du royaume de Dieu. Les ministères collaborateurs définissent ensemble la mission et la stratégie, et chaque ministère consacre du personnel, du temps et d'autres ressources à la réussite de cette initiative. Le schéma n° 1 illustre cette collaboration. Le centre du diagramme représente l'activité d'évangélisation que l'on veut effectuer, vers lequel convergent les différents ministères, montrant comment chaque département collabore pour le succès de l'initiative.

L'année d'évangélisation en cinq phases

Pour atteindre un objectif d'évangélisation en un an, il est essential d'élaborer un planning judicieux. Les responsables de la fédération, pasteurs et responsables de départements doivent se concerter dans leur programmation et leur organisation. La division de l'année d'évangélisation en phases distinctes permet de prévoir un budget adapté et une juste répartition des ressources, favorise l'organisation des membres dans leur participation à l'initiative d'évangélisation, et donne un ordre établi du processus d'évangélisation. Une bonne organisation ouvre la voie pour que le Saint-Esprit agisse puissamment dans la vie de chaque croyant, comme il l'a fait pour l'Église primitive.

Le cycle de l'évangélisation dans l'église locale devrait inclure le renouveau spirituel et la responsabilisation en tant que disciple. On distingue cinq phases, bien qu'il soit possible qu'elles se chevauchent parfois : (1) recrutement et formation, (2) renouveau spirituel et inspiration, (3) service à la société, (4) récolte, et (5) célébration et édification. Les paragraphes suivants proposent un agenda annuel spécifique pour ces cinq phases, mais il peut être adapté en fonction des exigences du contexte local.

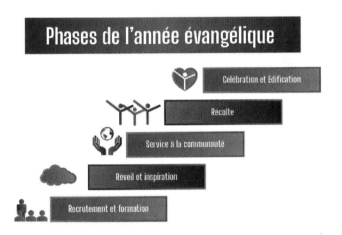

Recrutement et formation
        Cette phase pourrait aller de septembre à novembre. C'est le moment où l'on recrute les volontaires dont on a besoin pour se charger des différents aspects des initiatives d'évangélisation de l'église. Ils comprennent, entre autres, des évangélistes laïcs, des ouvriers bibliques, des leaders de petits groupes, ainsi que des coordinateurs des ministères de la musique, la prière, la santé, les activités sociales et les communications. fédérations, pasteurs, districts et églises locales doivent également organiser des programmes de formation pour équiper les pasteurs, les évangélistes laïcs et les membres d'église, afin qu'ils soient préparés pour leurs rôles respectifs.

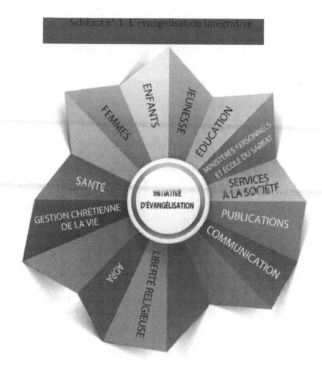

Schéma n° 1. L'évangélisation intégrative

Renouveau spiritual et inspiration

Cette deuxième étape pourrait aller de novembre à janvier, en se concentrant sur la croissance spirituelle dans les domaines de la prière, l'étude de la Bible et la communion fraternelle. Pendant ce temps, il doit y avoir à l'église des programmes de renouveau et d'enrichissement spirituel, pour les pasteurs, les dirigeants d'églises locales et les membres d'église.

Services à la société

Pendant la période d'octobre à mars, on peut mettre en place des études bibliques et initiatives en faveur de la société, en motivant les membres à s'engager au maximum. Cependant, les initiatives sociales et les études bibliques étant des activités à mener sur le long cours, ce temps peut être considéré comme une période d'activité intense pour resserrer les liens sociaux des membres d'église et favoriser le contact de ces personnes avec l'église.

Récolte

Cette phase peut aller de janvier à mai. Cela n'exclut pas que l'on puisse obtenir des résultats à d'autres moments de l'année, en particulier pendant la période ou les études bibliques et les activités sociales sont en cours, car tout le monde n'est pas prêt à prendre sa décision au même moment. Durant cette phase, il faudrait associer toutes les stratégies d'évangélisation les plus efficaces, motiver les membres à s'engager dans la collaboration active et concentrer les efforts pour gagner les âmes pour le royaume, grâce à ce que l'apôtre Paul appelle « la folie de la prédication » (1 Corinthiens 1.21).

Célébration et édification

Pendant cette phase qui peut s'étendre de mai à août, les nouveaux croyants sont accueillis dans la communauté de l'église et nourris spirituellement. Ils sont aussi immédiatement intégrés dans la vie d'évangélisation de l'église. Les éléments qui caractérisent cette étape sont les festivals de disciples, les programmes éducatifs, et la formation des nouveaux membres. Le chapitre 16 propose d'autres initiatives possibles pour le discipulat.

La rencontre de planification

Il est souhaitable de prévoir une rencontre de planification pour établir l'agenda, déterminer la façon d'avancer et décider de la procédure de la prochaine campagne d'évangélisation. Vous trouverez ci-dessous une liste de points que l'église doit prendre en considération, en fonction de son contexte et de ses plans spécifiques. Cette liste sera particulièrement utile pour l'organisation de grands programmes d'évangélisation multi-églises.

1. Considérations personnelles :
   a. Églises qui s'engagent à participer
   b. Comité de coordination de la campagne (ou comité d'action évangélique pour une campagne conduite par une seule église).
   c. Évangélistes.
   d. Ouvriers bibliques
   e. Personnel d'accueil

f. Membres de l'équipe de prière

g. Trésorier de la campagne

h. Autres comités et personnel de la campagne

i. Hébergement de l'évangéliste et des ouvriers bibliques

j. Formation du personnel

2. Dates prévues pour :

a. La campagne (depuis la préparation intensive du terrain à la récolte et le soin des nouveaux croyants)

b. Rencontres des différents comités

c. Étude des besoins de l'église et de la société

d. Initiatives sociales à effectuer

e. Initiatives spirituelles à effectuer

f. Campagne publique

3. Préparation du terrain :

a. Division du territoire pour les ouvriers bibliques

b. Visites d'évangélisation par les membres d'église

c. Initiatives d'actions sociales

d. École biblique par correspondance

e. Études bibliques personnelles

f. Utilisation du ministère de communications

g. Publicité et promotion de la campagne publique

4. Considérations matérielles :

a. Site de la campagne publique

b. Choix de sièges adéquats pour l'auditoire

c. Équipement musical

d. Système audio-visuel et sonorisation

e. Autres ressources technologiques

f. Production de plans et d'enregistrement de prédications

g. Transport

h. Buffets

i. Budget de la campagne

j. Autres ressources nécessaires

5. Considérations programmatrices :

a. Programme des soirées

   b. Programme musical
   c. Utilisation de mises en scène
   d. Utilisation appropriée de clips vidéo
   e. Témoignages personnels
   f. Moment de l'histoire ou programme pour les enfants
   g. Distribution des enregistrements et plans des prédications
   h. Activités de la journée
   i. Programme du sabbat
   j. Baptêmes

6. Plan de suivi des nouveaux convertis :
   a. Accueil et célébration
   b. Orientation des nouveaux croyants
   c. Éducation des nouveaux croyants
   d. Programme de mentorat
   e. Intégration dans les petits groupes et ministères

Responsabilités de la préparation du territoire
Chaque membre d'église
Chaque membre d'église devrait identifier au moins deux personnes qu'il aimerait amener au Christ. Il devrait s'engager dans cette mission et ajouter ces noms à sa propre liste de prière pour l'évangélisation. Il devrait s'efforcer d'inviter ces personnes aux activités sociales et spirituelles organisées par l'église. Quand la campagne d'évangélisation commence, il devrait amener ces personnes aux réunions.

Les membres doivent suivre le progrès des visiteurs et prêter attention à l'intérêt qu'ils portent aux réunions. Ils doivent s'enquérir des questions ou préoccupations de ces personnes, et demander aux ouvriers bibliques de les visiter. Il faut également fournir aux membres des cartes de décision qu'ils pourront proposer à leurs connaissances quand ils sentiront que le moment de la décision est venu.

Petits groupes et unités d'action de l'École du sabbat
Chaque membre devrait communiquer les noms de sa liste de prière d'évangélisation au responsable de l'unité d'action de l'École du sabbat ou du petit groupe auquel il appartient, pour que

celui-ci intègre ces noms à la liste de prière du groupe ou de l'unité. Sur cette liste doivent figurer le nom, l'adresse et le numéro de téléphone de chaque personne, afin que groupe le présente en prière au Seigneur ces personnes et les membres qui souhaitent les amener. Le comité d'action d'évangélisation fournira le formulaire que les responsables des unités d'action de l'École du sabbat ou des petits groupes utiliseront pour établir cette liste. Chaque semaine, pendant l'École du sabbat ou la rencontre du petit groupe, on fera un bref rapport des contacts établis. Le nom des personnes ne doit pas être mentionné pendant ces rapports. Il suffit d'indiquer le progrès du contact personnel et évangélique avec cette personne.

Formulaire A : Exemple de liste de prière pour l'évangélisation pour les unités d'action de l'École du sabbat ou les petits groupes

Église adventiste de : _____

Liste de prière d'évangélisation pour l'unité d'action de l'École du sabbat (ou le petit groupe)

Nom de l'unité /groupe : _____
Nom du leader de l'unité / groupe : _____
Contact : _____

Membre de l'unité ou groupe	Personne contact	Tél/Email
1.	(a)	
Tél. :	b)	
2.	a)	
Tél. :	(b)	
3.	(a)	
Tél. :	(b)	
4.	(a)	
Tél. :	(b)	
5.	(a)	
Tél. :	(b)	
6.	(a)	
Tél. :	(b)	
7.	(a)	
Tél. :	(b)	
8.	(a)	
Tél. :	(b)	
9.	(a)	
Tél. :	(b)	
10.	(a)	
Tél. :	(b)	

Comité d'action d'évangélisation

Chaque unité d'action de l'École du sabbat ou petit groupe d'évangélisation fournira un exemplaire de sa liste au comité d'action d'évangélisation, qui devrait établir une liste de prière générale pour l'église, et organiser régulièrement des réunions d'intercession pour l'évangélisation. L'objectif de ces réunions d'intercession consiste à prier spécifiquement pour les personnes de la liste. Vous trouverez ci-dessous un exemple de liste générale. Le comité d'action d'évangélisation conservera un exemplaire de cette liste générale pour l'utiliser dans la planification de l'évangélisation. Il faudrait également en fournir un exemplaire à l'équipe de prière, au pasteur, à l'évangéliste, aux ouvriers bibliques et au coordinateur de l'École biblique.

L'équipe de prière

Il est souhaitable de nommer une équipe de prière, avec un responsable, un adjoint et un secrétaire. Avant le début de la campagne, l'équipe de prière se réunira chaque sabbat matin, et à d'autres moments de la semaine – en fonction des possibilités – pour présenter les noms des personnes contacts au Seigneur. Ils devraient prier ainsi : « Seigneur, amène-nous ces âmes et réponds à leurs besoins selon ta volonté et ton plan ». Les membres qui ont des difficultés à s'approcher de leurs personnes contact ou connaissent les difficultés de ces personnes peuvent présenter ces problèmes à l'équipe de prière, afin qu'elle intercède auprès du Seigneur pour trouver des solutions.

Cette équipe devrait présenter continuellement la campagne en prière au Seigneur. Ils devraient prier pour tous les aspects de l'organisation et la réalisation de la préparation, la campagne et son suivi. Le rôle de l'équipe de prière est essentiel pour l'efficacité et le succès de la campagne. Les membres de cette équipe devraient être sélectionnés soigneusement et formés pour leur ministère, afin de pouvoir commencer à fonctionner bien avant le début de la campagne. Ces membres peuvent être choisis dans les églises, les départements, les petits groupes ou les unités d'action de l'École du sabbat qui sont engagés dans la campagne.

Ces membres doivent être des personnes baptisées, qui aiment le Seigneur et lui sont totalement consacrés, qui aiment prier et croient en la prière, qui aiment les gens et désirent voir des âmes venir au Seigneur. Ils doivent être conscients de leurs responsabilités et de bonne volonté. Ils devraient avoir leur propre expérience de prières exaucées, et la certitude que rien n'est plus puissant et important que de prier pour que les gens acceptent le Christ, pour que les problèmes et conflits soient résolus, et pour affronter les difficultés de la vie.

Le pasteur de l'église

Le pasteur de l'église est le directeur du programme – ou dans le cas d'une initiative d'un ou plusieurs départements, l'un des directeurs de programme – et en tant que tel, il fait partie intégrante de l'exécution générale du projet.

Formulaire B : Exemple de liste générale de prière pour l'évangélisation de l'église locale

Église adventiste de : _____

Liste générale de prière

Nom de la personne	Tél. ou e-mail	Membre d'église
1. _____	_____	
		Tél. _____
2. _____	_____	
		Tél. _____
3. _____	_____	
		Tél. _____
4. _____	_____	
		Tél. _____
5. _____	_____	
		Tél. _____
6. _____	_____	
		Tél. _____
7. _____	_____	
		Tél. _____
8. _____	_____	
		Tél. _____
9. _____	_____	
		Tél. _____

Le pasteur dirige, supervise et soutient, en vérifiant que la formation et les ressources nécessaires sont disponibles pour exécuter le programme du début à la fin. Même si une autre personne que lui conduit la campagne, le pasteur doit prendre la responsabilité de préparer le terrain et de superviser la campagne.

Le pasteur divise le territoire en plusieurs zones qu'il assigne aux ouvriers bibliques, en leur fournissant une liste des contacts qui correspondent à leur zone. Cette liste se base sur la liste générale de prière pour l'évangélisation de l'église, et contient les noms, adresses et numéros de téléphone des contacts qui reçoivent – ou ont déjà reçu – une série d'études bibliques. Une liste complète des contacts doit aussi être fournie à l'évangéliste, s'il n'est pas le pasteur de l'église.

Les ouvriers bibliques

Il est important de pouvoir compter sur des ouvriers bibliques dès que possible avant la campagne. Chaque ouvrier biblique devrait fixer des objectifs en fonction du nombre de personnes qu'il espère conduire au baptême. Il fait un rapport de ses activités directement au pasteur. Les ouvriers bibliques sont des bénévoles ; ils peuvent parfois être rémunérés. Ils devraient avoir l'expérience de l'art de la persuasion, afin que grâce à la prière et à la dépendance au Saint-Esprit, ils soient capables d'influencer les contacts pour qu'ils prennent la décision de suivre le Seigneur et d'être baptisés. Ils peuvent utiliser les cartes de décision du formulaire A du chapitre 4. Ainsi, ils pourraient revoir rapidement les sujets qui ont déjà été présentés et traiter ceux qui ne l'ont pas encore été.

En travaillant avec la liste de contacts qui lui a été fournie par le pasteur, l'ouvrier biblique prend la suite avec les contacts déjà matures de sa zone. Pour obtenir plus de renseignements sur ces contacts, ils s'informeront auprès des membres qui les parrainent. Les ouvriers bibliques produiront également leur propre liste de contacts qu'ils communiqueront au pasteur. À son tour, celui-ci la partagera avec le comité d'action d'évangélisation et l'équipe de prière, pour en garder trace et prier pour ces personnes.

Coordinateurs de l'École biblique
      Un petit groupe de trois à sept membres (en fonction de la dimension de l'église) devrait être sélectionné et formé pour servir en tant que coordinateurs de l'École biblique. Ils devraient recevoir un exemplaire de la liste générale des contacts pour les guider dans l'accomplissement de leurs responsabilités qui incluent :
- Procurer le nombre exact de leçons sur la Bible aux contacts.
- Déterminer qui devrait recevoir ces leçons.
- Rester en lien avec les membres et leurs contacts pour assurer le suivi.
- Rester en contact avec les responsables des unités d'actions de l'École du sabbat et des petits groupes, concernant la progression du programme.
- Distribuer les leçons aux membres pour qu'ils donnent les études bibliques à leurs contacts.
- Récupérer les leçons complétées, pour s'assurer qu'elles sont correctement annotées, enregistrées et rendues aux contacts.
- Tenir un compte soigneux de toutes les leçons distribuées et rendues.
- Préparer les diplômes des personnes qui ont terminé le cycle de leçons.
- Faire un rapport sur la progression et les informations concernant le diplôme des personnes au directeur de l'École biblique de la fédération (si quelqu'un a cette charge à ce niveau).

Mélange évangélique : Préparation du terrain pour gagner efficacement des âmes

      Nous vivons dans une culture rapidement sécularisée où plusieurs se considèrent comme postchrétiens, non-chrétiens, non-religieux, agnostiques, spirituels non religieux, athées etc... En dépit de tout, il existe encore un nombre croissant de croyants en Christ (chrétiens). Porter du fruit, influencer les non-engagés dans une relation étroite avec le Christ, est le mandat de Jésus à ses croyants (Jean 15: 5-7). En ce sens, se mêler aux autres pour évangéliser est un prétexte crucial pour porter des fruits. L'évangélisation comprend : *le message, la méthode, le moyen, l'occasion et le public*. Quatre éléments essentiels pour l'efficacité de l'évangélisation sont : l'interaction avec le surnaturel, le témoignage des membres de la communauté sur les actions des membres de l'Église, l'engagement auprès de la communauté pour satisfaire les besoins humains et l'amener à aspirer à autre chose. Un processus en sept points pour atteindre l'efficacité dans le mélange à but évangélique est également indispensable.

Croître dans l'intimité avec le Surnaturel

Dans Marc 3:13, Jésus monta ensuite sur la montagne avec les disciples, et là, il leur demanda de demeurer avec lui. Étant dans cette relation durable, il leur a commandé de prêcher et de faire des ministres, de répondre aux besoins humains et de soulager les souffrances. En mobilisant ses disciples pour le ministère, il a dit : «Je suis le cep, vous êtes les sarments. Celui qui demeure en moi et en qui je demeure porte beaucoup de fruits, car sans moi vous ne pouvez rien faire. Si quelqu'un ne demeure pas en moi, il est jeté dehors, comme le sarment, et il sèche ; puis on ramasse les sarments, on les jette au feu, et ils brulent. Si vous demeurez en moi, et que mes paroles demeurent en vous, demandez ce que vous voudrez, et cela vous sera accordé. » (Jean 15:5-7). Ces textes signalent l'importance de grandir dans l'intimité de la relation avec le surnaturel. C'est une communion consciencieuse et délibérée avec Lui qui favorise la proximité relationnelle et la croissance spirituelle.

Ellen White a magnifié l'exemple de Jésus dans Ministère de la Guérison p. 118.3 « La méthode du Christ pour sauver les âmes est la seule qui réussisse. Il se mêlait aux hommes pour leur faire du bien, leur témoignant sa sympathie, les soulageant et gagnant leur confiance. Puis il leur disait : 'Suivez-moi'.» Pour atteindre cette croissance intime avec le Seigneur, des programmes d'évangélisation réguliers par les membres sont des composants essentiels que les pasteurs, les dirigeants d'église et les responsables du ministère doivent organiser afin de créer l'environnement et la motivation pour que les membres s'engagent dans un tel mélange spirituel. Ceux-ci incluent l'engagement des membres dans toutes les valeurs fondamentales du discipulat (*adoration, fraternité, sensibilisation, évangélisation, gestion Chrétienne, sacrifice et amou*r) qui renforcent leurs aptitudes à atteindre les autres.

Certaines des initiatives à organiser pour permettre aux membres de profiter de l'intimité et de l'interaction avec le Surnaturel sont : des week-ends de réveils spirituels, des séminaires sur Daniel et l'Apocalypse, des études sur la doctrine biblique, des prières personnelles et en groupe, des retraites spirituelles, des services d'adoration hebdomadaires bien préparés dans l'église et la motivation permanente des membres à faire le culte familial. Le mélange avec le Surnaturel est à la base de la relation durable que Jésus appelle chaque disciple à vivre. Partager la joie d'une rencontre personnelle avec Jésus inspire les membres à participer à la mission de l'Église au sein de la communauté locale et dans un champ plus éloigné lorsque cela est possible. Porter beaucoup de fruits résulte naturellement d'une interaction avec le surnaturel.

Avoir dans la communauté des gens qui parlent de ce que fait l'église

Au fur et à mesure que les membres d'église se mêlent à la communauté et témoignent de ce que le Seigneur a fait pour eux dans leur vie à travers leurs interactions avec lui, ils développent un désir et un besoin croissants de s'impliquer dans toutes les activités organisées pour améliorer l'image de l'église dans la communauté. Ils ne se contentent pas d'une église juste domiciliée dans la communauté, n'étant ni sel, ni lumière, ni levain. Ils sont davantage satisfaits d'une église qui agit activement en faveur des résidents, mais plus encore, d'une église qui travaille avec la communauté pour répondre aux besoins humains tout en contribuant au développement communautaire. Ce type de collaboration et de partenariat social inspire les résidents et les entrepreneurs de la communauté à engager un dialogue ou des discussions ouvertes sur l'aspect positif de l'influence des églises sur la communauté. Les gens veulent s'associer à une église qui a un impact sur des vies et contribue au développement communautaire.

Dans le livre *Growing Young*, les auteurs parlent d'une « Église pour la ville » (page 235), que jeunes et autres pourraient imaginer joindre. C'est cette église qui incarne Jésus dans sa communauté grâce à l'implication active des membres dans les initiatives de justice sociale dans les quartiers environnants. Une jeune femme émue par l'implication de l'Église dans la communauté et qui est maintenant membre d'église a dit : « J'adore ça, j'ai rencontré ces gens lors d'un festival. Je n'avais pas besoin de chercher Jésus ou une Église pour les trouver. Ils étaient dans la communauté en train de faire leur travail contrairement à beaucoup d'églises qui essaient de vous inviter à assister à leurs programmes dans leur temple » (p.235).

Elle dit que l'objectif principal de l'église lors du festival n'était pas de promouvoir ses services, mais de faire de sa ville un endroit meilleur. Une pasteure associée d'une grande église de la Barbade qui est devenue Adventiste du Septième jour a dit qu'elle était émue par l'intelligence des jeunes de l'Église Adventiste du Septième jour, actifs dans la communauté et prêts à présenter des programmes religieux dans sa station de radio, même si elle n'était pas encore membre de leur église. En les écoutant, elle dit avoir été touchée et a voulu en savoir davantage sur leurs croyances. Finalement, elle est devenue membre de l'Église Adventiste du Septième jour avec ses ministères de radio et de télévision de plus de vingt millions d'auditeurs.

S'engager avec la communauté pour satisfaire les besoins humains
Les gens ont une pléthore de besoins émotionnels/mentaux, sociaux et physiques. Ils vivent avec des attentes dépassant ces besoins et espèrent entrer en contact avec des personnes qui puissent les aider et les prendre en considération. Étant convaincus que l'intervention de Dieu peut faire une différence dans leur vie, ils seront amenés à interagir avec les autres ou à servir le Surnaturel, le Dieu des Armées. La responsabilité fondamentale de l'Église consiste à les aider à trouver une solution à leurs problèmes. Jésus a communiqué aux croyants la manière d'être proactifs pour répondre à leurs besoins (Matthieu 25: 36-44). Il faut mettre de l'accent sur le fait que le principal motif de l'Église de répondre aux besoins socio-émotionnels de la communauté n'est pas un échange contre des adhésions. C'est parce que cela fait partie du plan de Dieu «…de faire pleuvoir sur les justes ainsi que sur les injustes » (Matthieu 5:45).

Dans son livre *Building a people of power,* Robert Linthicum décrit une des réponses d'une église à sa communauté, l'église avec la communauté, dans laquelle elle n'ignore pas les besoins de cette dernière pour se concentrer sur son propre intérêt paroissial. Cette église travaille plutôt avec les principaux acteurs de la communauté en fonction des besoins évalués, conçoit des solutions dans une approche globale pour répondre à ces besoins. C'est une approche partenariale qui invite des résidents à participer avec l'église, ou quand l'église se joint aux résidents, qui donne un témoignage authentique du ministère d'évangélisation à la communauté.

Influencer la communauté afin qu'elle aspire à quelque chose

Quand les membres d'église sont effectivement et véritablement engagés à interagir avec le Surnaturel et à satisfaire les besoins dans la communauté, les gens espèreront d'autres impacts possibles qui pourraient satisfaire leurs intérêts personnels. Dans ce cas, l'action de l'église dans le gain des âmes ne sera pas seulement centrifuge, les membres apportant l'évangile selon l'ordre donné par Jésus dans Matthieu 28:19-20. Il sera aussi centripète, les gens venant au cœur de l'action de l'église, comme initialement prévu par Dieu quand il a dit : « Il arrivera, dans la suite des temps, que la montagne de la maison de l'Éternel sera fondée sur le sommet des montagnes, qu'elle s'élèvera par-dessus les collines, et que toutes les nations y afflueront. Des peuples s'y rendront en foule, et diront : Venez, et montons à la montagne de l'Éternel, à la maison du Dieu de Jacob, afin qu'Il nous enseigne ses voies, et que nous marchions dans ses sentiers. Car de Sion sortira la loi, et de Jérusalem la parole de l'Éternel. » (Ésaïe 2: 2-3).

Cette réponse anticipée dans Ésaïe 2 était en harmonie avec la force centrifuge divine du témoignage soulignée dans la promesse de Dieu à Abraham dans Genèse 12:1-3. Ce texte démontre que Dieu ne destinait pas sa bénédiction uniquement à Abraham et sa famille immédiate. Il bénit Abraham pour qu'il soit un canal par lequel « tous les peuples de la terre seront bénis ». Le Nouveau Testament corrobore la volonté de témoignage centripète quand les croyants, après la Pentecôte, vivaient dans une communion d'amour, de fraternité, d'abnégation ; ils attirèrent (centripètes) leurs voisins (voir Actes 2:42-47). Comme résultat de leur mélange spirituel et social, le Seigneur ajoutait « chaque jour à l'église ceux qui étaient sauvés » (Actes 2:47). La méthode de témoignage centrifuge (les disciples allant vers l'extérieur) était aussi utilisée par les disciples quand ils mettaient en action la grande mission de Jésus dans Matthieu 28:19-20 et son annonce dans Actes 1:8 : « ...vous serez mes témoins à Jérusalem, dans toute la Judée, dans la Samarie, et jusqu'aux extrémités de la terre. »

Les chrétiens doivent s'impliquer simultanément dans le témoignage centripète et centrifuge. Les gens de la communauté parleront de ce que fait l'église quand les membres socialiseront de manière authentique avec le Surnaturel, les uns avec les autres, et avec les résidents. En voyant la transformation des vies, ressentant l'impact de l'église qui influence le changement social dans la communauté, ils en parleront mais encore auront un regard favorable sur elle, d'où une image valorisée de l'église dans la communauté. Leur curiosité croissant, plutôt que d'attendre d'être approchés, certains prendront l'initiative de devenir des « sympathisants ». Ceux qui ne viennent pas à l'église doivent être atteints. Les forces évangéliques centripètes et centrifuges se complètent pour gagner le monde au Christ. Ellen White a dit : « Dieu aurait pu atteindre son but de sauver les pécheurs, sans notre aide ; mais pour que nous développions un caractère comme celui du Christ, nous devons participer à son œuvre. Pour entrer dans sa joie - la joie de voir des âmes rachetées par son sacrifice - nous devons participer à son œuvre pour leur rédemption ». *Jésus-Christ*, chapitre 14, p. 120

Comment atteindre l'efficacité dans le mélange à but évangélique?
1. Mettre en place un comité de mixage ou mélange à but évangélique.
2. Recruter et engager des membres visionnaires et ingénieux au sein de ce comité.
3. Proposer (Comité d'église) une liste d'initiatives qui permettront aux membres d'interagir entre eux et avec les résidents de toute la communauté pour atteindre les objectifs suivants :
    i. Motiver les membres à interagir avec le Surnaturel.

ii. Réaliser des initiatives qui permettront aux résidents de parler de ce que fait l'église pour améliorer les services et les commodités dans leur communauté.

iii. Organiser et mobiliser les membres d'église dans le but de travailler pour et avec les résidents de la communauté.

iv. Influencer les résidents de la communauté afin qu'ils développent le désir de s'associer à l'église.

4. Déterminer comment chaque option fonctionnera et les détails de sa mise en œuvre.

5. Examiner les options et prendre les mesures les plus pratiques, pertinentes et réalisables (Comité d'église).

6. Recruter des personnes préparées pour les déployer afin de mettre en œuvre les initiatives.

7. Évaluer les processus et les projets et prendre les mesures appropriées.

Les dimensions de témoignages centripètes et centrifuges sont des modèles bibliques que l'église doit utiliser efficacement pour avoir un impact sur les cultures sécularisées de ce siècle. Nous devons être intentionnels et délibérés pour répondre aux besoins humains tout en leur donnant, non en échange, l'opportunité de prendre une décision pour Christ. Le mélange à but évangélique est essentiel pour gagner des âmes. Notre créateur missionnaire et Sauveur est prêt à nous guider, en tant qu'église, à être à la fois centripète et centrifuge alors que nous nous engageons à réaliser la promesse faite à Abraham : « Afin que toutes les familles de la terre soient bénies en son nom » !

Activités de préparation du terrain

Projets d'initiatives sociales

Les initiatives qui répondent aux besoins matériels et sociaux renforcent l'image de l'église et donnent des occasions d'établir des relations avec les gens. Comme nous l'expliquons au chapitre 3, le groupe de travail de chaque département engagé dans la campagne devrait s'enquérir des besoins de la société dans son domaine spécifique de ministère, que ce soit celui des femmes, des hommes, des enfants ou de la santé. une fois que ces besoins sont analysés, le département peut organiser une journée de développement social, en invitant les membres de l'église et les gens du quartier à participer à un projet bénéfique pour la société.

Vous trouverez aux chapitres 9 à 14 des suggestions spécifiques pour les initiatives sociales du ministère de chaque département. Les initiatives sociales dans lesquelles l'église peut s'engager sont, entre autres :

- Dispensaires
- Services de conseil chrétien
- Distribution d'aliments
- Distribution de vêtements
- Ministère en faveur des aveugles et personnes handicapées.
- Cours de lecture
- Cours de langue dans les sociétés multiculturelles
- Cours de musique
- Cours d'initiation à l'informatique
- Cours d'art et bricolage
- Cours de différents sports
- Plantation d'arbres
- Nettoyage du quartier
- Construction et réparation de maisons
- Campagnes sociales contre les addictions, les abus domestiques et la pornographie.
- Établissement et dédicace de monuments anti-crime dans les quartiers sensibles.
- Expositions sur l'hygiène de vie et la tempérance.
- Prêt des locaux de l'église pour les activités du quartier ou de la mairie.
- Concerts gratuits.
- Conférences sur les rôles masculins et féminins.

Forums de services à la communauté

Pour mieux répondre aux besoins de la société dans son domaine de ministère, et comme transition pour satisfaire les besoins spirituels des individus, chaque département engage dans la campagne devrait organiser un forum de sensibilisation. L'idéal est de choisir un lieu neutre où les gens se sentiront libres de venir, – comme une école, une salle municipale ou chez quelqu'un – même s'il est possible de le faire à l'église. Le nombre de séminaires présentés à ce forum dépendra des besoins locaux, révélés par les résultats de l'étude sociale menée par le groupe de travail du département.

La publicité pour ces séminaires doit se faire dans le contact face à face, le bulletin d'église, par E-mail, SMS, Facebook, Twitter, ou toute communication électronique, par l'intermédiaire des journaux, radios et chaînes de télévision locaux. tous les membres engagés devraient inviter leurs connaissances à participer à ces forums, en particulier ceux qui figurent sur leur liste de prière d'évangélisation. Ce peut être des membres de la famille, des connaissances, amis, collègues, camarades de lycée ou université ou voisins. Ceux qui invitent des gens à participer à ces forums devraient y être eux-mêmes présents.

Si c'est possible et approprié, servez des rafraîchissements. Choisissez un orateur compétent, capable d'attirer et de retenir l'attention des auditeurs, et de communiquer des informations utiles lors de sa présentation. Demandez à une ou deux personnes de donner leur témoignage personnel, en rapport avec le sujet traité. Faites en sorte de conclure chaque forum par une perle spirituelle. À la fin de chaque forum, rappelez le sujet, la date et le lieu du prochain.

Études bibliques

Après la conclusion des forums de sensibilisation, ou si les personnes contacts ont mûri grâce au contact personnel, les membres devraient commencer un cycle d'études bibliques avec elles. Si certains membres ne sont pas très sûrs de leur capacité à conduire une étude biblique, ils peuvent demander à d'autres membres de se joindre à eux pour donner ces études. Les études peuvent également être données dans le cadre d'un groupe où les participants discutent des questions et répondent ensemble par écrit.

Dans cet objectif, les coordinateurs de l'École biblique, en collaboration avec le comité d'action d'évangélisation, doit fournir aux membres des fiches d'études bibliques. Ces fiches peuvent se présenter sous forme imprimée ou électronique. Les personnes contacts étudient une leçon chaque semaine, jusqu'à ce que la série soit complète. Vérifiez que vous possédez une grande sélection disponible de fiches d'études bibliques, pour ne pas devoir répéter toujours la même série. Certaines personnes compléteront plus d'une série d'études bibliques avant de s'engager à suivre le Seigneur.

Lors de la soirée d'ouverture de la campagne, on peut organiser une cérémonie de remise de diplômes pour ceux qui ont achevé le cycle de leçons. Ceux qui ne l'ont pas encore terminé pourront recevoir leur certificat à un autre moment de la campagne, ou lors d'un programme spécial à l'église.

Journée conviviale d'évangélisation

Le comité d'action d'évangélisation, ou le groupe de travail du départe- ment engagé dans la campagne devrait programmer une excursion récréative ou éducative, ou une journée conviviale, à l'église ou à l'extérieur. Les membres d'église inviteront leurs amis et les personnes contact à cette activité. Dans l'idéal, elle peut avoir lieu environ au moment où les personnes intéressées ont achevé la quatrième ou cinquième étude biblique.

Un moment de la journée pourrait être consacré à une petite rétrospective des études bibliques faites jusqu'à présent. Ainsi, les personnes intéressées pourraient participer à la discussion. On peut aussi pendant cette journée offrir de la belle musique, chanter, prêcher la Parole, présenter personnellement les personnes intéressées aux différents membres d'église, et donner l'occasion à ceux qui le désirent de se retrouver en cercle de prière avec les membres de l'équipe de prière. Ce peut être le bon moment d'annoncer et de promouvoir la campagne d'évangélisation, mais pas forcément. Quoi qu'il en soit, il est souhaitable que l'évangéliste soit présent et invité comme orateur. L'objectif de cette activité est d'élargir le cercle de relations établies, et de présenter aux intéressés ce que l'Église adventiste propose aux personnes et familles.

Formulaire de projets d'impact social

Chaque ministère déterminera et développera ses activités pour répondre aux besoins humains, améliorer l'image de l'église dans la communauté, connecter les gens avec Christ et assurer la décision de chacun pour le Royaume de Dieu et l'Église. Ce formulaire fournit un modèle que les ministères de l'église peuvent utiliser pour recruter et équiper globalement les dirigeants et les membres dans le processus d'exécution de projets sociaux spécifiques dans la communauté.

Guide pour les équipes de préparation du territoire pour gagner des âmes		
Description	Réponses	Commentaires
Objectifs du projet/activité		
Groupe cible bénéficiant du projet/activité		
Calendrier du projet/activité (dates de début et de fin)		
Personnes/participants nécessaires à l'exécution du projet /activité		
Nombre de participants nécessaires à l'exécution de cette activité		
Méthode de recrutement des participants		
Type de formation nécessaire pour chaque participant ou chef d'équipe		
Date de la formation		
Nom.s du ou des formateur.s		
Matériels ou ressources nécessaires pour la mise en œuvre		
Lieu d'implantation de l'activité		
Résultat attendu du programme/activité		

Plan de préparation des conseillers biblique

Pour être efficace dans leur fonction, il est important que les conseillers bibliques soient organisés et formés à remplir leurs rôles. Les informations fournies dans cette section décrivent le processus d'organisation de ce groupe essentiel d'ouvriers missionnaires pour exécuter leur fonction et gagner le plus grand nombre possible d'âmes pour le royaume de Dieu.

1. Le territoire de la campagne évangélique sera divisé en zones en fonction de sa taille.
2. Les conseillers bibliques doivent être divisés en équipes et affectés à une zone spécifique. Les conseillers peuvent être :
    a. Pasteurs,
    b. Pasteurs stagiaires,
    c. Étudiants en théologie,
    d. Conseillers bibliques laïcs formés,
    e. Laïcs engagés et compétents de l'église.
3. Chaque zone aura un pasteur ou un ancien assigné qui assurera le leadership et la motivation de l'équipe afin d'atteindre le résultat souhaité pour la zone.
4. Chaque équipe de zone se réunira régulièrement pour évaluer les progrès et formuler la stratégie jugée nécessaire.
5. Chaque équipe doit répondre aux rubriques suivantes (voir le tableau ci-dessous : « **Guide de préparation des ouvriers bibliques** » similaires aux questions énumérées ici) :
    i.   Nom de la campagne.
    ii.   Lieu de la campagne.
    iii. Nombre d'églises impliquées dans la campagne.
    iv.   Nombre de personnes composant l'équipe de prière.
    v.   Nombre de membres d'église actifs dans la zone de la campagne.
    vi.   Nombre de membres d'église non-actifs dans l'église et dans la zone.
    vii. Nombre d'enfants et d'adolescents adventistes dans l'église ou dans la zone.
    viii. Nombre de jeunes adventistes entre 16 et 35 ans dans l'église ou dans la zone.
    ix.   Nombre de femmes adventistes dans l'église ou dans la zone.

x. Nombre d'hommes adventistes dans l'église ou dans la zone.

xi. Nombre de visiteurs réguliers qui fréquentent l'église dans la communauté ou dans la zone.

xii. Nombre de petits groupes ou groupes de vie actifs au sein de l'église ou dans la zone.

xiii. Stratégie de l'équipe pour se connecter et partager avec des non-membres.

xiv. Projets sociaux sont menés au sein de la communauté ou dans la zone.

xv. Nombre de non-adventistes activement impliqués dans les études bibliques.

xvi. Nombre de visiteurs de la zone qui assistent aux réunions.

xvii. Moyens de transport disponibles dans la zone pour que les personnes assistent aux réunions.

xviii. Nombre de personnes prêtes à être baptisées de la zone ou des groupes de vie.

xix. Calendrier des visites de chaque équipe.

xx. Plan de rétention et de consolidation des nouveaux membres.

Guide pour les équipes de préparation du territoire pour gagner des âmes

En préparation à toute campagne d'évangélisation, chaque équipe doit être engagée dans des activités sociales. Ces activités doivent être menées comme mentionné précédemment, afin de :

i. Attirer l'attention des personnes de la communauté.

ii. Se mélanger avec les gens sur le plan social.

iii. Améliorer l'image de l'église dans la communauté

iv. Permettre aux gens de la communauté d'avoir des choses positives à dire de l'église.

v. Accroître leur désir d'être associés aux adventistes du septième jour.

vi. Répondre à certains besoins sociaux, physiques, émotionnels et spirituels des personnes de la communauté.

vii.   Démontrer que l'église s'intéresse au bien-être des gens de la communauté.

viii. Démontrer que l'église est active et essentielle au sein de la communauté.

Les questions suivantes sont importantes pour aider chaque équipe à s'organiser et à préparer efficacement le terrain avant le début de la campagne.

1. Quel est l'objectif spécifique d'évangélisation de l'équipe ?
2. Dans quelle initiative spécifique ou projet social pour gagner des âmes cette équipe est-elle impliquée ?
3. Dans quel groupe démographique spécifique cette équipe se concentrera-t-elle ?
4. Que doit savoir l'équipe sur le groupe démographique pour déterminer le type de d'initiatives à utiliser afin de les préparer à prendre des décisions pour le Christ ?
5. Combien de personnes faut-il pour exécuter cette initiative ?
6. Comment les membres de l'équipe seront-ils éduqués ou formés pour participer au projet ou à l'initiative ?
7. Quand la formation des participants à l'initiative ou au projet commencera-t-elle ?
8. Comment les volontaires seront-ils recrutés pour participer à l'initiative ou au projet ?
9. Qui sera chargé de diriger cette initiative ?
10. Quel rôle jouera chaque participant dans le projet ou l'initiative ?
11. Quelles ressources sont nécessaires pour l'exécution de ce projet ou de cette initiative ?
12. Comment les ressources seront-elles obtenues ?
13. Qui sera responsable de les obtenir ?
14. Comment l'efficacité de ce projet ou de cette initiative sera-t-elle évaluée ?
15. Qui sera chargé de s'assurer que l'évaluation a lieu ?

Guide de préparation des ouvriers bibliques

N°	Description	Réponse	Commentaire (si besoin)
1	Nom de la campagne		
2	Lieu de la campagne		
3	Nombre d'églises impliquées dans la campagne		
4	Nombre de personnes composant l'équipe de prière		
5	Nombre de membres d'église actifs dans la zone de la campagne		
6	Nombre de membres d'église non-actifs dans l'église et dans la zone		
7	Nombre d'enfants et d'adolescents adventistes dans l'église et dans la zone		
8	Nombre de jeunes adventistes de 16 à 35 ans dans l'église et dans la zone.		
9	Nombre d'hommes adventistes dans l'église ou la zone		
10	Nombre de femmes adventistes dans l'église ou dans la zone		
11	Nombre de visiteurs réguliers qui fréquentent l'église dans la communauté ou dans la zone		
12	Nombre de petits groupes ou groupes de vie actifs au sein de l'Église ou dans la zone		
13	Stratégie de l'équipe pour se connecter et partager avec des non-membres		
14	Projets sociaux sont menés au sein de la communauté ou de la zone		
15	Nombre de non-adventistes		

	activement impliqués dans les études bibliques		
16	Nombre de visiteurs de la zone qui assistent aux réunions		
17	Moyens de transport disponibles dans la zone pour que les personnes assistent aux réunions		
18	Nombre de personnes de la zone ou des groupes de vie prêtes à être baptisées		
19	Calendrier des visites de chaque équipe		
20	Plan de rétention et de consolidation des nouveaux membres		

Liste des Conseillers bibliques

N°	Description	Dirigeants de l'équipe	Autres membres de l'équipe
1	Nom		
	Téléphone		
	E-mail		
2	Nom		
	Téléphone		
	E-mail		
3	Nom		
	Téléphone		
	E-mail		
4	Nom		
	Téléphone		
	E-mail		
5	Nom		
	Téléphone		
	E-mail		
6	Nom		
	Téléphone		
	E-mail		
7	Nom		
	Téléphone		
	E-mail		
8	Nom		
	Téléphone		
	E-mail		

Résumé et discussion

- *Quelle promesse de réussite les Écritures donnent-elles aux membres qui s'efforcent de gagner des âmes ?*
- *Expliquez votre compréhension d'une initiative intégrative d'évangélisation.*
- *Expliquez le mélange à but évangélique et suggérez un programme pour réaliser efficacement cette initiative de préparation du terrain avant une campagne d'evangélisatlon.*
- *Identifiez les cinq phases de l'année d'évangélisation et décrivez les activités qui caractérisent chacune.*
- *Citez trois points à prendre en compte dans chacun des six domaines de considération lors de la réunion de planification.*
- *Expliquez brièvement chacun des sept domaines de responsabilité du processus de préparation du terrain.*
- *Comment effectueriez-vous les quatre activités de préparation du terrain ?*
- *Élaborez un plan efficace pour procurer et distribuer le matériel de préparation du terrain tel que les fiches d'études bibliques, puis les recueillir et les enregistrer.*

10
La campagne publique

A PRÈS UNE PRÉPARATION APPROPRIÉE, on peut organiser une campagne pour en récolter les fruits. Cette campagne peut avoir lieu dans une église, sous un chapiteau, ou dans une salle louée. Elle devrait durer au moins deux semaines, en fonction de la préparation qui a été effectuée en pré-campagne. Les conférences peuvent être programmées trois fois par semaine, seulement le weekend, ou pendant toute la semaine. Le thème correspondra aux ministères engagés. Cette campagne publique doit être une rencontre spirituelle qui attire les âmes au Christ, les motive à vivre en se préparant pour le retour de Jésus, et les encourage à prendre la décision du baptême.

Financement de la campagne
Collecte de fonds

Le financement d'une campagne est un effort qui devient de plus en plus coûteux. Les organisateurs doivent faire preuve d'imagination pour parvenir à récolter suffisamment d'argent, afin que l'initiative soit efficace et amène des âmes au Seigneur. Il faudrait nommer un comité de financement pour planifier, organiser et réaliser des activités spéciales, afin d'obtenir les fonds nécessaires à toutes les dépenses. Vous trouverez ci-dessous une liste de suggestions pour les collectes de fonds. L'appendice D propose des méthodes supplémentaires.

- Faire une collecte de nuit.
- Distribuer des messages enregistrés (comme développé dans les chapitres précédents).
- Demander une contribution à ceux qui utilisent les véhicules de transport pour se rendre à la campagne.

- Organiser une collecte spéciale parmi les membres d'église.
- Organiser un vide-grenier, une vente de gâteaux.
- Proposer des boissons ou d'autres produits à la vente lors des réunions du soir.

Le trésorier

Dans le cas d'une campagne où s'investissent plusieurs églises, il est nécessaire de nommer un trésorier de la campagne. Si une seule église est concernée, le trésorier d'église peut assurer ce rôle. Les devoirs du trésorier de la campagne comprennent, entre autres :

- Faire un budget prévisionnel pour la campagne, basé sur toutes les entrées et sorties, et le faire accepter par le comité d'église ou le comité de coordination de la campagne.
- S'assurer, si nécessaire, qu'un compte chèque est ouvert au nom de la campagne, afin que toutes les transactions puissant être faites par chèque.
- Récupérer toutes les contributions financières pour la campagne et déposer tous les fonds sur le compte.
- Effectuer les remboursements autorisés.
- Vérifier que les dépenses sont effectuées conformément au budget prévisionnel, ou sur autorisation officielle du comité d'église ou du comité de coordination de la campagne.
- Vérifier que toutes les dépenses autorisées pour la campagne ont été payées.

Publicité et promotion

Les membres d'église devraient amener ceux qu'ils ont invités aux forums de sensibilisation et ceux qui ont achevé – ou même seulement commencé – les études bibliques. Ainsi, on aura déjà présenté à ces personnes les doctrines essentielles de l'église, et les concepts de base du salut. Cependant, si certaines de ces personnes n'ont pas participé aux forums ni suivies études bibliques, cela ne doit pas dissuader les membres d'église de les inviter à la campagne publique.

Le département des communications, ou une équipe de promotion nommée spécialement pour la campagne sera responsable de la publicité. On pourra pour cela utiliser des tableaux d'affichage, affiches, publicités diffusées à la télévision ou la radio, dépliants distribués en masse dans la zone de la campagne, réseaux sociaux et autres moyens. On peut aussi louer une voiture publicitaire qui passera dans tout le quartier concerné. Chaque semaine, les anciens, responsables de département, et autres leaders feront la promotion de la campagne dans toutes les églises participantes.

Services à la communauté

On nommera une équipe responsable des services à la société. Cette équipe pourra collecter, laver, et conditionner des vêtements à distribuer à ceux qui en ont besoin. L'équipe s'occupera également de prévoir des vêtements de rechange pour les personnes qui demanderont le baptême de façon improvisée. Le territoire devrait être réparti entre plusieurs volontaires qui travailleront avec les personnes dans le besoin et se chargeront des visites.

Activités de jour

Les activités de sensibilisation qui ont lieu la journée, de préférence sur le site de réunion, facilitent les initiatives sociales spéciales. C'est là que les gens se forment, développent les compétences, les attitudes, la pensée critique et acquièrent d'autres formes de responsabilisation. Ces activités favorisent la responsabilisation personnelle et sociale qui permet aux personnes de mieux apprécier les changements dans leur vie, lorsqu'ils acceptent le Seigneur. Elles constatent que leur expérience de vie est modifiée dans d'autres domaines que le domaine spirituel. Il faudrait nommer un comité pour coordonner ces activités. Les responsabilités de ce comité comprennent, entre autres :

- Planification des activités de journée.
- Repérer et sélectionner les animateurs pour chaque activité.
- Procurer l'équipement, le matériel et les ressources nécessaires pour le programme.

- Organiser la cérémonie de remise de diplôme pour ceux qui ont terminé de façon satisfaisante le programme de cours biblique.
- Si possible, collaborer avec d'autres institutions pour proposer des formations.
- Promouvoir le programme et engager les gens dans le programme de formation.
- Prévoir la retransmission par les médias de cet aspect du programme.

Ces programmes de formations peuvent être proposés sur le site de la campagne, ou dans tout autre lieu approprié. Il s'agit de cours brefs et structurés au terme desquels les gens reçoivent un certificat, à la conclusion de la campagne ou peu après. Certains programmes peuvent se poursuivre après la fin de la campagne, et ils peuvent de même commencer avant.

Ces initiatives démontrent que l'église adopte une approche holistique de la personne et ne se préoccupe pas uniquement des questions spirituelles. Certains de ces programmes peuvent être organisés en collaboration avec des écoles spécialisées ou d'autres organisations qui peuvent délivrer un certificat quand le programme a été terminé de façon satisfaisante.

Les objectifs de ces programmes peuvent viser à aider les gens à gagner leur vie, enseigner l'utilisation optimale des équipements et du matériel, fournir une formation de base de gestion domestique, ou améliorer l'adaptation et le plaisir social. Voici quelques exemples de domaines dans lesquels on peut proposer une formation :

- Techniques de médiation et résolution des confits
- Amélioration des relations conjugales
- Parentalité efficace
- Préparation pour les futurs parents
- Éducation et soins des enfants
- Soins des personnes âgées
- Gestion des finances personnelles
- Premiers secours
- Lecture

- Écriture
- Langues
- Utilisation de l'ordinateur
- Utilisation d'Internet
- Utilisation des réseaux sociaux
- Information santé
- Cours de cuisine
- Cours de couture
- Cours de tricot
- Cours de bricolage
- Cours de jardinage
- Cours d'exploitation agricole
- Construction
- Peinture
- Contrôle et gestion de la délinquance
- Cours de conduite
- Sports populaires
- Natation

Considérations matérielles pour la campagne

Transport

Il devrait y avoir un coordinateur et une équipe des transports, incluant des représentant de chaque église participant à la campagne. Le coordinateur s'assure que le transport est assuré chaque soir sur les trajets prédéfinis pour amener les personnes aux réunions. Il doit prévoir un plan de réserve au cas où l'un des transports ne pourrait pas fonctionner. Il faut également prévoir pour chaque transport une personne responsable de maintenir l'ordre. Le coordinateur reçoit et tient la comptabilité de l'argent recueilli pour chaque transport (si nécessaire), et le transmet au trésorier de la campagne. Il tient le compte exact de tous les transports effectués et vérifie que le chauffeur soit payé.

Sécurité et maintenance

Il doit y avoir un responsable de la sécurité et la maintenance, qui veille à :

- La protection du site de réunion, ainsi que du matériel et des biens.
- La propreté constante du site de réunion et des alentours.
- L'accessibilité à l'eau potable et aux sanitaires.
- La coordination et la sécurité du parking.

Technologie

Il faut recruter des techniciens et électriciens volontaires pour prendre en charge les aspects suivants de la campagne :

- Vérifier que le local où a lieu la campagne est correctement alimenté en électricité et illuminé, et que le système électrique est fable.
- Fournir du matériel adapté : table de mixage, micros, amplis, haut-parleurs et baffles de retour.
- Vérifier que les projecteurs et écrans sont correctement installés et fonctionnels.
- Coordonner l'enregistrement et la diffusion de la campagne sur la télévision par câble, la radio, Internet, et les réseaux sociaux.
- Prévoir le personnel nécessaire pour faciliter cette diffusion.

Coordinateurs de technologie numérique

Il faut nommer des volontaires pour coordonner les enregistrements numériques. Ils enregistreront les prédications de la campagne, prendront les commandes et distribueront les DVD de la façon la plus simple et rapide. Cela peut représenter une source de revenus pour la campagne ; sinon, autant que possible, les enregistrements devraient être offerts. Les membres peuvent également les acheter pour les distribuer, ce qui peut devenir leur ministère.

Décoration

Il faut nommer une équipe qui sera responsable de la décoration, pour rendre le site de la campagne d'évangélisation attrayant et accueillant. Ces personnes fourniront de beaux bouquets de fleurs pour les réunions du soir et les services du sabbat. Si besoin, elles installeront des drapés pour embellir l'estrade.

Responsabilités des équipes durant la campagne
L'équipe de prière

Comme indiqué précédemment, l'équipe de prière devrait être composée d'un nombre suffisant de membres d'église baptisés et consacrés. Ces personnes doivent être de bonne volonté, spirituelles, fables, et avoir la réussite de la campagne à cœur. Cette équipe devrait se retrouver avant chaque réunion du soir, et intercéder auprès du Seigneur pour qu'il guide tous les aspects du programme. Si le responsable de l'équipe de prière est absent un soir, son adjoint le remplacera. Aussi souvent que possible, le pasteur, l'évangéliste et les autres membres de l'équipe d'évangélisation devraient se joindre à ce groupe pour ce moment spécial de prière.

Pendant chaque réunion de prière, l'équipe devrait prier pour l'évangéliste, les membres d'église, les visiteurs, les personnes qui demandent spécialement que l'on prie pour elles, tous les membres de l'équipe, et tout sujet important. Quand les gens présentent une demande particulière de prière, l'équipe devrait intercéder le Seigneur en leur faveur. Ceux qui ont des besoins particuliers et qui le désirent peuvent rejoindre l'équipe pour un moment de prière spécial. Chaque soir, au moment de l'appel, l'équipe doit plaider pour que Dieu touche les cœurs des visiteurs, pour qu'ils acceptent les appels du Saint-Esprit et prennent la décision du baptême.

Il faut faire en sorte que le lieu où l'équipe de prière se réunit soit à l'abri de toute source de distractions. L'ambiance de la pièce doit donner le sentiment d'une terre sainte. Des images évoquant la prière et la communication avec le Seigneur peuvent favoriser cette mise en condition. Il n'existe pas de façon unique et figée pour créer cette atmosphère ; ceux qui ont cette responsabilité utiliseront leur créativité et laisseront le Saint-Esprit les guider dans la préparation de la salle.

Faites en sorte que chaque membre de l'équipe ait l'occasion de participer. Les tâches spécifiques des soirées doivent être assignées à plusieurs membres, suffisamment à l'avance pour qu'ils puissent s'y préparer. Il peut s'agir de choisir et lire un passage de l'Écriture, de présenter un court extrait d'un livre d'Ellen White, de prier pour l'évangéliste, pour les invités, pour ceux qui prendront leur décision, ceux qui préparent la salle. L'équipe peut aussi intégrer d'autres membres d'église en leur demandant de prier à certains moments de la journée pour la réussite de la campagne.

La musique

Il est indispensable de désigner un coordinateur de la musique pour la campagne. Ce doit être une personne possédant de bonnes capacités d'organisation. Elle doit vérifier que le programme musical se déroule sans heurts chaque soir. Il faut pour cela établir un planning indiquant le responsable de chaque moment musical de la campagne, y compris les chants, morceaux musicaux, chant de l'appel, chants méditatifs…

Une équipe de louange composée d'un nombre suffisant de personnes capables doit être constituée. Ce sont des chanteurs confirmés qui seront disponibles chaque soir, ainsi que les sabbats. Ils doivent être capables d'entraîner l'assemblée dans les chants. Ils doivent préparer et répéter les chants qui seront chantés chaque soir. Ils doivent être ponctuels et faire en sorte que leur tenue vestimentaire soit sobre et ne soit pas source de distraction pour les auditeurs. Ils doivent répéter ensemble et avec les instrumentistes.

Une chorale composée de membres d'église peut être formée pour la campagne. Les choristes doivent être ponctuels et habillés correctement. Il ne doit pas y avoir de disputes parmi les choristes. Leur attitude, leur tenue et leurs relations doivent inviter la présence de l'Esprit de Dieu. Les chants doivent être choisis soigneusement et répétés avec sérieux de façon à être bien interprétés, avec l'aide de l'Esprit, pour être inspirants. Ceux qui n'ont pas participé aux répétitions et ne connaissent pas bien leur partition ne doivent pas être autorisés à chanter lors des représentations.

Le directeur de chœur, qu'il soit ou non le coordinateur de la musique, est entièrement responsable de sa chorale, et ses décisions doivent être respectées. Cependant, le dialogue est toujours le meilleur moyen de faire en sorte que les gens ne se contentent pas d'obéir, mais soient heureux de se consacrer à leur ministère. Le directeur de chœur doit être inclusif, orienté vers les autres, et doit donner aux choristes un exemple de ponctualité et de tenue.

Diacres

Les diacres récoltent les offrandes, offrent les cadeaux, distribuent et récupèrent les feuilles de questionnaires et donnent le matériel au moment opportun. Ils accueillent et souhaitent la bienvenue aux auditeurs et en enregistrent le nombre chaque soir.

Il faut nommer un responsable du diaconat, et un nombre suffisant de diacres. Ils doivent se témoigner mutuellement du respect et suivre les directives du coordinateur. Ils doivent être courtois, amicaux, ouverts et orientés vers les gens. Ils doivent faire preuve de patience et s'adresser aux gens comme le Christ le ferait. Il est important qu'ils portent une tenue correcte, et qu'ils soient identifiables en tant que diacres.

Chaque diacre est responsable d'une partie spécifique de l'assemblée, et doit prendre sa position avant le début de chaque réunion. Ils doivent rester vigilants et alertes, assister ceux qui dirigent le programme, ainsi que les membres et visiteurs. Ils ne doivent pas se retrouver pour parler à l'extérieur pendant la réunion, mais garder leur place.

Réceptionnistes téléphoniques

Avant, pendant et après les réunions du soir, des volontaires devraient se rendre disponibles pour répondre aux appels téléphoniques de ceux qui suivent le programme à la radio, sur le câble ou Internet. faites en sorte de disposer de lignes téléphoniques temporaires sur le site de la campagne, ou utilisez les téléphones portables si vous le préférez. Les numéros de téléphone à appeler doivent être indiqués au public, et pendant sa prédication, l'évangéliste peut rappeler la disponibilité des réceptionnistes téléphoniques, encourager les auditeurs à profiter de cette occasion pour appeler, et établir un contact immédiat. On peut recevoir par ce moyen les requêtes de prière, les demandes de visites à domicile, et susciter des décisions pour le Christ. Il faut absolument faire preuve de discrétion et de discernement dans le choix des volontaires pour cette importante responsabilité.

La santé

Le comité des ministères de la santé – ou un groupe de travail dans le cadre d'une campagne multi-églises – organisera le programme santé de la campagne. Cela implique de recruter des médecins, infirmiers et autres professionnels de santé à intervenir sur des sujets intéressants. On peut également employer des vidéos. Chaque soir, des médecins et/ou infirmiers doivent se tenir disponibles en cas de besoin pour dispenser les premiers secours.

L'École du sabbat

L'École du sabbat joue un rôle important dans le déroulement de la campagne. Le comité d'École du sabbat – ou un comité formé pour l'occasion, en cas de campagne multi-églises – décidera à l'avance quelles églises, unités d'action de l'École du sabbat ou petits groupes seront en charge des programmes de la semaine pendant la campagne. Ces programmes doivent être en lien avec les thèmes présentés par l'évangéliste, et inclure en même temps l'étude hebdomadaire de l'École du sabbat. Le programme de l'École du sabbat ne doit pas déborder du temps qui lui est réservé pendant la campagne.

La jeunesse adventiste

La société de jeunesse adventiste devrait également participer à la campagne. Les responsables de jeunesse des églises participantes collaboreront pour décider à l'avance quelles églises ou groupes seront responsables pour chaque programme de jeunesse pendant la semaine. Comme pour l'École du sabbat, le programme doit être en lien avec les thèmes présentés par l'évangéliste.

Célébration du sabbat

Une célébration spéciale peut être programmée pour un ou plusieurs sabbats durant la campagne. Certains visiteurs et personnes intéressées observent peut-être le sabbat pour la première fois, et cette célébration donne l'occasion d'en faire un jour particulier, à la fois pour les membres d'église et pour eux. Le pasteur, l'évangéliste et le comité de coordination doivent collaborer pour penser à chaque détail, afin que cette journée soit une célébration idéale du créateur.

La célébration devrait prévoir un repas convivial après le service de culte. Une équipe d'accueil spécialement nommée est responsable de prévoir le menu, de faire les achats nécessaires et de préparer les plats pour ce repas. Si besoin, l'équipe peut solliciter de l'aide pour la préparation des plats. Ces repas doivent être abondants, bien présentés et nutritivement équilibrés. Les diacres, secondés par d'autres volontaires, aideront au service pendant le repas.

Le service du sabbat peut inclure un baptême ou une remise de diplôme du cours biblique. L'École du sabbat et la jeunesse peuvent préparer des programmes spéciaux, respectivement pour le matin et l'après-midi. La célébration peut durer du matin au coucher du soleil, selon ce qui est préférable en fonction du contexte local.

Programme de la campagne

La présentation de la campagne dépend de plusieurs facteurs : le budget ; la disponibilité de l'équipement et de la technologie ; la disponibilité de personnel formé, expérimenté et bien informé ; le nombre d'auditeurs ; le profil démographique des auditeurs et de la région. Voici une liste de différentes façons de présenter les messages en fonction de l'auditoire :

- Conférences par satellite avec un seul orateur.
- Conférences par satellite avec plusieurs orateurs.
- Conférences locales avec un seul orateur.
- Conférences locales avec plusieurs orateurs.
- Prédication partagées entre deux ou trois orateurs.
- Prédications enregistrées sur DVD ou autre support numérique.

- transmission en direct de la prédication par câble.
- Retransmission différée de la prédication par câble.
- transmissions par Internet, en direct ou préenregistrées.

Soirées

Le programme de chaque soirée de la campagne porte sur un thème spécifique, intéressant et pertinent pour l'auditoire ciblé. Les chapitres 9 à 14 fournissent des suggestions de thèmes correspondant au ministère des différents départements. Les auditeurs peuvent être invités à participer à un programme intéressant d'approfondissement en lien avec le thème, à un séminaire, une excursion, un petit-déjeuner ou repas spécial, ou toute autre activité conviviale.

Le programme de la campagne doit inclure des activités spéciales qui mettent en relief les aspects spécifiques de la vie chrétienne pratique, en lien avec le thème choisi. Chaque activité devrait montrer en quoi ces questions prennent un nouveau sens quand le Christ entre dans la vie d'une personne. Durant la prédication, l'évangéliste associera les problèmes de la vie quotidienne aux doctrines bibliques correspondantes, pour démontrer l'amour de Dieu et susciter dans le cœur des auditeurs le désir d'accepter le Christ comme leur Sauveur.

Le schéma n° 2 indique les cinq éléments clé qui devraient être présents dans chaque programme, de façon à captiver l'attention des différentes mentalités de l'auditoire, et à susciter des décisions pour le Christ : (1) témoignage personnel, (2) mise en scène, (3) vidéo, (4) musique, et (5) prédication.

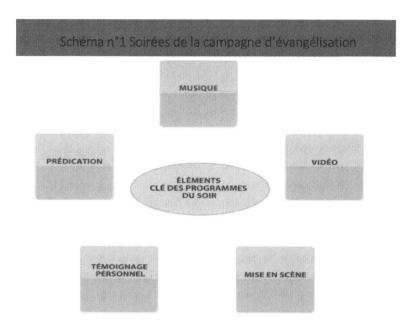

Le témoignage personnel : Un membre de la famille de l'église donne un témoignage de deux minutes, en lien avec le thème de la soirée. Par exemple, le témoignage peut illustrer comment le Seigneur peut nous assister dans les circonstances difficiles de la vie, et les utiliser pour notre bien. Les témoignages personnels sont des moments où l'on partage une expérience qui peut inspirer et motiver les autres, pour qu'ils reconnaissent la puissance du Seigneur et fortifient leur foi en lui. tous les témoignages devraient être soigneusement préparés afin de ne pas déborder de l'horaire prévu.

Mise en scène : Chaque soir, la mise en scène – qui ne devrait pas dépasser cinq minutes – sera en rapport avec le thème. Elle peut soit refléter une situation idéale, avec un heureux dénouement résultant de la dépendance par rapport à la puissance de Dieu, soit une situation dysfonctionnelle transformée par l'intervention divine.

Vidéo : On peut utiliser un court clip vidéo illustrant le thème de la soirée pour ajouter de l'intérêt au programme. Il peut souligner le thème en présentant une situation idéale ou dysfonctionnelle, ou peut présenter les membres d'église qui participent à une activité de sensibilisation en rapport avec le thème. Cette vidéo doit être soigneusement choisie ; l'image et le son doivent être de bonne qualité.

La musique : Les chants doivent être cohérents avec le thème de la soirée. Il doit y avoir une étroite collaboration entre le prédicateur et le responsable de la musique de la soirée. Le chant d'appel doit être judicieusement choisi et interprété avec talent. Le prédicateur peut avoir besoin d'interrompre par moments le chanteur pour insérer un commentaire approprié, comme élément d'invitation. Dans ce cas, l'instrumentiste et le chanteur doivent être capables de poursuivre sans interruption. Il est essentiel d'être bien préparé pour cette importante responsabilité, et d'être conscient que tous les chanteurs n'ont pas forcément la capacité d'interpréter un chant d'appel.

La prédication : En tant qu'important représentant du Christ, l'évangéliste doit présenter son message de façon à magnifier le Christ, et à le mettre au centre de toute sa prédication. Son message doit établir le lien entre la vérité biblique et le thème de la soirée. La mise en scène et les autres éléments du programme seront utilisés comme points de référence pour inviter les gens à accepter le Christ comme leur Sauveur.

Autres éléments particuliers

Voici d'autres suggestions qui peuvent être utilisées lors de certaines soirées, afin de sortir de la routine et de rendre le programme coloré et unique :

- Parade spéciale, en uniforme des JA et animateurs.
- Remise de diplôme aux personnes qui ont achevé le cours biblique ou suivi un programme de formation.
- Rapport sur une activité sociale
- Reconnaissance et remerciements pour des contributions exceptionnelles
- Reconnaissance de succès obtenus

- Mini-concert avant la réunion
- Mariage
- Baptême
- Information santé
- Information sur la carrière
- Moment pour les jeunes
- Moment de confession et pardon
- Histoire des enfants
- Présentation d'enfants
- Demande de bénédiction sur des mariages
- Prière spéciale pour les familles
- Prière spéciale pour les femmes
- Prière spéciale pour les hommes
- Prière spéciale pour les enfants
- Prière spéciale pour les jeunes
- Prière spéciale pour les personnes endeuillées
- Prière spéciale pour des guérisons
- Prière spéciale pour les officiels du quartier
- Prière spéciale pour la nation

Programme de soirées

Il serait irréaliste de déterminer un programme fixe pour les soirées de toutes les campagnes d'évangélisation. En fonction du contexte local, chaque église doit choisir des éléments spécifiques à inclure dans les soirées et le temps à consacrer à chacun. Dans certains endroits, un programme de deux heures en tout, depuis le moment des chants d'introduction jusqu'à la bénédiction, est acceptable. Dans d'autres, une heure et demie sera l'idéal. Le plan de programme suivant reste donc une suggestion :

- Musique enregistrée, en attendant le début du programme
- Accueil, salutation et installation des invités
- Chants : 10 minutes
- Cantique d'introduction : 3 minutes
- Prière : 2 minutes

- Bienvenue, reconnaissance et annonces : 3 minutes
- Morceau de musique spécial : 3 minutes
- témoignages : 4 minutes
- Offrande : 4 minutes
- Présentation de dons particuliers : 4 minutes
- Vidéo : 2 minutes
- Chant thème : 3 minutes
- Prédication: 40 minutes
- Mise en scène : 5 minutes
- Appel : 8 minutes
- Bénédiction : 2 minutes

Tous les éléments du programme des soirées doivent contribuer à affirmer le message, captiver l'attention des gens, susciter leur intérêt, et favoriser la mémorisation des concepts présentés. L'objectif de ces réunions est d'influencer les âmes pour qu'elles aillent vers le Christ, et prennent une décision positive décisions en réponse au message prêché à partir de la Bible. On ne doit tolérer aucune source de distraction qui puisse interférer avec cet objectif.

Révision et discussion

- *Citez plusieurs moyens de récolter les fonds nécessaires pour une campagne d'évangélisation.*
- *Identifiez et discutez de méthodes appropriées de publicité pour promouvoir une campagne d'évangélisation publique.*
- *Quelle est pour vous l'utilité des activités de la journée dans une campagne d'évangélisation publique, et quelles sont les activités qui seraient faisables pour votre église ?*
- *Citez et expliquez l'importance de trois des considérations matérielles d'une campagne d'évangélisation publique.*
- *Citez et définissez cinq responsabilités de l'équipe, que vous considérez essentielles pour la réalisation d'une campagne d'évangélisation publique.*
- *À quoi sert la célébration du sabbat lors d'une campagne d'évangélisation, et comment peut-on la réaliser correctement ?*
- *Discutez des différentes sortes de présentation qui peuvent être utilisées lors d'une campagne publique, et indiquez celle qui vous semble la plus appropriée.*
- *Identifiez les cinq éléments d'une soirée lors d'une campagne d'évangélisation publique. Expliquez en quoi ils contribuent à l'assimilation et la mémorisation du message, et influencent les gens pour prendre leur décision.*

3ᵉ partie
Initiatives d'évangélisation des départements

11
EVANGÉLISER LA CLASSE SUPÉRIEURE

Évangéliser la classe supérieure

Durant l'été 1998, j'ai voyagé avec un groupe de plus de 200 éclaireurs de Montego Bay Jamaïque, pour assister au camporée de la Division Inter-Américaine célébré à Porto Rico . Le vol de Montego Bay a eu un retard. Arrivés à Miami 30 minutes plus tard que prévu, nous avons raté notre second vol qui partait à 9h00. La compagnie aérienne nous a réservé et confirmé un autre vol qui quitterait Miami à minuit, ce qui signifiait que nous devions avoir 14 heures d'attente à l'aéroport international de Miami. Puis, il nous a été dit de vérifier aux guichets suivants la possibilité de voyager sur liste d'attente d'un vol qui partirait dans les deux heures.

Ce jour-là, chaque deux heures, un vol partait de l'aéroport international de Miami pour l'aéroport international de San Juan Porto Rico. En raison du nombre de personnes qui voyageait, principalement les milliers de passagers à destination du camporée, s'inscrire sur liste d'attente d'un vol était presque impossible. Après avoir été toutes les deux heures de porte en porte, tous les efforts se sont avérés vains. À minuit, nous avons finalement embarqué sur le vol sur lequel nous avions été confirmés. Nous avons fêté notre arrivée à destination. Voyager sur liste d'attente, en stand-by, n'a pas fonctionné. Nous l'avons fait sur notre vol confirmé.

Les gens de toutes les classes sociales doivent être encouragés et aidés à confirmer leur voyage vers le trône de Dieu car c'est la destination divinement prévue pour tous les êtres humains. Sans un vol confirmé, voyager en stand-by sera probablement futile. Accepter l'évangile du Christ et faire de lui le maître de sa vie est la confirmation du vol vers son Royaume. Les disciples du Christ ont le devoir d'être inclusifs dans la présentation de l'Évangile et doivent l'interpréter, le rendre applicable et le communiquer à ceux de la classe supérieure tout en faisant de même pour toutes les autres classes.

Apocalypse 7:9 dit : « Après cela, je regardai, et voici, il y avait une grande foule, que personne ne pouvait compter, de toute nation, de toute tribu, de tout peuple, et de toute langue. Ils se tenaient devant le trône et devant l'agneau, revêtus de robes blanches, et des palmes dans leurs mains ». La destination de tous les êtres humains, quelle que soit leur classe sociale, est le royaume de Dieu. Luc 19:10 « Car le Fils de l'homme est venu chercher et sauver ceux qui étaient perdus.» Ellen White a dit : « Nous parlons et écrivons beaucoup au sujet des pauvres négligés ; ne faut-il pas aussi avoir une certaine attention pour les riches négligés ? Beaucoup considèrent cette classe comme sans espoir... Des milliers d'hommes riches sont allés dans leurs tombes sans être avertis parce qu'ils ont été jugés sur leur apparence et passés pour des sujets sans espoir. Mais, aussi indifférents qu'ils puissent paraître, il m'a été montré que la plupart a l'âme accablée. Des milliers d'hommes riches ont faim de nourriture spirituelle. Nombreux sont ceux qui ressentent le besoin de quelque chose qu'ils n'ont pas. Peu d'entre eux vont à l'église, car ils ont le sentiment de n'en tirer aucun avantage. L'enseignement qu'ils reçoivent ne touche pas l'âme. Ne ferons-nous aucun effort personnel en leur faveur ? » Traduit de *Testimonies vol. 6,* p. 78.

Hommes et femmes, sur les routes et les chemins doivent être atteints. Quand nous lisons l'œuvre du Christ, « "Jésus parcourait toutes les villes et les villages, enseignant dans les synagogues, prêchant la bonne nouvelle du royaume, et guérissant toute maladie et toute infirmité." Matthieu 9:35. Cette œuvre doit être accomplie dans nos grandes villes et dans nos villages, "sur les chemins et le long des haies". La bonne nouvelle du message du troisième ange doit être diffusée parmi toutes les classes de la société. » *Évangéliser*, p. 48.6

Les riches - ou la classe supérieure de nos sociétés - n'ont pas beaucoup été mis en avant dans notre stratégie d'évangélisation et le résultat est clair : seul un nombre infime d'entre eux se trouve parmi ceux qui sont actifs dans la communauté des croyants du Christ.

L'évangile doit être contextualisé et communiqué également à ceux de la classe supérieure. Jean 1:14-17, nous dit que le Verbe (Logos), qui est le Principe Organisateur de l'univers, s'est fait chair, s'est incarné parmi les peuples du monde et leur a fourni la Grâce qui les sauve de leurs péchés (Matthieu 1:21). Jean 1:29 dit : « Voici l'Agneau de Dieu qui ôte les péchés du monde ». L'expression « les péchés du monde » est une interprétation générique de la condition de tous les êtres humains sans égard à la classe ; elle est inclusive, tous sont pécheurs. Le salut est disponible pour ceux de chaque groupe sociodémographique.

Classes sociales

Les spécialistes des sciences sociales ont classé les individus au sein des sociétés en groupes hiérarchiques basés sur la richesse, le niveau d'éducation, la profession, le revenu, le statut dans une communauté ou l'appartenance à une sous-culture ou réseau social. Le classement de la structure des classes sociales ne se fonde pas seulement sur la quantité d'argent que les individus ont ou n'ont pas. Cela inclut également les vêtements qu'ils portent, la musique qu'ils aiment et l'école qu'ils fréquentent, entre autres. L'appartenance sociale a une forte influence sur la façon dont les gens interagissent avec les autres et qui ils sont en réalité. Ceux qui cherchent à évangéliser les gens de la classe supérieure doivent utiliser des stratégies d'évangélisation basées sur une compréhension claire de leurs caractéristiques. Écouter leurs préoccupations, comprendre leur vision du monde, voire apprendre leurs modes de communication, est essentiel à l'efficacité de l'évangélisation.

Définir la classe supérieure

L'expression classe supérieure désigne un groupe d'individus qui a le statut social le plus élevé dans la société. Ils sont considérés comme les plus riches et sont au-dessus des classes ouvrière et moyenne dans la hiérarchie sociale. Ceux de la classe supérieure ont des niveaux de revenu disponible plus élevés et exercent plus de contrôle sur l'utilisation des ressources naturelles. La population globale de la société est composée d'un pourcentage minimal de personnes de cette classe, cependant, elles contrôlent une part disproportionnée de la richesse totale.

Dans un rapport de 2018 du Pew Research Center, il a été rapporté que 19% des américains adultes vivent dans des ménages appelés « revenus supérieurs ». En 2016, le revenu moyen de ce groupe était de 187 872 $. Le revenu annuel de leur ménage était alors plus du double de la moyenne nationale. À cette époque, elle était de 55 775 $ après ajustement des revenus en fonction de la taille du ménage. Cette classe supérieure peut être divisée en deux groupes : son sommet et sa base. Ceux dont l'argent provient d'investissements et d'entreprises commerciales, entre autres, sont considérés comme appartenant à base de la classe supérieure ; son sommet comprend les familles riches depuis des générations.

Dans de nombreux cas, les membres de la classe supérieure sont davantage satisfaits de leur vie de famille, leur logement et leur éducation que les membres des autres classes. Les recherches ont démontré que parmi ceux qui s'identifient comme appartenant à la classe supérieure ou à la classe moyenne-supérieure, 53% ont comme niveau d'étude universitaire une licence ou plus. Parmi les adultes de la classe moyenne, 31% ont un diplôme d'études universitaires et parmi ceux de la classe moyenne inférieure ou de la classe inférieure, seulement 15% ont des diplômes universitaires. Près d'un adulte de la classe inférieure sur cinq (18%) n'a pas un diplôme d'études secondaires. L'étude révèle que dans la classe supérieure, seulement 29% déclarent être fréquemment stressés, contre 37% de ceux de la classe moyenne et 58% des adultes de la classe inférieure. Environ quatre adultes sur dix (43%) disent que les gens de la classe supérieure sont plus susceptibles d'être intelligents que ceux de la classe moyenne. L'étude a montré également que 42% des adultes partagent le point de vue selon lequel les riches sont plus prédisposés à être des travailleurs acharnés que les américains moyens, contre 24% qui disent le contraire

Quelques schémas de pensée religieux de la classe supérieure

De nombreuses personnes de la classe supérieure sont indifférentes aux choses spirituelles car plus concentrées sur les choses matérielles. Certains ont une vision significativement différente de la nature et des exploits de Dieu et de la façon dont il est impliqué dans leur vie que les personnes d'autres classes. La classe supérieure tend à embrasser le relativisme, le pluralisme, le non-religieux ou l'exclusivisme.

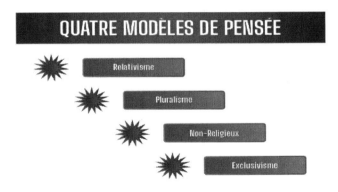

Bien que ces modèles de pensée ne soient pas propres à la classe supérieure, ils sont communs à une large part de ce groupe démographique. Influencés par certains de ces schémas de pensées prédominants, les membres de la classe supérieure ont tendance à se concentrer sur des préoccupations temporelles. Par conséquent, ils tendent à manquer d'intérêt pour les discussions sur l'avenir et la question mystique de la vie après la mort. Jésus a souligné cette tendance avec les riches de son temps disant : « Je vous le dis encore, il est plus facile à un chameau de passer par le trou d'une aiguille qu'à un riche d'entrer dans le royaume de Dieu. » Mathieu 19:24

Schémas de pensée du Relativisme

Le modèle de pensée relativiste est une perspective philosophique. Il nie l'affirmation selon laquelle les gens se comportent avec objectivité. Il prône que les vérités ou les faits sont relatifs selon le point de vue ou la perception des personnes concernées ou encore le contexte dans lequel ils sont évalués. Il englobe le concept selon lequel il existe des différences légitimes dans les jugements moraux des personnes et des cultures ; il soutient qu'il n'y a pas de fait ou de vérité absolue concernant les normes de croyances, de justification ou de rationalisation parce que tout est relatif. Selon ce modèle de pensée, il n'y a pas de vérité absolue, au contraire, elle est toujours relative à un cadre de référence particulier. Chaque personne et situation déterminent ce qu'est la vérité ; par conséquent, la vérité ne peut pas être objective, c'est-à-dire que chacun peut croire comme il le veut, ce qui signifie qu'il n'y a pas de jugement moral. Les expressions courantes du relativisme comprennent :

- *Tout dépend du concept, de la perspective ou des pensées de l'individu.*
- *Chacun est libre de faire tout ce qui est bon pour elle ou lui.*
- *Chacun décide ce qui est le mieux pour lui et c'est définitif.*
- *Ce qui est moral est défini et déterminé par ce qui est acceptable au sein d'une communauté. Ce qui est accepté comme juste dans une communauté peut ne pas être considéré comme tel dans une autre communauté.*

Schémas de pensée du Pluralisme

Le pluralisme religieux se réfère généralement à la croyance en deux ou plusieurs visions religieuses du monde comme étant valables ou acceptables. La pensée pluraliste relative à la vérité propose l'idée selon laquelle toutes les considérations dans tous les domaines sont vraies exactement de la même manière. Il prétend que la vérité est plurielle et n'est pas confinée. Elle affirme qu'il n'existe pas de manière universelle ou commune d'être vrai. En ce sens, le pluralisme entre en conflit avec le monisme, qui avance l'idée qu'il existe une seule propriété de la vérité. En d'autres termes, il cherche à nier l'idée de vérité absolue.

Plus qu'une simple tolérance, le pluralisme religieux accepte de multiples voies vers Dieu ou vers les dieux comme une possibilité. Une personne l'exprime ainsi : «Tous les chemins mènent à Rome. Chacun utilise un véhicule à moteur différent mais tous arrivent à la même destination... aller au paradis, c'est comme ça, si jamais il existe ».

Schémas de pensée du Non-religieux

Les personnes non-affiliées à une religion sont considérées comme des non-religieux. Ils ne s'identifient à aucune religion. Au cours de la dernière décennie, ce groupe n'a cessé de croître à un rythme rapide dans le monde entier. Les membres de la classe supérieure et les personnes ayant une formation universitaire sont les plus susceptibles d'adopter les caractéristiques de cette communauté. Environ deux tiers de ceux qui composent ce groupe disent croire en Dieu. Plus de 50% exprime un profond sentiment de connexion avec la nature et la terre. Plus d'un tiers se qualifie comme « spirituels » mais non « religieux » (37%) et un sur cinq (21%) dit prier tous les jours. En outre, la plupart des Américains religieusement non-affiliés pense que les églises et autres institutions religieuses sont bénéfiques à la société car elles renforcent les liens communautaires, aident les pauvres ; cependant, ils ne se considèrent pas comme membres de ces dernières. Beaucoup sont toujours prêts à soutenir les causes qu'elles défendent en faveur de la paix et du bien-être social des êtres humains.

Schémas de pensée de l'Exclusivisme

Les exclusivistes croient qu'il n'y a qu'une voie vers le salut et la vérité religieuse. Certains d'entre eux soutiennent même la nécessité de supprimer les mensonges enseignés par les autres religions. Ils sont motivés par les enseignements bibliques suivants : a) il y a un seul Dieu - Deutéronome 6:5, b) il n'y a qu'un seul moyen de connaître Dieu - par Jésus-Christ ; Jean 14:6 ; Actes 4:12 ; c) la Bible condamne les autres religions comme suivant des dieux qui ne sont pas le vrai Dieu. Renforçant le concept biblique d'un Dieu unique, Josué 23:16 dit : « Si vous transgressez l'alliance que l'Éternel, votre Dieu, vous a prescrite, et si vous allez servir d'autres dieux et vous prosterner devant eux, la colère de l'Éternel s'enflammera contre vous, et vous périrez promptement dans le bon pays qu'il vous a donné ». L'exclusivisme dogmatique englobe trois propositions fondamentales qui animent la foi chrétienne :

1. La divinité du Christ - Jean 1:1,14.
2. La mort substitutive du Christ pour tous les êtres humains - 1 Corinthiens 5:21.
3. Le salut du péché n'est obtenu que par la grâce, par la foi - Éphésiens 2:8-9.

Idiosyncrasies de la classe supérieure

Les idiosyncrasies sont des expressions, des valeurs, des traits, des goûts ou des centres d'intérêt distinctifs ou particuliers d'un individu, d'un groupe ou d'une classe de personnes. Dans le cas de la classe supérieure, il existe certaines particularités qui doivent être énumérées pour permettre la compréhension et définir un contexte dans lequel développer une stratégie afin de l'évangéliser. Cette classe s'intéresse généralement à :

La réforme sanitaire et aux pratiques de santé	Les relations familiales
La richesse – Argent et Possessions	L'éducation
Le prestige – Niveau de vie élevé	L'influence et l'héritage
L'accumulation des ressources	La concentration sur soi

Les perspectives et modèles de comportement de l'élite de la classe supérieure sont :

i. Ils vivent selon leurs moyens ; beaucoup d'entre eux économisent jusqu'à 20% ou plus de leurs revenus.
ii. Beaucoup évitent les jeux de hasard.

iii.	Ils lisent tous les jours - environ 88% lit en moyenne 30 minutes par jour.

iii. Ils lisent tous les jours - environ 88% lit en moyenne 30 minutes par jour.

iv. Ils passent moins de temps devant les écrans de télévision et autres.

v. Ils sont capables de contrôler leurs émotions, comparés à plusieurs des autres classes.

vi. Ils se portent volontaires en fonction du contexte, si cela est jugé nécessaire.

vii. Ils travaillent dur pour réussir.

viii. Ils se fixent des objectifs et ambitionnent de les atteindre.

ix. Ils évitent la procrastination.

x. Ils parlent moins et écoutent plus.

xi. Ils évitent les relations toxiques.

xii. Ils persévèrent dans les conditions difficiles.

xiii. Ils remettent en question et nient les opinions conventionnelles qui les limitent.

xiv. Ils ont des mentors, des coachs et des conseillers spéciaux.

xv. Ils déterminent et connaissent leurs principaux objectifs et buts.

xvi. Ils créent des méthodes personnelles de réussite.

xvii. Ils créent des réseaux et entretiennent des relations.

xviii. Ils résistent à la pression ou au contrôle et apprécient la liberté et le respect.

Pour atteindre efficacement les membres de la classe supérieure, l'évangéliste ou le témoin chrétien doit comprendre l'état d'esprit et les particularités des membres de ce groupe.

Ellen White déclare : « Que chaque serviteur de Dieu étudie, projette, conçoive des méthodes pour atteindre les gens là où ils sont. Nous devons réaliser un plan hors du commun. Il faut absolument que nous attirions l'attention des hommes. Nous devons être animés d'un zèle intense, persuadés d'être à proximité d'un temps de trouble et de confusion dont nous n'avons qu'une faible idée. » *Évangéliser*, p. 118.2.

Personnages riches qui aimaient le Seigneur

Très souvent, les ouvriers évangélistes et les croyants négligent le témoignage aux riches pensant qu'ils ne s'intéressent pas aux questions spirituelles et sont trop difficiles à atteindre. Néanmoins, la Bible regorge d'exemples de personnes riches réceptives au message du salut. Beaucoup d'entre elles étaient de fidèles disciples du Seigneur. Cette réalité fournit un cadre de référence aux croyants pour qu'ils ne se découragent pas à tendre la main à ce groupe d'individus. Certains de ces riches et fidèles personnages dans les Écritures sont :

*Abraham	*Isaac	*Jacob	*Joseph
*Lot	*Job	*Boaz	*Abigail
*Nabal	*David	*Salomon	*Ézéchias
*Dorcas	*Mathieu		

Luc 19 nous présente Zachée qui, avant sa conversion réelle, a trompé et abusé les pauvres, mais s'est repenti et a fait une restitution après avoir accepté le salut offert par le Christ.

Barnabas (Actes 4:36-37) a vendu une partie des terres qu'il possédait et en a donné le produit aux croyants.

Lydie (Actes 16: 13-15, 50) a accueilli la première église dans sa maison en Europe.

Corneille (Actes 10:1-48) après voire avant d'avoir été envoyé à la recherche de Pierre au sujet de la foi de Jésus, était très généreux envers les pauvres.

L'Eunuque éthiopien (Actes 8:26-40) a invité Philippe à lui expliquer la foi de Jésus, puis a demandé à être baptisé immédiatement alors qu'ils arrivaient près d'une pièce d'eau de taille suffisante.

Philémon (Philémon 1) était propriétaire d'esclaves et d'un grand nombre de biens. Il a pardonné, moralement et financièrement, l'un de ses esclaves qui s'était enfui.

Joseph d'Arimathée (Matthieu 27:56-61 ; Marc 15:42-46 et Luc 23:50-53) qui avait payé d'avance son propre tombeau, en a fait don pour l'enterrement de Jésus.

Le centurion romain (Matthieu 8:5-13 et Luc 7:5) qui a fait preuve de bonté envers les Juifs, a payé pour construire une synagogue et a montré de la compassion pour son serviteur qui était malade.

L'approche de Jésus face aux riches ou à la classe supérieure

La relation de Jésus avec l'humanité était inclusive. Il a accueilli les gens de toutes les classes. « Le Seigneur ne tarde pas dans l'accomplissement de la promesse, comme quelques-uns le croient ; mais il use de patience envers vous, ne voulant pas qu'aucun périsse, mais voulant que tous arrivent à la repentance » 2 Pierre 3:9. Jésus a) a fréquenté des riches, b) a accueilli et mangé avec des pécheurs, c) a soigné les malades, d) d) a mangé avec les pharisiens, e) a invité un riche fonctionnaire à le rejoindre, f) a accepté les ressources des riches pour soutenir la Mission et g) est allé diner à la maison des riches. « Comme Jésus était à table dans la maison de Lévi, beaucoup de publicains et de gens de mauvaise vie se mirent aussi à table avec lui et avec ses disciples ; car ils étaient nombreux, et l'avaient suivi. Les scribes et les pharisiens, le voyant manger avec les publicains et les gens de mauvaise vie, dirent à ses disciples : Pourquoi mange-t-il et boit-il avec les publicains et les gens de mauvaise vie ? Ce que Jésus ayant entendu, il leur dit : Ce ne sont pas ceux qui se portent bien qui ont besoin de médecin, mais les malades. Je ne suis pas venu appeler des justes, mais des pécheurs ». Marc 2:15-17.

Evangéliser la classe supérieure

Est-il possible de communiquer l'évangile à des personnes qui possèdent un modèle de pensée non favorable au monothéisme ou à la vérité objective rationnelle ? Comment les croyants peuvent-ils témoigner envers ceux qui maintiennent une attitude sceptique envers la Bible et qui ne sont pas motivés par une religion organisée ? Les croyants doivent se préoccuper de ces questions s'ils veulent effectivement faire incursion dans la vie de ces personnes quand ils présentent l'Évangile. Leur mandat n'est pas seulement de leur présenter l'Évangile, mais encore de les influencer à accepter le Christ comme leur Sauveur personnel et à devenir membres de la communauté de foi.

Pour témoigner de manière efficace, une approche contextualisée est nécessaire. Les histoires de réussite de l'évangélisation de la classe supérieure ne sont pas rares et lointaines. Cependant, comme il nous est dit dans Matthieu 9:37, 38 : « Alors il dit à ses disciples : La moisson *est* grande, mais il y *a* peu d'ouvriers. Priez donc le maître de la moisson d'envoyer des ouvriers dans sa moisson ». L'évangélisation publique traditionnelle et les autres méthodes pour gagner des âmes utilisées pour évangéliser les classes moyennes et ouvrières ne peuvent atteindre les riches et la classe supérieure. Trois impératifs importants à respecter lors de l'évangélisation de la classe supérieure : comprendre leur contexte, le défier et répondre à leur désir.

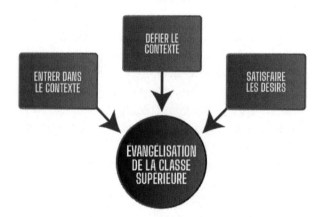

Comprendre le contexte culturel de la classe supérieure
- Efforcez-vous de comprendre leurs valeurs,
- Mettez-vous à leur place - faites preuve d'empathie, voir Actes 17:16-34 (Paul à Athènes).

Défier le contexte culturel de la classe supérieure
- Mettre en valeur la satisfaction et les joies de cette classe.
- Tirer parti de l'ignorance de cette classe.
- Que devraient-ils savoir qu'ils ignorent ?
- Paul a tiré parti de l'ignorance des Athéniens.
- Rappelez-vous toujours que selon Ellen White des méthodes nouvelles et différentes doivent être employées pour sauver différentes catégories de personnes. *Évangéliser*, p. 103.3.

Défier le contexte culturel de la classe supérieure est une tâche difficile à accomplir, mais l'évangile est la puissance de Dieu. « Car je n'ai point honte de l'Évangile : c'est une puissance de Dieu pour le salut de quiconque croit, du Juif premièrement, puis du Grec, parce qu'en lui est révélée la justice de Dieu par la foi et pour la foi, selon qu'il est écrit : Le juste vivra par la foi. » Romains 1:16-17.

Ellen White déclare que « Votre méthode de travail doit être adaptée au genre de personnes auxquelles vous avez affaire. » *Evangéliser,* p. 103.4 « Quelques-unes des méthodes employées dans la cause de Dieu seront différentes de celles utilisées autrefois dans notre œuvre ; mais que personne n'en tire argument pour faire obstruction par ses critiques. » *Evangéliser,* p.102.3

Tenir compte des particularités de la classe supérieure [Désirs]

Il est important que les prédicateurs tiennent compte des particularités des personnes de la classe supérieure afin de leur montrer clairement comment l'Évangile du Christ est pertinent pour leur vie. En commençant par leurs besoins tels que : les choses auxquelles ils attachent de l'importance, celles qui leurs sont uniques ou qui les menaces, les prédicateurs immédiatement captent leur attention. Ce groupe ne recherche pas nécessairement la vérité. Il est plutôt en quête de paix, de bien-être et d'une plus grande satisfaction dans cette vie. Sept éléments pour contextualiser l'Évangile à la classe supérieure sont :

1. La plupart des membres de la classe supérieure croit en Dieu. Ils ont juste une orientation plus matérielle que céleste, les prédicateurs devraient les équiper pour qu'ils ressentent la présence de Dieu et l'importance de vivre avec cette conscience à chaque instant.

2. Beaucoup ne connaissent pas la foi chrétienne, donc les évangélistes et les prédicateurs devraient éviter d'utiliser des histoires et des phrases qui supposent qu'ils comprennent les Écritures. Au lieu de cela, enseignez-leur les bases de l'Évangile d'une manière simple, claire et compréhensible.

3. Étant donné que beaucoup de gens de cette classe aiment partager des expériences de succès, les évangélistes et les prédicateurs devraient leur permettre de connaître le succès que l'Evangile engendre à travers la prédication narrative et inductive. Offrir des opportunités de réussite et de partage de témoignages de foi grâce à des approches multi-sensorielles.

4. Beaucoup d'entre eux ne ressentent pas l'importance de l'église ou d'une communauté spirituelle dans leur vie. Les évangélistes et les prédicateurs devraient souligner la valeur d'une communauté de foi en tant que groupe de soutien et les aider à comprendre et à expérimenter ces avantages de manière personnelle.

5. Beaucoup d'entre eux sont axés sur la famille et les relations. Aussi les évangélistes et les prédicateurs devraient leur révéler les origines, les intentions et les vertus d'une famille heureuse afin de les diriger vers l'église en tant que famille spirituelle. Ils devraient les aider à voir comment le Christ et l'église offrent des conseils d'assistance pratiques et des ressources pour des relations saines et la valeur d'une connexion relationnelle significative avec les chrétiens ou la famille de Dieu.

6. Puisque que beaucoup d'entre eux adoptent un modèle de pensée pluraliste, les évangélistes et les prédicateurs devraient les aider à reconnaitre la nature inclusive de l'Évangile et le caractère distinctif du Christ afin de les aider à rejeter les idées fausses du pluralisme.

7. Vu que les gens de la classe supérieure sont focalisés sur le matériel et généralement plus pragmatiques, les évangélistes et les prédicateurs devraient leur indiquer comment l'Évangile se rapporte aux préoccupations de la vie quotidienne et leur montrer la possibilité d'expérimenter un bonus. C'est la joie de se développer en vivant cette vie et celle, plus grande, de vivre éternellement dans le paradis de Dieu.

Etablir un lien avec la classe supérieure grâce à une expérience personnelle

Partager son expérience est fondamental dans la présentation de l'Évangile du Christ aux gens de la classe supérieure. Puisque les relativistes acceptent le point de vue de chacun, c'est un bon point de départ. De même, puisque Les pluralistes se sentent insultés quand on leur dit qu'eux ou quiconque d'autre a besoin d'une vie meilleure, l'expérience personnelle ne peut être réfutée avec beaucoup de succès. Partager avec eux vos histoires personnelles captera leur attention et offrira une ouverture pour apporter des résultats qui changent la vie. Étant donné que la discussion n'aboutira pas nécessairement au résultat souhaité, une approche de plaidoirie, consistant à proposer intentionnellement sa foi et après avoir partagé son expérience personnelle, se révélera plutôt efficace.

L'opportunité de présenter, dans un but déterminé, votre foi sera rendue possible après avoir créé un lien avec la personne. Compter fermement sur le Saint-Esprit est essentiel pour faire entrer la vérité dans le cœur des gens. Ellen White déclare en ce sens : « En tant qu'êtres humains, nous ne gagnons pas d'âmes. C'est Christ, agissant par le Saint-Esprit, qui gagne les âmes. Traduit de *Testimonies to Ministers*, chap. 5, p. 144, 145. Dans 1Corinthiens 3:6,7, l'apôtre Paul a déclaré : « J'ai planté, Apollos a arrosé, mais Dieu a fait croître, en sorte que ce n'est pas celui qui plante qui est quelque chose, ni celui qui arrose, mais Dieu qui fait croître ».

De nombreux membres d'église ne possèdent pas la préparation académique dont bénéficie les gens de la classe supérieure ce qui, pour eux, rend difficile l'évangélisation de ce groupe dominant et instruit. C'est réellement intimidant et est source de tentation de se laisser décourager par l'idée qu'atteindre la classe supérieure est mission impossible. Notre Dieu en a déjà pris soin dans sa communication à Jérémie au chapitre 1:4-10 : « La parole de l'Éternel me fut adressée, en ces mots : « Avant que je t'eusse formé dans le ventre de ta mère, je te connaissais, et avant que tu fusses sorti de son sein, je t'avais consacré, je t'avais établi prophète des nations. Je répondis : Ah ! Seigneur Éternel ! Voici, je ne sais point parler, car je suis un enfant. Et l'Éternel me dit : Ne dis pas :

Je suis un enfant. Car tu iras vers tous ceux auprès de qui je t'enverrai, et tu diras tout ce que je t'ordonnerai. Ne les crains point, car je suis avec toi pour te délivrer, dit l'Éternel. Puis l'Éternel étendit sa main, et toucha ma bouche ; et l'Éternel me dit : Voici, je mets mes paroles dans ta bouche. Regarde, je t'établis aujourd'hui sur les nations et sur les royaumes, pour que tu arraches et que tu abattes, pour que tu ruines et que tu détruises, pour que tu bâtisses et que tu plantes ».

Gagner la classe supérieure pour le royaume de Dieu

Il faut la puissance surnaturelle de Dieu pour libérer ceux qui sont sous l'emprise de Satan (Matthieu 17:21), et pour ouvrir les yeux de ceux qui sont aveuglés à la lumière de l'Évangile (2Corinthiens 4:4). Si Dieu ne prend pas l'initiative dans la vie de l'incroyant, comme Il promet de le faire en réponse à nos prières, nous sommes limités à des ressources et compréhension humaines. Cependant, Dieu agira en réponse à nos prières spécifiques. Il a toujours agi. Nous devons aller de l'avant et être déterminés, en Lui demandant de sauver la classe supérieure des griffes du diable, dans son Église et son Royaume.

Cela signifie-t-il que l'évangélisation pour sauver la classe supérieure avec peu ou pas de prière comme support échouera toujours? La réponse est « non » ! Dieu, dans son bon plaisir souverain, peut amener les gens à une connaissance salvatrice en dépit de notre absence de prière. Le croyant peut contribuer à récolter là où il n'a pas semé (Jean 4:37-38). Cependant, la méthode préférée de Dieu est de travailler à travers et avec des agents humains. Les prières et les activités du croyant ne doivent pas seulement être axées sur les besoins des membres de la communauté des croyants. Si les préoccupations de la classe supérieure, une partie de ceux que Dieu aime (Jean 3:16), ne sont pas prises en compte - alors l'église ou ceux qui sont engagés dans le témoignage : a) rateront l'occasion offerte par Dieu de les voir sauvés dans son royaume ; b) perdront la vision et la compassion du Christ ; c) seront inefficaces dans la construction du royaume de Dieu et manqueront la joie de regarder la puissance de Dieu se libérer, sauver et voir ce groupe de Son peuple venir à lui.

Une fois comprise la manière de penser, de ressentir, de raisonner, de prendre des décisions de la classe supérieure, les croyants doivent leur annoncer l'Évangile, dans le but de les inciter à prendre une décision en Sa faveur. Pour leur présenter efficacement l'évangile, le croyant doit répondre à au moins trois de leurs besoins principaux :

1. Comment gagner,
2. Comment bénéficier,
3. Comment conserver.

La vérité doit être présentée dans le contexte de leurs désirs primordiaux. Paul leur a présenté Jésus comme la source de leurs richesses éternelles, le Messie, qu'ils avaient besoin d'avoir dans leur vie. Il leur a offert Jésus dont la présence apporte l'assurance, la sécurité abondante et la satisfaction de bénéficier. Il leur a apporté Jésus qui est l'espérance éternelle qu'ils ont besoin de garder. Quand nous lisons Actes 18:1-8, nous notons que Paul a prêché l'évangile à Corinthe et un grand nombre de personnes a accepté Christ et a été baptisé. L'Église a commencé avec un petit nombre puis s'est développée pour en atteindre un grand. La motivation pour évangéliser la classe supérieure n'est pas seulement de faire du chiffre, mais plutôt de :

i.   Présenter l'Évangile qui est la vérité qu'ils doivent embrasser.
ii. Présenter l'Évangile avec clarté afin qu'ils puissent l'assimiler.
iii. Présenter l'Évangile avec une précision biblique afin qu'ils puissent avoir une connaissance correcte du Christ.
iv. Présenter le Christ dans sa pureté et sa justice, comme la Bonne Nouvelle qu'ils ont besoin de recevoir.
v.   Les inviter à accepter Jésus comme leur Sauveur personnel car en lui ils ont la vie éternelle.

Cinq éléments importants dans la présentation du plan du salut

En présentant l'Évangile à la classe supérieure, il faut s'assurer de leur expliquer cinq aspects importants et attrayants du plan de salut ; a) l'Union avec le Christ, b) la Nouvelle création, c) l'Adoption, d) la Justification, d) la Rédemption.

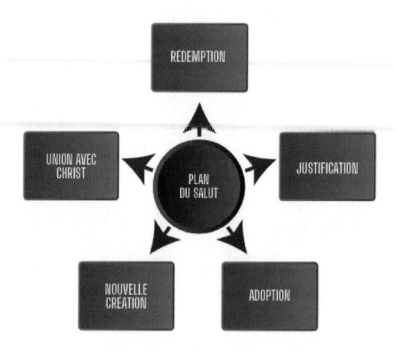

Expliquez-leur comment :

- Jésus apporte la rédemption à ceux qui vivent avec une conscience coupable.
- Jésus accepte ceux qui se sentent rejetés et les justifie.
- Ceux qui peuvent se sentir abandonnés par les circonstances de leur vie sont adoptés et soutenus l'amour d'un père parfait.
- Jésus transforme en une nouvelle création ceux qui se sentent désespérés indépendamment de toutes leurs possessions matérielles.
- Jésus offre à tous ceux qui sont seuls, stressés et déprimés, une vie d'union et d'intimité avec Lui.

Préparation pour la présentation de l'Évangile à la classe supérieure

- Que ce soit un sujet de prières continues et ferventes.
- Employer la prière comme un aspect majeur de la planification et de l'exécution du programme.
- Planifier un programme de deux ans pour évangéliser la classe supérieure.
- Entrer en relation avec les gens par des réseaux sociaux appropriés, sélectionner l'approche appropriée.
- Les fréquenter autant que possible par des moyens électroniques ou en personne.
- Les approcher, ne pas attendre qu'ils viennent à vous.
- Organiser des forums spéciaux qui répondent à leurs besoins sociaux dans leur contexte.
- Sélectionner des sujets en relation avec leurs valeurs fondamentales et leurs pratiques de réussite.
- Organiser un diner-conférence avec eux pour aborder des sujets sociaux-économiques et de santé tels que :
  - Gestion du stress,
  - Acquisition de richesse,
  - Gestion de patrimoine,
  - Partenariats.
- Choisir des présentateurs qui peuvent entrer en relation avec eux.
- Élaborer une stratégie pour passer des conversations sociales aux conversations spirituelles.
- Finalement, faire des études bibliques avec eux en utilisant la technologie ou face à face.
- Choisir judicieusement le lieu où se déroulent les forums, qui soit attrayant pour la classe supérieure.

Lieu d'évangélisation de la classe supérieure

« Il faut louer de grandes salles de conférences dans nos vastes agglomérations, pour que le message du troisième ange y soit prêché par des lèvres humaines. Des milliers de personnes apprécieront ce message. » Lettre 35, 1895. (*Évangéliser, p.* 75.2)

« Les salles les plus fréquentées. - Délivrer le message d'avertissement aux habitants des grands centres urbains coûte cher. Il est parfois nécessaire de louer à grands frais les salles les plus fréquentées, afin d'inciter les gens à sortir de chez eux et à venir entendre les preuves bibliques de la vérité que nous avons à leur présenter ». Manuscrit 114, 1905. (*Évangéliser, p.* 75.3)

« Je suis persuadée que nous aurions pu réunir un bon auditoire si nos frères avaient choisi une salle convenable pour accueillir le public. Mais les frères n'espéraient pas beaucoup ; aussi ont-ils obtenu de piètres résultats. Nous ne pouvons pas escompter que les gens se déplacent pour entendre des vérités impopulaires quand les réunions annoncées se tiennent dans un sous-sol, ou dans une salle où il n'y a pas plus de cent places assises. ... Par manque de foi, nos ouvriers se compliquent parfois singulièrement la tâche. » — Historical Sketches of the Foreign Missions of the Seventh Day Adventist, p. 200 (1886). (*Évangéliser, p.* 121.1)

Opportunités offertes par l'évangélisation virtuelle pour intéresser la classe supérieure

Dans une tentative pour atteindre la classe supérieure et témoigner de manière pertinente, le croyant doit utiliser les moyens de communication permettant de leur annoncer le message avec efficacité. La révolution technologique dans le domaine de la communication a rendu extrêmement possible de conditionner le message et de le leur présenter valablement considérant leurs idiosyncrasies. Grâce au cyberespace, la transmission d'informations ne coûte presque rien. La distance importe peu, sans limite de volume de contenu qui peut être immédiatement accessible. Le chapitre 5 qui traite de l'évangélisation numérique fournit des informations pratiques et judicieuses qui peuvent être contextualisées en utilisant la technologie pour atteindre la classe supérieure.

Procédé détaillé pour l'évangélisation efficace de la classe supérieure

- Mettre en place un comité d'évangélisation de la classe supérieure.
- Effectuer des recherches démographiques sur la classe supérieure.
- Fournir une orientation au comité.
- Développer une vision pour évangéliser la classe supérieure.
- Identifier les options alternatives pour les atteindre dans leur contexte.
- Déterminer les forums économiques, sociaux, sanitaires et de style de vie à travers lesquels se connecter avec eux.
- Sélectionner des lieux attrayants pour les rencontrer et animer des séances d'information.
- Choisir l'équipe qui travaillera avec la classe supérieure.
- Communiquer avec les membres de l'équipe et avec tous ceux qui doivent être informés.
- Former les participants à remplir efficacement leurs rôles.
- Établir et maintenir des normes de qualité du programme.
- Promouvoir et inviter les membres de la classe supérieure à des forums spécialement organisés.
- Adopter les recommandations du comité pour :
    a. Entrer dans le contexte culturel de la classe supérieure,
    b. Défier le contexte culturel de la classe supérieure,
    c. Tenir compte des principaux besoins et des particularités de la classe supérieure.
- Présenter l'Évangile.
- Etre cohérent et ponctuel.
- Évaluer et faire des ajustements si nécessaire.

Rôle du comité

1. Établir des objectifs évangéliques spécifiques pour atteindre la classe supérieure.
2. Déterminer des initiatives spécifiques pour atteindre les objectifs.

3. Déterminer le(s) groupe(s) ciblé(s) pour ces initiatives.
4. Déterminer ce qu'il faut savoir sur le(s) groupe(s) ciblé(s) avant l'exécution des initiatives.
5. Déterminer le nombre de personnes nécessaires pour exécuter ces initiatives.
6. Déterminer la stratégie spécifique pour équiper les personnes afin d'exécuter les initiatives.
7. Déterminez quand commencera le processus d'éducation et sa durée.
8. Déterminer le responsable du processus d'éducation.
9. Déterminer comment les personnes recrutées participeront à l'exécution de ces initiatives.
10. Déterminer le responsable de recrutement.
11. Déterminer le début et la durée du recrutement.
12. Déterminer la formation nécessaire aux participants.
13. Déterminer le ou les formateurs.
14. Déterminer les ressources nécessaires à l'exécution de ces initiatives.
15. Déterminer comment l'initiative sera évaluée et par qui.

Conclusion

Une étude approfondie pour évangéliser la classe supérieure est un de nos impératifs actuels. Pour diverses raisons, la plupart de ses membres ne sont pas touchés par l'Évangile. Beaucoup de croyants ne savent pas comment les atteindre et plusieurs sont intimidés. Ellen White dit que les intervenants qui peuvent entrer en contact avec eux doivent être choisis : « Des ouvriers cultivés pour travailler parmi les classes élevées — On n'a pas fait les efforts nécessaires pour atteindre les classes élevées. S'il est vrai que nous devons annoncer l'Évangile aux pauvres, nous devons aussi le présenter sous son jour le plus attractif à ceux qui ont des capacités et des talents, et faire des efforts plus avisés, plus déterminés et plus animés de la crainte de Dieu que jamais pour les gagner à la vérité. » *Evangéliser*, p. 498.3

En présentant l'Évangile à la classe supérieure, la méthode ne doit pas avoir la priorité sur l'essentiel : l'utilisation de la Bible comme livre d'étude. « Le charme de la vérité — Des hommes occupant de hautes positions dans le monde seront attirés par une déclaration claire et sans détour fondée sur l'Écriture. » — Lettre 111, 1904. (*Evangéliser*, p. 500.1). L'auteur dit : « On se désintéresse beaucoup trop des personnes intelligentes et raffinées. Les moyens que nous employons pour toucher cette catégorie sociale ne sont pas adaptés ni étudiés dans un esprit de prière en vue de leur présenter la vérité qui peut les rendre sages à salut. Généralement, les gens chic, les riches, ceux qui sont conscients de leur rang, savent par expérience que ni l'argent qu'ils possèdent, ni les belles résidences, ni les meubles somptueux, ni les tableaux ne peuvent leur procurer le bonheur. Ils désirent quelque chose qu'ils ne possèdent pas. Souvent, ces personnes restent entre elles, et il est difficile de pénétrer dans leur milieu ; aussi, un grand nombre d'entre elles périssent dans leurs péchés et soupirent après quelque chose qui leur procurerait la paix intérieure et la tranquillité d'esprit. Elles ont besoin de Jésus, la lumière de la justice ». *Evangéliser,* p. 499.2

Évangéliser la classe supérieure prend du temps, cela nécessite un changement de pensée et d'action, ce n'est pas la pêche au sein d'un nouveau groupe en utilisant la même méthode que nous utilisons pour les classes moyennes et ouvrières ; au contraire, c'est une culture ou un style de vie différent à influencer par l'Évangile du Christ. Cela demande de choisir de manière réfléchie des personnes pour les atteindre, former ces dernières et les déployer. Sans l'inclusion et la dépendance du Saint-Esprit, ce sera une entreprise décourageante. Avec le Saint-Esprit impactant les esprits, apportant des convictions et l'implication totale de la Trinité divine combinée aux efforts humains, le succès est assuré.

Révision et discussion

- *Quelle implication a Apocalypse 7:9 dans l'évangélisation de la classe supérieure ?*

- *Nommez et expliquez au moins trois schémas de pensée de la classe supérieure.*

- *Identifiez au moins six idiosyncrasies de la classe supérieure et indiquez comment elles peuvent être utilisées dans une approche évangélique efficace à leur égard.*

- *Identifiez cinq personnages bibliques riches et indiquez comment leur expérience dans les Écritures peut être utilisée pour façonner un message acceptable pour la classe supérieure.*

- *Identifiez trois impératifs importants à prendre en compte lors de la planification d'évangélisation de la classe supérieure, outils servant de guide aux proclamateurs de l'Évangile.*

- *Citez cinq éléments du plan du salut et indiquez comment ils peuvent être utilisés pour répondre aux besoins humains dans la présentation de l'Évangile.*

- *Développez un plan d'évangélisation complet, prêt à être appliqué, pour atteindre, équiper, sauver et retenir les gens de la classe supérieure dans la foi de Christ et l'Église.*

12

Planifier et pratiquer efficacement l'évangélisation familiale

DIEU A CHOISI LA FAMILLE comme un noyau de l'évangélisation lorsqu'il a désigné celle d'Abraham comme source de bénédictions pour toutes les familles de la terre. Il a dit à Abraham : « Je ferai de toi une grande nation [...]. toutes les familles de la terre seront bénies en toi » (Genèse 12.2,3).

L'objectif du département des Ministères de la famille est de faire des disciples à partir des familles de l'église. Cette mission ne doit toutefois pas se limiter aux quatre murs d'une congrégation. L'Église a pour devoir d'aller le long des chemins et des haies pour proclamer l'amour de Jésus en prêchant et enseignant l'Évangile du royaume de Dieu. Les ministères de la famille prennent de nouvelles dimensions quand on se focalise sur la proclamation de ce message ; en pratiquant l'évangélisation familiale, l'Église progressera assidûment vers l'accomplissement de la promesse faite à Abraham.

L'amour en action constitue le moteur de l'évangélisation familiale. Grâce à l'Évangile, les familles peuvent être restaurées pour retrouver la condition de l'humanité dans le jardin d'Éden. Aussi, les dirigeants des Ministères de la famille doivent élaborer des initiatives orientées vers l'extérieur, et préparer les membres à témoigner dans leur entourage respectif.

La vie familiale : un témoignage d'exception

Le dysfonctionnement des relations familiales prévalent tellement dans notre société que beaucoup de gens cherchent des issues, soit en divorçant, soit en réformant la cellule familiale. C'est une occasion primordiale pour exercer un ministère. Paul déclare que les enfants de lumière doivent affronter les œuvres des ténèbres avec la puissance du Christ, afin de conduire ceux qui vivent dans l'obscurité vers la lumière (Éphésiens 5.11-14).

La vie familiale des chrétiens devrait servir de modèle à ceux qui ne connaissent pas le Christ. Selon Ellen White : « une famille où règnent l'ordre et la discipline témoigne davantage en faveur de la religion chrétienne que tous les sermons qui peuvent être prononcés. Une telle famille fournit la preuve que les parents ont réussi à se conformer aux directives divines et que leurs enfants sont prêts à servir Dieu dans l'Eglise. De plus, leur influence s'accroît car, à mesure qu'ils transmettent, ils reçoivent pour transmettre davantage encore. » — *Le foyer chrétien*, chap. 4, p. 32. La vie familiale chrétienne devient ainsi un témoignage public puissant. Les apôtres Pierre et Paul poursuivent en évoquant la puissance de l'influence personnelle au sein de la famille (1 Pierre 3.1,2 ; 1 Corinthiens 7.12-16). Selon Neufeld, la vie de famille doit être une scène publique de louanges remplies de l'Esprit, comme adressées au Christ (Éphésiens 6.5).

Préparation du terrain pour l'évangélisation familiale

Le département des Ministères de la famille de chaque église doit mettre l'accent sur le rétablissement des relations familiales à l'extérieur comme à l'intérieur de l'église. Dieu a déclaré : « Voici : moi-même je vous enverrai le prophète Élie avant la venue du jour de l'Éternel, jour grand et redoutable. Il ramènera le cœur des pères à leurs fils et le cœur des fils vers leurs pères » (Malachie 3.23,24). L'évangélisation familiale doit inspirer familles et individus à attendre avec joie le retour du Seigneur.

Chaque famille de l'église est appelée à être une Cellule d'évangélisation qui fonctionne comme un petit groupe. Elle sera donc activement engagée dans les efforts d'évangélisation familiale de l'église. Chaque chrétien possède un proche, un ami, un collègue ou une connaissance qui n'a pas accepté Jésus et a besoin de découvrir l'Évangile (Matthieu 28.19,20 ; Actes 1.8 ; 1 Pierre 3.15). Pour effectuer ce travail, les familles de l'église doivent commencer par identifier ces personnes par leurs noms et prier pour elles. Dans vos prières, demandez au Seigneur de changer les cœurs et d'ouvrir les yeux de ceux à qui vous voulez transmettre la vérité telle qu'elle se trouve en Jésus (2 Corinthiens 4. 3-6). Demandez-lui de les convaincre qu'il les aime et qu'ils ont besoin du salut en Jésus-Christ (Jean 3.16). Réclamez aussi l'aide et la sagesse divines pour exercer un ministère efficace auprès de ces précieuses âmes (Jacques 1.5). tout en priant, les membres d'église doivent vivre pieusement et chrétiennement dans leurs foyers, au travail, à l'école, en société et à l'église. Ainsi, les autres verront la transformation que Dieu a opérée dans leur vie (1 Pierre 3.1,2).

Le chapitre 3 de ce livre explique la planification initiale des efforts d'évangélisation départementaux, et le chapitre 7 présente plusieurs approches et initiatives pour faciliter les contacts sociaux, le partage de l'Évangile et, finalement, l'accompagnement des personnes à se décider pour le Christ. Dans le cadre de l'évangélisation familiale, ces initiatives incluront des cours de bien-être familial et une Journée familiale d'action communautaire. Vous trouverez, ci-dessous, des suggestions pour ces activités. Après chacune d'elles, les membres d'église doivent toujours faire le suivi des familles intéressées.

Évangélisation par la vie de famille

Dimensions de l'évangélisation par le ministère de la famille

L'évangélisation par le ministère de la famille prépare les maris, les épouses et les enfants ainsi que les futurs conjoints et parents à jouir du bien-être dans la vie de famille, à partager avec les autres des valeurs familiales et spirituelles et à vivre la préparation pour la seconde venue du Christ. Dans les sections précédentes, nous avons énuméré et expliqué les cinq principales dimensions de l'évangélisation par la vie de famille.

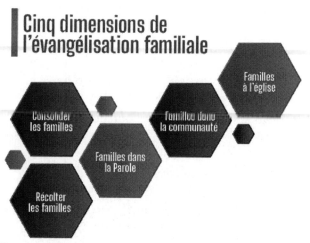

Cinq dimensions de l'évangélisation familiale

Les familles à l'église

L'un des objectifs de cette dimension de l'évangélisation par la vie de famille est de préparer les membres de l'église à s'occuper de leurs besoins relationnels personnels intra-familiaux. Le comité du ministère de la famille de l'église cherchera à atteindre cet objectif par une planification et une exécution efficaces d'actions spécifiques. Celles-ci doivent aborder l'intimité au sein de la famille, le bien-être relationnel, les relations dynamisées, conventionnelles et d'autres types au sein du mariage. Les points forts, les domaines de croissance pertinents dans le mariage et les relations familiales doivent également être traités. Les autres objectifs à atteindre grâce à cette dimension sont : établir des relations et des liens avec le Seigneur, mettre en place et adopter des dynamiques pour vivre dans l'unité en tant que familles chrétiennes, comprendre comment les familles de l'Église peuvent travailler ensemble dans la Mission du Christ ; le développement d'outils, de ressources et la maîtrise de leur utilisation pour prêcher l'Évangile du Christ aux membres d'autres familles qui ne partagent pas leur foi.

Les familles dans la communauté

Cette dimension de l'évangélisation par la vie de famille traite de la prise de contact, de la connexion, du partage des compétences et du travail avec des familles d'autres confessions religieuses ou des membres de la famille qui n'appartiennent à aucune église. Ces derniers peuvent être de la famille biologique ou pas. Cette dimension d'évangélisation implique un programme de partenariat dans lequel les familles de l'église se connectent avec les autres à travers divers forums afin de développer des relations sociales, de partager des compétences, d'apporter assistance pour les besoins familiaux personnels ou de groupe, de s'engager dans des partenariats avec des personnes ressource de la communauté et de répondre aux besoins pratiques. Certains besoins considérés dans ce domaine, en plus de ceux énumérés dans la section Forum sur le bien-être familial et Journée du développement familial communautaire, ainsi que dans le chapitre sur la préparation du terrain sont :

• Parentalité,
• Économie,
• Séparation et divorce,
• Solitude,
• Santé,
• Deuils.

Les familles dans la Parole

A travers la dimension des familles dans la Parole, les familles de l'Église qui sont équipées ou formées en tant que tel partagent leur foi avec des familles d'autres confessions ou sans affiliation religieuse. Elles racontent la façon dont Dieu travaille dans leur vie et étudient la Bible avec elles. Cette dimension est destinée à équiper spirituellement et à aider d'autres familles à grandir dans l'amour du Seigneur et des autres membres de la communauté de foi. Pendant cette phase, les familles prient ensemble et attendent ensemble les faveurs de Dieu. Les membres de la famille acceptent la nécessité de changer de mode de vie et embrassent la foi de Jésus. Au fur et à mesure que les familles et membres de l'église sont en relation avec celles de la communauté qui ne fréquentent aucune église, un effet catalyseur se réalisera dans lequel les non-croyants ressentiront le besoin d'embrasser : a) la justice du Christ, b) la repentance, c) le pardon et la vie dans l'obéissance aux commandements de Dieu.

Moissonner les familles

C'est la dimension d'évangélisation publique dans laquelle des campagnes de moisson sont organisées pour obtenir des décisions pour le Christ et l'appartenance à la famille des croyants, l'Église. Les membres du comité du ministère de la famille devraient faire des efforts prudents pour planifier et exécuter des campagnes efficaces avec la participation de tous les membres de famille de l'église. Les chapitres 3, 5 et 7 fournissent plus de détails sur la manière dont cette phase peut être développée et exécutée.

Consolider les familles

Dans cette dimension, toutes les familles qui sont gagnées au Christ doivent être complètement instruites dans les doctrines de l'Écriture afin de grandir dans la foi de Jésus. Un programme d'au moins 12 semaines devrait être conçu à cet effet. Il devrait également les aider à comprendre la nouvelle famille spirituelle dont elles sont devenues membres ainsi que la culture de cette nouvelle communauté. Les chapitres 20 et 21 donnent des détails complets sur la manière dont un tel programme peut être développé et exécuté

Cours de bien-être familial

Exemples de sujets à traiter
- Comment aider votre conjoint à être heureux et souriant
- Le nouveau modèle de parentalité
- Relations agréables avec les enfants
- Comprendre la génération de vos enfants
- Le pardon dans la famille
- Amour et acceptation inconditionnels dans la famille
- utiliser le langage de l'amour
- Les meilleures activités récréatives et sources d'attachement
- Survivre aux difficultés économiques
- La famille dans la communauté
- Maintenir l'esprit d'équipe dans la famille

Journée familiale d'action communautaire
Liste non exhaustive des projets possibles :
- Réparer et repeindre la maison d'une personne défavorisée
- Réparer un foyer de retraite et offrir des services aux résidents
- Réparer un orphelinat et offrir des services aux enfants
- Réparer une école
- Distribuer des fournitures scolaires
- Distribuer des lunettes à des personnes défavorisées
- Distribuer des chaussures aux défavorisés
- Accueillir et aider une équipe qui recueille des dons de sang
- Organiser un programme musical
- Construire un abribus dans la communauté
- Participer à un projet d'extension d'un parc ou de plantations d'arbres

Sujets pour une campagne d'évangélisation familiale

Lors d'une telle campagne, placez l'accent sur les questions liées à la vie de famille. Il y a beaucoup de thèmes qu'on peut développer à ces occasions. En voici quelques-uns :

Le foyer

Il présentera les relations idéales dans un foyer, en harmonie avec les principes bibliques. On parlera entre autres d'amour, de communication, de culte familial, d'étude de la Bible, de la prière, des loisirs, et de la joie de la vie commune. Cela se différencie d'un foyer troublé par les difficultés d'ordre relationnel : absence de conformité aux principes bibliques, antagonisme entre parents, hostilité entre enfants, violence conjugale, et maltraitance des enfants. Notre foyer futur dans le royaume de Dieu constitue un puissant éclairage de ce thème.

Le mari, la femme, les enfants et les parents

D'une soirée à l'autre, le thème du foyer peut être appliqué à certains membres de la famille (ci-dessus mentionnés). Ces thèmes peuvent se focaliser sur l'influence d'individus de chaque catégorie sur le reste de la famille pour l'amener à accepter Jésus.

Communication dans la famille

Le thème de la communication se focalisera sur une bonne compréhension, coopération et communication dans la famille, contrairement à l'incompréhension, la médiocrité des échanges, l'absence de feedback, et l'agression. On pourra souligner la communication entre Dieu et ses enfants, au sein de l'église, entre membres d'une famille et entre les rachetés du royaume de Dieu. Le présentateur invitera l'auditoire à accepter le Christ et faire l'expérience de la réforme de la communication au sein de leur famille.

Finances

Ce thème se focalise sur la meilleure façon de gérer l'argent de la famille en harmonie avec les principes bibliques. On parlera de vivre selon ses moyens, faire un budget, dépenser intelligemment, savoir se priver, chercher à améliorer les revenus familiaux, et vivre avec contentement. Une bonne planification et une gestion fidèle constituent les éléments-phares de cet exposé. Le présentateur invitera les familles à accepter Jésus, à faire des budgets et des dépenses réfléchis, à se préparer aux joies de ceux qui sont fidèles et prudents dans cette vie et aux délices suprêmes qu'ils connaîtront dans le royaume de Dieu quand Jésus reviendra.

Être un bon voisin

Ce cours se focalise sur les relations idéales entre voisins, en harmonie avec les principes bibliques comme la compassion, la communication, le service, la coopération, les loisirs, la compréhension et l'échange spirituels, et la vie paisible avec ses voisins. À l'opposé, on a les rapports hostiles de mauvais voisinage. Ce thème souligne la cohabitation sur cette terre et dans le royaume de Dieu. Le présentateur invitera les familles à accepter Jésus et à vivre en harmonie avec les personnes de leur foyer, leur église, leur école, leur lieu de travail et leur entourage.

Sujets alternatifs à traiter pendant une campagne d'évangélisation familiale

Des thèmes comme l'amour, les confits, les loisirs, se ressourcer, pardonner, souffrir, le deuil, les règles et la discipline, la joie, le bonheur, l'acceptation, la séparation, le mariage et l'arrivée des enfants pourront également être abordés.

Révision et discussion

- *Quels appuis en provenance de la Bible et de l'esprit de prophétie pouvez-vous fournir pour justifier l'évangélisation familiale dans votre église ?*

- *Expliquez comment une famille chrétienne peut exercer une influence importante en faveur de l'Évangile.*

- *Mentionnez trois initiatives communautaires spécifiques – dans ce chapitre ou dans d'autres parties de ce livre – que vous pouvez entreprendre dans le cadre de l'évangélisation familiale.*

- *Suggérez comment faire une transition entre ces initiatives sociales et des conversations spirituelles avec des intéressés, en préparation à une campagne d'évangélisation publique.*

- *Expliquez comment associer des doctrines bibliques à des questions familiales dans une conférence axée sur la famille.*

- *Utilisez l'un des sujets alternatifs suggérés pour élaborer et planifier un programme destiné à une campagne d'évangélisation familiale.*

- *Suggérez trois thèmes pour ce type de campagne qui n'ont pas été mentionnés dans ce chapitre.*

- *Quelles sont les cinq dimensions de l'évangélisation par la vie de famille et comment contribuent-elles à améliorer les activités d'évangélisation de l'église locale ?*

13

Planifier et pratiquer efficacement l'évangélisation par les femmes

L A BIBLE MENTIONNE plusieurs occurrences où les femmes participèrent à l'évangélisation, permirent à l'Évangile d'avancer et gagnèrent des âmes au royaume des cieux. Dans le livre des Actes, nous trouvons de multiples récits de femmes qui exercèrent un ministère actif dans l'Église primitive. Dorcas, ou Tabitha, fut nommée « disciple » dans le Nouveau testament (Actes 9.36). Marie de Jérusalem, la mère de Jean-Marc (Actes 12.12), était une riche veuve dont la maison devint le centre névralgique des activités de l'église à Jérusalem ; elle offrit refuge et sécurité aux croyants pendant les intenses persécutions d'Hérode Agrippa. Lydie, une femme d'affaires fortunée, fut probablement la première en Europe à se convertir suite au ministère de Paul ; elle ouvrit les portes de sa maison à Paul et Silas (Actes 16.14,15).

Le reste du Nouveau testament mentionne d'autres femmes ayant rempli des rôles-clés dans le ministère. Dans Philippiens 4.2 et 3, Paul désigne Évodie et Syntyche comme ses collaboratrices. Cela est remarquable si on considère que l'apôtre désignait aussi Tite et Timothée comme ses collaborateurs (2 Corinthiens 8.23 ; Romains 16.21). Paul précise que Junias était « très estimé[e] parmi les apôtres » (Romains 16.7), probablement parce qu'elle fut mandatée par l'Église pour des missions particulières. Dans sa liste de compagnons d'œuvre, cités dans Romains 16, l'apôtre félicite vingt-neuf personnes, dont dix femmes, pour leurs efforts missionnaires.

Marc nomme trois femmes qui virent le tombeau vide et témoignèrent que Jésus était ressuscité : Marie Madeleine, Marie la mère de Jacques, et Salomé (Marc 15.40). Jésus se manifesta à elles et aux femmes qui les accompagnaient en leur demandant de proclamer sa résurrection aux autres disciples. Des anges aussi leur apparurent avec le même message et la même directive. Ce récit est consigné dans les quatre évangiles. En fait, chaque personne qui entendit la bonne nouvelle de la résurrection de Jésus en fut informée par le témoignage initial de quelques femmes.

En partageant son expérience (Jean 4.28-30, 39-42), la Samaritaine conduisit presque toute sa ville à Jésus. Elle invita les gens en disant : « Venez voir un homme qui m'a dit tout ce que j'ai fait. Serait-il peut-être le Messie ? » (verset 29, BFC). Jean rapporte que de nombreux Samaritains de cette ville crurent en Jésus à cause du témoignage de cette femme. Elle raconta ce qui lui était arrivé, mais incita aussi les habitants à rencontrer Jésus eux-mêmes. Ils déclarèrent, par la suite, qu'ils croyaient, non seulement à cause de ce qu'elle avait dit, mais parce qu'ils avaient été en contact avec le Messie, « le Sauveur du monde » (verset 42, BFC). Ainsi, une évangéliste amena toute une ville à faire l'expérience de la foi personnelle en Jésus-Christ. On voit bien qu'elle participa à une évangélisation publique, quand on considère qu'elle influença toute une ville en un laps de temps aussi court.

Dwight L. Moody a dit que pour évangéliser le monde, il était « convaincu qu'il faudrait le concours d'hommes et de femmes d'aptitude moyenne. » Les femmes exercèrent un rôle décisif dans le succès grandiose de l'Église primitive. À travers l'histoire, leur contribution a été vitale, et leur travail est encore aujourd'hui essentiel à l'accomplissement de la mission de l'Église. « Dans de nombreux domaines, nos sœurs peuvent accomplir une œuvre utile pour le Maître. » — *Évangéliser*, sect. 14, p. 419.

Préparation pour l'évangélisation par les femmes

Le chapitre 3 de ce livre explique la planification initiale des efforts évangéliques départementaux, et le chapitre 7 détaille plusieurs « défrichages » d'un territoire en vue d'une campagne d'évangélisation. Pour que les dirigeants des Ministères de la femme organisent et mènent à bien un programme d'évangélisation, la participation des sœurs de l'église est essentielle. Chaque sœur doit connaître les personnes qu'elle aimerait amener à Jésus et ajouter leurs noms à la liste de prière des femmes de l'église. Ces noms devront faire l'objet d'intercessions quotidiennes. Puis, ces intéressés seront contactés et invités à assister aux Groupes d'entraide féminins, organisés pour répondre à des besoins sociaux spécifiques. un aspect vital de ces initiatives sociales consiste à faire preuve d'un dévouement et d'une compassion authentiques, à l'image du Christ. Après ces activités, les sœurs de l'église doivent toujours effectuer le suivi des intéressés.

Dans le cadre de la préparation du terrain à évangéliser, des activités de la cellule femmes dans la communauté peuvent être organisées, permettant aux femmes de l'église et de la communauté de travailler ensemble dans des projets comme :

- La préparation et la distribution de repas chauds.
- Le nettoyage de maisons dans la communauté.
- L'embellissement de lieux publics dans la communauté.

Cinq étapes de l'évangélisation par les femmes

Un cycle complet d'évangélisation par les femmes inclut cinq étapes-clés : modeler, enseigner, encourager, prêcher, et coacher. Les trois premières étapes sont des activités de nature évangélique qui préparent la voie à l'étape de la prédication. La phase d'entrainement, quant à elle, se compose d'activités d'édification indispensable pour consolider le néophyte dans la foi.

Schéma n°1 : Les cinq étapes de l'évangélisation par les femmes

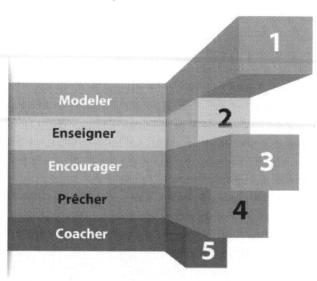

Modeler

Il s'agit de l'art d'adopter un comportement qui représente judicieusement l'idéal. En modelant, on attire l'attention vers l'original. Pour réussir à conduire des gens à l'Évangile, les sœurs doivent vivre avec joie le fait que le Christ les a sauvées. Quand une chrétienne donne sincèrement en modèle la vie chrétienne, elle attire des personnes au Christ par son influence puisque sa vie révèle que Jésus est le Modèle à imiter. Ellen White disait :

Dieu ne veut pas que votre lumière luise au point où vos paroles et vos œuvres attirent sur vous la louange des hommes, mais que l'Auteur de tout bien soit glorifié et exalté. Par sa vie, Jésus donna aux hommes un modèle de caractère. [...]. Notre vie doit être cachée avec le Christ en Dieu ; alors la lumière de Jésus se reflètera sur nous, et nous la reflèterons sur notre entourage, pas seulement en parlant et en professant notre foi, mais par de bonnes œuvres et en démontrant le caractère du Christ. — *Our Father Cares*, p. 286.

L'équipe d'action travaillant pour l'évangélisation par les femmes doit aider les sœurs de l'église à donner en exemple des attributs, des comportements et des émotions dignes du Christ : la patience, la tolérance, le pardon, l'amour, la joie, le bonheur, l'acceptation, la compassion, la paix, la bonté… Cela attirera l'attention d'autres femmes ainsi que celle des enfants, des jeunes et des hommes. Il est important de développer ces attributs de manière authentique. Ils ne doivent pas relever du paraître, mais caractériser la démarche normale d'une femme dans sa vie de tous les jours.

Il s'agira aussi de former les sœurs à initier et développer des intérêts pour l'Évangile ainsi qu'à donner des études bibliques. Certaines sœurs doivent également être préparées à exercer le rôle de leaders dans les différents aspects de l'instruction, de l'encouragement, de la prédication et du coaching.

Enseigner

Après avoir donné l'exemple en tant que modèle on aboutit à l'instruction. Le mandat évangélique confié par Jésus inclut ceci : « Enseignez-leur à garder tout ce que je vous ai prescrit. Et voici, je suis avec vous tous les jours, jusqu'à la fin du monde » (Matthieu 28.20). Ellen White affirme qu'à l'image de ceux ayant reçu ce mandat, nous sommes invités à nous « consacrer au travail de faire connaître l'Évangile du salut. La perfection du ciel sera notre force » — *Testimonies for the Church*, chap. 1, p. 24.

L'instruction se déroule dans les Groupes d'entraide féminins où des activités sociales répondent aux besoins de ceux qui font partie de la communauté élargie. Dans ces activités, des techniques professionnelles et paraprofessionnelles sont enseignées, entre autres. Cette formation est fournie aux intéressés par le biais d'activités, de séminaires et de rencontres événementielles. Voici des exemples :

- Cuisine
- Cuisson au four
- Décoration de la maison
- Contrôle de son poids
- Exercice
- La femme : parfum de la famille
- Partager l'amour dans la famille

- Gérer le stress d'être parents
- La monoparentalité
- Être mère et travailler

Dans certains voisinages, les sabbats après-midi sont de bons moments pour faire des activités avec le Groupe d'entraide féminin, selon le thème choisi. Sinon, le dimanche après-midi est tout indiqué pour cela. Les données recueillies par les sondages des besoins du voisinage, menés par l'équipe d'action des Ministères des femmes, détermineront les meilleurs moments pour effectuer les activités élargies. Le Groupe d'entraide féminin pourra travailler entre une heure et une heure et demie, une à deux fois par semaine, selon ce qui lui conviendra le mieux.

Encourager

Chaque femme chrétienne devrait avoir pour but de connaître Jésus intimement. Son cheminement intime doit développer en elle une passion de voir les autres tisser une relation spirituelle similaire. Les encouragements qu'elle prodiguera contribueront beaucoup à aider d'autres personnes à atteindre cet objectif. Il y a au moins deux formes d'encouragements à apporter ici : 1) aider les autres à résoudre leurs problèmes sociaux, physiques et émotionnels ; et 2) les encourager à s'intéresser aux choses spirituelles afin de nouer une relation intime avec Jésus. Dans la première démarche, les sœurs de l'église doivent inciter les autres femmes à participer aux Groupes d'entraide ; par ailleurs, elles doivent trouver d'autres moyens de les aider à résoudre leurs problèmes troublants et difficiles. Dans la seconde démarche, les sœurs partageront leurs connaissances bibliques et tiendront des études de la Bible, en encourageant les femmes à se rapprocher du Seigneur.

Le ministère d'encouragement est important parce que beaucoup de sœurs sachant nouer les premiers contacts ne possèdent pas d'aptitudes à encourager ou à persuader. Par conséquent, elles ne peuvent pas effectuer le suivi des intéressés. Aussi il est bon que celles qui sont en mesure d'encourager les gens travaillent avec les autres sœurs de l'église.

L'encouragement est un don du Saint-Esprit. Cependant, on peut apprendre à l'acquérir et le cultiver. L'équipe d'action des

Ministères des femmes doit trouver les sœurs intéressées à participer à cette étape de l'évangélisation. On instruira ce groupe de sœurs à s'approcher des autres, attirer leur attention, tisser des relations avec eux, et les encourager en subvenant à leurs besoins sociaux, émotionnels, spirituels et physiques.

Prêcher

Dans la première étape, les sœurs de l'église apprennent à donner en exemple des attitudes, des comportements et des émotions chrétiennes, ainsi qu'à participer aux efforts évangéliques. Dans la seconde étape, les femmes de la communauté reçoivent des cours grâce aux Groupes d'entraide féminins. Dans la troisième étape, ces femmes sont encouragées dans leurs besoins sociaux, émotionnels, physiques et spirituels.

À la fin de ces trois étapes, l'équipe d'action de l'évangélisation par les femmes doit dresser une liste des personnes désireuses de vivre dans la foi du Christ. Leurs noms seront présentés au pasteur et aux ouvriers bibliques afin de prier, visiter et encourager régulièrement ces intéressés. Puis vient l'étape de la prédication, où l'équipe d'action tiendra une campagne d'évangélisation, qui devra déjà avoir été planifiée. Le chapitre 8 explique en détail comment tenir cette campagne ; il inclut les divers ateliers qui devront faire partie du programme. Voici des exemples de thèmes que l'on peut utiliser dans cette campagne :

Une seconde occasion de vivre sainement

Les ateliers et les messages relatifs à ce thème se focalisent sur un mode de vie sain, en harmonie avec les principes bibliques. Des ressources et des programmes en rapport avec la santé et ce thème doivent être mis à la disposition des personnes présentes. De plus, le second avènement sera souligné comme la solution finale à toute maladie.

Se former soi-même

Ce thème accentue le développement personnel à travers l'apprentis- sage informel. L'authenticité de la Parole de Dieu constituera le centre du sermon et des autres programmes présentés. En guise de cadeau, certains auditeurs peuvent être invités à participer à une conférence biblique ou une autre activité basée sur la Bible.

Surmonter le passé

L'émergence du péché et ses effets négatifs sur la race humaine sera au cœur des éléments de ce programme. Beaucoup de gens luttent pour vaincre leurs addictions. Ce thème est une occasion de leur proposer des programmes et des ressources pour surmonter leurs dépendances.

Subvenir aux priorités personnelles

Les dix commandements, transcription du caractère de Dieu, constitue le centre de ce service et de ses ateliers qui souligneront les principes favorables au bien-être personnel et relationnel. En guise de cadeau, certains auditeurs peuvent être invités à participer aux activités accentuant les lois ou principes qui gouvernent la santé, la sécurité, la prudence, et la vie familiale heureuse.

Accepter l'amour

L'amour de Jésus, révélé dans son ministère, sa mort, son ensevelissement, sa résurrection et son ascension seront les points majeurs du thème présenté. Le sermon et les autres activités se focaliseront sur l'amour du Christ. En guise de cadeau, certains auditeurs peuvent être invités à regarder un film qui illustre ce thème.

Pardon et renouveau

Ce service se focalisera sur le fait d'être accepté en Christ et dans baptême. C'est une occasion d'inviter l'auditoire à assister à une cérémonie de baptême. Ceux qui manifestent de l'intérêt pour le baptême seront accueillis dans une classe baptismale.

Gérer ses ressources personnelles

Les aspects de ce thème soulignent la bonne gestion de la vie, l'importance d'être sage dans l'utilisation de son temps, ses talents, ses finances, ses relations et son corps. En guise de cadeau, certains auditeurs peuvent être invités à visiter une institution financière ou une entreprise prospère qui peut offrir des conseils avisés sur la gestion financière.

Vivre une nouvelle vie

La repentance et la conversion seront les points-clés de chaque aspect de ce service. Le sermon soulignera l'expérience d'un nouveau commencement en Christ. En guise de cadeau, certains auditeurs peuvent être invités à visiter les bureaux de la fédération locale pour rencontrer les dirigeants.

D'autres sujets à développer pendant une campagne menée par les femmes

On pourra, entre autres, aborder la grâce ; le Saint-Esprit ; la vie, la mort, et la résurrection du Christ ; l'état des morts ; les dons spirituels ; le mariage et la famille ; la conduite du chrétien ; le Christ notre intercesseur ; le millenium ; l'unité en Christ ; la mission du reste ; et la nouvelle terre.

Coacher

Il y aura des personnes qui s'engageront à suivre le Seigneur après la fin de la campagne d'évangélisation. L'équipe d'action qui travaille pour l'évangélisation par les femmes devra avoir planifié des stratégies pour édifier ces individus. Le chapitre 16 fournit des suggestions d'activités dans cette optique. une équipe composée de frères et sœurs sera désignée, formée et déployée pour coacher spirituellement ceux qui accompagneront les nouveaux croyants. Leurs responsabilités doivent être clairement définies ; elles incluront une durée spécifique où l'on aidera les nouveaux membres à faire la transition vers leur nouvelle relation avec le Christ et l'Église.

Plan de croissance en discipulat pour les femmes
Les objectifs

Inspirer et motiver chaque femme de l'église à une croissance personnelle continue dans son style de vie de dévotion, de fraternité, d'aide à la communauté, d'évangélisation et de gestion chrétienne (voir le chapitre sur le discipulat).

Introduction

Le mandat de Jésus à ses disciples se trouve dans Matthieu 28:19-20 : « Allez, faites de toutes les nations des disciples, les baptisant au nom du Père, du Fils et du Saint Esprit, et enseignez-leur à observer tout ce que je vous ai prescrit. Et voici, je suis avec vous tous les jours, jusqu'à la fin du monde ». Selon ce texte, faire des disciples est aussi la responsabilité principale des Ministères des Femmes de l'Église. Cinq des valeurs fondamentales des disciples de Jésus sont : *dévotion, fraternité, aide à la communauté, évangélisation et gestion chrétienne.* Ce programme est conçu dans le but d'engager chaque femme de l'église à croître dans ces cinq domaines principaux en tant que disciple fidèle de Jésus.

Organisation

La directrice du ministère des Femmes établira un comité de discipulat qui inclura ceux qui dirigent les petits groupes, dont le but est faire des disciples. Les leaders de chacun de ces petits groupes formeront leur petit groupe de discipulat. Chaque petit groupe réalisera des actions conçues pour aider chacun de ses membres à atteindre l'objectif qui est de faire des disciples.

Chaque petit groupe peut avoir un responsable pour chacun des cinq domaines des valeurs fondamentales du discipulat. D'autres personnes peuvent être choisies pour être responsable des finances et comme secrétaire du groupe. Le secrétaire tient les registres, rédige les notes et présente les rapports.

Une des fonctions principales de chaque petit groupe est de former les membres à remplir leurs rôles et à participer aux diverses activités liées aux valeurs fondamentales. Les membres du comité de discipulat recevront une formation régulière afin de remplir efficacement leurs fonctions.

Activités suggérées pour chaque valeur fondamentale du programme de discipulat :

I. Valeur fondamentale du discipulat - Dévotion

Dans le cadre de cette valeur, les femmes seront encouragées à :

- Assister aux services de culte hebdomadaires.
- Étudier leur leçon de l'école du sabbat.
- Améliorer leur vie de prière personnelle grâce à des actions continues de prière.
- Avoir un culte familial quotidien.
- Lire leur Bible, une activité qui inspirera et motivera les membres de l'église à développer une routine personnelle de lecture, à augmenter leur connaissance biblique et à appliquer la parole de Dieu à leur vie personnelle.
- Approfondir leurs connaissances du ministère et des conseils d'Ellen White afin de les intégrer à leur vie personnelle et leur ministère.
- Soutenir et participer aux divers programmes et activités spirituelles de l'église.
- Étudier les quatre doctrines suivantes de l'église en un an :
    a. Doctrine n°10 L'expérience du salut
    b. Doctrine n°11 Croitre en Christ
    c. Doctrine n°12 L'Église
    d. Doctrine n°13 Le reste et sa Mission
- Participer à toute autre activité pertinente pour le développement de leur vie spirituelle.

II. Valeur fondamentale du discipulat – Fraternité

Dans le cadre de cette valeur, les femmes seront encouragées à :

- Développer des contacts et des relations avec les autres sur un plan social qui mène à des relations amicales et participer à diverses formes d'interactions sociales avec des individus tant à l'intérieur qu'à l'extérieur de la communauté de l'église.
- Créer un contact individuel avec les autres membres de l'église à travers des activités sociales organisées ou de rencontres personnelles.
- Aider les membres et les non-membres à faire face à leurs problèmes sociaux, physiques et émotionnels.

- Avoir au moins deux personnes dans leurs relations sociales en tout temps. L'une peut être membre de l'Église, l'autre devrait être un non-membre candidat à la devenir.
- Apprendre comment attirer l'attention des autres personnes, comme mentionné ci-dessus et à établir des relations amicales avec elles.
- Participer à des activités sociales spécifiques organisées par le groupe pour amener les femmes à établir des relations entre elles, à tisser des liens solides et à apprécier la communauté chrétienne.

III. Valeur fondamentale du discipulat - Évangélisation
Dans le cadre de cette valeur, les femmes seront encouragées à :
- Partager leur foi et l'Évangile de Jésus - la bonne nouvelle du salut - avec les autres.
- Travailler en équipe ou un avec une partenaire pour partager l'Évangile avec les autres.
- Déterminer le moment le plus approprié pour s'impliquer dans les activités d'évangélisation.
- Participer au programme des activités d'évangélisation et de partage de foi déterminées par le groupe.
- Contribuer à tout plan financier spécial pour le programme d'évangélisation du groupe.
- Apprendre à susciter l'intérêt et l'attention des non-adventistes et à mener des études bibliques avec eux.

IV. Valeur fondamentale du discipulat – Agir en faveur de la communauté
Cette valeur concerne les besoins matériels, sociaux et autres des individus de la communauté environnante. Dans le cadre de cette valeur, les femmes seront encouragées à :
- Participer à des ministères en faveur de la communauté organisés par l'église ou à des actions communautaires personnelles.
- Répondre aux besoins matériels, sociaux et autres des individus de la communauté environnante.
- En Matthieu 25:35 et 36, Jésus a décrit le ministère en faveur de la communauté d'un disciple : « Car j'ai eu faim, et vous

m'avez donné à manger ; j'ai eu soif, et vous m'avez donné à boire ; j'étais étranger, et vous m'avez recueilli ; j'étais nu, et vous m'avez vêtu ; j'étais malade, et vous m'avez visité ; j'étais en prison, et vous êtes venus vers moi.».

- Participer à un service communautaire organisé par l'église pour offrir des services de compassion.
- Participer à d'autres activités qui soulagent la souffrance humaine et satisfont les besoins humains.
- Participer à des sondages pertinents au sein de l'église et de la communauté pour déterminer les besoins sociaux et autres afin travailler à répondre à ces besoins.

V. Valeur fondamentale du discipulat – Gestion chrétienne

Cette valeur fondamentale concerne tous les dons, talents et autres ressources que les femmes possèdent, qui leur sont donnés en dépôt et appartiennent à Dieu. Les femmes sont encouragées à les utiliser avec sagesse et de manière appropriée pour répondre à leurs besoins personnels, pour faire avancer la cause du Christ et bénir les autres. Elles sont encouragées à :

- Sacrifier au moins 8 heures par semaine pour participer aux activités organisées par l'église en matière de fraternité et d'action sociale et aux activités de sensibilisation de l'église
- Consacrer au moins 45 minutes par jour à la prière, à l'étude des leçons, à l'étude biblique et d'autres lectures inspirantes
- Remettre fidèlement leur dîme et leur offrande.
- Identifier leurs talents et leurs dons spirituels et être encouragées à les utiliser au sein de l'Église
- Vivre une vie de fidélité au Seigneur dans la façon dont elles gèrent leurs talents, leur temps, leurs ressources et le temple qu'est leur corps, et servir l'Église et les autres.

Fiche de travail pour chaque groupe de discipulat
Instructions

Le leader de chaque petit groupe dirigera cet exercice pour déterminer comment le groupe fonctionnera. Ci-dessous se trouvent quelques points à considérer.

ACTIVITÉ DE GROUPE N°1

I. Nom, du leader du groupe de discipulat :

_____

II. Noms, Téléphone et de chaque membre du groupe :

_____   _____

_____   _____

_____   _____

_____   _____

_____   _____

_____   _____

_____   _____

_____   _____

III. Nom des dirigeants du groupe :

_____ Président

_____ Secrétaire

_____ Coordinateur finances

_____ Coordinateur dévotion

_____ Coordinateur fraternité

_____ Coordinateur évangélisation

_____ Coordinateur service communautaire

_____ Coordinateur Gestion chrétienne

IV. Nommez quatre actions spécifiques de Dévotion que le groupe réalisera.

_____

_____

_____

_____

_____

V. Nommez quatre actions spécifiques de Fraternité que le groupe réalisera.

_____
_____
_____
_____
_____
_____
_____

VI. Nommez quatre actions spécifiques d'Evangélisation que le groupe réalisera.

_____
_____
_____
_____
_____
_____

VII. Nommez quatre actions spécifiques de Service communautaire que le groupe réalisera.

_____
_____
_____
_____

VIII. Nommez quatre actions spécifiques de gestion chrétienne que le groupe réalisera.

_____
_____
_____
_____

Résumé et discussion

- *Quelles femmes dans la Bible témoignèrent pour le Christ, et quel fut l'impact de leur influence ?*

- *Faites une liste de certaines questions auxquelles doit répondre le groupe de travail pour l'évangélisation des femmes. Voir chapitre 3.*
- *Planifiez un Groupe d'entraide féminin qui correspond à la nature de votre territoire et préparera efficacement une campagne d'évangélisation.*
- *Comment passeriez-vous d'un Groupe d'entraide féminin à une campagne d'évangélisation publique ?*
- *Expliquez comment intégrer des doctrines bibliques dans chacune des cinq thèmes suggérés dans le cadre d'une campagne d'évangélisation par les femmes.*
- *Pourquoi l'évangélisation par les femmes serait-elle efficace dans votre église ?*
- *Citez quelques fonctions de l'équipe d'action travaillant pour l'évangélisation par les femmes ? Consultez le chapitre 3.*
- *Développez un projet complet, prêt à être mis en œuvre, qui inclut les cinq étapes du cycle complet de l'évangélisation par les femmes. Consultez les chapitres 7 et 8.*

14

Planifier et pratiquer efficacement l'évangélisation par les hommes

AU COURS de son ministère terrestre, Jésus « monta [...] sur la montagne ; il appela ceux qu'il voulut et ils vinrent à lui. Il en établit douze pour les avoir avec lui et pour les envoyer prêcher avec le pouvoir de chasser les démons » (Marc 3.13-15). Pour les préparer à l'évangélisation, Jésus demanda à ses apôtres d'être à ses côtés. Dieu aime les relations, il voulait d'une relation durable avec ceux à qui il allait confer des mandats évangéliques. une fois cette relation établie, il les envoya prêcher avec l'autorité de repousser les forces sataniques par la puissance du Saint-Esprit.

Le ministère des hommes dans l'église prend de l'ampleur ; il se focalise sur trois objectifs : 1) édifier les frères pour qu'ils assument leurs rôles spirituel, social, et physique dans leur famille, l'église et la société ; 2) conduire des personnes à Jésus par les ministères extérieurs et l'influence personnelle ; 3) préparer les frères à se tenir prêts pour le retour du Seigneur. Donc, l'évangélisation est au cœur des ministères des frères dans l'église. Ils doivent être pleinement dévoués à proclamer l'Évangile de Jésus et servir de catalyseurs, influençant hommes, femmes, enfants et jeunes à accepter le Christ comme leur Sauveur personnel.

Le Mouvement des frères pour la croissance évangélique

Ce mouvement se compose d'un groupe masculin dans l'église qui s'intéresse à l'évangélisation. Ces hommes donnent de leur temps et de leurs ressources pour faire ce travail, tout en influençant d'autres frères à se joindre à eux. Ils peuvent se répartir en petits groupes de cinq à sept personnes, tous activement engagés dans le mouvement. Ils constituent l'équipe d'évangélisation masculine de l'église.

Le chapitre 3 de ce guide explique la planification initiale des efforts évangéliques des départements, et le chapitre 7 les divers défrichages d'un territoire avant une campagne d'évangélisation. Le cycle complet d'évangélisation par les hommes inclut cinq étapes-clés : *contacter, connecter, nouer des liens, proclamer et soutenir.*

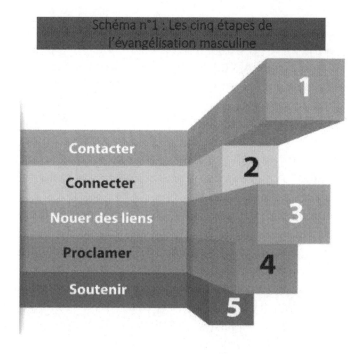

Schéma n°1 : Les cinq étapes de l'évangélisation masculine

Contacter
Connecter
Nouer des liens
Proclamer
Soutenir

1
2
3
4
5

Contacter

Pour que le programme d'évangélisation réussisse, la participation des frères de l'église est essentielle. À l'étape du contact, ils identifient ceux qu'ils aimeraient, avec l'aide de l'Esprit, influencer vers la foi. Les personnes concernées peuvent être des membres de la famille, des proches, des amis, des collègues, des camarades d'école ou des voisins. Les hommes ajoutent ces noms à leur liste de prière personnelle comme à celle de l'équipe d'action évangélique masculine. Ils chercheront le moment et l'approche les plus favorables à un premier contact avec ces personnes.

La rencontre en tête-à-tête caractérisant la stratégie de Jésus dans Luc 10.1 et 2 n'est pas tombée en désuétude. Il s'agissait, pour les disciples, de préparer l'arrivée de Jésus dans chaque bourgade en tissant des contacts initiaux avec les gens. De même, les frères doivent, en petits groupes ou individuellement, entrer directement et personnellement en relation avec autrui, préparant ainsi la prédication de l'Évangile.

Un contact peut être spontané ou programmé. Les contacts spontanés ont lieu quand un simple échange mène à une relation sociale. C'est un des meilleurs moyens de trouver plusieurs intéressés et, à travers une transition très souple, de partager sa foi par la suite.

Un contact programmé s'effectue par le biais d'une liste d'intéressés prédéterminés. Les membres consacreront du temps à prier pour ces personnes tout en cherchant comment leur parler de l'Évangile. Leurs noms doivent faire l'objet d'intercessions quotidiennes de la part de tous ceux qui s'impliquent dans le programme d'évangélisation mené par les frères de l'église.

Comment établir de bons contacts

Selon certaines études, on ne dispose que de 30 secondes pour laisser une impression à la personne qu'on rencontre pour la première fois. Dans ce court laps de temps, elle aboutit à des conclusions et décide ou pas d'emboîter le pas vers une relation sociale. Ce fait mérite d'être considéré par les frères qui ont pour mission de nouer des contacts évangéliques. Choisissez le meilleur moment ; soyez très courtois en saluant l'intéressé et en lui accordant toute votre attention. Si vous connaissez le nom de la personne, prenez les devants en le mentionnant dans votre salutation. Présentez-vous succinctement et précisez la raison de votre visite. Au premier contact, ne dites jamais que vous êtes venu pour lui donner une étude biblique ; cela ne doit pas non plus vous préoccuper lors d'une visite initiale, sauf si l'intéressé s'y attend déjà. Parlez aussi doucement que possible, mais de manière audible pour que la personne n'aie pas à faire des efforts pour vous entendre ou à vous demander de vous répéter. Parler à voix basse traduit la confiance et l'autorité.

La phase de contact se résume à une salutation, une présentation, et une prise de connaissance où l'intéressé découvre votre disposition et votre aptitude à l'aider de diverses manières. Précisez vos qualifications professionnelles, sociales, scolaires, artisanales ou autres . La personne saura ainsi dans quels domaines vous pourrez lui être utile. Après cette première rencontre, ouvrez la voie à des échanges et une collaboration qui se dérouleront régulièrement. Pour établir un bon contact, il est parfois nécessaire de rencontrer l'intéressé plus d'une fois.

Connecter

Après une prise de contact réussie, on passe facilement à la « connexion », phase où démarrent les échanges autour d'intérêts communs. À ce stade, la personne visitée cherche à participer à des activités, professionnelles ou sociales, avec son visiteur. La familiarité s'installe avec le partage des intérêts, des loisirs, des idéologies, et des façons de voir le monde. En tant que chrétien, soyez sincère en donnant en exemple le mode de vie chrétien et en présentant le Christ à votre intéressé. tout en n'ayant pas encore prêché, vos manières et votre conduite doivent porter l'empreinte du caractère de Jésus d'une façon qui vous valorise auprès de l'intéressé. Étant un chrétien authentique, vous vivez le salut en Christ avec joie afin que cette personne puisse discerner le Christ en vous.

Nouer des liens

À cette étape, l'intéressé est formé, il reçoit des informations et apprend des techniques grâce aux Ateliers de collaboration masculine. Les frères inviteront leurs intéressés à ces ateliers, en les accompagnant, ce qui suscitera des idées ou des éléments de discussion pour approfondir les conversations et la relation déjà entamées. C'est ainsi que des liens solides seront tissés. Après ces ateliers, certains frères de l'église se feront un devoir d'assurer le suivi des intéressés.

La liste suivante présente des exemples de thèmes pouvant être présentés pendant les ateliers, en fonction des participants. Des études bibliques et doctrinales seront également faites avec pour support des leçons de la Bible.

- Comment rendre votre femme toujours heureuse et souriante
- Gérer votre rôle d'homme au foyer
- Comment tirer le meilleur parti de votre potentiel
- Équilibrer travail, famille, détente et église
- Tisser de bonnes relations sociales et spirituelles
- Gérer le stress et faire des progrès
- La gestion gagnante du temps
- Augmenter vos ressources financières et les gérer avec sagesse

Pendant ces réunions, les frères devront cultiver la patience, la tolérance, le pardon, l'amour, la joie, le bonheur, l'acceptation, la compassion, la paix et la bonté. Ces attributs ne constituent pas le contenu des réunions, mais le ciment qui retient l'attention des intéressés et les motive à venir. On veillera, dans le cadre du Mouvement de croissance évangélique, à bien expliquer aux frères les objectifs du programme, les préparant à anticiper et gérer les situations qui pourraient nuire à ces attributs au cours des ateliers. Il est important de développer ces attributs comme une part authentique de son mode de vie. Loin d'être des « habits » adaptés aux circonstances, ils doivent caractériser la démarche normale et quotidienne du chrétien.

Au cours de cette phase, les frères de l'église pourront organiser une Jour- née d'action communautaire et inviter des hommes de l'église comme de l'entourage à participer à un projet

bénéfique à la communauté locale. Voici quelques exemples d'initiatives à entreprendre :
- Réparer et repeindre la maison d'une personne défavorisée
- Réparer un foyer de retraite et offrir des services aux résidents
- Réparer un orphelinat et offrir des services aux enfants
- Réparer une école
- Distribuer des fournitures scolaires
- Distribuer des lunettes à des personnes défavorisées
- Distribuer des chaussures aux défavorisés
- Accueillir et aider une équipe qui recueille des dons de sang
- Organiser un programme musical
- Construire un abribus dans la communauté
- Participer à un projet d'extension d'un parc ou de plantations d'arbres

Proclamer

Les phases de contact, de connexion, et de lien préparent celle de la proclamation qui consiste à moissonner le territoire au moyen d'une campagne d'évangélisation. La campagne inclura au moins quatorze présentations réparties sur deux à quatre semaines. Des cours de Bible sur les doctrines essentielles de l'église ont eu lieu, les relations entre membres d'église et intéressés ont progressé, et il est désormais temps de « récolter » les âmes.

Le chapitre 8 explique en détail le déroulement d'une telle campagne et précise les interventions qui doivent être incluses dans chaque programme : un morceau de musique, une mise en scène, une vidéo, un témoignage et une prédication liés au thème et sa portée doctrinale. Voici quelques exemples de thèmes à utiliser dans ces campagnes :

Amour sans exception

Ce thème présente la grâce de Dieu accordée à travers le Christ. Les interventions et le message soulignent l'amour de Dieu qui va à la recherche de tous, indépendamment de l'errance, l'insouciance, et l'indifférence de l'individu. La mise en scène montrera comment cet amour inconditionnel se manifeste aux humains, leur offrant une relation avec Dieu et une nouvelle vie, source d'édification et de bonheur. En guise de cadeau, certains intéressés peuvent recevoir un DVD ou une invitation à visionner un film qui présente l'amour inconditionnel de Jésus.

Continuer à aimer et rentrer à la maison

Les interventions autour de ce thème se focalisent sur la seconde venue du Christ. La mise en scène illustrera ce retour où Jésus prendra avec lui ceux qui ont consacré leur vie à le servir ; elle pourra, autrement, décrire plusieurs relations heureuses et saines, ou malheureuses et malsaines. Le prédicateur peut inviter les épouses concernées à conduire leurs maris au Seigneur, ou inviter les hommes à conduire leur famille au Seigneur. En guise de cadeau, on peut inviter quelques hommes à participer à une rencontre fraternelle soigneusement planifiée, où une discussion autour du second avènement sera prévue.

Amour, convoitise et engouement

Les diverses interventions peuvent décrire ici les différences entre l'amour romantique et philanthropique, ainsi qu'entre la convoitise et l'engouement. Les joies et les souffrances qui accompagnent l'amour peuvent aussi être expliquées. Le message pourra souligner dix choses que toute femme doit savoir concernant le fait d'aimer un homme et que tout homme doit savoir concernant le fait d'aimer une femme. Après avoir présenté ces sujets pratiques, il sera bon de les associer aux principes bibliques des Dix commandements, en montrant ce que Dieu a institué pour établir des relations admirables sur le plan horizontal et vertical. Le prédicateur invitera les hommes en particulier, ainsi que ceux qui ne sont pas donnés à Dieu, à accepter la volonté divine et à s'engager à observer les Dix commandements par la puissance du Saint-Esprit.

Vivre dans la pénombre

Ce thème recourt à des illustrations basées sur les actes des hommes qui vivent dans la pénombre. La partie doctrinale du sermon associe ces récits au jugement final. La mise en scène peut décrire l'histoire d'un homme qui a été soit acquitté ou condamné, ou encore un récit biblique incluant le jugement. Les cadeaux placeront l'accent sur la liberté. Les commentaires d'ouverture et de clôture seront axés sur l'acquittement au jugement dernier. Le prédicateur invitera hommes, femmes, jeunes et enfants, individuellement et en famille, à accepter le Christ dans leur vie et éviter ainsi d'être condamnés pendant le jugement.

Trouver abondance et sécurité dans la vie
Dans ce thème, les hommes sont appelés à affronter les épreuves en sachant que Dieu prendra soin d'eux. Les interventions utilisent des illustrations et des témoignages liés aux épreuves dans les cadres suivants : famille, relations, argent, travail, santé, sécurité, immigration, éducation et logement. Le thème met en exergue l'expérience des trois jeunes Hébreux de Daniel 3 : ils résistèrent à la tentation quand leur foi en Dieu fut testée, et par la suite furent miraculeusement délivrés. La mise en scène peut présenter à nouveau ce récit. Le sermon soulignera qu'en dépit des difficultés de la vie, les chrétiens, comme les jeunes Hébreux, sont puissamment protégés. Le prédicateur invitera les hommes et le reste de l'auditoire à ancrer leur foi dans la Parole de Dieu et accepter le Christ dans leur vie.

Une relation nouvelle
Ce thème se rapporte aux relations qui ont mal tourné, comment les améliorer et comment éviter les mauvaises relations à l'avenir. Ces problèmes pratiques seront utilisés pour illustrer l'importance d'une relation solide, engagée avec le Seigneur et scellée par le baptême. Les interventions du programme se focalisent sur la gestion des relations humaines, en harmonie avec les principes bibliques. Exemples : vivre avec ses moyens, faire preuve de retenue, pardonner. On peut inclure ici un témoignage qui présente un aspect précis de la gestion des relations. La mise en scène peut présenter un récit biblique sur le baptême, et les commentaires de début et de fin concerneront la fidélité aux vœux baptismaux. Le prédicateur invite les couples mariés, les futurs couples, et ceux qui souhaitent qu'on prie spécialement pour eux à consacrer leur vie à Jésus et à prendre le baptême.

La transformation

La doctrine biblique accentuée ici est la conversion. Les interventions présentent des expériences où des individus ont vécu une transformation. La mise en scène peut illustrer l'histoire de Nicodème ou celle d'un homme ou d'une femme initialement préoccupé par sa transformation physique, puis spirituellement transformé par une rencontre avec Jésus. La vidéo peut souligner la différence entre une conversion authentique, durable, et une conversion temporaire par temps de crise. Le prédicateur invite les hommes et l'auditoire à connaître une transformation profonde et durable en Christ.

Atermoiement maladif

Le message et les interventions présentés dans ce thème concernent l'atermoiement, quelques-unes de ses causes et de ses conséquences, puis la façon de le surmonter. Une étude révèle qu'une personne sur cinq souffre d'atermoiement maladif. La qualité de vie, le travail, les relations, les objectifs présents et futurs en sont affectés. Le salut d'une personne peut l'être aussi. Pour illustrer cela, on peut mettre en scène l'expérience de Félix dans le livre des Actes. Un ouvrage sur la manière de vaincre l'atermoiement peut servir de cadeau. Le sermon se focalisera sur un appel à sortir de Babylone, le prédicateur invitant l'auditoire à prendre une décision pour le Christ maintenant plutôt que de la renvoyer à plus tard.

Autres sujets pour la campagne d'évangélisation menée par les frères de l'église

Voici quelques suggestions de thèmes pour une campagne d'évangélisation masculine : Plénitude du bonheur ; Vivre et aimer ; Joies de la générosité ; Renaître ; Sortir de la captivité ; La joie d'une seconde chance ; Pardonner et apprécier ; Défaite et victoire ; Quand le temps prendra fin ; Accepter vraiment l'autre.

Soutenir

Ceux qui ont accepté Jésus comme leur Sauveur devront être intégrés dans la nouvelle foi qu'ils ont adoptée. L'équipe d'action de l'évangélisation masculine aura prévu des stratégies appropriées pour édifier et retenir ceux qui se consacrent au Christ. Le chapitre 16 présente des activités qui peuvent être organisées dans cette phase. Une équipe de frères et de sœurs sera choisie, formée et déployée pour servir de guides spirituels et de soutien aux nouveaux croyants. Leurs responsabilités seront clairement définies, avec un laps de temps bien spécifique où ils aideront les nouveaux membres à s'ancrer dans leur nouvelle relation avec le Christ et l'Église.

Révision et discussion

- *Faire une liste de certaines questions auxquelles doit répondre le groupe de travail de l'évangélisation des hommes. Voir chapitre 3.*

- *Citez quelques projets qui peuvent convenir à une Journée d'action communautaire masculine dans votre entourage.*

- *Expliquez ce qu'est un Atelier de collaboration masculine et comment les frères de votre église peuvent l'organiser efficacement.*

- *Identifiez les cinq phases du cycle d'évangélisation par les hommes et dites brièvement ce que vous feriez pour réaliser chaque phase.*

- *Suggérez cinq thèmes que vous présenteriez dans une campagne d'évangélisation publique et masculine en citant les doctrines bibliques que vous associeriez à ces thèmes.*

- *Choisissez un de ces thèmes et expliquez comment vous présenteriez les cinq interventions de la soirée.*

- *Citez quelques fonctions de l'équipe d'action de l'évangélisation par les hommes ? Consultez le chapitre 3.*

- *Développez un projet complet, prêt à l'exécution, qui inclut les cinq phases du cycle complet d'évangélisation masculine. Consultez les chapitres 7 et 8.*

15

Planifier et pratiquer efficacement l'évangélisation par les jeunes

L A MISSION ÉVANGÉLIQUE n'a pas de restrictions d'âge. Jésus s'adresse à tous ceux qui l'acceptent comme Sauveur, indépendamment de leur âge, lorsqu'il confie cette mission : « Allez, faites de toutes les nations des disciples, baptisez-les au nom du Père, du fils et du Saint-Esprit, et enseignez-leur à garder tout ce que je vous ai prescrit. Et voici, je suis avec vous tous les jours, jusqu'à la fin du monde. » (Matthieu 28.19,20) « tous ceux qui reçoivent la vie du Christ sont mis à part pour travailler au salut de leurs semblables. C'est en vue de cette œuvre que l'Église a été établie, et tous ceux qui entrent dans l'Église s'engagent solennellement, par là, à devenir des collaborateurs du Christ. » — *Jésus- Christ*, chap. 86, p. 823.

On pense que quand Jérémie a été chargé de délivrer un message impopulaire pour convaincre Israël, il n'avait que dix-sept · ans. Il écrit :

La parole de l'Éternel me fut adressée en ces mots : Avant que je ne te forme dans le ventre de ta mère, je te connaissais, et avant que tu ne sortes de son sein, je t'avais consacré, je t'avais établi prophète pour les nations. Je répondis : Ah ! Seigneur Éternel ! Je ne sais point parler, car je suis un jeune garçon. Et l'Éternel me dit : Ne dis pas : Je suis un jeune garçon. Car tu iras vers tous ceux contre qui je t'enverrai, et tu déclareras tout ce que je t'ordonnerai.

Ne les crains pas ; car je suis avec toi pour te délivrer — Oracle de l'Éternel. Puis l'Éternel étendit la main et toucha ma bouche ; et l'Éternel me dit : Voici que je mets mes paroles dans ta bouche. Regarde, je t'établis aujourd'hui sur les nations et contre les royaumes, pour que tu arraches et que tu abattes, pour que tu fasses périr et que tu détruises, pour que tu bâtisses et que tu plantes. » (Jérémie 1.4-10)

Les livres d'Ellen White contiennent de nombreuses instructions sur l'importance de l'engagement des jeunes dans l'évangélisation. « Nos églises ont besoin du talent de nos jeunes gens qui doivent être bien dirigés et bien entraînés. » — Le ministère évangélique, chap. 9, p. 206. Elle ajoute : « Avec de la droiture, la jeunesse pourrait exercer une immense influence. Des prédicateurs ou des membres d'église avancés en âge n'ont pas la moitié de l'influence que des jeunes gens consacrés à Dieu peuvent exercer sur leurs camarades. » — *Messages à la jeunesse*, chap. 62, p. 202.

Les jeunes de l'église devraient donc répondre à cet appel : « Jeunes gens et jeunes filles, ne pouvez-vous pas former des équipes et, comme des soldats du Christ, vous enrôler dans l'œuvre, mettant votre tact, votre savoir-faire et votre talent au service du Maître, en vue de sauver des âmes de la ruine ? Que dans chaque église on organise des équipes pour faire ce travail. […] Les jeunes gens et les jeunes filles, qui aiment réellement Jésus, ne veulent-ils pas s'organiser en tant qu'ouvriers, au service non seulement de ceux qui observent le sabbat, mais aussi de ceux qui ne partagent pas notre foi ? » — *Service chrétien*, chap. 2, p. 43.

Beaucoup de jeunes ont une idée négative du christianisme, c'est ce que démontre une étude de Thom Rainer qui révèle que 29 % seulement des jeunes nés aux États-Unis entre 1977 et 1994 fréquentent une église. Parallèlement, selon nos registres d'église, environ 70 % des membres adventistes baptisés sont âgés trente ans ou moins.

Notre église compte des centaines et des milliers de jeunes désireux de s'investir dans la mission évangélique. Ils sont vifs, talentueux, créatifs, et possèdent des capacités extraordinaires et innovantes. C'est une excellente nouvelle que notre église puisse compter sur de tels jeunes. C'est au contraire un gaspillage énorme de les laisser inactifs. Ils doivent être engagés dans l'œuvre. Ellen White écrit : « Aujourd'hui, nous avons une armée de jeunes qui, s'ils sont bien dirigés et encouragés, peuvent faire beaucoup. [...] Nous voulons qu'ils prennent part à l'application de plans bien conçus pour aider d'autres jeunes. » — Ibid. Dans cet objectif, « Il faut encore leur enseigner à travailler pour le Maître, les former, les discipliner, les exercer dans la pratique des meilleures méthodes pour gagner des âmes. — *Ibid.*, p. 39.

Ressources pour l'évangélisation par les jeunes

Chaque district ou église locale devrait disposer de ressources pour équiper les jeunes en vue de l'évangélisation. Ce matériel devrait comprendre :
- Enregistrements audio et vidéo de prédications
- Exemplaires imprimés de prédications
- Plans de prédications
- Cours audio et vidéo sur la préparation d'une prédication
- Matériel imprimé sur la préparation d'une prédication
- Matériel d'illustration pour les prédications
- CDs traitant de différents sujets
- Magazines et périodiques pour la recherche
- Encyclopédies
- Concordances
- Dictionnaires bibliques
- Ordinateur avec connexion Internet
- CD-ROM des écrits d'Ellen White

Préparation pour l'évangélisation par les jeunes

Pour amener autrui au Christ, les jeunes doivent commencer par chercher eux-mêmes l'aide de Dieu, afin de vivre une vie chrétienne pieuse, chez eux, au travail, à l'école ou l'université, dans leur quartier et à l'église. Ils démontrent ainsi dans leur propre vie les changements qu'ils désirent inciter les autres à vivre.

Le chapitre 3 de ce livre présente le processus initial de programmation des initiatives d'évangélisation. Le chapitre 7 expose les différentes initiatives de préparation du terrain en vue d'une campagne d'évangélisation. Il est important que le département de la Jeunesse constitue un groupe de travail qui puisse superviser l'ensemble du processus. Ce groupe de travail doit établir une liste de prière d'évangélisation. Les jeunes de l'église présenteront les personnes figurant sur cette liste au Seigneur en prière chaque jour. Dans leur prière, ils demanderont à Dieu de convaincre ces personnes de son amour, de les aider à prendre conscience qu'elles ont besoin de son salut, et réclameront sa sagesse pour exercer un ministère efficace envers elles.

L'évangélisation par les jeunes peut suivre une séquence de cinq étapes : *(1) organisation, (2) participation (3) établissement des relations, (4) engagement, et (5) consolidation.* L'application stricte et rigide de cette séquence peut ne pas toujours être l'approche idéale. Il est plutôt souhaitable d'adapter ces méthodes en fonction du contexte, selon ce qui est le plus pertinent et efficace dans une situation donnée.

Schéma n°1 : Les cinq étapes de
l'évangélisation par les jeunes

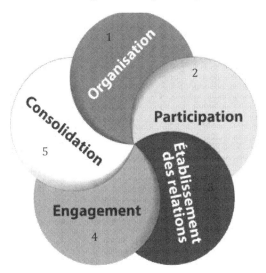

La phase d'organisation

Cette phase débute par la nomination du groupe de travail de l'évangélisation par les jeunes. L'objectif de ce groupe de travail est de donner à chaque jeune de l'église l'occasion de participer à l'évangélisation. Les responsables de jeunesse devraient s'approcher des jeunes chez lesquels ils perçoivent le potentiel d'évangéliser efficacement, et les encourager à s'investir dans l'œuvre en faveur d'autrui. Il est important de mettre en valeur leurs capacités, dons et talents, et de partager avec eux la vision de l'église pour l'évangélisation. Il est également utile de parler avec les parents de ces observations, afin d'obtenir leur soutien quand leurs enfants s'engageront dans le ministère d'évangélisation organisé par l'église.

Le groupe de travail établira une liste de jeunes qu'il faut équiper pour l'importante tâche de gagner les âmes. Les membres du groupe de travail et les autres membres d'église présenteront chaque jour ces jeunes en prière au Seigneur. Ils devraient programmer des rencontres pour établir des relations avec ces jeunes, et les motiver pour qu'ils deviennent des disciples actifs du Christ. Ils devraient aussi les encourager à participer à des campagnes d'évangélisation, des études bibliques, des forums destinés aux jeunes et autres activités d'évangélisation, et à diriger eux-mêmes ces initiatives.

Pendant la phase d'organisation, le groupe de travail devrait choisir des conseillers et guides pour assister, soutenir et équiper les jeunes dans leurs initiatives d'évangélisation. Les jeunes devraient être répartis en équipes missionnaires, en fonction des tâches qu'ils accompliront lorsque l'effort d'évangélisation commencera. Durant la phase de participation, ils recevront les instructions nécessaires, selon les objectifs de leur équipe missionnaire.

Les équipes de renfort

Certains des jeunes identifiés et motivés par le groupe de travail peuvent recruter d'autres jeunes pour former des équipes de renfort qui effectueront des initiatives missionnaires spécifiques. Ces équipes sont de petits groupes constitués de personnes qui partagent une même passion et avec lesquelles l'équipe dirigeante se sent à l'aise pour collaborer. Ces équipes seront constituées en suivant les mêmes principes que pour les petits groupes cités au chapitre 5. Le groupe de travail doit superviser le responsable de l'équipe – selon ses talents, ses dons, sa formation et sa passion – pour qu'il soit le meneur dans l'accomplissement des objectifs du groupe missionnaire, et qu'il prépare tous les membres de l'équipe à effectuer leurs tâches spécifiques.

La phase de participation

C'est au cours de cette phase que les jeunes sont équipés et formés à proprement parler pour les activités d'évangélisation. Les jeunes ont déjà été répartis en équipes missionnaires chargées chacune d'objectifs précis, et ils doivent à présent être formés avant de se lancer. Certaines activités de cette phase de participation sont présentées ci-dessous.

L'équipe missionnaire « étude de la Bible »

C'est une équipe qui donne des études bibliques sur les doctrines et autres sujets bibliques. L'étude de la Bible est expliquée dans l'appendice E. Les sujets étudiés doivent être préparés correctement, sur la base de documents, si possible. Les membres de l'équipe doivent compléter d'abord eux-mêmes les études bibliques. Ils peuvent pratiquer leurs connaissances bibliques lors des programmes de jeunesse organisés à l'église, afin de prendre confiance en eux et de motiver les membres d'église à collaborer dans ce ministère. Ils donneront ensuite ces études bibliques aux personnes intéressées. Cette approche d'équipe d'étude est bénéfique au moins à trois égards :

1. Les membres du groupe se familiarisent avec les doctrines de l'Église.
2. Dès qu'ils ont étudié une doctrine ou un sujet, ils ont l'occasion de le présenter aux autres membres d'église ainsi qu'aux personnes intéressées.
3. Les membres qui ont une bonne connaissance de certaines doctrine peuvent les présenter aux intéressés. Ainsi, les membres d'église ont l'occasion d'établir des relations positives avec les intéressés, de façon à ce que si ces

personnes se joignent à l'église, elles y aient déjà un cercle de connaissances et d'amis.

L'équipe missionnaire du partage de la foi

Pour s'exercer à témoigner auprès des autres, chaque jeune doit trouver au moins un membre d'église avec lequel il partagera sa foi pendant la semaine. Les jeunes de cette équipe collaboreront aussi pour effectuer des visites d'évangélisation. Les informations concernant les nouveaux contacts, le suivi et les visites de prise de décision décrites au chapitre 4 peuvent être utilisées pour former cette équipe.

Les séminaires du sabbat

Le séminaire du sabbat est une étude biblique d'une heure et demie sur un sujet donné, conduit par un jeune de l'église locale dans les villes, villages, rues et routes. Ce programme de sensibilisation a pour objectif d'employer les talents, intérêts, et influence des jeunes pour impacter les personnes et les quartiers, et amener les gens à l'Église adventiste. Chaque église devrait organiser un séminaire du sabbat dans sa préparation à la campagne d'évangélisation publique.

Les responsables de jeunes devraient être responsables de chaque séminaire du sabbat. Ils se placeront à un endroit stratégique, à une certaine proximité du centre d'action du séminaire. Ils aborderont alors les passants et les inviteront à assister à la discussion ou la présentation. Ils accompagneront alors les personnes intéressées vers le centre de l'activité, resteront auprès d'elles et les aideront à trouver des réponses à leurs questions. Ils prendront les noms et coordonnées de leurs contacts et transmettront ces informations aux organisateurs, qui prévoiront le suivi de ces personnes intéressées.

Le séminaire peut d'étendre sur une période de deux à quatre semaines, et traitera des thèmes qui touchent la société, et en particulier les jeunes, les femmes, les hommes, les familles, etc. les présentateurs attireront l'attention sur les réponses proposées par la Bible à ces problèmes. La présentation peut s'appuyer sur une lecture, une présentation audio-visuelle, se présenter sous forme de discussion, ou associer plusieurs de ces méthodes. Chaque

séminaire doit être bref et ne pas excéder une heure et demie. Des responsables et leurs assistants programmeront et réaliseront le programme hebdomadaire qui peut se composer de :
- Chant
- Prière
- Présentation du sujet
- Application biblique
- Conclusion

Les équipes missionnaires d'évangélisation par les jeunes

C'est un groupe de jeunes prédicateurs qui sont formés comme des ouvriers bibliques et envoyés pour accomplir leur ministère dans d'autres districts pastoraux, d'autres quartiers, villes, îles ou pays. Leur mission consiste à (1) contribuer à la croissance des églises existantes au moyen de la prédication d'évangélisation, (2) l'implantation de nouvelles églises, (3) former les autres en vue d'une croissance qualitative et quantitative de l'Église.

Les retraites spirituelles des équipes

Ce sont des weekends ou des semaines pendant lesquels les guides et conseillers consacrent exclusivement du temps à former les jeunes pour qu'ils puissent effectuer efficacement leur travail d'évangélisation.

Formation des jeunes prédicateurs

Il s'agit d'un programme organisé dans chaque église ou district pastoral pour enseigner aux jeunes à effectuer des recherches pour construire une prédication, à préparer la prédication, à prêcher, à organiser une campagne et à constituer une équipe en vue d'une campagne d'évangélisation. tous ceux qui sont choisis pour faire partie de l'équipe missionnaire des jeunes évangélistes devront participer à cette formation pour se préparer.

La phase d'établissement des relations

À ce stade, les jeunes s'engagent pour organiser des forums destinés aux jeunes. Ces forums traitent des problèmes sociaux qui touchent les jeunes et donnent l'occasion de mettre en place des projets sociaux. Ils peuvent aussi proposer une excursion lors de laquelle les jeunes de l'église et du quartier partent ensemble pour une sortie récréative ou éducative. Le nombre de forums dépend des besoins locaux, tels qu'ils apparaissent dans l'étude sur les besoins sociaux menée par le groupe de travail de l'évangélisation par les jeunes. L'objectif clé de ces forums est de faire connaître l'amour du Christ. Le Saint-Esprit agira dans les cœurs et utilisera cet amour pratique pour convaincre les inconvertis. « Le meilleur argument en faveur de l'Évangile est un chrétien aimable et aimant. » — *Counsels on Sabbath School Work*, chap. 4, p. 100.

L'objectif de ces forums consiste à intégrer la foi au développement de compétences spécifiques comme, par exemple :

- Aptitudes sportives (basketball, etc.)
- Exercice de certaines techniques (pour la thérapie, les soins de santé, la rééducation, etc.)
- Gestion de l'environnement
- Surveillance de la délinquance dans un quartier
- Orientation professionnelle
- Aide à la recherche d'emploi
- Conseil et encouragement
- Lutte contre les addictions
- utilisation des nouvelles technologies
- utilisation des réseaux sociaux
- Cours de langue

Il est aussi judicieux d'organiser une journée des jeunes dans le quartier, pour que les jeunes de l'église et ceux du quartier collaborent sur un projet utile aux habitants du quartier. Voici quelques exemples de projets :

- Travaux et/ou peinture dans le logement d'une personne du quartier en situation précaire.
- Travaux dans une maison de retraite et services aux résidents.
- Travaux dans un orphelinat et services aux enfants.
- Travaux dans une école du quartier.
- Distribution de fournitures scolaires.

- Prêt de locaux pour héberger une collecte de sang.
- Organisation d'un programme musical pour le quartier.
- Construction d'un abribus pour les habitants du quartier.
- Participation à l'installation d'un parc municipal ou à un projet de plantation d'arbres.

Groupes satellites

Il s'agit de groupes de jeunes formés pour préparer le territoire aux campagnes d'évangélisation. Ils travaillent dans la zone où aura lieu la campagne et tout autour, en informant de la prochaine campagne, en suscitant l'intérêt et en préparant les personnes intéressées. Pour cela, ils établiront des liens d'amitiés avec les gens du quartier et distribuent du matériel imprimé.

La phase d'engagement

Il s'agit de la réalisation de la campagne publique qui a été préparée par toutes les activités précédentes, qui doivent autant que possible être intégrées dans le programme de la campagne. Cela peut se faire en remerciant les personnes pour leur participation aux activités. Cette reconnaissance peut s'exprimer sous forme de certificats, plaques, trophées, dons d'argent, vêtements, paniers garnis ou paniers de fruits, bourses d'études ou livres. Cela peut se faire pendant toute la durée de la campagne. Il est souhaitable d'établir un programme pour informer les gens des compétences qui seront reconnues chaque soir.

Le chapitre 8 explique en détails comment conduire une campagne d'évangélisation publique, y compris les différents éléments qui devraient être inclus dans le programme, ainsi que les différentes façons de présenter les messages, que ce soit devant une assemblée ou en face à face. Chaque programme doit inclure la musique, la mise en scène, la vidéo, le témoignage et la prédication, en rapport avec le thème et la doctrine. Le prédicateur peut utiliser des expériences de la vie pratique en les mettant en lien avec le message spirituel. Il est possible d'intégrer la participation des autres départements de l'église. Ainsi, le département de la jeunesse ne travaillera pas seul, mais la campagne joindra les efforts des différents départements, dans lesquels les jeunes assumeront beaucoup de rôles de leadership.

Styles de présentation
Le chapitre 8 propose plusieurs formes possibles de présentation du message d'évangélisation. En plus de ces méthodes, les styles de présentation réactif et thématique peuvent se révéler efficace dans l'évangélisation des jeunes. Avec le *style réactif,* la présentation de l'évangéliste, tourne autour d'une à trois questions, posées soit par l'orateur soit par une personne de l'assemblée. L'évangéliste répond à ces questions selon une perspective biblique. Ainsi, les doctrines et les points essentiels du salut peuvent être présentés de façon à ce que les auditeurs puissent facilement comprendre et retenir ces concepts.

Avec le style *thématique* au contraire, les différents éléments de la campagne s'organisent autour d'un thème choisi. Dans le cas d'une campagne d'évangélisation des jeunes, on choisira des thèmes que les jeunes apprécieront, comme « La vie de famille », « Établir des relations », « Pratiquer des modèles de communication saine », « Dieu et Internet », « Les jeunes : des disciples heureux », « Dieu accueille les jeunes », « Mode de vie sain pour les jeunes ».

Considérations clé pour les participants à la direction du programme
Être authentique. Les participants doivent être transparents et honnêtes. Au lieu d'essayer d'imiter les autres, ils doivent rester eux-mêmes. Chacun possède ses qualités uniques et les jeunes aiment l'authenticité. Ils accepteront les participants tels qu'ils sont, mais se détourneront de ceux qui essayent d'imiter les façons de faire des autres.

Être pertinent. Les jeunes s'intéressent aux messages pratiques. Utilisez des expériences de la vie réelle pour illustrer les vérités spirituelles. Les jeunes d'aujourd'hui ne seront pas satisfaits quand on évite certains sujets ou situations embarrassantes et difficiles à aborder. Les jeunes doivent savoir qu'on attend qu'ils développent des habitudes positives et non destructives.

La vérité de l'Évangile telle qu'elle est en Jésus est toujours pertinente. Il faut la prêcher sans faire d'apologie, en exaltant toujours la grâce de Dieu qui propose la rédemption et la réconciliation en Jésus. L'amour du Christ attendrira le cœur de tous, jeunes et moins jeunes.

Être stimulant. utilisez des méthodes et approches courantes, par exemple des vidéos, de la musique, des mises en scène et histories personnelles. Il ne faut cependant pas les employer comme simple divertissement. Il faut traiter de problèmes qui touchent les expériences des jeunes. Ils comprendront alors la vérité qui leur correspond et seront capables de l'appliquer à leur propre vie.

Ceux qui présentent chaque élément doivent démontrer amour et de compassion chaque fois qu'ils en ont l'occasion. Expliquez les principes de l'Écriture, même si cela met certains mal à l'aise, ce qui est souvent nécessaire avant d'acquérir une conviction. Voici le message de l'Évangile : la grâce cherche le pécheur tel qu'il est, l'amène à prendre conscience de sa réalité, et sauve celui qui l'accepte. Elle instruit, sauve et qualifie.

Être relationnel. Les participants doivent chercher à s'identifier avec ceux dont ils s'occupent. Le fait de se présenter comme meilleur ou plus parfait que les autres produit la division et compromet l'attention et la conviction. L'Évangile ne doit pas être utilisé pour se mettre soi-même en valeur. Il faut exalter Jésus ; c'est lui qui fait la différence.

L'utilisation des réseaux sociaux dans l'évangélisation des jeunes.
Les réseaux sociaux et nouvelles technologies attirent une large population. Les organisateurs d'une campagne d'évangélisation de jeunes devraient diffuser la campagne par streaming sur Internet ou sur le câble. Les jeunes de l'église devraient participer à une « campagne de réseaux sociaux pour le Christ » en invitant leurs amis et connaissances à participer à la campagne d'évangélisation au moyen de Facebook, SMS et autres formes de communication électronique. Ils devraient chercher à être innovants dans leur utilisation des réseaux sociaux pour inviter leurs amis à la campagne, et faire en sorte que ceux qui ne viennent pas aient accès au programme.

Il faudrait nommer un coordinateur des réseaux sociaux dans le groupe de travail de l'évangélisation des jeunes. Cette personne devrait prendre part active à la campagne, rendre compte de la progression, des liens avec ceux qui participent, et de leur réponse. Le coordinateur devrait avoir une liste des jeunes engagés dans le ministère des réseaux sociaux, et une liste des personnes intéressées contactées par ces jeunes.

Fiche d'information de la discussion en ligne		
Nom du participant : _____ Date de la rencontre : _____		
Email du participant : _____ Téléphone : _____		
Type de technologie : _____ Réseau social utilisé : _____		
Nombre de posts/Tweets, etc. : _____ Nbre réponses reçues : _____		
Noms des personnes qui répondent	Coordonnées	Intérêt de la personne (désire un appel téléphonique, une visite, etc.)

Évangélisation par discussion en ligne sur les réseaux sociaux.

L'évangélisation par discussion en ligne sur les réseaux sociaux est un forum du site sur lequel la campagne d'évangélisation est diffusée. Sur ce forum, les participants peuvent poster des extraits du message grâce à tous les réseaux sociaux. Dans l'idéal, la Wifi devrait être accessible sur le lieu de la campagne. Il faut nommer des coordinateurs de la discussion en ligne pour assister les participants, leur fournir un soutien technique si nécessaire, ainsi que pour assurer l'ordre et maintenir une atmosphère d'adoration. Les coordinateurs doivent enregistrer toutes les personnes qui participent à la discussion en ligne. Chaque participant devrait remplir une fiche d'informations similaire à celle proposée ci-dessous, en l'adaptant pour qu'elle corresponde spécifiquement à la campagne d'évangélisation. Les informations intéressantes de la fiche seront transmises à l'évangéliste et au coordinateur de la campagne, ou aux ouvriers bibliques afin d'assurer un suivi si nécessaire, et d'accompagner les personnes intéressées pour qu'elles prennent leur décision pour le Christ.

La phase de consolidation

Ceux qui acceptent une vie nouvelle en Christ ont besoin d'être accompagnés dans leur nouvelle foi. Cette étape se vit dans les activités post-campagne, au cours desquelles la communauté de l'église s'active pour fortifier les nouveaux membres par des programmes édifiants, tout en continuant à construire des relations et à donner des études bibliques à ceux qui n'ont pas encore été baptisés. Le groupe de travail de l'évangélisation des jeunes devrait mettre en place des stratégies appropriées pour cette phase. Le chapitre 16 fournit des suggestions d'activités qui peuvent être utilisées. Il faudrait nommer une équipe de soutien et d'édification des nouveaux baptisés, pour établir des relations avec les nouveaux membres et les soutenir dans leur adaptation à leur nouvelle vie. Cette équipe doit prendre en considération les possibles besoins suivants chez les nouveaux croyants :

- Besoins physiques (aliments, abri, vêtements)
- Besoins liés au travail
- Difficultés dues à l'immigration
- Nécessité d'affronter certains problèmes familiaux et autres difficultés sociales
- Besoin de se sentir accepté par les membres de l'église adventiste
- Besoin d'accepter les réalités suivantes :
    - Je suis maintenant adventiste du septième jour.

-   Je ne suis désormais plus membres de mon ancienne communauté de foi avec ses croyances et ses pratiques.
-   Je fais maintenant partie d'une nouvelle communauté spirituelle, avec des croyances doctrinales différentes, à comprendre et à adopter.

Les nouveaux membres peuvent être fortifiés dans la foi grâce à la participation et l'engagement. Il faudrait assigner un mentor à chaque nouveau membre baptisé. Cette personne doit être un membre baptisé et expérimenté de l'Église adventiste, qui fréquente régulièrement l'église.

Les mentors doivent s'assurer que les nouveaux membres aient l'occasion de participer aux services de l'église. Ils devraient découvrir les talents des nouveaux baptisés, parler aux dirigeants des ministères correspondants, et chercher à les engager dans la liturgie, le culte, et les activités sociales de l'église. Ils devraient les inviter un sabbat midi ou à un autre moment, et faire en sorte que d'autres membres les invitent également.

Il est essentiel d'organiser une classe post-baptismale, pour étudier des sujets relatifs à la foi. On programmera cette classe à un moment qui convient à tous. Il est possible – mais pas obligatoire – de choisir pour cela le moment de l'École du sabbat.

Révision et discussion

- *Mentionnez six initiatives que le groupe de travail de l'évangélisation des jeunes peut prendre pour gagner efficacement des âmes. Voir le chapitre 3.*

- *Quelle doit être la relation entre le groupe d'action de l'évangélisation des jeunes et le comité d'action d'évangélisation de l'église ? Voir le chapitre 3.*

- *Citez six ressources que vous incluriez dans votre banque de ressources pour l'évangélisation des jeunes.*

- *Citez les cinq étapes du cycle d'évangélisation des jeunes et discutez des différentes activités que vous pourriez proposer à chaque phase.*

- *Expliquez la différence entre une équipe de renfort et un groupe satellite.*

- *Expliquez la différence entre le style réactif et le style thématique de présentation d'une prédication.*

- *Donnez des exemples qui illustrent les quatre considérations clé pour ceux qui sont responsables d'une partie importante du programme des soirées d'évangélisation.*

- *Comment utiliseriez-vous les réseaux sociaux pour l'évangélisation des jeunes, et quelle est la fonction de la discussion en ligne pour l'évangélisation ?*

- *Développez un plan complet et prêt à mettre en œuvre, qui comprenne les cinq étapes d'un cycle complet d'évangélisation des jeunes. Voir les chapitres 7 et 8.*

16
Planifier et pratiquer efficacement l'évangélisation par les enfants

JÉSUS N'A JAMAIS ÉTABLI d'âge minimum pour commencer à collaborer au ministère d'évangélisation. Josias, l'un des plus grands réformateurs de l'histoire d'Israël, est devenu roi de Juda à l'âge de huit ans (2 Rois 22 ; 2 Chroniques 34). Lorsque son attention a été attirée par le livre de la loi que l'on venait de retrouver, il l'a lu. Grâce à la connaissance qu'il en a tirée, il a motivé le peuple pour qu'il suive le Seigneur. Beaucoup invoquent continuellement le manque de maturité et d'expérience des enfants pour les exclure de nombreuses activités. Au contraire, Jésus dit : « Laissez les petits enfants, et ne les empêchez pas de venir à moi ; car le royaume des cieux est pour leurs pareils. » (Matthieu 19.14) Jésus avait de la place dans ses bras pour les enfants, il en a également pour eux dans son service.

Les enfants qui participent à l'évangélisation sont des instruments dans la main du Seigneur pour moissonner sa récolte. Ésaïe a écrit : « Le loup séjournera avec l'agneau, et la panthère se couchera avec le chevreau ; le veau, le lionceau et le bétail qu'on engraisse seront ensemble, et un petit garçon les conduira. » (Ésaïe 11.6) Dans la terre promise, le Seigneur soumettra ces bêtes féroces et puissantes au contrôle des enfants, et grâce au Saint-Esprit, il utilise aujourd'hui les enfants pour apporter le message de la vérité et du salut à toutes les classes et conditions de l'humanité. Pour cette raison, il faudrait faire intentionnellement tous les efforts possibles à la maison, à l'école et à l'église pour engager les enfants dans les initiatives d'évangélisation.

Préparer les enfants pour le ministère de l'évangélisation

L'évangélisation par les enfants doit être un aspect à part entière du programme d'évangélisation de l'église, et il doit être effectué avec soin, et dans la prière. Beaucoup d'églises ont des enfants merveilleux qui possèdent un grand potentiel pour prêcher la Parole de Dieu et participer à d'autres activités d'évangélisation, afin de conduire autrui au Christ. Cependant, ces enfants ne doivent pas être immédiatement propulsés sur l'estrade ni engagés dans les activités d'évangélisation, seulement parce qu'ils ont des talents dans ce domaine. Il ne faut pas s'étonner que beaucoup d'enfants que l'on a appelés « enfants évangélistes » ne développent pas complètement leurs capacités d'évangélisation. Ils sont frustrés car on place sur eux des demandes et des attentes qu'ils ne peuvent pas satisfaire, car ils n'ont pas la préparation nécessaire.

L'évangélisation par les enfants est un phénomène spirituel, par conséquent, il ne suffit pas de les complimenter, de les pousser en avant pour qu'ils prêchent, puis de les négliger. Au contraire, les enseignants, mentors et modèles devraient les responsabiliser, les équiper et les édifier, de façon à ce qu'ils atteignent le maximum de leur potentiel, grâce à une croissance spirituelle équilibrée. La plupart des enfants engagés dans l'évangélisation pourraient alors conduire les autres au Christ de façon bien plus efficace, et beaucoup de ceux qui ne sont pas encore engagés pourraient également accomplir un excellent travail.

Pour réussir dans les efforts d'évangélisation par les enfants, il est nécessaire de nommer un groupe de travail pour ce ministère. Le chapitre 3 présente le processus de planification que le groupe de travail devrait suivre. Le chapitre 7 explique les différentes initiatives de préparation du terrain pour une campagne d'évangélisation. Les pasteurs et responsables du ministère des enfants devraient suivre cinq importantes phases pour mettre en place un programme efficace d'évangélisation par les enfants et gagner des âmes à l'Église : *(1) recrutement, (2) orientation, (3) formation, (4) déploiement, et (5) édification.*

Schémas n°1 : Les cinq phases de
l'évangélisation par les enfants

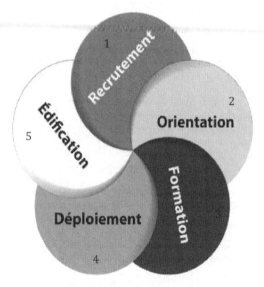

La phase de recrutement

Les pasteurs, les responsables du ministère des enfants et le groupe de travail de l'évangélisation par les enfants devraient identifier ceux qui démontrent une prédisposition à réussir dans l'évangélisation. Les responsables devraient s'approcher de ces enfants individuellement, leur parler des capacités, dons ou talents qu'ils discernent en eux, et partager avec eux la vision de leur possible contribution à l'accomplissement de la mission de l'Église. Ils doivent également parler avec les parents, pour demander leur permission et leur soutien pour encourager les enfants à s'engager dans les efforts d'évangélisation.

Il est important d'établir une liste d'enfants qui doivent être formés pour cette importante tâche spirituelle. Leurs noms devraient être inscrits sur une liste de prière spéciale que le groupe de travail, les membres du comité d'évangélisation et les autres membres d'église présenteront au Seigneur chaque jour en prière. Les mentors et formateurs pour l'évangélisation par les enfants seront également sélectionnés pendant cette phase du programme.

La phase d'orientation

Une fois que les enfants, les mentors et les formateurs sont recrutés, la phase d'orientation peut commencer. L'orientation établit dans l'esprit des enfants l'objectif pour lequel ils sont sélectionnés. À ce stade, ils sont informés sur les tâches spécifiques qui doivent être accomplies, sur l'objectif de ces tâches, et sur les ressources dont ils auront besoin. On leur expliquera que cette initiative sera bénéfique pour eux, autant que pour les personnes en faveur desquelles ils œuvreront, et pour l'église. Informez-les du soutien qui leur sera donné, des formations qui leur seront proposées, de ce que l'on attend d'eux, des différentes phases de l'initiative, et de la durée de chaque phase. Assurez-vous que cette phase d'orientation est assurée de façon adéquate, afin que chaque participant comprenne clairement le déroulement du programme dans son ensemble. Assignez des mentors et formateurs aux enfants qui participent, et répartissez les enfants en groupes de mission.

Les groupes de mission sont organisés en fonction des activités missionnaires spécifiques dans lesquelles ils s'engagent. Voici quelques suggestions de types de groupes de mission : enfants évangélistes, aide aux devoirs, instructeurs d'études bibliques, responsables de projets sociaux pour le quartier, organisateurs de fêtes d'anniversaires, et présentateurs de séminaires. Chaque groupe de mission doit avoir son ou ses formateurs, ainsi qu'un mentor dont le rôle consiste à conseiller, motiver et organiser. Le mentor conservera toutes les archives utiles du groupe et accompagnera les enfants pendant la formation et l'exécution de leurs activités missionnaires.

La phase de formation

Immédiatement après l'orientation, il faut commencer la formation. L'objectif de cette initiative de formation des enfants est de les rendre productifs dans l'évangélisation par eux-mêmes, plutôt que de se contenter de les recruter comme aides pour réaliser les projets des autres, ou pour monter sur l'estrade et lire des prédications préparées par les adultes. La formation des enfants pour l'évangélisation ne se fait pas du jour au lendemain. Il faut du temps, des stratégies, des ressources et de la patience pour modeler, encourager, encadrer et déployer les enfants, pour qu'ils remplissent leurs différents rôles dans l'église et la société.

La formation devrait stimuler la créativité des enfants et les aider à progresser dans le domaine du ministère pour lequel ils éprouvent de l'intérêt ou de la passion. Elle devrait également les motiver à renforcer leur engagement dans le succès du ministère dans lequel ils sont engagés. Lorsque les enfants ont l'occasion de collaborer étroitement avec une personne expérimentée dans le ministère, ils s'identifient avec cette personne et développent grâce à ce lien une passion et un sens d'appartenance aux initiatives auxquelles ils participent. En faisant l'expérience de la bénédiction du Seigneur dans leur ministère, leur confiance en lui se fortifiera.

Les enfants doivent être formés pour accomplir la tâche missionnaire spécifique de leur groupe. Si, par exemple, ils font partie d'un groupe d'étude biblique, ils devraient être formés pour donner une étude biblique, observer les réactions et répondre aux questions. Les formateurs des enfants du groupe d'aide aux devoirs doivent former les enfants à être leader de leur groupe, leur enseigner les qualités d'un leader et les aider à acquérir confiance en eux et à développer leurs compétences dans ce domaine particulier. Il faut enseigner au groupe des enfants évangélistes à préparer une prédication et la présenter, ainsi qu'à lancer des appels efficaces pour que le gens acceptent le Christ.

Ce processus de formation ne doit pas s'achever prématurément. Il faut donner suffisamment de temps aux enfants pour qu'ils développent les compétences nécessaires. Il faudrait consacrer un moment du début de la formation à développer les compétences de base pour les tâches du groupe missionnaire. Après cette formation de base, les responsables doivent continuer à accompagner les enfants alors qu'ils commencent à accomplir ces tâches.

La phase de déploiement

Durant cette phase, les enfants s'investissent activement dans les activités de sensibilisation de la société. Avec l'aide de son mentor, chaque enfant engagé dans un groupe missionnaire devrait établir une liste d'enfants ou même d'adultes qu'il aimerait amener au Christ. Il peut s'agir de membres de sa famille, d'amis, de camarades d'école ou de voisins. Les enfants doivent apprendre à prier chaque jour pour ces personnes.

Rencontres « communication enfants ».

Avant de mener une campagne d'évangélisation publique, le groupe de travail devrait organiser une rencontre d'amélioration de la communication entre enfants, en suivant les lignes directrices du chapitre 7 pour les forums de sensibilisation. Il s'agit d'une initiative qui favorise la mixité sociale chez les enfants, au cours de laquelle on enseigne des compétences, on partage des informations, et on crée une compréhension basée sur les besoins des participants. Ce sont les enfants qui dirigent ces activités ; les adultes sont présents pour leur offrir soutien et encouragement, et pour assurer l'ordre.

Chaque enfant engagé dans un groupe de mission devrait inviter ceux qui sont inscrits sur sa liste de prière à participer à cette activité. Les autres enfants et adultes de l'église devraient également inviter les enfants à participer. Les enfants qui invitent doivent être eux-mêmes présents, car la réunion est bénéfique pour eux aussi. Leur présence représente également un soutien pour ceux qui invitent et permet de créer des liens plus étroits et des relations plus profondes.

Les parents devraient être encouragés à accompagner leurs enfants à cette réunion, autant que possible. Cela permettra de maintenir la discipline et leur donnera l'occasion de développer des relations avec les membres d'église. « Par leur moyen [celui des enfants], beaucoup de parents seront touchés. » — *Évangéliser*, sect. 17, p. 524.

Il serait bien d'inclure dans ces rencontres un petit moment de célébration pour les invités qui ont fêté récemment leur anniversaire. Encouragez ceux qui fêtent leur anniversaire à inviter leurs parents et amis. Pendant la préparation de la campagne publique, on peut aussi organiser un service de culte spécial pour les enfants. Invitez tous les participants du programme de la rencontre « communication enfants » à venir ainsi que leurs parents.

Voici des suggestions de sujets qui peuvent être utilisés pour les réunions :

- Comment faire ses devoirs correctement et en temps voulu.
- Comment bien gérer son temps.
- Comment dépenser intelligemment son argent et économiser pour le futur.
- Comment faire face aux expériences douloureuses et rebondir positivement.
- Comment se faire de bons amis et les conserver.
- Comment apprécier la famille, l'école, l'église et les moments de loisirs.

Ces rencontres peuvent durer entre une heure et une heure et demie. Elles peuvent avoir lieu une ou deux fois par semaine, aussi souvent que cela conviendra aux participants. Elles peuvent être programmées sur une durée de quatre à six semaines, selon ce qui doit être effectué. Il faudrait inclure dans ces forums des études bibliques et doctrinales, en utilisant une série de fiches d'études bibliques. Le groupe de travail de l'évangélisation par les enfants doit vérifier que le suivi des étudiants.

Projets pour le quartier

Chaque groupe missionnaire devrait programmer des jours spéciaux pendant lesquels les enfants travailleront sur des projets utiles au quartier ou aux personnes qui ont des besoins spécifiques. Le groupe de travail de l'évangélisation par les enfants doit coordonner ces activités, de façon à éviter les conflits et assurer l'efficacité. Ces projets peuvent inclure :

- Aide aux personnes âgées.
- Services offerts aux enfants d'un orphelinat.
- Distribution d'aliments aux personnes nécessiteuses.

- Organisation d'un programme musical pour le quartier.
- Participation au nettoyage du quartier, ou à une plantation d'arbres.
- Présentation d'une pièce de théâtre divertissante et encourageante pour les habitants du quartier.

Campagne d'évangélisation de moisson

Quand les rencontres « communication enfants » ont atteint leurs objectifs, le groupe de travail de l'évangélisation par les enfants devraient organiser une campagne d'évangélisation de moisson durant laquelle les enfants qui ont reçu la formation appropriée dirigeront les différents aspects du programme. Les cours bibliques portant sur les doctrines de base de l'Église sont achevées, les relations entre membres d'église et intéressés se sont approfondies, et il est maintenant temps de récolter la moisson des âmes. La campagne peut être programmée le weekend ou en semaine, et durer entre une et trois semaines, selon ce que l'église locale envisage pour obtenir les meilleurs résultats. Les messages présentés devraient traiter des doctrines essentielles de l'Église.

Le chapitre 8 précise les détails de l'organisation d'une campagne d'évangélisation publique, y compris les différentes activités des programmes des soirées. Ce programme doit être adapté aux besoins des enfants. Pour captiver l'attention des différents profils de l'auditoire, le service devrait comprendre les sept éléments suivants : *(1) histoires, (2) humour, (3) vidéo, (4) mise en scène, (5) musique, (6) plans de sermon, et (7) prédication.* Ces éléments doivent traiter des problèmes pratiques de la vie quotidienne en relation avec les doctrines bibliques correspondantes, démontrer l'amour du Christ, et susciter dans le cœur et l'esprit des auditeurs le désir d'accepter le Christ dans leur vie, et de s'engager pour eux.

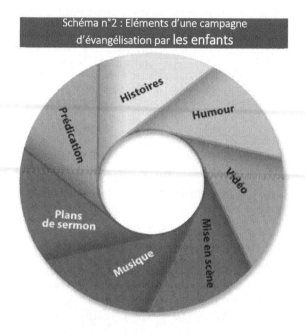

Schéma n°2 : Eléments d'une campagne d'évangélisation par les enfants

Les histoires, utilisées dans la prédication ou seules, ont un fort impact sur l'esprit. Elles transmettent des leçons et illustrations qui captivent l'attention, éclairent les concepts et insistent sur les points importants du message. Elles permettent de faire le lien de cause à effet sous forme narrative, ce qui correspond à la façon dont le cerveau élabore le mieux la pensée. Elles constituent aussi un moment de réflexion moins intense entre deux pensées profondes. Les adultes comme les enfants se souviennent des histories et de la leçon qu'elles enseignent bien longtemps après avoir oublié le reste de la prédication.

L'humour peut être un excellent moyen de captiver et de conserver l'attention, tout en transmettant un message spirituel. Jésus a souvent employé l'humour dans ses enseignements, comme par exemple quand il conseille d'enlever la poutre que l'on a dans l'œil. Il est important de n'utiliser l'humour que quand cela est approprié, et de l'accompagner d'un sourire, pour que l'auditoire reconnaisse que l'on est dans le registre humoristique.

La vidéo est un puissant outil d'enseignement. Les enfants aiment regarder des vidéos, et les prédicateurs peuvent utiliser des images ou vidéos clips comme illustrations visuelles de leur message. Cela potentialisera l'impact et l'efficacité de la parole dans l'esprit des auditeurs.

La mise en scène attire l'attention des adultes comme des enfants. Elle produit des impressions durables sur l'esprit, en présentant différentes situations, en exprimant concrètement des concepts abstraits, et en encourageant la prise de décision. Les histoires bibliques peuvent être mises en scène pour souligner le message spiritual de la prédication.

La musique ajoute une variété à l'expérience d'adoration, inspire l'âme, présente un message spirituel, et complète la prédication. Le programme musical doit être soigneusement prévu pour susciter une atmosphère d'adoration, et ne pas se limiter à un moment de distraction. Si elle est bien choisie et exécutée avec compétence, la musique aide l'auditeur à prendre sa décision pour le Christ.

Le plan de la prédication est un moyen efficace de maintenir l'attention des enfants comme des adultes, et de les aider à suivre le message au fur et à mesure que le prédicateur parle. Ces plans fournissent aux enfants une activité cohérente avec la prédication et leur donne l'occasion de répondre par écrit au message. Ces plans peuvent inclure des questions auxquelles ils peuvent répondre pendant que le prédicateur parle.

La prédication doit être claire et traiter du sujet. En associant l'histoire, le plan de sa prédication et l'humour, l'orateur rend le message vivant pour les enfants comme pour les adultes. La prédication doit inclure les différents éléments du programme comme moyens de renforcer son message et de favoriser la prise de décision pour le Christ.

La phase d'édification

La formation et le déploiement des enfants ne doit pas être un évènement ponctuel, mais doit se poursuivre après la campagne d'évangélisation. L'objectif ultime est d'édifier les enfants de l'église, afin qu'ils passent de l'enfance à l'âge adulte, mûrissent dans leur foi en Jésus et dans leur engagement pour servir autrui.

Pour cette raison, les mentors, animateurs et formateurs doivent rester investis auprès de ces enfants, et les encourager à continuer à participer et grandir.

Ceux qui acceptent la vie nouvelle en Christ auront besoin d'être fortifiés dans leur foi nouvelle. Le groupe de travail pour l'évangélisation par les enfants doit appliquer les stratégies appropriées pour prendre soin de ceux qui donnent leur vie au Christ, et pour qu'ils restent dans l'église. Le chapitre 17 fournit quelques suggestions d'activités qui peuvent être utilisées à ce stade. Chaque nouveau croyant devrait être accompagné par des guides et soutiens spirituels. La responsabilité de ces derniers doit être clairement définie, de façon à aider les jeunes membres à approfondir leur nouvelle relation avec le Christ et avec l'Église.

Révision et discussion

- *L'une des premières choses à faire dans la préparation d'une campagne d'évangélisation par les enfants est de constituer un groupe de travail pour l'évangélisation par les enfants. Quel est le rôle de ce groupe de travail? Consultez le chapitre 3.*

- *Citez certaines des questions auxquelles ce groupe de travail doit répondre. Consultez le chapitre 3.*

- *Citez et expliquez chacune des cinq phases de la formation des enfants pour l'évangélisation.*

- *Comment organiseriez-vous une rencontre « communication enfants », et quels sont les activités et sujets que vous choisiriez ?*

- *Identifiez et expliquez la valeur de chacun des sept éléments à inclure dans le programme de chaque soirée de la campagne d'évangélisation par les enfants.*

- *Choisissez un thème et montrez comment vous incluriez les sept éléments dans la présentation de ce thème lors d'une soirée de la campagne.*

- *Développez un plan complet et prêt à être utilisé, incluant les cinq phases d'un cycle complet d'évangélisation par les enfants. Consultez les chapitres 7 et 8.*

17

Planifier et pratiquer efficacement l'évangélisation par la santé

PENDANT PLUS DE CENT CINQUANTE ANS, l'Église a prêché l'Évangile de Jésus au moyen de l'évangélisation par la santé. L'une des principales caractéristiques de l'Église adventiste du septième jour est l'accent mis sur une hygiène de vie saine. L'éducation à la santé représente une partie essentielle de la mission de l'Église. Ellen White écrit : « Les riches et abondantes provisions de l'Évangile comprennent l'œuvre missionnaire médicale. Cette œuvre est au message du troisième ange ce que le bras droit est au corps. » — Lettre n° 256, 1903. De nombreuses communautés locales et sociétés au sens plus large ont accepté et adopté les principes de prévention de santé enseignés par l'Église.

Tout le monde désire jouir d'une meilleure santé, et est disposé à écouter les conseils de ceux qui peuvent guérir. Ellen White écrit : « Il faut que tous ceux qui annoncent l'Évangile soient capables d'enseigner les principes de l'hygiène. Si la maladie sévit partout, on pourrait l'éviter dans la plupart des cas en se conformant aux lois de la santé. faites comprendre aux gens l'heureuse influence de ces lois sur leur vie présente et sur leur vie future. » — *Le ministère de la guérison*, p. 120. Les adventistes doivent employer toutes les technologies, ressources et méthodes disponibles pour mettre l'accent sur l'efficacité de l'évangélisation par la santé.

L'évangélisation par la santé dans la Bible

Pendant son ministère terrestre, Jésus associe la proclamation publique à la guérison : « Jésus parcourait toute la Galilée, il enseignait dans les synagogues, prêchait la bonne nouvelle du royaume, et guérissait toute maladie et toute infirmité parmi le peuple. Sa renommée se répandit dans toute la Syrie. On lui amenait tous ceux qui souffraient de maladies et de douleurs diverses, des démoniaques, des lunatiques, des paralytiques, et il les guérit. De grandes foules le suivirent, de la Galilée, de la Décapole, de Jérusalem, de la Judée et d'au-delà du Jourdain. » (Matthieu 4.23-25). Les disciples de Jésus participaient également à ce double ministère : « Ils partirent et prêchèrent la repentance. Ils chassaient beaucoup de démons, oignaient d'huile beaucoup de malades et les guérissaient. » (Marc 6.12,13)

Si les enseignements de Jésus étaient connus de tous, sa renommée ne provenait pas uniquement de ses paroles, mais surtout de ses actes. Voici ce qui se disait de lui : « Cet homme parle comme quelqu'un qui a de l'autorité » (voir Matthieu 7.29). L'œuvre de guérison de Jésus attirait de grandes foules. Son ministère se composait d'urgences, de contacts personnels, d'enseignements, de guérisons, de prédication et de qualification. « Chaque guérison était, pour le Sauveur, une occasion d'implanter des principes divins dans l'âme et l'esprit. tel était le but de son œuvre. Il offrait des bénédictions terrestres, afin d'incliner le cœur des hommes à recevoir l'Évangile de sa grâce. » — *Le ministère de la guérison*, p. 19.

Dans son ministère de guérison, le Christ a donné un exemple à ses disciples. Les apôtres et les membres de l'Église primitive ont accepté et adopté ce modèle dans leur ministère d'évangélisation. Nous lisons dans Actes 5.16 : « La multitude accourait aussi des villes voisines de Jérusalem et apportait des malades et des gens tourmentés par des esprits impurs ; et tous étaient guéris. » La célébrité de la prédication des apôtres était due à l'association de la guérison avec la proclamation de la parole. En résultat, des milliers de personnes se sont converties.

Mettre en œuvre l'évangélisation par la santé

Le chapitre 3 de ce livre détaille le processus initial des initiatives d'évangélisation. Le chapitre 7 explicite les différentes initiatives de préparation du terrain avant une campagne d'évangélisation. L'efficacité de l'évangélisation par la santé dépend de six piliers essentiels : l'urgence, le contact, la formation, la guérison, la prédication et la qualification.

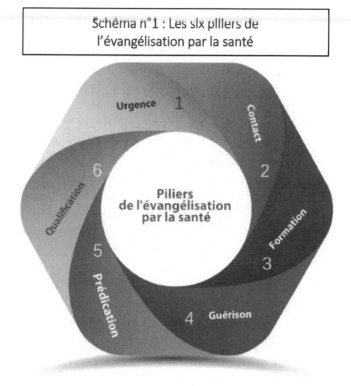

Schéma n°1 : Les six piliers de l'évangélisation par la santé

Urgence

L'objectif de ce pilier est de faire prendre conscience aux membres de l'église et de la société du besoin de recevoir l'évangélisation par la santé, et d'établir une stratégie pour répondre à ce besoin. Il faudrait constituer un groupe de travail de l'évangélisation par la santé pour susciter ce sens de l'urgence. Après avoir déterminé les besoins de l'église et de la société dans le domaine de la santé, le groupe de travail nommera une équipe de « coordinateurs d'une hygiène de vie saine » qui développeront et mettront en œuvre une stratégie d'évangélisation par la santé. Les séminaires sur la réforme sanitaire représentent un aspect important des initiatives de sensibilisation de cette stratégie. Le nombre de séminaires dépendra des besoins locaux, tels que l'étude du groupe de travail les aura identifiés.

Les « coordinateurs d'une hygiène de vie saine » doivent être formés pour développer des compétences dans la gestion des problèmes de santé. Cette formation comprendra des techniques de vente qui les aideront à s'adresser aux personnes sur des questions de santé, et à les informer des programmes proposés sur une hygiène de vie saine. À cette étape, chaque coordinateur peut établir une liste de membres d'église sensibilisés et intéressés à la santé, qui pourront participer au programme d'évangélisation par la santé. Les coordinateurs devraient organiser une rencontre avec ces membres d'église, pour leur expliquer le programme qu'ils souhaitent mettre en œuvre et solliciter leur participation. Ils devraient ensuite former leurs équipes avant de commencer les initiatives de ce programme. Il faudrait inviter des formateurs spéciaux et des présentateurs motivés afin de rencontrer les coordinateurs et les membres d'église pour leur formation.

Contact

Dans le cadre du contact, les membres d'églises qui promeuvent une hygiène de vie saine identifieront des connaissances qui ne font pas partie de l'église et entreront en contact avec elles selon les méthodes évoquées au chapitre 4. Chaque membre doit penser à des personnes qu'ils aimeraient toucher par l'Évangile. Ils établiront avec ces noms une liste de prière, et les présenteront chaque jour au Seigneur, en lui demandant d'aider ces personnes à le rencontrer. Les membres d'église chercheront à créer des liens d'amitié avec ces personnes et les inviteront à participer aux séminaires sur la réforme sanitaire qui font partie du « pilier formation ».

Formation

Cette étape concerne principalement les séminaires sur la réforme sanitaire, qui sont organisés selon les suggestions du chapitre 7 pour les forums de sensibilisation. Il s'agit de cours sur les principes d'hygiène de vie saine et de prévention. Les activités de formation peuvent également comprendre une sortie éducative sur la réforme sanitaire, destinée aux membres d'église et personnes du quartier.

Les sujets traités lors des séminaires sur la réforme sanitaire dépendront des besoins locaux, tels que l'étude du groupe de travail les aura identifiés. Ces sujets peuvent inclure :

- La gestion du stress
- Cesser de fumer
- Changement de régime alimentaire
- Adopter une hygiène de vie saine
- Cours de cuisine
- Exercice physique
- Garder un poids idéal
- Modes de cuisson sains
- Soins aux personnes âgées

Ces journées, séminaires, ateliers et sorties devraient avoir pour objectif d'attirer des personnes provenant de toutes les classes sociales, et faire connaître aux participants les croyances, pratiques et activités humanitaires de l'Église adventiste. Cette présentation les préparera à accepter le message de l'Église. Après le séminaire, les membres sensibilisés à une hygiène de vie saine et autres membres d'église devraient assurer un bon suivi auprès des personnes intéressées, en leur proposant une série d'études bibliques sur la santé.

Guérison

Ce pilier est la partie du programme qui met en œuvre de réelles interventions ayant pour objectif de soulager la souffrance humaine. Il faudrait organiser régulièrement des journées de la santé pour le quartier, en proposant dans des centres de soins des services sanitaires aux personnes souffrant de maladies physiques, mentales et émotionnelles. Il faudrait proposer aux personnes qui se présentent dans ces centres un dépistage effectué par des professionnels de santé. Des conseillers et psychologues professionnels peuvent participer en assistant les personnes en difficulté mentale et émotionnelle. Ces professionnels de soins peuvent compléter leurs différentes interventions par la dimension de foi. La prière est une thérapie efficace et un puissant instrument de témoignage.

Les membres d'église qui ne possèdent pas de compétences dans le domaine médical peuvent se rendre disponibles pour fournir un soutien social et spirituel aux malades, à leur domicile, à l'hôpital ou dans toute autre institution. Ils ont le devoir d'informer ces patients de l'existence des centres de santé ou des séminaires, et de les aider à accéder à ces soins professionnels. Si l'église ne possède pas de centre de santé, les membres d'église faisant partie de l'équipe de l'évangélisation par la santé pourront aider ces personnes à obtenir des soins adaptés dans des institutions privées ou publiques.

Tous les membres sensibilisés à une hygiène de vie saine doivent se déployer dans le quartier où ils veulent œuvrer et créer des liens avec les personnes malades ou à risque. Ils inviteront ces personnes à participer aux séminaires sur la réforme sanitaire.

Prédication

Les piliers de l'urgence, le contact, la guérison et l'enseignement préparent la campagne d'évangélisation par la santé, qui peut durer entre deux et trois semaines – ou même plus – et qui devrait inclure au moins quatorze thèmes évangéliques. Les études bibliques sur les doctrines basiques de l'Église sont achevées, les relations entre membres d'église et personnes intéressées sont plus étroites et le temps est venu de moissonner les âmes.

Le chapitre 8 précise les détails de l'organisation d'une campagne d'évangélisation publique, avec les différents éléments du programme des soirées. Pour captiver l'attention des différentes sensibilités présentes dans l'auditoire, chaque programme devrait comprendre de la musique, une mise en scène, une vidéo, un/des témoignage(s), et une prédication en rapport avec le thème et son emphase doctrinale. Tous ces éléments donneront des exemples pratiques d'un style de vie chrétien positif. La prédication devrait associer ces questions pratiques de santé avec des doctrines bibliques pertinentes, faire connaître l'amour du Christ et susciter dans les cœurs et les esprits le désir de l'accepter dans leur vie, la motivation pour faire le choix d'une hygiène de vie saine, pour cette vie et pour l'éternité. Les exemples ci-dessous proposent des thèmes que l'on peut utiliser dans ces séries.

Le cardiologue spirituel

La cardiologie est un domaine important de la santé. Des milliers de personnes meurent chaque année de maladies cardiaques. Les gens ont peur de développer des risques cardio-vasculaires, et la demande de consultation chez les cardiologues est en constante augmentation. un cardiologue est un médecin qui a acquis des compétences spécialisées dans le dépistage, le traitement et la prévention des pathologies cardio-vasculaires. En tant que conseiller médical, le cardiologue doit connaître la situation sociale, économique et familiale de son patient.

Nous possédons tous un cœur spirituel. Si un cœur déficient est souvent cause de décès prématuré, un cœur spirituel malade mène à la mort spirituelle. Jésus est LE grand cardiologue. Il n'est pas seulement le génie créateur du cœur physique, il peut également diagnostiquer et traiter le cœur spirituel, et donner à son patient la vie éternelle. Ce sujet, présenté correctement et appuyé par des textes bibliques appropriés, peut captiver l'attention et l'intérêt de nombreuses personnes.

Les activités et le message liés à la santé cardiaque peuvent être mis en parallèle avec la façon dont le Christ restaure les cœurs brisés et les régénère. La mise en scène pourrait présenter un cardiologue sauvant la vie d'un malade qui accepte de recevoir un traitement. Un membre d'église qui a souffert ou souffre de pathologie cardiaque pourrait donner un bref témoignage de la façon dont le Seigneur est intervenu dans sa situation. Le prédicateur invitera alors les personnes à choisir le Christ et à accepter le nouveau cœur qu'il leur offre.

Le cancer spirituel

Le développement d'un cancer indique des déficiences dans le système immunitaire d'une personne. En effet, lorsque ce système immunitaire est sain, les cellules cancéreuses sont détruites et ne peuvent pas former de tumeur. Ces déficiences peuvent résulter de facteurs génétiques, environnementaux, nutritionnels, et de l'hygiène de vie. Des changements de style de vie et de régime alimentaire, et de l'exercice physique peuvent aider une personne à surmonter ces déficiences et à renforcer son système immunitaire.

Le péché est comparable au cancer. Les deux causent la mort. Le péché fait partie de notre nature, et si notre immunité spirituelle est déficiente, le péché nous contamine, circule dans notre organisme, prend le contrôle, détruit et tue. Le péché se manifeste et provoque la mort physique de nombreuses façons dans notre monde actuel, par exemple : l'immoralité sexuelle qui cause le SIDA ; la violence armée qui donne la mort et est punie par une peine de prison ; l'addiction à l'alcool et aux drogues, cause d'ivresse, de maladie et de violence familiale, de divorce, de séparation et d'emprisonnement. Il n'existe pas de solution humaine pour ce type de cancer. Le seul et unique remède est le sang de Jésus.

Les différentes activités et le message peuvent établir la comparaison entre les effets du cancer et ceux du péché, en mettant l'accent sur le Sauveur comme unique solution à notre condition spirituelle. La vidéo pourrait présenter le cas d'un patient guéri du cancer, en soulignant le rôle du médecin dans son traitement. Le prédicateur peut alors expliquer comment nous pouvons quotidiennement accepter la chimiothérapie spirituelle du Christ, dans la prière, l'étude de la Bible, la méditation, la communion fraternelle chrétienne, le refus délibéré des pratiques du péché, la confiance en Dieu et la dépendance par rapport au Saint-Esprit.

La santé en trois dimensions

Ce thème se concentre sur la doctrine de la trinité. Il illustre ce concept en présentant les êtres humains dans leur unité de facultés sociales, physiques et spirituelles, dont chacune affecte les autres. Il est important de souligner que la santé dans chacune de ces trois dimensions est essentielle pour un réel bien-être. Les différentes activités et le message mettront en rapport ce principe de bien-être holistique avec l'unité de la divinité, expliquant en quoi le Père, le fils et le Saint-Esprit sont chacun engagés dans le plan du salut.

Transplantation cardiaque

La transplantation littérale du cœur est le point culminant de ce thème. Quel diagnostic indique la nécessité d'une transplantation cardiaque ? Comment l'intervention se déroule-t-elle ? Comment le patient doit-il prendre soin de son nouveau cœur ? Les activités et le message de ce thème comparent la transplantation cardiaque à la doctrine du baptême et au cœur nouveau que le Christ offre à ceux qui croient en lui. L'idéal serait d'inclure un service baptismal comme partie intégrante de cette présentation. Un membre d'église peut donner un bref témoignage de la joie qu'il a éprouvée en se donnant au Christ par le baptême, et le prédicateur devrait inviter les auditeurs à faire cet important choix spirituel.

Vivre dans une saine espérance

La maladie conduit souvent à la mort. La façon dont nous prenons soin de notre corps peut nous aider à éviter certaines pathologies et à augmenter notre espérance de vie. La nutrition est capitale pour une bonne santé, et ce thème inclura des conseils pratiques sur l'alimentation qui pourront aider les gens à augmenter leur longévité. Quoi qu'il en soit, la mort reste inévitable, bien qu'on sache qu'elle n'aura pas le dernier mot. C'est dans ce contexte que la résurrection prend toute son importance. Les activités et le message de ce thème utiliseront les principes d'un mode de vie et d'une alimentation sains pour présenter la doctrine de l'état des morts et de la résurrection. On pourrait mettre en scène l'expérience de Lazare. Le prédicateur invitera alors les auditeurs à consacrer leur vie au Christ et à vivre dans l'attente de la première résurrection.

Vaincre le diabète et l'addiction

Ce thème présente des expériences de la vie réelle avec le diabète, et décrit les différents types de diabète, les causes, le diagnostic et le traitement de cette pathologie. Il présente également comment les différentes sortes d'addictions peuvent causer un diabète et propose des stratégies pour vaincre ces addictions. Les activités et le message de ce thème font le lien entre la lutte contre le diabète et les addictions, et le concept biblique de conversion, en soulignant la différence faite par la conversion dans la vie d'un individu, grâce à une rencontre personnelle avec l'Évangile de Jésus. Le prédicateur invite les auditeurs à vaincre leurs addictions en faisant l'expérience de la transformation en Christ.

Le syndrome du lait et du miel

Les activités et le message de ce thème se concentrent sur le jugement. Les illustrations présentent des individus qui ne vivent que pour profiter des plaisirs de la vie. Ils abusent de leur corps pour le plaisir et ne s'intéressent « qu'au lait et au miel ». Ce thème met l'accent sur les inévitables conséquences d'un mode de vie où l'on s'autorise tout.

Le programme peut présenter le cas de Belschatsar. Pendant que ce mauvais roi s'amuse dans les fêtes et les orgies, le Seigneur écrit un message de jugement sur le mur. La mise en scène de ce programme pourrait décrire cette occasion ou un autre récit biblique concernant le jugement. Le prédicateur fera le lien entre l'histoire et ce qui arrivera lors du jugement dernier, et invitera les personnes à accepter le Christ dans leur vie, échappant ainsi à la condamnation éternelle.

Nous ne mourrons pas tous

Ce thème met en évidence la possibilité de guérir de nombreuses conditions d'altération de la santé. De nombreuses personnes de l'auditoire sont peut-être souffrantes et espèrent la guérison. Il doit y avoir une prière spéciale pour demander la guérison de ces personnes. Cependant, il faut bien leur recommander de poursuivre le traitement médical qui leur a été prescrit, car Dieu agit selon sa volonté et non selon la nôtre. Il faut mettre l'accent sur la foi dans la capacité de Dieu de guérir, mais même s'il choisit de ne pas le faire au moment où nous le désirons, nous avons la grande espérance du retour du Christ qui éliminera définitivement et complètement la maladie.

Les activités et le message de ce thème se concentrent sur le retour du Christ, encourageant les gens à se préparer pour cet évènement extraordinaire. Un membre d'église peut donner un bref témoignage de la façon dont cette espérance le motive. Une courte vidéo pourrait présenter une personne qui souffre, mais s'accroche malgré tout à l'espérance de la délivrance au retour de Jésus. Le prédicateur encouragera les auditeurs à mettre leur foi dans la Parole de Dieu, à accepter le Christ comme leur Sauveur et à livre en se préparant au prochain retour de Jésus.

Qualifications

Ceux qui ont accepté le Christ comme leur Sauveur ont besoin d'être consolidés dans leur nouvelle foi. Le groupe de travail de l'évangélisation par la santé devrait mettre en place des stratégies adaptées pour édifier, prendre soin et conserver ceux qui se donnent au Christ. Le chapitre 17 fournit des suggestions d'activités qui peuvent être utilisées dans le cadre de ce pilier. Des membres sensibilisés à un mode de vie sain doivent être choisis, formés et envoyés pour servir de guides spirituels qui seront assignés aux nouveaux croyants. Leur responsabilité doit être clairement définie, avec une trame chronologique spécifique pour aider la transition des nouveaux membres vers leur nouvelle relation avec le Christ et l'Église.

Révision et discussion

- *Citez certaines citations d'Ellen White qui justifient l'évangélisation par la santé.*

- *Citez cinq questions auxquelles le groupe de travail de l'évangélisation par la santé devrait répondre pour évangéliser efficacement. Voir le chapitre 3.*

- *Quels sont les six piliers de l'évangélisation par la santé, et quelles sont les implications de chacun d'eux ?*

- *Choisissez un thème pour le programme d'une campagne d'évangélisation par la santé, et décrivez comment vous proposeriez les différentes parties : musique, mise en scène, vidéo, témoignage et prédication. Quelle doctrine biblique intègreriez-vous à ce thème ?*

- *Quels cadeaux spéciaux offririez-vous à certains invités lors des soirées de la campagne ?*

- *Développez un plan complet et prêt à mettre en œuvre qui inclue les six piliers dans un cycle complet d'évangélisation par la santé. Voir les chapitres 7 et 8.*

18

Évangélisation dans les institutions éducatives

MARC 16.15 consigne un commandement de Jésus à ses disciples : « Allez dans le monde entier et prêchez la bonne nouvelle à toute la création. » Dans Matthieu 28.20, une autre partie de ce mandat est précisée : « Enseignez-leur à garder tout ce que je vous ai prescrit. » Ces concepts, prêcher et enseigner, sont reliés. On aurait pu employer les mots évangélisation et éducation pour les désigner. L'objectif de l'éducation chrétienne adventiste est de nature évangélique, le salut des âmes constitue sa vision fascinante. Ellen White disait : « Si l'on y réfléchit profondément, on comprend qu'éducation et rédemption sont une seule et même chose, car pour l'une comme pour l'autre, "personne ne peut poser un autre fondement que celui qui a été posé, savoir Jésus-Christ." » — *Éducation*, chap. 4, p. 28. Instituteurs comme professeurs dans nos institutions doivent préparer ceux qui étudient à la vie actuelle comme à celle de l'au-delà. Ellen White affirme : « La véritable éducation implique bien plus que la poursuite de certaines études. [...] Elle prépare l'étudiant à la joie du service qui sera le sien dans ce monde, et à la joie plus grande encore du vaste service qui l'attend dans le monde à venir » — *Ibid.* chap. 1, p. 14.

Évangéliser par l'éducation adventiste est une responsabilité sacrée, un travail noble confié à des personnes mandatées pour façonner l'esprit des élèves, modeler la société, et promouvoir le royaume de Dieu. Afin d'évangéliser au sein d'une institution éducative de l'église, une équipe d'action sera choisie comme cela est expliqué au chapitre 3. Cette équipe se fixera les objectifs suivants :

1. Approfondir la vie spirituelle de chaque élève et chaque membre du personnel.

2. Répondre aux besoins sociologiques des élèves, de leurs familles, et d'autres membres de la communauté.

3. Organiser des efforts d'évangélisation pour baptiser les élèves, leurs proches, et les personnes de la communauté.

4. Coopérer avec l'église pour conduire des initiatives d'évangélisation visant à moissonner des âmes pour le royaume de Dieu.

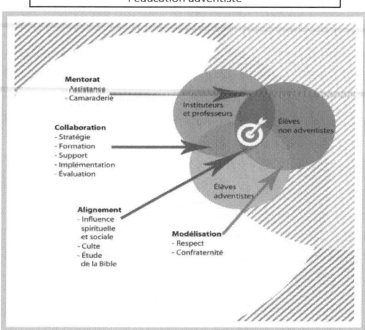

Schémas n°1 : Triade de l'évangélisation par l'éducation adventiste

Triade d'évangélisation par l'éducation adventiste

Cette triade est une initiative sur le campus pour favoriser la croissance sociale et spirituelle parmi les instituteurs, professeurs, élèves adventistes, élèves non-adventistes. En côtoyant les élèves, les proches non-adventistes et les amis sont eux aussi influencés par cette initiative.

Le but de la collaboration, la modélisation, et le mentorat, dimensions de la triade, est d'atteindre l'alignement spirituel et social. Cela se produit quand le Saint-Esprit, les instituteurs, les professeurs, et les camarades adventistes influencent les élèves à accepter le Christ comme leur Sauveur et à se joindre à l'Église adventiste du septième jour.

Collaboration

Dans cette dimension, instituteurs, professeurs et élèves adventistes sont recrutés et orientés en vue du programme d'évangélisation. Ils démontreront de l'intérêt pour la vie sociale et spirituelle des élèves non-adventistes. La collaboration inclura :

- une stratégie
- une formation
- du support
- une implémentation
- une évaluation
- la découverte des dons spirituels (comme expliqué au chapitre 5)
- une provision de ressources
- des prières pour les élèves et les enseignants
- la confraternité

Modélisation

Cette dimension décrit comment instituteurs et professeurs interagissent avec les élèves non-adventistes. Ils sont appelés à donner le Christ en exemple à ces jeunes, les traiter avec respect, et chercher à passer des moments conviviaux avec eux. Les instituteurs et professeurs démontreront aussi de l'intérêt pour la spiritualité des élèves ainsi que pour les domaines de leur vie nécessitant une attention. Ils s'investiront personnellement afin que par association et implication directes ils puissent exercer un impact majeur sur la vie des élèves. Voici quelques activités faisant partie de cette dimension :

- Donner des études bibliques doctrinales.
- Cultiver la confraternité (inviter des élèves à déjeuner le sabbat ou un autre jour).
- Organiser des séances de prière spéciales.
- Distribuer des publications à caractère évangélique.
- Mener des initiatives en faveur de la communauté extérieure.
- Inviter les élèves à des programmes d'évangélisation.

- Interagir avec les élèves pendant la semaine de prière.
- Se rendre dans les foyers des élèves en cas de nécessité et nouer des relations avec leurs parents.
- Assister les élèves dans leurs problèmes sociaux ou scolaires.
- Donner sincèrement en modèle les pratiques du mode de vie chrétien.
- Inviter les élèves, leur famille et amis à participer à des activités spirituelles pouvant stimuler leur foi et planifiées par l'équipe d'action ou l'institution.

Mentorat

La dimension du mentorat est composée d'une interaction directe où les élèves adventistes fréquentent les élèves non-adventistes et s'identifient à eux. Ils les invitent par la suite à participer à des activités de l'église. Voici quelques activités qui s'inscrivent dans ces interactions :

- Aider d'autres élèves dans leurs études si nécessaire et possible.
- Donner des études bibliques doctrinales.
- Prier pour la réussite d'autres élèves.
- Distribuer des publications à caractère évangélique.
- Cultiver la camaraderie.
- Agir ensemble pour résoudre des problèmes sociaux.
- Inviter les élèves, leur famille et amis à participer à des activités spirituelles pouvant stimuler leur foi et planifiées par l'équipe d'action ou l'institution.

Alignement

Le centre de la triade dépeint l'alignement spirituel et social qui a lieu dans la vie des élèves non-adventistes lorsque les instituteurs, professeurs et élèves adventistes interagissent avec eux sous l'influence du Saint-Esprit. Tous ceux qui prennent part à ces interactions connaissent une croissance spirituelle. Les élèves non-adventistes deviennent des disciples du Christ et des adventistes du septième jour engagés. Quant aux instituteurs, professeurs et élèves adventistes, ils marchent plus intimement avec le Seigneur, ce qui approfondit leur intérêt pour l'évangélisation et leur efficacité. L'alignement produit, entre autres, les résultats suivants :

- Acceptation du Christ
- Baptême
- Participation aux services cultuels de l'église et méditations personnelles
- Poursuite des études bibliques doctrinales qui nourrissent la foi
- Participation aux activités d'évangélisation à l'intérieur comme à l'extérieur du campus
- Participation à plusieurs types d'activités sociales épanouissantes à l'église et sur le campus
- Participation à plusieurs types d'initiatives de prière personnelle et ecclésiale
- Participation à plusieurs types de discipulat
- Organisation et implémentation de projets qui font appel aux dons spirituels pour exercer de ministères
- Distribution de publications à caractère évangélique

Implémenter les initiatives d'évangélisation à l'école

Afin d'atteindre les objectifs de la triade d'évangélisation par l'éducation adventiste, il est important de désigner un coordinateur d'évangélisation pour l'institution concernée. Là où un aumônier est en fonction, celui-ci exercera ce rôle d'office. Sinon, un membre d'église en qui on a confiance, qui se dévoue pour l'éducation chrétienne, et qui sait comment s'y prendre avec les enfants peut être sollicité pour assumer cette responsabilité. Néanmoins, il est très délicat de recourir aux services d'une personne non employée par l'établissement pour cette tâche ; cette question doit donc être considérée selon le contexte de chaque école.

Afin d'atteindre l'objectif d'approfondir la vie spirituelle de chaque membre du personnel, le coordinateur – travaillant avec le directeur d'éducation de la fédération et le pasteur d'église – tiendra des services d'enrichissement spirituel pour ces instituteurs. Ce services peuvent avoir lieu au début et à la fin de chaque période ou année scolaire.

L'ensemble du programme scolaire aura pour but de gagner des âmes au Christ. Il est essentiel de tenir une semaine de prière au moins une fois dans l'année, dans chaque école, avec pour objectif d'approfondir la vie spirituelle des élèves comme du personnel. De plus, le moment de méditation quotidienne de chaque école sera bien planifié pour aider les élèves à développer et renforcer leur expérience spirituelle. Chaque sujet du programme scolaire sera enseigné de manière à évangéliser, les éducateurs chrétiens n'oubliant jamais qu'ils sont en train de former leurs élèves à devenir de futurs missionnaires.

On formera une équipe de prière composée d'instituteurs et d'élèves qui sera un des comités permanents de l'école. Le coordinateur d'évangélisation ou un autre membre du personnel pourra diriger cette équipe. Ses membres établiront un calendrier de réunions. La durée et la régularité des réunions seront déterminées, et on s'efforcera de respecter le calendrier aussi strictement que possible. L'équipe aura pour tâche de prier pour la réussite de tous les programmes sociaux, spirituels et académique de l'école ; ils examineront aussi les problèmes personnels auxquels les élèves et leurs familles sont confrontés.

Le coordinateur d'évangélisation cherchera les noms et les coordonnées des parents et des représentants légaux de tous les élèves. L'équipe de prière planifiera un agenda de prière, avec un moment particulier pour prier pour chacun de ces noms. Les élèves dont les parents et les proches sont présentés au Seigneur peuvent être invités à s'avancer et se joindre aux membres de l'équipe de prière. Il serait bon d'informer chaque parent et proche du contenu de cet agenda ainsi que du jour où on priera pour eux. On peut les inviter à l'école ce jour-là, ou ils peuvent soumettre leurs sujets de prière particuliers. Ils peuvent aussi se connecter par Skype ou par un autre moyen de communication électronique.

Le pasteur de l'église, l'aumônier, ou le coordinateur d'évangélisation de l'école, le professeur de la classe, et d'autres membres d'église disponibles doivent rendre visite aux parents des élèves chez eux ou dans un autre lieu convenu. C'est l'occasion de parler des progrès des enfants, d'écouter leurs éventuelles préoccupations, et de prier avec eux. Ceux qui effectuent cette visite démontreront que l'école s'intéresse au bien-être personnel des parents et se tient disponible pour les aider, dans la mesure du possible, à faire face aux difficultés qu'ils rencontrent. Cela les aidera à tisser un lien avec l'école et l'église, et à considérer l'école et l'église comme d'importants partenaires les aidant à préparer leurs enfants « l'étudiant à la joie du service qui sera le sien dans ce monde, et à la joie plus grande encore du vaste service qui l'attend dans le monde à venir ».

Une journée des parents sera programmée à l'école une fois ou deux dans l'année scolaire. Elle pourra avoir lieu le sabbat qui clôture chaque semaine de prière. On peut offrir des cadeaux aux parents et enfants ce jour-là, et le programme peut inclure un service de baptême. Les cadeaux seront réservés aux non-adventistes, puisque l'évangélisation se focalise sur eux. Cela minimisera les dépenses relatives à la planification et la mise en œuvre de ces programmes.

À mesure que les relations se tissent et que les liens se renforcent avec les parents et proches des élèves, les portes s'ouvriront, permettant de donner des études bibliques à ces personnes. Ces études couvriront les doctrines essentielles de l'église et aideront les intéressés à développer un amour profond pour le Christ ainsi qu'un engagement vis-à-vis de l'église.

Révision et discussion

- *Citez les quatre objectifs de l'évangélisation par l'éducation adventiste.*
- *Comment une équipe d'action pour l'évangélisation peut-elle opérer efficacement dans votre école ? (Voir le chapitre 3).*
- *Quels éléments constituent la triade d'évangélisation par l'éducation adventiste ?*
- *Expliquez chaque dimension de cette triade.*
- *Citez quelques activités que les instituteurs et les professeurs peuvent effectuer avec les élèves non adventistes pour les influencer à accepter le Christ ?*
- *Identifiez et expliquez six choses que les élèves adventistes peuvent faire en compagnie des élèves non-adventistes à l'intérieur comme à l'extérieur du campus*
- *pour les influencer à donneur leur cœur à Jésus.*
- *Développez un projet d'évangélisation complet, prêt à être mis en œuvre dans votre institution éducative.*

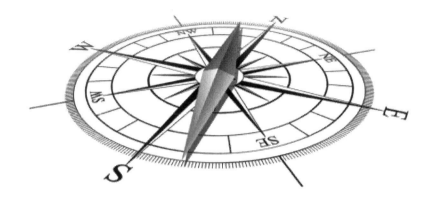

4e PARTIE
FORMER DES DISCIPLES
ET RAFFERMIR LES
MEMBRES

19

Un paradigme du discipulat

PORTER L'ÉVANGILE AUX AUTRES et les inviter à suivre Jésus constitue le cœur de la mission de l'église. Cependant, l'évangélisation implique bien plus que de faire entrer des personnes dans l'église ; elle inclut aussi l'édification et le discipulat.

Le mot disciple est une traduction de la koinè grecque mathetes. Il désigne l'élève d'un maître ou l'apprenti d'un artisan. Il porte la connotation de celui qui suit un autre. Si nous considérons le ministère de Jésus, nous voyons que sa relation avec ses disciples transcendait le simple rapport entre élève et maître que nous connaissons.

Nous employons souvent l'expression faire des disciples dans nos églises, mais parfois on peut se demander si nous en comprenons clairement le sens. Beaucoup de gens n'y voient qu'un programme, une série d'initiatives, ou de tâches à accomplir. un tel concept pourrait nous amener à évaluer notre succès à l'aide de listes vérificatives. Cela inclurait combien de fois nous prions, combien de passages bibliques nous lisons chaque jour, combien de versets bibliques nous avons mémorisés, combien de méditations nous lisons par semaine, combien de publications nous distribuons, à combien de personnes nous avons témoigné de la bonté, et à quelle fréquence nous rencontrons le partenaire à qui nous rendons compte. Si ces informations empiriques sont utiles pour quantifier notre efficacité à nous organiser, elles ne constituent pas en elles-mêmes le discipulat.

Certes, le discipulat inclut les éléments précédents et davantage. Mais, il se rapporte plus à des attitudes ou des motivations qu'à des actions. Si nos motivations ne sont pas bonnes, tout ce que nous faisons deviennent une fin en soi. Le discipulat est un mode de vie sincère consistant à imiter fidèlement l'exemple du Christ. Il nous procure le sentiment que nous ne sommes pas les mortels les plus importants de la terre, mais de simples individus qui suivent l'Être le plus important de l'univers.

Dans le grand mandat de Matthieu 28.18-20, Jésus ordonna à ses disciples (1) d'aller et de faire des disciples, (2) de les baptiser, et (3) de les enseigner. De plus, dans Matthieu 4.19, il dit : « Suivez-moi et je vous ferai pêcheurs d'hommes ». Il s'agit d'un ordre émanant directement de ses lèvres. Ce fut et c'est toujours un ordre que tous les croyants doivent appliquer à leur vie personnelle. Quand les membres d'église le suivent fidèlement, ce commandement entraîne une croissance dynamique et durable du royaume de Dieu ici-bas et la préparation des croyants à vivre dans le royaume de gloire.

Dans son exposé sur l'amour (Jean 15), Jésus accentua son appel à faire des disciples en employant la métaphore de l'arbre qui porte des fruits : « Ce n'est pas vous qui m'avez choisi, mais moi, je vous ai choisis et je vous ai établis, afin que vous alliez, que vous portiez du fruit, et que votre fruit demeure, pour que tout ce que vous demanderez au Père en mon nom, il vous le donne. Ce que je vous commande, c'est de vous aimer les uns les autres » (versets 16, 17). Lorsque Jésus affirmait : « Suivez-moi et je vous ferai pêcheurs d'hommes », ses paroles signifiaient bien plus que le simple fait de marcher physiquement en sa présence. Jésus voulait dire qu'en le suivant, les croyants deviendraient comme lui dans leur mode de vie et influenceraient les autres à suivre son exemple. En reproduisant ainsi ses enseignements parmi les croyants d'aujourd'hui, Jésus permet à l'église de croître durablement à mesure que ses membres font preuve d'une attitude authentique, focalisée sur le royaume de Dieu.

Ses disciples sont semblables à lui dans leur style de vie, attitude, conduite et vocation et reflètent une passion identique pour la mission rédemptrice. « Comme il [Jésus] marchait le long de la mer de Galilée, il vit deux frères, Simon, appelé Pierre, et André, son frère, qui jetaient un filet dans la mer ; car ils étaient pêcheurs. Il leur dit : Suivez-moi, et je vous ferai pêcheurs d'hommes. Aussitôt, ils laissèrent les filets, et le suivirent. De là étant allé plus loin, il vit deux autres frères, Jacques, fils de Zébédée, et Jean, son frère, qui étaient dans une barque avec Zébédée, leur père, et qui réparaient leurs filets. Il les appela, et aussitôt ils laissèrent la barque et leur père, et le suivirent.» Matthieu 4:18-22. Ceux qui suivaient réellement Jésus venaient de conditions diverses et comprenaient plus que les douze. Tous les sympathisants et engagés envers lui, qui acceptent sa doctrine et adoptent son style de vie, sont d'authentiques disciples. Ils le reconnaissent comme leur Sauveur personnel et sont membres de la communauté de foi. « Et il dit aux Juifs qui avaient cru en lui : Si vous demeurez dans ma parole, vous êtes vraiment mes disciples. » Jean 8.31.

Un disciple est un missionnaire

Un missionnaire est un membre d'un groupe religieux ou d'une organisation, impliqué dans des missions. En latin missionem, qui est « l'acte d'envoyer » signifie « mission » en anglais. Avant la naissance du mot « mission » en 1598 parmi les jésuites, Jésus en avait déjà institué le principe. Il a envoyé ses disciples accomplir des activités spécifiques qui aboutiraient à la transformation de la vie et des conditions des êtres humains (Luc 10:1-12). Les missionnaires sont envoyés avec un mandat particulier pour faire du prosélytisme et accomplir des ministères de service. L'éducation spirituelle et laïque, la justice sociale, les soins de santé, le développement économique et l'alphabétisation ne sont que quelques-uns des services que les missionnaires rendent.

Puisque chaque membre du corps du Christ est son disciple, chaque disciple est un missionnaire envoyé comme agent actif dans l'avancement du royaume de Dieu. Dans ce contexte, les termes disciple et missionnaire sont synonymes. Ellen White a dit : « Tout vrai disciple devient un missionnaire, dès son entrée dans le royaume de Dieu. Celui qui a bu des eaux de la vie devient lui-même une source de vie. Dès qu'il a reçu, il commence à donner. La grâce du Christ dans une âme est comme une source dans le désert, jaillissant pour rafraîchir tous les passants, donnant à ceux qui allaient périr le désir de boire des eaux de la vie. Jésus-Christ, p. 177.2 Dans Matthieu 25:35,36 Jésus a décrit la fonction missionnaire d'un disciple : « Car j'ai eu faim, et vous m'avez donné à manger ; j'ai eu soif, et vous m'avez donné à boire ; j'étais étranger, et vous m'avez recueilli ; j'étais nu, et vous m'avez vêtu ; j'étais malade, et vous m'avez visité ; j'étais en prison, et vous êtes venus vers moi ».

Quelques activités spécifiques des missionnaires

Les disciples du Christ accomplissent les cinq valeurs fondamentales à travers diverses activités missionnaires. Certaines sont énumérées ci-dessous.

- Les missionnaires s'engagent dans des prières d'intercession pour les autres et au nom de Jésus, ils prient pour la guérison des malades. Ils enseignent également aux autres à prier.
- Ils participent activement aux actions d'évangélisation des villages et des villes.
- Ils étudient les Écritures avec les gens et leur enseignent différentes méthodes pour étudier la parole de Dieu et l'appliquer dans leur vie personnelle.
- Ils sont impliqués dans des activités de compassion et touchent la vie des personnes qui souffrent socialement, émotionnellement, physiquement et qui ont besoin d'aide pour d'autres raisons.
- Ils encouragent les autres à accepter le Christ comme leur Sauveur et à devenir membres du corps du Christ.
- Ils aident les gens à accomplir des exploits personnels et à développer des compétences pertinentes pour devenir indépendants.

« Si chacun de vous était un missionnaire vivant, le message pour cette époque serait rapidement proclamé dans tous les pays, à tout peuple, à toute nation et à toute langue». – Traduit de *Testimonies for the Church* 6: 438

Les cinq valeurs-clé d'un disciple

Les vrais disciples de Jésus aiment l'adorer et communier spirituellement avec lui comme avec les autres membres de l'Église. Nous appelons cela la dévotion. Elle se pratique dans le cadre personnel et ecclésial. Habilités par le Saint-Esprit, les disciples annoncent l'Évangile de Jésus, la bonne nouvelle du salut, à autrui. Nous appelons cela l'évangélisation. Ils prennent part à diverses formes d'interaction sociale au sein de la communauté de foi. Nous appelons cela la fraternité. Ils répondent aussi aux besoins sociaux, entre autres, des personnes de la communauté environnante. Nous appelons cela le ministère extérieur. Ils considèrent les dons, les aptitudes et les autres ressources qu'ils possèdent comme un investissement appartenant à Dieu, qu'ils doivent employer avec sagesse et de manière appropriée pour subvenir à leurs besoins personnels, promouvoir la cause du Christ, et servir autrui. Nous appelons cela la gestion de la vie chrétienne. Ces cinq valeurs- clé du discipulat sont visibles dans les relations de Jésus avec ses douze disciples. Il s'est investi en eux tout en les instruisant ; il a passé des moments précieux et relationnels avec eux ; il les a envoyés proclamer l'Évangile. Il les a équipés afin que, par leur exemple, il puisse conduire d'autres personnes à lui.

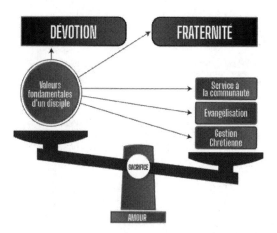

La nécessité du sacrifice

Le sacrifice est un facteur déterminant pour transformer ces valeurs-clé en réalité dans la vie du disciple. La multitude des tâches que nous avons à compléter et les divers intérêts qui attisent notre attention nuit et jour sont plus qu'il n'en faut pour éclipser cette attention et nous empêcher de trouver du temps pour la dévotion. Nous devons vouloir en faire une priorité, et cela requiert du sacrifice. De même, pour annoncer l'Évangile par l'évangélisation, il nous faut du temps pour étudier la Parole, apprendre l'art de l'expliquer, et sortir rencontrer des individus pour leur parler. Il nous faut sacrifier certaines choses afin d'allouer du temps à ces activités ; indépendamment d'autres préoccupations et urgences, nous devons aller de l'avant et accomplir notre mission évangélique.

Dieu nous a créés en tant qu'êtres sociaux ayant besoin d'une communauté et de contact interpersonnel grâce à la fraternité. Des études ont montré que d'échanger avec autrui sur le plan social diminue les niveaux de stress, augmente la joie au maximum et minimise voire élimine la souffrance, les déceptions et la tristesse. Les taux de suicide, la maladie psychique, et l'alcoolisme décroissent beaucoup quand on éprouve un sentiment d'appartenance. Ceux qui s'impliquent socialement ont même moins de rhumes, une tension plus basse, un rythme cardiaque plus faible, et une plus grande espérance de vie. En revanche, nous pouvons facilement être si préoccupés par notre carrière, nos responsabilités et ambitions que nous négligeons l'interaction sociale. Pour profiter des bienfaits de la fraternité, il nous faut du sacrifice, mettre de côté les distractions qui se disputent notre attention afin de dédier temps et énergie pour nous connecter aux autres.

Dans Matthieu 25.35, 36 Jésus décrit le ministère extérieur d'un disciple : « Car j'ai eu faim et vous m'avez donné à manger ; j'ai eu soif et vous m'avez donné à boire ; j'étais étranger et vous m'avez recueilli ; nu et vous m'avez vêtu, j'étais malade et vous m'avez visité, j'étais en prison et vous êtes venus vers moi. » Ce ministre inclut ces marques de compassion ainsi que d'autres activités qui soulagent la souffrance humaine et subviennent, entre autres, aux besoins humains sur le plan matériel. Ainsi, les disciples du Christ doivent prendre la décision de faire des sacrifices pour exercer tout ministère extérieur.

Les êtres humains sont dotés de temps, d'aptitudes, de dons spirituels et de ressources diverses. Dieu est le propriétaire qui confie ces ressources à notre gestion de la vie chrétienne, en nous demandant de les administrer intelligemment pour lui.

Le temps est notre atout le plus précieux. Dieu nous l'a confié en tant que ressource spéciale. tous ses disciples sont appelés à le servir fidèlement par l'emploi judicieux de leur temps (Jean 9.4 ; Éphésiens 5.15, 16). « Notre temps appartient à Dieu, et chacun de nos instants lui est dû. Nous sommes tenus, de façon impérative, d'en tirer le meilleur parti pour sa gloire. Il n'est aucun talent dont il nous demandera un compte aussi rigoureux que celui du temps. » — *Les paraboles de Jésus*, chap. 25, p. 253.

Les aptitudes et capacités sont des cadeaux de Dieu à ses enfants et doivent être utilisés à sa gloire ainsi que pour accomplir sa mission (1 Pierre 4.10). Chaque disciple est appelé à les employer pour remplir une fonction unique dans le corps du Christ et la société en général. Dieu a aussi donné diverses ressources à chaque personne et il veut qu'elle les gère fidèlement pour lui. Ces ressources incluent le temple du corps (Romains 12.1 ; 1 Corinthiens 6.19-20) et l'argent. La fidélité dans cette gestion requiert du sacrifice.

Mettre en œuvre un programme discipulat dans une église locale

Pour commencer, l'église développera un énoncé de vision du discipulat en identifiant exactement ce qui est attendu à la fin de chaque période de formation au discipulat. un exemple de cet énoncé serait : « Que chaque croyant ait une vie chrétienne constante ; assiste aux services de l'église régulièrement ; soutienne la cause du Seigneur avec son temps, ses aptitudes, ses dons, son influence, et ses autres ressources ; et cherche des occasions de partager sa foi. » un des principaux objectifs de chaque programme de formation au discipulat sera d'aider les nouveaux membres à s'intégrer dans la vie de la communauté des croyants.

Après avoir formulé l'énoncé de vision, on choisira des leaders qui aiment profondément Dieu et ont démontré une croissance dans leur relation personnelle avec lui. Ces personnes auront le désir de voir une transformation dans la vie des croyants. Elles seront disposées à utiliser leurs dons spirituels pour travailler auprès des autres. Elles manifesteront une attitude positive, à l'image du Christ, caractérisée par la patience, la bonté, et elles accepteront les autres sans s'ériger en juges d'autrui. Il est également important qu'elles aiment travailler avec des individus, qu'elles soient flexibles et aptes à apprendre. Ces leaders recevront une formation qui les permettra d'aider les membres à développer les valeurs-clé du discipulat.

Puis il faudra répartir les membres d'église en équipes ou petits groupes, et déterminer les efforts de croissance nécessaires à ces membres. Accordez une attention spéciale aux besoins des nouveaux membres et veillez à leur procurer les ressources pour développer toutes les valeurs-clé du discipulat. fixez une période pour que les membres de chaque groupe acquièrent de l'expérience dans ces valeurs. Chaque membre, notamment les nouveaux, doit avoir un coach qui l'aide à élargir sa vision, bâtir sa confiance, et prendre des mesures pratiques pour adopter un mode de vie où la dévotion, l'évangélisation, la fraternité, la gestion de la vie chrétienne et le ministère extérieur deviennent instinctifs. Cette prise en main se focalise sur la croissance personnelle ; elle se concentre sur le développement des aptitudes et des forces de chacun plutôt que sur le fait de vaincre les faiblesses.

Au bout du compte, le discipulat dépend de l'investissement personnel et l'autodiscipline. Il est donc primordial à chaque disciple d'établir et de suivre son propre projet de croissance spirituelle personnelle. Les principes suivants précisent quelques principes pour créer ce projet :

1. Permettez à Dieu de remplir et transformer votre vie par le Saint-Esprit.
2. Soyez attentif à la sainte Parole de Dieu.
3. Reconnaissez la valeur de la musique édifiante.
4. « Priez sans cesse » (1 Thessaloniciens 5.17).
5. Passez du temps seul avec Dieu.
6. Prenez conscience de vos besoins en matière de croissance spirituelle.
7. Efforcez-vous de ressembler au Christ.
8. Allez et faites des disciples pour lui.

Révision et discussion

- *Qu'est-ce qu'un disciple ? Citez les noms de quatre disciples que vous connaissez bien dans la Bible et trois autres en dehors de la Bible.*
- *Citez quatre textes bibliques qui expriment un appel au discipulat ?*
- *Identifiez et définissez les cinq valeurs-clé du discipulat.*
- *Expliquez comment le sacrifice est un facteur déterminant de chaque valeur-clé du discipulat.*
- *Citez quelques étapes pour mettre en œuvre un programme de discipulat dans une église locale.*
- *Citez six éléments importants selon vous dans le mode de vie d'un disciple.*
- *Développez un projet de discipulat complet, prêt à être implémenté, en vue d'une croissance spirituelle.*

20

Comment prendre soin efficacement des nouveaux croyants

L'OBJECTIF DE L'ÉVANGÉLISATION pourrait se résumer ainsi : « chercher les perdus, et conserver ceux que l'on a trouvés ». Dans sa réflexion sur cette double priorité, l'Église adventiste du septième jour définit sa mission comme « faire des disciples de toutes les nations, communiquer l'Évangile éternel dans le contexte du message des trois anges d'Apocalypse 14.6–12, en les amenant à accepter Jésus comme leur Sauveur personnel, à s'unir avec son église du reste, en leur enseignant à le servir comme leur Seigneur et à se préparer pour son prochain retour[3]. »

Pour leur enseigner à devenir disciple et à se préparer, il faut prendre soin des nouveaux croyants. « Par ailleurs, les nouveaux convertis auront besoin d'être instruits par de fidèles enseignants de la Parole de Dieu, afin qu'ils puissent grandir dans la connaissance et dans l'amour de la vérité, jusqu'à la pleine stature d'hommes et de femmes dans le Christ Jésus. » — *Évangéliser*, sect. 10, p. 305.

L'attention portée aux nouveaux membres

---

[2]Mission Statement of the Seventh-day Adventist Church," General Conference of Seventh-day Adventists, October 13, 2009, http://www.adventist.org/information/official-statements/statements/article/go/0/mission-statement-of-the-seventh-day-adventist-church/6/.

Prendre soin des gens pour les préparer au retour du Christ est plus qu'un simple programme. C'est un mode de vie des membres qui vivent le salut dans la joie, l'espérance, la paix et l'amour, afin d'attirer les autres au Christ. En tant que chrétiens, nous démontrons dans notre vie quotidienne que nous sommes « une race élue, un sacerdoce royal, une nation sainte, un peuple racheté, afin d'annoncer les vertus de celui qui vous a appelés des ténèbres à son admirable lumière » (1 Pierre 2.9).

Jésus insiste sur l'importance des relations entre les chrétiens, comme élément clé pour la conserver la foi : « Voici mon commandement : Aimez-vous les uns les autres, comme je vous ai aimés. Il n'y a pour personne de plus grand amour que de donner sa vie pour ses amis. Vous êtes mes amis, si vous faites ce que je vous commande... Ce n'est pas vous qui m'avez choisi, mais moi, je vous ai choisis et je vous ai établis, afin que vous alliez, que vous portiez du fruit, et que votre fruit demeure, pour que tout ce que vous demanderez au Père en mon nom, il vous le donne. Ce que je vous commande, c'est de vous aimer les uns les autres. » (Jean 15.12-17). « En Jésus-Christ, nous sommes tous membres d'une seule et même famille. Dieu est notre Père, et il s'attend à ce que nous prêtions attention aux membres de ceux de sa maison ; non pas une attention passagère, mais une attention soutenue, continuelle. » — *Évangéliser*, sect. 10, p. 318, 319.

Il est important de témoigner de l'intérêt aux nouveaux membres, pour préserver et perpétuer les croyances doctrinales, l'héritage et les caractéristiques distinctives de l'Église adventiste dans leur vie, fortifiant ainsi l'engagement de chacun envers le royaume de Dieu. L'Église adventiste se préoccupe tout particulièrement de ceux qui se joignent à l'Église, pour qu'ils restent des disciples actifs, profondément engagés dans le royaume de Dieu. Cet objectif implique un effort délibéré pour prêter attention à chaque membre.

Les citations suivantes, tirées des écrits d'Ellen White, soulignent l'importance de prendre soin des nouveaux convertis :

« Lorsque des âmes se sont converties à la vérité, il faut s'en occuper. Le zèle de certains prédicateurs pour ces âmes semble cesser aussitôt qu'ils ont réussi à les gagner. Ils ne comprennent pas que ces nouveaux convertis ont besoin qu'on s'occupe d'eux avec sollicitude, qu'on les aide, qu'on les encourage. Il ne faut pas les laisser seuls, en proie aux tentations les plus puissantes de Satan. On doit faire leur éducation en ce qui concerne leurs nouveaux devoirs, les accompagner le long du chemin, leur rendre visite et prier avec eux. Ces âmes ont besoin de la nourriture appropriée, au temps convenable.

Rien d'étonnant que certains de ces nouveaux convertis se découragent, traînent le long du chemin et deviennent la proie des loups ravisseurs. Satan est sur leurs traces. Il envoie ses suppôts afin de ramener dans ses rangs les âmes qui lui ont échappé. Il faudrait des pères et des mères pour prendre soin de ces nouveau-nés, les porter sur leur cœur et les encourager, prier pour eux afin que leur foi ne défaille pas. » — *Témoignages pour l'Église*, vol. 1, p. 522.

« Il faudrait s'occuper avec patience et affection de ceux qui se sont nouvellement convertis ; il appartient aux membres plus anciens de l'Église de chercher les voies et les moyens d'apporter aide, sympathie et instructions à ceux qui, de bonne foi, ont quitté d'autres Églises par amour pour la vérité et qui se sont par là même privés du soutien pastoral auquel ils étaient habitués. Une responsabilité particulière repose sur l'Église : elle doit prêter son appui à ces personnes qui ont marché d'après les premiers rayons de lumière qu'elles ont reçus. Si les membres de l'Église manquaient à ce devoir, ils trahiraient du même coup la confiance que Dieu leur avait accordée. » — *Évangéliser*, sect. 10, p. 317.

La nécessité d'une stratégie intentionnelle dans ce domaine

L'Église consacre beaucoup d'énergie à l'évangélisation et reçoit un large afflux de nouveaux membres. Elle doit donc faire des efforts intentionnels pour conserver ces nouveaux croyants. Les études indiquent que les personnes abandonnent la foi pour des raisons sociales et relationnelles, bien plus souvent que pour un désaccord sur la doctrine. En réalité, beaucoup de ceux qui quittent l'Église conservent leurs croyances et parfois même les pratiques de l'Église. Le manque de relations et du sens d'appartenance à la communauté locale est l'une des raisons le plus souvent invoquées par les nouveaux membres qui quittent l'Église. Les dirigeants doivent par conséquent prendre des mesures spécifiques pour affronter ce problème.

Il faut s'assurer d'éduquer tous les membres sur le programme mis en place pour conserver les nouveaux croyants et prendre soin d'eux. Il est important de former les leaders et les membres pour cette activité spirituelle essentielle. Chaque communauté doit mettre en œuvre différentes initiatives dans ce domaine. Dès que les nouveaux membres acceptent la foi, ces initiatives doivent immédiatement être appliquées. Il faut également mettre en place une méthode appropriée d'évaluation, pour s'assurer que les objectifs du programme sont atteints et que les nouveaux membres sont heureux dans leur nouvelle vie en Christ.

En 2006, le comité de la Conférence générale a voté que si les stratégies spécifiques pour conserver les nouveaux membres peuvent varier d'un lieu à l'autre, pour refléter la diversité culturelle de la famille mondiale de l'Église, certains principes restent universels. Parmi ceux-ci, on retiendra les suivants :

1. Les membres doivent nourrir leur vie spirituelle au moyen de l'étude de
1. la Bible et de la prière.
2. Ils doivent être capables d'exprimer leurs croyances.
3. Ils doivent avoir des amis dans la communauté.
4. Ils doivent s'engager dans un ministère personnel ayant du sens.
5. Ils doivent avoir un sens d'appartenance et d'identité.
6. Ils doivent utiliser leurs dons spirituels pour l'avancement de la mission de l'Église.

Les cinq phases de l'expérience du nouveau croyant

Les nouveaux membres entrent dans une sorte de lutte spirituelle qu'ils ne connaissaient pas auparavant, et ils ont besoin à la fois de l'aide humaine et divine pour l'affronter. La décision de donner sa vie au Seigneur et d'adopter la foi adventiste implique des difficultés non négligeables. Bien que beaucoup de gens soient frustrés et déçus de la vie dans le monde, et désirent un nouveau mode de vie, ils se sont souvent habitués au statu quo et résistent au changement. De plus, de nombreux nouveaux membres se découragent quand ils constatent la réalité de l'échec et de l'infidélité chez ceux qui prétendent avoir accepté le style de vie adventiste. Le diable se sert activement de ces circonstances pour dissuader beaucoup de nouveaux croyants d'abandonner leur ancienne vie et de devenir chrétiens

Indépendamment du contexte et du milieu d'où provient un individu, il est difficile de changer, or devenir chrétien implique un changement. Voici la bonne nouvelle : l'Évangile contient tout ce qui est nécessaire pour transformer son mode de vie. Cependant, ce changement passe par différentes phases. Quand une personne prend la décision d'accepter le Christ et devenir chrétienne, elle est souvent passionnée par ce choix. Malheureusement, si elle entre dans l'église avec enthousiasme, au bout d'un certain temps, elle est souvent déçue. À ce stade, beaucoup s'éloignent de la foi. S'ils survivent à la phase de déception, ils passeront alors par les phases d'acceptation, d'intégration, et d'engagement.

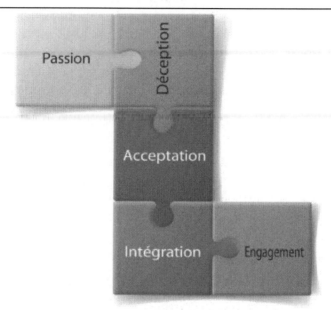

Schéma n°1 : Les phases de l'expérience du nouveau croyant

La phase passionnée

C'est la période pendant laquelle les nouveaux croyants expérimentent la satisfaction qui résulte de leur décision d'accepter le Christ et de devenir membres de l'Église. Durant cette phase, ils ont tendance à penser que si Jésus revenait maintenant, ils seraient prêts pour qu'il les prenne. À ce stade, ils ressentent un amour émotionnel exceptionnellement puissant envers le Seigneur comme envers l'Église, ses membres et sa mission.

Pendant cette phase, les nouveaux membres sont disposés à faire tout et à aller partout pour le Seigneur. Leur attitude s'apparente à l'innocence d'un nouveau-né. Ils considèrent l'église et ses dirigeants comme la voix de Dieu. Ils sont curieux et impatients d'en savoir et d'en apprendre plus sur leur nouvelle foi. Ils sont disposés à sacrifier leur temps, leurs talents et leurs ressources matérielles. Ils sont prêts à œuvrer, à partager leur foi et à participer aux différents services et activités de l'église. Le pasteur et les autres membres d'église devraient faire tout leur possible pour entretenir cette passion.

La phase de déception

Alors que les nouveaux convertis continuent à interagir avec les autres membres d'église, la phase passionnée cède souvent le pas à la déception. En parlant et en écoutant, en observant et en expérimentant, ils commencent à découvrir que les réalités de la nature humaine imparfaite existent aussi dans l'Église. En même temps, ils se trouvent souvent en train d'affronter des problèmes personnels, des difficultés spirituelles et autres facteurs de décourage- ment. En conséquence, ils commencent à avoir des doutes qui les poussent à remettre leur foi en question. Pour compliquer la situation, les réactions des autres membres d'église face à ces doutes – ainsi que l'influence de leurs parents et amis non-adventistes – peuvent aussi être décourageantes.

Quand les nouveaux membres éprouvent de la difficulté à s'adapter à leur nouveau mode de vie, ils peuvent ressentir un sentiment d'échec. Ils peuvent se sentir rejetés ou être critiqués, par les membres d'église comme par des personnes qui n'en font pas partie. Il s'ensuit un sentiment de frustration, de dépression, d'apathie et d'isolement. Par conséquent, le confort du statu quo qu'ils vivaient auparavant commence à leur manquer.

Il est particulièrement important de prendre soin d'eux durant cette étape délicate. Il faudrait établir un plan intentionnel d'accompagnement, pour que des guides spirituels soient assignés aux nouveaux membres afin de les soutenir, de façon à les aider à traverser cette période critique.

La phase d'acceptation

L'acceptation suit, quand le nouveau membre arrive à dépasser la déception. L'amour, l'attention, le soutien et le soin de son guide spirituel, la force donnée par le Saint-Esprit et la relation qu'il a développée avec le Seigneur et avec les autres membres d'église l'aident à parvenir à ce stade. Il a vu, entendu et expérimenté beaucoup, et comprend à présent que devenir chrétien s'accompagne de tout un lot d'émotions, de réalités et d'expériences. Il accepte que le blé et la mauvaise herbe croissent ensemble jusqu'à la moisson. Il est devenu capable d'affronter les moqueries par la grâce du Seigneur. Sa prière et sa vie d'étude se fortifient, et il apprend à faire plus confiance à Jésus.

Il est maintenant capable de tout apporter au Seigneur et de lui faire confiance pour prendre en charge ses préoccupations. Qu'il s'agisse d'une situation pénible ou impossible à contrôler, d'un trait de caractère difficile à changer ou d'une émotion qui le submerge, il est capable d'avancer. Il relativise les questionnements qui l'affaiblissaient et choisit d'accepter la réalité de sa nouvelle vie. Il est conscient de ses forces et de ses faiblesses, et reconnaît que les autres ont également les leurs. Il prend le contrôle de ses actes et se concentre sur une perspective plus large.

À ce stade, les nouveaux membres commencent à poser des questions pour comprendre comment les choses se font dans l'église et pourquoi on procède ainsi. Ils désirent comprendre correctement et bien faire les choses. Par conséquent, ils sont sensibilisés à leurs erreurs et se sentent concernés par ce que les autres pensent d'eux.

La phase d'intégration

Pendant cette phase, les nouveaux membres adhèrent de tout cœur à la foi. Ils sont maintenant en mesure de discerner de nouvelles perspectives enthousiasmantes dans l'église. Leur point de vue dépasse à présent les avantages terrestres du fait d'appartenir à l'église, et ils apprennent à se concentrer sur les bénéfices éternels. À ce stade, ils parviennent à reconnaître l'interdépendance qui existe entre les membres qui partagent la foi, et comprennent le rôle et les fonctions du pasteur, des anciens, des responsables d'église et des membres. Ils développent le désir de participer aux activités de l'église, fréquentent régulièrement les services et cherchent le moyen de s'engager.

La phase d'engagement

Parvenus à cette phase, les nouveaux convertis atteignent un point de satisfaction alors que leur relation avec le Seigneur et l'Église a mûri. Ils ont modifié leurs croyances et leur mode de vie pour se conformer aux doctrines, aux pratiques et à la culture de l'Église. Ils comprennent les enseignements basiques de la foi, témoignent activement auprès d'autrui, et peuvent assumer des rôles de responsabilité dans l'église. Ils utilisent leur temps, leurs talents et leurs autres ressources pour l'accomplissement de la mission de l'Église. Ils n'ont pas besoin d'être contraints pour participer à cette mission. Au contraire, ils ressentent un sentiment d'appartenance, parlent ouvertement de leur foi et sont heureux. Avec l'apôtre Paul, ils peuvent affirmer : « Car je n'ai pas honte de l'Évangile : c'est une puissance de Dieu pour le salut de quiconque croit. » (Romains 1.16). De plus, ils n'ont pas honte d'être appelés chrétiens adventistes du septième jour.

Quatre besoins immédiats des nouveaux croyants

Quand les nouveaux convertis sont baptisés, ils renoncent à certaines relations avec d'anciens amis, des liens avec certaines organisations, certaines structures de soutien, et d'autres choses auxquelles ils étaient attachés. Ils font face à de nouvelles expériences et ont parfois des doutes concernant la décision qu'ils ont prise. L'église doit prendre conscience de ces réalités et répondre à leurs besoins en termes d'affirmation, d'amour fraternel, d'assurance, et de soutien

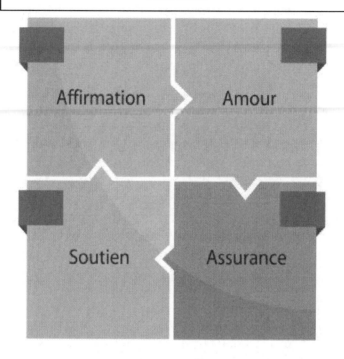

Schéma n°2 : Besoins immédiats des nouveaux convertis

Affirmation — Amour

Soutien — Assurance

L'affirmation

La décision d'être baptisé entraîne invariablement les attaques du diable. Les nouveaux membres sont bombardés par toutes sortes de tentations, et l'ennemi essaie de les convaincre qu'ils ont pris une mauvaise décision. Il les assaille comme il l'a fait avec le pharaon qui, après avoir laissé les Israélites quitter l'Égypte, les poursuit en espérant les prendre quand ils seront sans défense dans le désert, les battre et les contraindre à retourner en Égypte (voir Exode 14.1-9).

Les nouveaux convertis ont besoin qu'on leur répète verbalement qu'ils ont pris la bonne décision en acceptant le Christ et en devenant membres de l'Église. Il faut leur dire ce qu'on admire chez eux, même si cela peut sembler dérisoire ou insignifiant. Il faut leur faire sentir qu'ils sont importants. Parlez-leur des avantages d'être membres d'église, pour cette vie, et pour l'éternité. Pour les aider à surmonter leurs doutes, dites-leur que vous êtes heureux qu'ils aient pris cette décision. Parlez-leur de la mission mondiale de l'Église dont ils font maintenant partie, et partagez avec eux des histoires missionnaires qui fortifieront leur confiance, leur engagement, leur enthousiasme, leur imagination et leur motivation.

L'amour

L'apôtre Jean écrit : « Bien-aimés, aimons-nous les uns les autres ; car l'amour est de Dieu, et quiconque aime est né de Dieu et connaît Dieu. » (1 Jean 4.7). Les nouveaux croyants ont abandonné l'amour du monde pour un amour plus grand. Jean 3.16 identifie la source de cet amour supérieur : « Car Dieu a tant aimé le monde qu'il a donné son fils unique, afin que quiconque croit en lui ne périsse pas, mais qu'il ait la vie éternelle. » De la même façon, nous lisons dans Romains 5.8 : « Mais en ceci, Dieu prouve son amour envers nous : lorsque nous étions encore pécheurs, Christ est mort pour nous. » Les croyants doivent démontrer aux nouveaux membres qu'ils peuvent trouver l'amour du Christ dans l'Église. Cependant, il ne suffit pas d'en parler, ils ont besoin de plus que la simple théorie dans ce domaine. Ils ont besoin d'expérimenter l'amour en action. Stephen Covey observe : Dans la grande littérature de toutes les sociétés évoluées, aimer est un verbe ». Il poursuit et explique : « Aimer est quelque chose que l'on fait : c'est le sacrifice et le don de soi[4] ».

Voici quelques suggestions de manières dont les membres d'église peuvent témoigner activement de l'amour aux nouveaux convertis :
- Les saluer et les accueillir chaleureusement lorsqu'ils viennent à l'église.
- Connaître leur prénom et les appeler par leur prénom.
- favoriser une atmosphère de respect et d'attention qui les encouragera à s'engager dans le programme de l'église.
- Les aider à vivre des émotions positives lors des services et activités sociales de l'église.

---

4 *Steven R. Covey, Les 7 habitudes de ceux qui réalisent tout ce qu'ils entreprennent.

- Les aider à s'investir dans les activités et les programmes de l'église.
- Le cas échéant, accorder votre pardon à eux et aux autres, de façon à ce qu'ils comprennent et adoptent cette vertu chrétienne fondamentale.
- Les écouter et essayer de les comprendre.
- Éviter de faire ou dire des choses qui pourraient les embarrasser.
- Reconnaître certaines qualités ou vertus spéciales que vous voyez en eux.
- Être attentifs à leurs bonnes intentions et actions, et montrer que vous les avez remarquées.
- Leur dire la vérité, même quand c'est difficile, mais toujours avec compassion.
- Encourager la pensée indépendante et l'ouverture d'esprit, plutôt que le conformisme.
- Leur faire de temps en temps la surprise de leur préparer leur plat favori.
- Organiser pour eux une sortie spéciale pour une activité conviviale, intéressante et édifiante.
- Proposer de les aider pour quelque chose sur lequel ils travaillent.
- Se rendre disponible pour écouter et parler, lorsqu'ils se sentent bouleversés, frustrés ou attristés.
- Respecter la confidentialité. Quand ils parlent, écoutez, et ne répandez pas leur vie privée dans toute l'église ni sur les réseaux sociaux.
- Les présenter à des personnes de votre connaissance en exprimant votre appréciation sur eux.
- Leur exprimer verbalement et pratiquement qu'ils sont bienvenus dans la famille de l'église.
- Leur réserver de l'espace dans vos différentes activités.

- Les accompagner pour des promenades, du shopping ou des évènements sportifs.
- Accepter leurs invitations pour faire quelque chose avec eux.
- Leur enseigner à faire quelque chose que vous aimez, et leur demander de vous enseigner à faire quelque chose qu'ils aiment.
- Leur témoigner de la patience.
- Leur rappeler que l'église les aime et que le Seigneur désire plus que tout qu'ils lui restent fidèles.
- Si nécessaire et si possible, leur offrir des cadeaux qu'ils apprécieront.

L'assurance

L'assurance est transmise au moyen de paroles positives qui inspirent confiance et encouragent. Les nouveaux membres ont besoin d'acquérir la certitude que leur Dieu est le même que celui qui a défendu les Israélites dans le désert. Ils ont besoin de l'assurance de Matthieu 28.20 : « Et voici, je suis avec vous tous les jours, jusqu'à la fin du monde, » de Jérémie 29.11 : « Je connais, moi, les desseins que je forme à votre sujet, oracle de l'Éternel, desseins de paix et non de malheur, afin de vous donner un avenir fait d'espérance, » et de Philippiens 4.19 : « Mon Dieu pourvoira à tous vos besoins selon sa richesse, avec gloire, en Christ-Jésus. » Partagez avec eux des expériences personnelles pour leur montrer comment le Seigneur vous a guidé, ou a guidé d'autres personnes, par le passé. Assurez-leur que Dieu est toujours tout-puissant et qu'il agit en leur faveur.

Le soutien

Il est important d'offrir du soutien aux nouveaux membres, en répondant à leurs besoins et en leur rendant service. Aidez-les à découvrir leurs talents et dons spirituels, et enseignez-leur à les utiliser (voir chapitre 5).Aidez-les à étudier la Bible, l'École du sabbat et les écrits d'Ellen White. Proposez-leur d'être leur partenaire de prière. Expliquez-leur ce qui concerne l'Église et l'Évangile. Aidez-les à satisfaire leurs besoins matériels. Ont-ils besoin de vêtements, d'un toit, d'un travail, d'aliments ou d'autre chose ? Pouvez-vous les aider ou les adresser à quelqu'un qui est en mesure de le faire ? Pouvez-vous leur enseigner certaines compétences, ou connaissez-vous quelqu'un qui peut le faire ?

Un programme d'accompagnement pour l'église locale

Le programme suivant a été testé et s'est révélé très efficace pour le soin apporté aux nouveaux croyants dans la foi, lorsqu'il est appliqué correctement. Il en ressort d'une étude portant sur plus de deux cent quarante membres récemment baptisés, que 90 % d'entre eux étaient toujours dans la foi deux ans après leur baptême.

1. Organiser une fête d'accueil dès que possible après leur baptême pour accueillir socialement les nouveaux membres dans l'église.

2. Proposer à tous les nouveaux baptisés de suivre une classe d'École du sabbat spéciale pendant au moins un trimestre.

a. Pendant les douze premières semaines de cette classe d'École du sabbat, on choisira sur un programme d'étude spécialement conçu pour les jeunes baptisés, qui couvrira les doctrines essentielles de l'Église et les principes du discipulat.

b. Si l'on utilise ce programme d'étude de la Bible pendant le temps de l'École du sabbat, on prendra dix minutes chaque semaine pour revoir le sujet régulier de l'École du sabbat avant d'aborder le thème biblique spécial.

c. À la fin de chaque étude, proposez un court quiz. Cela contribuera à motiver et à assimiler l'enseignement.

d. Notez les noms des membres présents chaque semaine. Cela permettra aux responsables de savoir combien de doctrines chaque personne a déjà étudiées. Cela indiquera également quels membres s'affaiblissent et ont besoin d'une attention particulière.

3. Assignez à chaque nouveau membre un guide de soutien spirituel qui veillera à son bien-être. Cette personne devrait :

a. Visiter, appeler, encourager et soutenir le nouveau membre afin de l'aider à s'adapter le plus vite possible à la vie de l'église.

b. S'assurer que pendant au moins les trois premiers mois après son baptême, le nouveau converti est invité à manger chaque sabbat chez des membres d'église.

c. S'informer sur les talents et intérêts du nouveau membre, et collaborer avec les responsables des différents départements et ministères pour faire en sorte que le jeune baptisé puisse mettre à profit ces talents et intérêts dans les programmes et services de l'église.

4. Intégrez les nouveaux croyants dans de petits groupes et des équipes de témoignage, dans lesquels ils se joindront aux autres membres d'église dans l'expérience du témoignage.

5. Organisez une journée pour les nouveaux convertis au moins une fois par trimestre, pour leur donner l'occasion de participer aux différents aspects des services de l'église.

6. Voici d'autres occasions de faire participer les nouveaux convertis aux programmes de l'église :

a. Organiser un programme d'École du sabbat pour les nouveaux convertis.
b. Organiser un programme pour les jeunes nouvellement convertis.
c. favoriser les classes d'études bibliques pour les nouveaux convertis.
d. Organiser des réunions de prière pour les nouveaux convertis.
e. Intégrer les nouveaux convertis dans la chorale d'église.

7. Encourager les nouveaux membres à étudier les sujets suivants. fournissez-leur un livre d'étude de la Bible.

a. Les saintes Écritures
b. Le caractère et les attributs de Dieu
c. Le Saint-Esprit et son œuvre
d. Confession et pardon
e. Le royaume de grâce et gloire
f. La guerre de Satan contre l'Église
g. L'image de la bête
h. Les lois morales et cérémonielles
i. Raisons de l'observation du sabbat
j. Le soutien du ministère et les offrandes
k. Le retour du Christ
l. Les deux résurrections
m. Supporter les difficultés et la persécution
n. Comment être un témoin assuré
o. Comment défendre votre foi
p. Ellen White et l'Église adventiste du septième jour
q. Structure et organisation de l'Église adventiste du septième jour
r. Comment être disciple de Jésus
s. Le sanctuaire

Un paradigme du discipulat dans la rétention de nouveaux membres

Objectifs
1. Prendre soin des nouveaux membres dans la foi
2. Répondre aux besoins des nouveaux membres
3. Permettre aux nouveaux membres de partager activement leur foi

Introduction

Le mandat de Jésus à ses disciples se trouve dans Matthieu 28:19-20 : « Allez, faites de toutes les nations des disciples, les baptisant au nom du Père, du Fils et du Saint-Esprit et enseignez-leur à observer tout ce que je vous ai prescrit. Et voici, je suis avec vous tous les jours, jusqu'à la fin du monde ».

Sur la base de ce texte, faire des disciples est la responsabilité primordiale de l'Église. Cinq des valeurs fondamentales des disciples de Jésus sont : *Dévotion, fraternité, services à la communauté, évangélisation et gestion chrétienne.* Ce programme de discipulat est conçu afin d'engager chaque nouveau membre à grandir dans ces cinq domaines principaux en tant que disciple et économe fidèle de Jésus (voir le chapitre sur le discipulat).

Organisation

L'église doit nommer un comité de rétention composé de personnes qui :

1. Sont engagées dans la croissance holistique des nouveaux membres.
2. Sont capables de consacrer du temps à diriger le programme de rétention.
3. Sont attachées aux principes fondamentaux et à la pratique de l'Église adventiste du septième jour.
4. Peuvent guider les nouveaux membres à grandir dans les six principes de rétention établis par la Conférence générale des adventistes du septième jour et qui sont ancrés dans les cinq valeurs fondamentales du discipulat présentées dans ce livre.
5. Étudient et comprennent les cinq phases et les quatre besoins immédiats des nouveaux membres.
6. Exécutent le programme de rétention dans l'église locale.
7. S'assurent que l'entrevue d'orientation soit faite entre le pasteur / ancien de l'église et chaque nouveau membre comme indiqué dans le chapitre *Pour le nouveau membre.*
8. Instruisent tous les nouveaux membres selon le contenu du chapitre qui traite des nouveaux membres.

Activités suggérées pour chaque valeur fondamentale du programme de discipulat :

I. Valeur fondamentale du discipulat – Dévotion

Par cette valeur, les nouveaux membres seront encouragés à :
- Assister aux services de culte hebdomadaires.

- Étudier leur leçon de l'école du sabbat.
- Améliorer leur vie de prière personnelle grâce à des initiatives de prière régulières.
- Avoir un culte quotidien ou un culte familial (le cas échéant)
- Lire leur Bible, ce qui les inspirera et les motivera à développer une routine individuelle de lecture de la Bible, augmentera leurs connaissances bibliques afin d'appliquer la parole de Dieu dans leur vie personnelle.
- Encourager les membres à approfondir leurs connaissances du ministère et des conseils d'Ellen White pour faire des applications personnelles dans leur vie et leur ministère.
- Soutenir et participer aux divers programmes spirituels et initiatives de l'église.
- Participer à toute autre initiative pertinente pouvant développer leur vie spirituelle.

II. Valeur fondamentale du discipulat – Fraternité

Dans cette valeur, les nouveaux membres seront encouragés à :

- Développer des contacts et des relations sociales avec les autres qui mènent à des relations amicales, en s'engageant dans diverses formes d'interactions sociales avec des individus tant à l'intérieur qu'à l'extérieur de la communauté de l'église.
- Créer un contact individuel avec les autres membres de l'église à travers des activités sociales organisées ou des rencontres personnelles.
- Aider les membres et les non-membres à résoudre leurs problèmes sociaux, physiques et émotionnels.
- Avoir au moins deux personnes avec qui socialiser en tout temps. L'une peut être membre de l'Église ; l'autre devrait être un non-membre, éventuel futur membre d'église.
- Apprendre comment attirer l'attention des autres personnes, comme mentionné ci-dessus et construire avec elles des relations amicales.
- Participer à des activités sociales spécifiques organisées par l'église ou le petit groupe pour les amener à se lier les unes avec

les autres, à tisser des liens solides et à apprécier la communauté chrétienne.

III. Valeur fondamentale du discipulat – Evangélisation

Dans cette valeur, les nouveaux membres seront encouragés à :

- Partager leur foi et l'Évangile de Jésus - la bonne nouvelle du salut - avec les autres.
- Travailler en équipe ou avec un partenaire pour partager l'Évangile avec les autres.
- Déterminer le moment le plus approprié pour s'impliquer dans des activités de partage de leur foi.
- Participer aux programmes des activités de partage de foi déterminées par le groupe.
- Apprendre à susciter l'intérêt et l'attention des non-adventistes et à mener des études bibliques avec eux (voir l'annexe G).

IV. Valeur fondamentale du discipulat – Service à la Communauté

Cette valeur concerne la réponse aux besoins matériels, sociaux et autres des individus de la communauté environnante. Par cette valeur, les nouveaux membres seront encouragés à :

- Participer à des ministères de sensibilisation organisés par l'église ou à des efforts de sensibilisation personnels.
- Répondre aux besoins matériels, sociaux et autres des individus de la communauté environnante (voir le chapitre Préparation du champ).
- Matthieu 25:35 et 36 - Jésus a décrit le ministère de sensibilisation d'un disciple : «Car j'ai eu faim, et vous m'avez donné à manger ; j'ai eu soif, et vous m'avez donné à boire ; j'étais étranger, et vous m'avez recueilli ; j'étais nu, et vous m'avez vêtu ; j'étais malade, et vous m'avez visité ; j'étais en prison, et vous êtes venus vers moi. ».
- Participer à un service communautaire organisé par l'église qui englobe tous les actes de compassion cités ci-dessus.

- Participer à d'autres activités qui soulagent la souffrance humaine et satisfont les besoins humains.
- Participer à des enquêtes pertinentes au sein de l'église et de la plus large communauté pour déterminer les besoins sociaux et autres, et travailler pour répondre à ces manques.

V. Valeur fondamentale du discipulat – Gestion chrétienne

Cette valeur fondamentale concerne tous les dons, talents et autres ressources en notre possession, donnés en dépôt, et qui appartiennent à Dieu. Les membres sont encouragés à les utiliser avec sagesse et de manière appropriée pour répondre aux besoins personnels, pour faire avancer la cause du Christ et pour bénir les autres. Les nouveaux membres sont encouragés à :

- Sacrifier au moins 8 heures par semaine pour participer à des activités de fraternité et de sensibilisation organisées par l'église.
- Passer au moins 45 minutes par jour dans la prière, l'étude des leçons, l'étude de la Bible et d'autres lectures inspirantes.
- Rendre fidèlement leur dîme et offrande.
- Identifier leurs talents et dons spirituels et les utiliser au sein de l'Église.
- Vivre une vie de fidélité au Seigneur dans la gestion de leurs talents, leur temps, leurs ressources et le temple qu'est leur corps en servant l'Église et les autres.

Fiche d'organisation pour la rétention des nouveaux membres

I.Nom du directeur du programme de rétention :_____

II.Noms des membres du comité de rétention :

_____   _____
_____   _____
_____   _____
_____   _____

III.Noms des nouveaux membres   Noms des mentors spirituels

_____   _____
_____   _____
_____   _____
_____   _____
_____   _____

Noms des coordinateurs de chaque valeur fondamentale

_____ Coordinateur Dévotion
_____ Coordinateur Fraternité
_____ Coordinateur Evangélisation
_____ Coordinateur Service communautaire
_____ Coordinateur Gestion chrétienne

1. Nommez quatre initiatives spécifiques que les nouveaux membres réaliseront dans le cadre de la Dévotion.

_____
_____
_____
_____

2. Nommez quatre initiatives spécifiques que les nouveaux membres feront dans le cadre de la Fraternité

_____
_____
_____
_____

3. Nommez quatre initiatives spécifiques que les nouveaux membres accompliront dans le cadre de l'Evangélisation

_____

_____

_____

4. Nommez quatre initiatives spécifiques que les nouveaux membres mèneront dans le cadre du Service communautaire.

_____

_____

_____

5. Nommez quatre initiatives spécifiques que les nouveaux membres réaliseront dans le cadre de la Gestion chrétienne.

_____

_____

_____

_____

Révision et discussion

- *Quelle autorité biblique souligne la nécessité d'une stratégie pour accompagner les nouveaux membres dans le corps des croyants ?*

- *Comment Ellen White confirme-t-elle la nécessité d'une telle stratégie ?*

- *En quoi la déclaration de mission de l'Église adventiste se réfère-t-elle à un besoin d'une stratégie de soin spiritual dans chaque église ?*

- *Identifier trois facteurs essentiels pour prendre soin des nouveaux membres dans leur foi, et expliquer comment l'Église peut faire de ces facteurs une réalité.*

- *Citer et décrire les cinq phases de l'expérience du nouveau croyant.*

- *Comment répondriez-vous aux quatre besoins immédiats des nouveaux croyants ?*

- *Ébaucher un plan sur douze semaines pour mettre pratiquement en œuvre le soin des nouveaux convertis à la foi.*

- *Quelles sont les sept sujets doctrinaux les plus importants que vous aimeriez expliquer à un nouveau membre qui ne connaissait pas l'Église adventiste avant sa conversion ?*

21
Pour le nouveau croyant

VOUS ÊTES MAINTENANT devenu adventiste du septième jour — bienvenue ! Par le baptême, vous avez exprimé publiquement votre foi en Jésus et avez commencé une vie nouvelle en lui (Romains 6.3, 4). Le baptême peut être comparé à la porte d'entrée de l'Église, et à un mariage spirituel avec le Christ (Romains 7.2–4). C'est la manifestation de votre décision de rompre votre allégeance au monde, et de devenir membre du corps du Christ, et c'est un pas significatif dans votre expérience de salut. En réalité, c'est la décision la plus importante que vous ayez jamais prise, et elle vous donne l'assurance d'un futur certain avec le Christ.

Devenir chrétien, c'est un voyage et non pas une destination. Le royaume des cieux est la destination, et durant votre voyage, vous vivrez des expériences plus ou moins agréables. Comme dans tout autre voyage, vous cheminerez sur des routes plus faciles que d'autres. Il y aura des jours où vous vous sentirez enthousiaste et motivé par votre foi, et d'autres où vous vous demanderez si vous avez pris la bonne décision.

Quoi qu'il en soit, vous avez reçu l'aide du Saint Esprit, vous êtes guidé par la Parole de Dieu, et vous constaterez que chaque jour, Jésus vous inspire une nouvelle espérance et confiance. Les instructions suivantes vous aideront à relativiser certaines difficultés que vous rencontrerez, et à vous adapter à votre nouvelle foi, positive et satisfaisante.

Certitudes bibliques pour les nouveaux convertis

En tant que nouveau membre d'église, il est essentiel que vous soyez conscient que votre salut se base uniquement et entièrement sur la grâce de Jésus-Christ, que vous avez par la foi accepté comme votre Seigneur et Sauveur. « C'est par la grâce en effet que vous êtes sauvés, par le moyen de la foi. Et cela ne vient pas de vous, c'est le don de Dieu. Ce n'est point par les œuvres, afin que personne ne se glorifie. » (Éphésiens 2.8) Cette assurance du salut ne dépend pas de vos sentiments. Parfois, vous vous sentirez heureux et assuré, et d'autres fois, vous aurez des sentiments totalement opposés. Souvenez-vous simplement que le Seigneur ne vous abandonnera jamais, indépendamment de ce que vous ressentez. Il a promis : « Je ne te délaisserai pas et je ne t'abandonnerai pas. » (Hébreux 13.5). Dans votre nouvelle relation avec le Christ, vous vivez chaque jour non pas par ce que vous voyez, mais par la foi et la confiance. L'apôtre Paul l'exprime ainsi : « car nous marchons par la foi et non par la vue » (2 Corinthiens 5.7).

La Bible contient cette précieuse promesse du Seigneur : « Si tu confesses de ta bouche le Seigneur Jésus, et si tu crois dans ton cœur que Dieu l'a ressuscité d'entre les morts, tu seras sauvé. » (Romains 10.9). C'est ce que vous avez déclaré et c'est la raison pour laquelle vous êtes maintenant membre du corps du Christ. Chaque fois que le diable vous assaille avec des doutes et vous fait croire que vous n'êtes pas vraiment sauvé ou que vous n'êtes pas aussi bon que d'autres chrétiens, souvenez-vous simplement de ce texte et laissez-le vous encourager.

Les Écritures enseignent qu'en tant qu'êtres humains, nous naissons dans une nature de péché qui nous sépare de Dieu. Cette nature cause notre mort éternelle. Cependant, Jésus est venu et a souffert des conséquences du péché, afin de pouvoir transformer notre nature. Il est mort en tant que notre Substitut, et maintenant que vous avez accepté sa mort pour vous, il vous a pardonné de votre péché et vous a rendu participant de sa nature spirituelle (2 Pierre 1.4). « Si nous confessons nos péchés, il est fidèle et juste pour nous pardonner nos péchés et nous purifier de toute injustice. » (1 Jean 1.9)

En tant que chrétien, vous commettrez des erreurs ; cependant, le sang du Christ vous a purifié et vous a donné une vie nouvelle, et le Saint Esprit vous permettra de vivre constamment dans cette vie. « Je suis crucifié avec Christ, et ce n'est plus moi qui vis, c'est Christ, qui vit en moi ; ma vie présente dans la chair, je la vis dans la foi au fils de Dieu, qui m'a aimé et qui s'est livré lui-même pour moi. » (Galates 2.20) Il vous a purifié, et par sa puissance, vous pouvez continuer à le suivre, avec la certitude que vous n'êtes pas condamné. « Il n'y a donc maintenant aucune condamnation pour ceux qui sont en Christ-Jésus. » (Romains 8.1)

Souvenez-vous aussi qu'au moment où vous avez accepté Jésus comme votre Sauveur, le Saint Esprit vient demeurer dans votre cœur. « Ne savez-vous pas ceci : votre corps est le temple du Saint-Esprit qui est en vous ? » (1 Corinthiens 6.19) Lors de votre conversion, vous n'êtes pas simplement devenu une meilleure personne. Au contraire, vous êtes né de nouveau comme une personne spirituelle, et le Saint Esprit demeure en vous. Vous êtes maintenant une personne entièrement renouvelée. « Si quelqu'un est en Christ, il est une nouvelle créature. Les choses anciennes sont passées ; voici : toutes choses sont devenues nouvelles. » (2 Corinthiens 5.17). Cela ne peut pas s'expliquer humainement, car c'est un mystère divin.

Puisque vous avez accepté le Christ comme Sauveur, Dieu vous offre gratuitement la vie éternelle. À la fin, après votre mort physique, Dieu vous donnera un corps nouveau lors de la première résurrection, et vous vivrez avec lui, dans son royaume, pour l'éternité. Jésus a promis : « Que votre cœur ne se trouble pas. Croyez en Dieu, croyez aussi en moi. Il y a beaucoup de demeures dans la maison de mon Père. Sinon, je vous l'aurais dit ; car je vais vous préparer une place. Donc, si je m'en vais et vous prépare une place, je reviendrai et je vous prendrai avec moi, afin que là où je suis, vous y soyez aussi. » (Jean 14.1-3).

L'important est de conserver votre relation avec lui, car il est le seul qui vous maintient dans le salut. Vous ne pouvez pas faire cela par vous-même, mais comme l'écrit l'apôtre Paul : « Je puis tout par celui qui me fortife » (Philippiens 4.13). Votre relation avec lui ne stagnera pas et ne déclinera pas, tant que vous vous laisserez guider par lui. Vous grandirez alors dans la foi et vous serez spirituellement fortifiés, alors que vous marcherez avec lui. « Mais croissez dans la grâce et la connaissance de notre Seigneur et Sauveur Jésus-Christ. » (2 Pierre 3.18)

Ne laissez pas les découragements, les tentations ou les épreuves vous détourner du Christ. Il est celui qui vous donne le salut, c'est pourquoi si vous vous éloignez de lui, vous laisserez le salut derrière vous. C'est la raison pour laquelle l'apôtre recommande à tous les croyants : « demeurez dans la foi, fondés et établis pour ne pas être emportés loin de l'espérance de l'Évangile que vous avez entendu » (Colossiens 1.23).

Hébreux 10.25 conseille aux croyants de se soutenir les uns les autres : « N'abandonnons pas notre assemblée, comme certains en ont l'habitude, mais encourageons-nous mutuellement. » Ce texte rappelle avec force l'importance de fréquenter régulièrement l'église. Lorsque vous adorez avec des croyants dont vous partagez la foi, vous grandissez spirituellement et socialement en tant que chrétien, et votre foi est fortifiée par les messages de la Parole de Dieu, l'étude des doctrines bibliques, la prière collective et la communion fraternelle avec les autres membres. Les services de culte vous donnent également l'occasion d'exprimer votre amour, votre fidélité et votre gratitude à Dieu. Ne vous absentez pas sans raison valable de l'église. Ne cédez pas à l'envie de n'y aller que de temps en temps. Lorsque vous manquez une fois, le diable se réjouit et profite d'une absence pour en encourager une autre, jusqu'à ce qu'il vous dissuade totalement d'y aller. La Bible nous enjoint de résister au diable : « Soumettez-vous donc à Dieu ; résistez au diable, et il fuira loin de vous. » (Jacques 4.7)

La prière est une partie essentielle de votre vie spirituelle quotidienne. Le Seigneur désire une communion quotidienne avec vous, et la prière représente un aspect important de cette communion. Dieu promet de répondre à nos prières et il aime entendre notre voix. Nous lisons dans Jérémie 33.3 : « Invoque-moi, et je te répondrai ; je t'annoncerai de grandes choses, des choses cachées, que tu ne connaissais pas. » L'apôtre Paul dit que nous devrions « prier sans cesse » (1 Thessaloniciens 5.17).

Paul conseille à Timothée : « Efforce-toi de te présenter devant Dieu comme un homme qui a fait ses preuves, un ouvrier qui n'a pas à rougir et qui dispense avec droiture la parole de la vérité. » (2 Timothée 2.15). Ce conseil s'applique aussi à vous. Lorsque vous étudiez diligemment la Parole de Dieu, vous êtes approuvé de lui. Le psalmiste David écrit : « ta Parole est une lampe à mes pieds et une lampe sur mon sentier. » (Psaume 119.105)

Alors que vous grandirez dans votre relation avec le Seigneur, il vous donnera de plus en plus de force pour vaincre vos mauvais comportements et habitudes. « Puisque nous avons de telles promesses, bien-aimés, purifions-nous de toute souillure de la chair et de l'esprit, en développant jusqu'à son terme la sainteté dans la crainte de Dieu. » (2 Corinthiens 7.1) Grâce à la puissance du Saint-Esprit, vous obtiendrez la victoire sur la corruption du monde.

La Bible enseigne que le Saint-Esprit nous donne de la puissance en vue du service, ce qui nous permet de donner un témoignage convaincant, par une vie chrétienne authentique, et de proclamer avec assurance la suprématie du Christ. « Mais vous recevrez une puissance, celle du Saint-Esprit survenant sur vous, et vous serez mes témoins à Jérusalem, dans toute la Judée, dans la Samarie et jusqu'aux extrémités de la terre. » (Actes 1.8) Si vous croyez en Christ, vous devez parler de lui aux autres. Ne gardez pas ce secret. Jésus déclare : « C'est pourquoi, quiconque me confessera devant les hommes, je le confesserai moi aussi devant mon Père qui est dans les cieux ; mais quiconque me reniera devant les hommes, je le renierai moi aussi devant mon Père qui est dans les cieux. » (Matthieu 10.33)

Nourrir votre vie spirituelle personnelle
La prière

Efforcez-vous de développer et d'intensifier votre vie de prière personnelle. Parlez au Seigneur aussi souvent que possible chaque jour, et cultivez un esprit et une habitude de prière. Lorsque vous vous réveillez chaque matin, la prière doit être votre priorité. Vous pouvez prier où que vous vous trouviez. Il n'est pas nécessaire d'être debout, à genoux, ou assis. Vous pouvez prier le Seigneur pendant que vous marchez ou êtes encore allongé. Vous pouvez prendre la position qui convient à la circonstance. Cependant, la position agenouillée est la meilleure façon de s'approcher du

Seigneur en prière. Il est bien de démontrer ainsi une attitude d'humilité aussi souvent que possible quand vous parlez à Dieu.

La communauté de l'église vous donne l'occasion de prier collectivement, et vous devriez profiter de ces occasions pour en faire un aspect fondamental de votre vie de prière. Vous pouvez vous joindre à des groupes de prière de l'église, et participer à la réunion de prière hebdomadaire. De plus le service du culte du sabbat est l'occasion de s'unir en prière à toute la fa- mille de l'église.

L'étude personnelle

Développez une habitude d'étude de la Bible, afin d'approfondir votre connaissance de la Parole de Dieu, d'entendre sa voix et de nourrir votre vie spirituelle. Faites cela aussi souvent que possible durant la semaine. Essayez de lire la Bible en entier, depuis la Genèse jusqu'à l'Apocalypse. Il existe différents guides et méthodes d'étude que vous pourrez choisir selon ce qui correspond le mieux à votre temps et votre situation. Votre guide spirituel ou un autre membre d'église peut vous aider à identifier certaines de ces méthodes.

Vous aurez besoin d'autres ressources spirituelles, telles que le manuel de l'École du sabbat, un livre de méditations quotidiennes et un recueil de chants. Certains livres répondront à beaucoup de vos questions concernant la Bible. Les écrits d'Ellen White fournissent d'importants et valables conseils qui nourriront votre foi et vous aideront à développer des pratiques et un style de vie positifs dans les domaines de l'alimentation de la santé, des relations sociales et des divertissements.

Vous devriez étudier les doctrines de l'Église et apprendre les différences fondamentales entre votre ancienne et votre nouvelle foi. Les livres *Ce que croient les adventistes* et *28 croyances fondamentales* vous aideront à vous familiariser avec les vingt-huit croyances fondamentales de l'Église adventiste du septième jour :

1. Les Saintes Écritures
2. La Trinité
3. Le Père
4. Le Fils

5. Le Saint-Esprit
6. La création
7. La nature de l'homme
8. Le grand confit
9. La vie, la mort et la résurrection du Christ
10. L'expérience du salut
11. Grandir en Christ
12. L'Église
13. Le reste et sa mission
14. L'unité dans le corps du Christ
15. Le baptême
16. La sainte Cène
17. Les dons spirituels et ministères
18. Le don de prophétie
19. La loi de Dieu
20. Le sabbat
21. La gestion chrétienne de la vie
22. Le comportement chrétien
23. Le mariage et la famille
24. Le ministère du Christ dans le sanctuaire céleste
25. Le retour du Christ
26. La mort et la résurrection
27. Le millénium et la fin du péché
28. La nouvelle Terre

Le culte de famille

Il est essentiel de mettre à part un temps commun où tous les membres de la famille se réunissent pour adorer Dieu et méditer ensemble. Vous pouvez chanter un chant, prier, et étudier un passage de l'Écriture, la leçon de l'École du sabbat, ou un autre livre de méditation. Cela devrait être une pratique quotidienne. L'idéal serait que ce soit la première activité de la famille le matin. S'il est impossible que les membres de la famille se rassemblent pour le culte le matin, ils doivent le faire le soir. Le mieux serait d'y consacrer un moment matin et soir, si possible. Même si vous êtes le seul membre de la famille, ne renoncez pas à cet excellent moyen d'édifier et de nourrir votre foi.

L'accueil du sabbat

Le sabbat est un temps spécial dans la vie de tout adventiste. Puisque les jours de la création commençaient le soir, le sabbat qui est le septième jour de la création débute au coucher du soleil le vendredi soir et se termine au coucher du soleil du samedi soir, le septième jour de la semaine. (Genèse 1.5, 8, 13, 19, 23, 31 ; Lévitique 23.32 ; Néhémie 13.19). faites en sorte d'avoir achevé tout votre travail, vos courses, vos plaisirs profanes et votre préparation du sabbat avant le coucher du soleil chaque vendredi, afin de pouvoir avec votre famille accueillir le sabbat.

Voici des suggestions pour commencer le sabbat : chanter des chants spéciaux et gospel, y compris des hymnes sur le sabbat, prier en famille, étudier des passages de l'Écriture, revoir la leçon de l'École du sabbat, jouer à des jeux bibliques, lire des histoires inspirantes, partager des expériences des bénédictions du Seigneur et de la façon dont il vous guide et vous protège. Ce culte de famille doit être court, mais avoir du sens. Après une longue semaine de travail et autres activités, les membres de la famille sont certainement fatigués et n'auront pas envie de prolonger les discours. Mettez des chants gospel en musique de fond pour favoriser une ambiance paisible et spirituelle. Vous pouvez inviter des amis à se joindre à vous pour accueillir le sabbat, ou allez chez une autre famille pour cette occasion particulière.

Les services de l'Église

Il est extrêmement important de fréquenter l'église chaque sabbat pour édifier votre foi, établir des relations avec d'autres membres d'église, et vous intégrer dans votre nouvelle communauté de foi. Les services du sabbat inspireront votre vie chrétienne de la semaine. Certaines églises programment une École du sabbat, un service de culte, un temps d'étude biblique, une rencontre de jeunesse et une réunion de fin de sabbat chaque semaine. Chacun de ces services à sa propre fonction et valeur, et vous aidera dans votre développement spirituel.

L'École du sabbat

Le manuel de l'École du sabbat est le guide officiel d'étude biblique de l'Église adventiste. Tous les adventistes du monde étudient la même leçon chaque semaine. Il existe un manuel pour chaque tranche d'âge. Vérifiez que vous possédez le guide pour chaque trimestre, et étudiez la partie de chaque jour. Lorsque vous rejoindrez votre classe d'École du sabbat le samedi matin, vous serez en mesure de participer à la discussion sur la leçon, à trouver des réponses aux questions qui vous sont venues lors de votre étude, et à partager les idées et éclaircissements que vous avez-vous-même trouvés.

La sainte cène

Chaque communauté locale célèbre au moins une fois par trimestre la sainte cène, que l'on appelle aussi service de communion. Elle est ouverte à tous ceux qui y croient et qui acceptent Jésus comme leur Sauveur. Elle sert de souvenir concret de la mort et la résurrection de notre Seigneur, et de l'espérance de son glorieux retour. Ce service vous donne également l'occasion de se consacrer ou reconsacrer au Seigneur. Avant de partager les emblèmes, on participe à la cérémonie d'humilité, lors de laquelle les membres se lavent mutuellement les pieds. Cela peut être comparé à un baptême en miniature, qui représente la purification des péchés que nous commettons. On partage ensuite le pain qui symbolise la mort du Christ à notre place sur la croix, et le vin qui représente le sang qu'il a versé pour la rémission de nos péchés (Matthieu 26.26–30). Ce service fait nécessairement partie de votre expérience spirituelle, et vous devriez y participer aussi souvent que possible.

Explorez votre Église !

Essayez d'en savoir autant que possible sur votre Église, sur ce qu'elle enseigne, ce qu'elle croit, la façon dont elle fonctionne, ainsi que sur vos droits, privilèges et responsabilités. Dans vos recherches, ne dépendez pas de ce que les autres font ou disent. Découvrez par vous-même et si nécessaire, cherchez la confirmation biblique de ce que vous apprenez. Investissez-vous, gardez l'esprit ouvert, soyez disposé à apprendre et faites connaissance avec votre Église !

L'entretien d'orientation
Dans les deux ou trois semaines qui suivent votre baptême, il serait bien que vous ayez un entretien avec votre pasteur et un ancien. En tant que nouveau membre, ne manquez pas cette rencontre. Votre guide spirituel peut vous aider à fixer ce rendez-vous. Lorsque vous rencontrez le pasteur, soyez prêt à parler de vous et à poser des questions. Voici quelques suggestions de questions et d'idées qui vous aideront à tirer profit de cet entretien d'orientation:

1. « Qu'attendez-vous de moi en tant que nouveau membre ? »
2. « Quelles ressources et soutien l'Église fournit-elle pour m'aider à grandir dans la foi ? »
3. « Y a-t-il quelque chose en particulier que je devrais savoir en tant que nouveau membre de cette église ? »
4. Parlez au pasteur de votre expérience de foi avant de vous joindre à l'Église adventiste, et de la façon dont vous avez connu l'Église.
5. Parlez de votre travail, votre famille, vos hobbies.
6. Si vous le désirez, parlez un peu de votre santé.
7. Parlez de vos points faibles et points forts, et de la façon dont vous pouvez les utiliser ou les développer dans l'église.
8. S'il existe des problèmes personnels dont vous aimeriez informer le pasteur, sentez-vous libre de le faire.

La structure organisationnelle de l'Église adventiste
La structure organisationnelle de l'Église adventiste mondiale est unique. Vous êtes membre d'une communauté locale, dont le pasteur sert de berger pour le troupeau. Le pasteur, ainsi que les membres du comité d'église et autres dirigeants de l'église sont responsables de l'administration de votre communauté. Le Manuel d'Église établit les directives qui gouvernent le fonctionnement de l'église locale.

Les membres élisent tous les responsables de et les membres du comité d'église tous les ans ou tous les deux ans. Les responsables de l'église, c'est- à-dire les anciens, diacres, diaconesses, secrétaire, trésorier et leaders des différents départements constituent le comité d'église. Vous devez savoir quels sont le rôle et le fonctionnement du comité d'église et de l'assemblée générale. faites en sorte d'assister aux assemblées générales.

Votre pasteur est peut-être responsable d'un district composé de plusieurs communautés locales. Le pasteur est employé par l'organisation de l'Église adventiste, au niveau de la fédération locale. La fédération exerce l'autorité administrative sur un groupe d'églises organisées en districts pastoraux, dans une zone géographique donnée. un ensemble de fédérations peut se réunir sur une zone géographique plus large pour former une union de fédérations. De la même façon, des groupes d'unions de fédérations sont regroupées en divisions de la Conférence générale.

La Conférence générale est l'organe de gouvernement mondial de l'Église. Son siège est situé à Silver Spring, Maryland, aux États-Unis. Afin de diriger efficacement l'Église mondiale, la Conférence générale est constituée de treize divisions régionales. Alors que de nouvelles églises, fédérations et unions se forment, la Conférence générale peut être amenée à faire des ajustements au niveau des divisions, de façon à favoriser une administration efficace du champ mondial.

Il est utile que vous compreniez les relations qui existent entre votre église locale et la fédération, l'union, la division et la Conférence générale elle-même. Vous devriez connaître les noms de votre fédération, union et division, et savoir où sont situés leurs sièges respectifs. Il serait également souhaitable que vous connaissiez le nom du président, du secrétaire, du trésorier, et des différents responsables de départements de chaque niveau de l'Église. Chaque fois que vous en avez l'occasion, il est bon que vous rencontriez et connaissiez ces personnes.

Les services de santé et d'éducation

Les institutions mondiales d'éducation et de santé de l'Église font partie des systèmes liés à une église les plus importants au monde. L'Église a institué des milliers de jardins d'enfants, d'écoles primaires et secondaires, de lycées et universités. Ces institutions complètent l'œuvre accomplie à l'église et au foyer pour nourrir votre foi et celle de vos enfants. Si cela vous est possible, efforcez-vous de profiter des institutions éducatives de l'Église. C'est une grande bénédiction de recevoir une formation académique dans un cadre qui fonctionne selon la foi chrétienne. De même, vous pouvez bénéficier de soins médicaux dans les institutions médicales de l'Église. Informez-vous sur les modalités d'accès aux services de ces institutions, si vous en avez besoin. Il faut savoir que les services éducatifs et médicaux proposés par l'Église impliquent un coût financier.

Les ministères de l'église locale

L'église a organisé différents ministères qui vous proposent, ainsi qu'à votre famille, un soutien spirituel et vous donnent l'occasion de participer à la vie de la communauté, en utilisant vos talents et dons spirituels pour édifier le corps du Christ. Ces ministère sont l'École du sabbat et les ministères personnels, les services à la société, les communications, la gestion chrétienne de la vie, le ministère auprès des enfants, la jeunesse, le ministère des femmes, les hommes adventistes, le ministère de la famille, les publications, le ministère de la santé, l'éducation, les services fiduciaires, et la liberté religieuse. Les petits groupes fournissent également une excellente occasion de croissance spirituelle et de participation. Essayez de déterminer dans quel(s) domaine(s) le Seigneur vous a donné un don pour contribuer, et contactez les responsables de ces ministères pour savoir quels services ils proposent et comment vous pouvez vous investir.

Les activités de jeunesse et autres activités d'église

Si vous êtes parent, ou si vous appartenez à l'une des classes d'âges cités ci-dessous, profitez des occasions fournies par votre communauté pour vous ou vos enfants. Les Bourgeons accueillent les enfants de trois à six ans ; les tisons sont les enfants de six à onze ans ; les Explorateurs forment le groupe des douze – seize ans. Les Compagnons ont de seize à vingt ans et les Aînés ont plus de vingt ans. À partir de seize ans, un jeune peut se former pour devenir Chef Guide.

Vous pouvez également devenir membre de n'importe quel club organisé par l'église, comme le club des couples, le club des célibataires ou le club de théâtre. De plus, L'Église propose toute une gamme d'activités telles que les camp-meetings, congrès et rallyes de jeunesse, camporees, conventions, séminaires, retraites spirituelles et activités sociales, qui sont d'excellents moyens de se familiariser avec votre église et d'enrichir votre vie spirituelle et sociale.

Le statut de membre d'église

Vous apprécierez le fait d'être membre d'église, ce qui vous confère tous les droits et privilèges de participer à la vie et aux ministères de l'église. En tant que membre, vous pouvez recevoir une charge ou occuper un poste de responsabilité, ce qui vous permet de représenter l'église, à l'intérieur et à l'extérieur de la communauté. Pour cette raison, il est souhaitable de laisser le Seigneur vous aider à connaître et comprendre les normes élevées de la vie chrétienne promues par l'Église adventiste. Lors des vœux du baptême, vous vous êtes engagé à observer ces normes et pratiques. Résistez à toute tentation de violer votre conscience, de mettre en danger votre futur en Christ, de faire des compromis avec les principes moraux et éthiques, ou de salir la réputation de l'Église.

Vous êtes inscrit sur le registre d'une communauté locale qui vous a reçu en son sein, mais en tant que membre baptisé de l'Église adventiste, vous faites partie d'un corps mondial de croyants. Où que vous alliez, dans le monde entier, ayez comme priorité de prendre contact avec une église adventiste et joignez-vous à ses membres pour le culte et la communion fraternelle.

Si vous déménagez d'un endroit à l'autre, demandez votre transfert dans la nouvelle église où vous vous joindrez et pourrez satisfaire vos besoins sociaux et spirituels. Il se peut que vous n'ayez plus de contact avec votre ancienne communauté, c'est pourquoi il est souhaitable que vous officialisiez votre appartenance à la nouvelle église, de façon à ce que l'ancienne communauté ne se demande pas ce que vous êtes devenu. De plus, si vous voulez occuper un poste dans votre nouvelle église, il faut que vous en soyez membre inscrit.

Une église ne peut vous recommander qu'à une autre église adventiste. Vous pouvez devenir membre de n'importe quelle église adventiste du monde, et il n'est pas nécessaire d'être baptisé de nouveau pour faire partie d'une autre église locale.

La perte du statut de membre

Il est possible de perdre le statut de membre de l'Église adventiste. Le Manuel d'Église décrit les conditions dans lesquelles cela peut se produire. Les causes peuvent être : la participation à des mouvements dissidents, le non-respect de l'observation du sabbat du septième jour, l'adultère ou la fornication, le discrédit public jeté sur l'Église, le refus de respecter l'autorité dûment établie de l'Église. Si un nom est radié du registre de l'église, la personne ne peut plus occuper de poste dans la communauté ni représenter l'église d'aucune façon. Pour redevenir membre d'église, elle devra être baptisée de nouveau, après avoir montré des signes de repentance. Quand une personne radiée se rend dans une autre communauté adventiste, elle ne pourra pas obtenir de lettre de recommandation et devra être rebaptisée pour devenir membre de cette église.

La gestion financière

La restitution de la dîme et des offrandes fait partie des obligations et de la responsabilité spirituelle devant le Seigneur (Lévitique 27.30 ; Malachie 3.8–10). La dîme représente le dixième de vos revenus ou des intérêts que vous percevez sur vos investissements. Votre offrande est basée sur votre libre décision, mais elle reste un élément essentiel de votre gestion chrétienne. La dîme et les offrandes doivent être données au fur et à mesure à votre communauté locale. Ce n'est jamais une bonne idée d'accumuler vos dîmes et offrandes avant de les apporter à l'église, ni d'y prélever un emprunt ou un prêt pour une autre personne, avec l'intention de le rendre plus tard. Résistez toujours à ces tentations. Le Seigneur connaît vos revenus et les intentions de votre cœur, il vaut donc mieux restituer votre dîme et vos offrandes dès que possible. L'Église utilise les dimes pour la diffusion de l'Évangile dans le monde entier et pour le soutien de ceux qui travaillent à plein temps dans le ministère. Les offrandes sont employées pour le fonctionnement de l'église locale et pour certains projets missionnaires.

Le témoignage et le service

Cherchez des moyens de partager votre foi avec autrui. Le Seigneur vous demande, comme à tous les croyants, de lui faire des disciples (Matthieu 28.18–20). Dites aux autres les grandes choses que le Seigneur et l'Église ont faites pour vous, et invitez-les à prendre eux aussi position pour Dieu.

L'Église propose toute une variété d'occasions de témoigner, que ce soit dans des initiatives collectives organisées, ou dans l'effort personnel. Vous pouvez servir en tant que prédicateur laïc, instructeur biblique, ou témoigner de beaucoup d'autres façons. Passez du temps avec des membres d'église plus expérimentés que vous, ou formez-vous pour l'évangélisation. Cela vous aidera à être plus efficace et vous permettra de mieux affronter une éventuelle opposition lorsque vous témoignez. Les autres chapitres de ce livre vous aideront aussi à servir en tant que témoin efficace pour le Seigneur.

Servir en tant que colporteur évangéliste

L'évangélisation par la littérature vous permet à la fois de témoigner et de vous assurer un revenu financier. Les colporteurs évangélistes sont des ouvriers de l'Église autonomes qui dédient leur service au Seigneur en vendant de la littérature contenant le message adventiste. Leur revenu provient du bénéfice de ces ventes. Beaucoup de ceux qui travaillent aujourd'hui dans le ministère pastoral ou dans d'autres carrières ont financé leurs études secondaires et universitaires grâce au colportage.

Le Service volontaire adventiste

Le Service volontaire adventiste fournit aux membres d'église l'occasion de partir en tant que missionnaires dans d'autres régions du monde. En fonction de votre passion, vos talents et compétences, vous pouvez vous porter volontaire dans différents domaines, en particulier dans l'enseignement d'une langue étrangère, l'implantation de nouvelles églises, les soins médicaux ou dentaires, le service dans le cadre de l'éducation, la construction, et l'évangélisation. Vous pouvez servir en tant que missionnaire pendant une ou plusieurs années, selon votre disponibilité et la nature du projet volontaire dans lequel vous êtes engagé. Vous devez pouvoir servir sans recevoir de compensation financière, excepté dans certains cas où vous recevrez un peu d'argent de poche.

Représenter le Christ

Souvenez-vous toujours que le témoignage le plus important que vous puissiez donner au monde est celui de la vie quotidienne que vous vivez pour le Seigneur. Que vos paroles, vos actions et votre attitude dans les transactions d'affaires et les relations sociales démontrent que vous êtes un enfant de Dieu. Soyez honnête, droit, intègre, juste agréable, humble, aimant, et digne de confiance dans tout ce que vous faites, afin que les autres puissent voir le caractère de Dieu se refléter dans votre vie.

En conclusion...

L'Église adventiste est heureuse de vous recevoir comme membre, et vous soutient dans votre décision de faire partie du corps mondial des croyants qui se préparent pour le retour du Christ. En tant que membre de cette Église, vous apprenez chaque jour la science du salut. C'est un sujet sur lequel nous n'aurons jamais fini d'apprendre, jusqu'au retour de Jésus, et quand nous atteindrons le royaume des cieux, nous entrerons simplement dans une nouvelle phase d'apprentissage et d'exploration.

Le plus beau reste à venir. Alors que vous grandirez dans la grâce et appliquerez les conseils que vous trouvez dans ces pages, l'Esprit du Seigneur vous établira en Christ, et vous trouverez beaucoup de joie en vivant votre foi et en la partageant.

Révision et discussion

- *Quelles sont les cinq certitudes bibliques pour le nouveau croyant ?*
- *Identifiez huit initiatives pratiques que le nouveau croyant peut prendre pour nourrir sa foi.*
- *Quelles questions un nouveau membre devrait-il poser au pasteur lors de son entretien d'orientation ?*
- *Quelle est la différence entre l'appartenance à l'église locale et l'appartenance à l'église mondiale ?*
- *Que dit la Bible sur la restitution de la dîme et des offrandes, et en quoi la gestion chrétienne de la vie est-elle importante pour la vie spirituelle du nouveau croyant ?*
- *Citez certaines ressources spirituelles spécifiques que le nouveau converti devrait acquérir et utiliser.*
- *Comment les nouveaux membres peuvent-ils découvrir leurs dons spirituels, et comment peuvent-ils les utiliser dans les ministères spécifiques de l'église ? Voir le chapitre 5.*
- *Citez les vingt-huit croyances fondamentales de l'Église adventiste, que chaque nouveau membre devrait connaître.*
- *Développez un plan sur huit semaines, à utiliser pour votre culte de famille.*
- *Citez les différents niveaux organisationnels de l'Église adventiste, et expliquez les relations existant entre chacun de ces niveaux.*
- *Qui sont le président, le secrétaire et le trésorier de chacun des niveaux organisationnels de l'Église dont dépend votre zone géographique ?*

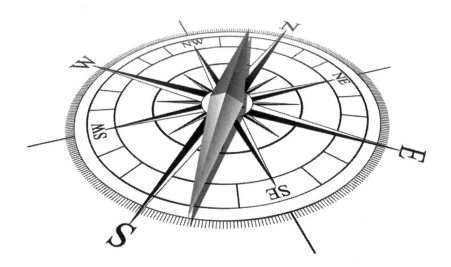

APPENDICES

Appendice A
Implanter de nouvelles églises

POUR RÉPONDRE au commandement du Christ que nous trouvons dans Matthieu 28.18-20, les chrétiens doivent aller dans des régions vierges pour y établir des communautés de croyants. Lorsqu'une de ces communautés grandit, elle doit trouver un lieu où se réunir pour adorer, accomplir les devoirs du christianisme, vivre l'édification, la communion et l'évangélisation. Une nouvelle église est alors établie

Implanter une nouvelle église est un projet ambitieux, et en tant que tel, il exige beaucoup de consécration et une préparation soigneuse. Nous devons nous efforcer d'établir des églises qui vont grandir et prospérer, et non stagner. Pour cette raison, il est essentiel d'effectuer une évaluation des besoins, pour déterminer le potentiel de croissance de l'implantation d'églises dans le territoire choisi.

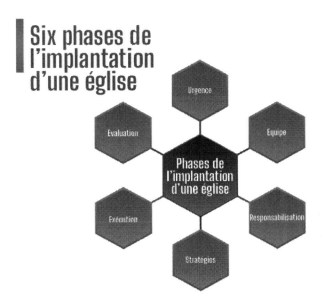

Six phases de l'implantation d'une église

1. L'urgence – Il est nécessaire de créer le sens de l'urgence et de motiver les membres d'église à l'initiative d'implantation d'églises. Dans cet objectif, on fera une étude des besoins sur le territoire, et on en présentera les résultats à l'église, en montrant en quoi l'initiative peut avoir un impact sur le quartier concerné.

2. L'équipe – Dans l'objectif de l'initiative d'implantation d'églises, on nommera une équipe constituée de personnes capable et consacrées, chargée d'identifier les besoins de la société sur le territoire concerné. Cette équipe doit être composée de membres d'église de bonne volonté, intéressés et disponibles pour collaborer au projet d'implantation d'églises.

3. L'équipement – La formation de l'équipe pour fonctionner efficacement est un aspect vital de la préparation du projet. Les membres de l'équipe doivent acquérir des compétences et méthodes spécifiques, mais aussi développer une habitude de pensée critique, de façon à choisir,

contextualiser et mettre en œuvre des stratégies adaptées au territoire concerné.

4. La stratégie – L'équipe doit développer une stratégie qui prenne en compte tous les aspects de l'établissement d'une nouvelle communauté de croyants vivante. Cela comprend la vision, les objectifs, le moyen d'atteindre les objectifs, le personnel, les responsabilités, la trame chronologique et les ressources.

5. La mise en œuvre – À ce stade, l'équipe met la stratégie en action, de la mise en route de l'initiative de service à la société, à l'organisation de la nouvelle église.

6. L'évaluation – Pour obtenir les résultats escomptés, l'évaluation doit être effectuée durant tout le processus de l'implantation d'églises, afin de déterminer si et comment intensifier ou réorienter les efforts.

Étapes pratiques de l'implantation d'une nouvelle église

1. Nommer un comité d'implantation d'églises. Le pasteur ou l'un des anciens devrait présider ce comité, qui est chargé de recruter les collaborateurs et de superviser l'initiative tout au long des six phases du processus.

2. Choisir un leader pour l'implantation d'églises. Cela peut être le président ou le secrétaire du comité d'implantation d'églises. Ce leader dirige l'équipe des collaborateurs et donne au comité le compte rendu de tout ce qui concerne l'initiative.

3. Commencer avec la prière, présentant le projet au Seigneur par le jeûne et la prière.

4. Déterminer le lieu où implanter la nouvelle église.

5. Mener une étude des besoins, selon les explications du chapitre 3 pour récolter des informations sur le territoire où l'église sera implantée.

6. Après avoir analysé les résultats, sélectionner et former les collaborateurs de l'implantation d'églises. Ces personnes doivent être capables de travailler en fonction des besoins et opportunités du territoire.

7. Discuter d'une possible collaboration avec les élus locaux.

8. Trouver un lieu accessible pour établir un centre de services à la société.

9. Faire une publicité massive pour démarrer ce ministère social. Utiliser la technologie moderne et les réseaux sociaux pour promouvoir ce programme, et inviter si possible les autorités civiles et autres élus locaux à participer.

10. Commencer à proposer des services à la société, en fonction des zones d'expansion démographique, et des besoins identifiés grâce aux échanges avec les élus locaux et aux résultats de l'étude.

11. Si possible, commencer en proposant des services en collaboration avec des entreprises, organisations ou associations caritatives connues dans la région. Les sujets ou initiatives qui peuvent attirer du public comprennent en particulier : soins des enfants, santé, vie de famille, parentalité, gestion du budget, sécurité du voisinage, réinsertion après une addiction, services de counseling professionnel, école biblique de vacances, soins des animaux, soins des personnes âgées, cours de cuisine diététique, soins aux sans-abri, conserver ou retrouver un poids forme, exercice physique, activités sportives, etc.

12. Débuter et conclure chaque activité par la prière.

13. Établir une liste de prière d'implantation d'églises avec les noms et adresses des personnes bénéficiant des services.

14. Nommer une équipe de prière pour l'implantation d'églises, qui priera pour les personnes dont les noms figurent sur la liste.

15. Charger des collaborateurs de l'implantation d'églises expérimentés pour contacter ces personnes, soit en les visitant personnellement, soit par téléphone.

16. Lorsqu'il y a un certain nombre de personnes intéressées, organiser une réunion de prière d'une demi-heure toutes les semaines ou toutes les deux semaines, et inviter des personnes intéressées à y assister. Chaque collaborateur devrait amener au moins une personne à ces réunions de prière.

17. Au fur et à mesure que l'intérêt croît, on peut augmenter la durée des réunions de prière à une heure, pour donner le temps aux témoignages personnels.

18. Démarrer des études bibliques avec les personnes intéressées.

19. Au moment opportun, organiser un service de culte un sabbat par mois.

20. Continuer à proposer des activités pour augmenter le nombre de participants, jusqu'à ce que l'église puisse être organisée. Programmer une fête pour célébrer l'organisation et exprimer une reconnaissance particulière aux collaborateurs de l'implantation d'églises, aux élus locaux, à tous ceux qui ont participé au projet d'implantation de la nouvelle église et à tous ceux qui ont accepté l'Évangile grâce à ce ministère. Après l'organisation, poursuivre le processus d'évangélisation de façon à assurer une croissance continue et à favoriser l'autonomie de l'église.

Appendice B
Atteindre les non-chrétiens

L A MISSION DE L'ÉVANGÉLISATION implique de témoigner de notre foi auprès des non-chrétiens. Cela peut se faire lors d'une rencontre avec une personne, dans des petits groupes ou dans le cadre d'assemblées plus grandes. Quelle que soit sa forme, l'évangélisation des non-chrétiens exige de porter une attention particulière à la méthode, et d'avoir une connaissance claire et concise du message de l'Évangile. Toucher les non-chrétiens est une forme multiculturelle d'évangélisation. Les suggestions suivantes peuvent s'appliquer à ces interactions multiculturelles d'évangélisation.

1. Déterminer le groupe ethnique des personnes que l'on désire atteindre.

Une fois que l'on a identifié ce groupe ethnique, il s'agit d'apprendre à le connaître. Essayez d'en savoir le plus possible sur ce groupe de personnes, en particulier sur leur langue, leur culture et les symboles qui les unissent en tant que groupe. Quelle est leur façon de penser, leur mode de vie, leurs principales croyances ? Quelles sont leurs coutumes particulières, leurs habitudes alimentaires, leur façon de s'habiller, leurs goûts ?

2. Déterminer vos compétences et le système de soutien.

Pouvez-vous communiquer avec eux dans leur langue ? Si non, comment pouvez-vous établir une compréhension réciproque ? Qui sont les personnes susceptibles de vous aider à les atteindre ?

Qu'avez-vous en commun avec eux ? Quelles sont les différences entre votre religion et la leur ?

3. Déterminer le message à transmettre et la méthode à utiliser.

Une fois que vous avez déterminé le message à faire passer, il faut choisir pour le transmettre une méthode qui prenne en compte à la fois les points communs et les différences entre les deux religions. Commencez avec les points communs, et mettez l'accent sur les concepts humanitaires et éthiques avant d'engager la discussion sur les croyances et les doctrines. Si vous évangélisez dans une culture différente, ne vous précipitez pas pour obtenir des résultats rapides. Cela pourrait porter atteinte aux traditions et pratiques qui sont profondément enracinées dans certaines visions culturelles, créant des dissonances qui altéreront l'intérêt et la compréhension mutuelle. Cela pourrait même fermer définitivement la porte à tout dialogue et prise de décision.

4. Répondre aux besoins.

Avant de commencer son ministère, Jésus a passé plusieurs années parmi le peuple, pour connaître la culture de son environnement. Il a acquis une connaissance des besoins, compris les langages, et s'est familiarisé avec les peines et joies. Il s'est mêlé aux gens et a gagné leur affection, c'est pourquoi de grandes foules le suivaient.

Il est nécessaire de gagner la confiance des gens, de leur exprimer de l'amour, de l'attention et de la compassion. Il faut développer des relations personnelles avec eux et gagner leur confiance. Il faut aussi identifier leurs besoins et collaborer avec eux pour répondre à ces besoins. Dans ce but, les stratégies d'actions sociales suggérées aux chapitres 9 à 15 peuvent être adaptées aux besoins culturels du groupe ethnique identifié.

L'église pourrait trouver un lieu approprié pour exercer un ministère et répondre aux besoins matériels et sociaux du groupe ethnique identifié. L'idéal serait de trouver des personnes issues de ce groupe pour proposer des services utiles aux membres de leur communauté ethnique. Par exemple, l'église pourrait instituer un dispensaire réservé aux Juifs, qui proposerait des dépistages, et engagerait des professionnels juifs pour offrir le meilleur service possible.

5. Transmettre le message.

Après avoir identifié le groupe ethnique cible, appris à connaître leur culture, évalué les ressources disponibles, et répondu aux besoins des gens, on peut alors évoquer les différences entre les religions en espérant que le message de l'Évangile sera accepté. Présentez le message aux personnes avec lesquelles vous avez eu des contacts, à qui vous avez donné des études bibliques, avec lesquelles vous avez prié et surtout, présentez-leur le Christ comme leur Sauveur. Montrez les différences qui existent entre le Christ et les autres divinités adorées dans les autres religions du monde.

Lorsque vous travaillez avec des personnes de foi différente, soyez conscients qu'elles sont probablement tout à fait satisfaites de leur religion. C'est la réalité qui leur est familière et dans laquelle ils se sentent à leur aise. Pour envisager un changement de leurs croyances et pratiques, ils doivent d'abord prendre conscience des dissonances de leur religion, qui leur feront éprouver un malaise et désirer quelque chose de plus satisfaisant. Pour y parvenir, il faut intentionnellement utiliser des éléments de persuasion — ethos, pathos et logos (voir chapitre 4) — et travailler sous les indications du Saint-Esprit pour les influencer et leur faire accepter le christianisme.

Quand vous présentez les concepts doctrinaux du christianisme, sollicitez une décision appropriée à chaque étape. une fois que la personne a acquis une compréhension des doctrines fondamentales de la foi chrétienne, demandez-lui de se donner à Jésus, de l'accepter comme son Sauveur, d'adhérer au sabbat et d'être baptisé dans la foi. Il faut alors l'accompagner dans l'adaptation aux changements de vie significatifs qui s'ensuivront. Soyez patient dans ce processus, vous souvenant que seul le Seigneur de la moisson peut atteindre les gens, ouvrir leur esprit à des vérités supérieures et leur donner une mentalité chrétienne.

En tant que chrétiens, nous sommes les collaborateurs de Dieu. Il aime tout le monde et connaît les besoins et l'origine culturelle de chacun. Il qualifiera tous ceux qui veulent se consacrer à l'évangélisation d'autres cultures. C'est le Saint-Esprit qui gagne les âmes, et il œuvre chez les chrétiens comme chez les gens d'autres cultures. Il nous est demandé de prêcher l'Évangile au monde entier (Matthieu 28.18-20). En tant que communauté chrétienne mondiale, nous devons considérer les millions de personnes qui ne font pas partie de nos assemblées traditionnelles, et agir pour développer des stratégies afin de les atteindre avec l'Évangile éternel de Jésus.

Appendice C Petit-déjeuner de prière pour les ex-adventistes

Le défi :

BEAUCOUP DE COMMUNAUTÉS comptent autant d'ex-membres que de membres actifs. Certains de ces anciens membres désireraient revenir à la foi, mais craignent de ne pas se sentir acceptés.

Notre mandat :

Ramener à la communion de l'Église adventiste tous les anciens membres, et prendre soin de tous ceux qui se préparent au retour du Christ (Apocalypse 2.4,5).

Initiative :

Un petit-déjeuner de prière pour les ex-adventistes.

Objectifs :

- Exprimer l'amour du Christ aux anciens membres d'église et les ramener vers une église aimante et compatissante qui prie pour eux.
- Assurer aux ex-adventistes que la prière fonctionne et que le Seigneur est prêt à accomplir des miracles pour eux.

- Établir un lieu de développement des relations personnelles entre membres actuels et anciens membres de l'Église adventiste.

Mise en œuvre de l'initiative :

- Choisir une équipe responsable de l'organisation et de la mise en œuvre du programme.
- Déterminer la méthode qui permettra d'obtenir les ressources pour réaliser l'initiative.
- Choisir des conseillers de prière qui dirigeront les groupes de discussion.
- Chaque membre doit inviter au moins un ancien membre de l'église et l'accompagner à ce petit-déjeuner de prière.

Suggestion de programme pour un petit-déjeuner de prière

Introduction – 10 minutes
1. Appel à l'ordre
2. Bienvenue
3. Chant
4. Prière

Petit-déjeuner et convivialité – 40 minutes
1. Servir le petit-déjeuner
2. Repas
3. Saluer et rencontrer les participants

Partie spirituelle – 10 minutes
1. Moment de prière
2. Lecture biblique
3. Expériences de réponses aux prières
4. Défi de prière pour la journée (un sujet de prière ou un thème sur lequel discuter)

Moment interactif – 15 minutes
1. Diviser les participants en groupes avec les conseillers de prière
2. Discuter du défi de prière dans le groupe
3. Partager des demandes de prière personnelles avec le groupe

Prière – 8 minutes
1. Prières en groupes
2. Prières spécifiques pour les demandes qui ont été adressées

Conclusion —5 minutes
1. Retour en groupe unique
2. Annonces de conclusion et invitations
3. Chant de conclusion
4. Prière de conclusion
5. Salutations conviviales
6. Fin

Appendice D
Collecter des fonds
pour l'évangélisation

VOICI QUELQUES SUGGESTIONS pour récolter des fonds en vue des initiatives d'évangélisation.

1. *Demande de contribution par courrier.* Envoyez une lettre à certaines personnes, sollicitant un don spécial, et expliquant l'objectif. Pensez à mentionner les avantages de la campagne d'évangélisation pour les personnes, les familles, le quartier et la société au sens large.

2. *Soutien en ligne pour l'évangélisation.* Ouvrez un site Internet pour solliciter des fonds au moyen d'une initiative de soutien de l'évangélisation en ligne. Recueillez les adresses courriel des membres de votre famille, de votre église, vos amis, collègues, etc. Envoyez-leur le lien du site et postez régulièrement des nouvelles de vos initiatives. Récoltez les dons par carte de crédit, PayPal, ou tout autre moyen électronique sécurisé.

3. *Sites Internet de collecte de fonds.* Il existe de nombreux sites Internet fables qui permettent aux personnes de donner de l'argent pour des projets ou des initiatives humanitaires. Il existe par exemple des pages Facebook de récolte de fonds dont la portée est infinie, et qui donne une très grande visibilité pour créer des réseaux d'amis ou de donneurs.

4. *Évènements de collecte de fonds pour l'évangélisation.* Invitez toutes vos connaissances à y participer. Proposez un programme intéressant, avec des musiciens de bon niveau et des invités connus.

5. *Pourcentage de contribution.* Demandez à des entreprises de mettre à part un pourcentage des bénéfices de produits ou évènements spéciaux, pour le consacrer à l'évangélisation.

6. *Sponsorisation de l'évangélisation.* Demandez aux habitants du quartier, aux membres d'église ou aux personnes de différentes classes sociales de sponsoriser la campagne. Certains peuvent choisir de financer le coût des transports, de la musique, des sièges, du buffet, etc.

7. *Marche de récolte de fonds.* Les jeunes aux autres groupes de l'église peuvent participer à cet évènement, et obtenir des sponsors pour contribuer à l'initiative d'évangélisation.

8. *Récolte de fonds en équipe.* Divisez les membres en équipes et donnez à chaque groupe un objectif financier. Chaque équipe s'efforcera d'atteindre son objectif au moyen de promesses de dons, sollicitations, projets de récoltes de fonds (repas, vente de gâteaux, etc.).

Appendice E
Surfer dans la Bible

SURFER DANS LA BIBLE est un programme par lequel les jeunes et autres membres d'église se préparent à partager leur foi avec autrui. Avec cette méthode, chacun se lance le défi d'ouvrir sa Bible, de lire un passage, de rechercher les principaux protagonistes de ce passage, puis de creuser le texte par la pensée critique pour dé- couvrir son sens. On cherchera des références croisées, on étudiera des cartes, ou on réfléchira sur des récits bibliques qui mettent en relief un point particulier de l'Écriture. On peut également utiliser d'autres ressources valables comme les écrits d'Ellen White, les commentaires bibliques et autres livres inspirants pour confirmer les conclusions auxquelles on parvient.

Grâce à *Surfer dans la Bible*, chaque participant étudie et apprend à expliquer les doctrines spécifiques des Écritures. L'expérience de Surfer dans la Bible comprend la mémorisation du nom de chacune des vingt-huit croyances fondamentales de l'Église adventiste, ainsi que l'étude des sujets que les surfeurs présenteront quand ils sortiront pour partager leur foi avec des personnes intéressées lors de leurs initiatives d'évangélisation.

Si *Surfer dans la Bible* est une activité des rencontres de jeunesse ou de petits groupes, on peut en profiter pour étudier des sujets bibliques choisis au moins deux fois par mois. Cette étude pourrait encourager l'investissement des petits groupes qui met en valeur le processus d'apprentissage de chaque participant.

Exercices pratiques pour le témoignage

Pour prendre de l'assurance dans le témoignage, chaque membre participant à l'expérience de Surfer dans la Bible peut faire des exercices pratiques pour le témoignage, dans lesquels il partage avec d'autres membres d'église les doctrines et sujets qu'ils ont étudiés avec Surfer dans la Bible. Pour cela, ils partageront leur expérience personnelle et exprimeront leur louange au Seigneur pour sa bonté. Les participants devraient s'efforcer d'utiliser leurs dons spirituels pour perfectionner leur ministère de témoignage. Surfer dans la Bible et les exercices pratiques de témoignage aideront les participants à prendre de l'assurance dans l'utilisation de leurs dons spirituels et de la connaissance biblique lors des contacts avec les gens. Ils partageront ainsi avec eux la bonne nouvelle de l'amour de Dieu et de la foi en Jésus.

Appendice F
Les moteurs de
recherche biblique

Qu'est-ce que le moteur de recherche biblique ?

C'est un exercice dans lequel les personnes doivent s'efforcer d'apprendre un maximum de récits bibliques en un temps donné.

Quel est son objectif ?

L'objectif du moteur de recherche biblique est d'encourager les membres de l'église ou du groupe à trouver de la joie, du plaisir et de l'intérêt dans l'étude de la Bible.

Comment fonctionne-t-il ?

La Bible se compose de soixante-six livres interdépendants, contenant des informations pertinentes, qui ne sont jamais dépassées, et ces livres fonctionnent comme un moteur de recherche sur Internet.

Le défi

L'exercice commence avec un défi : les participants doivent connaître autant de récits bibliques que possible, chercher combien de moteurs de recherche ont les mêmes récits bibliques et identifier les différences dans la façon dont chaque moteur de recherche présente les récits. S'ils le désirent, les participants peuvent utiliser l'ordinateur et les réseaux sociaux pour s'aider dans leur recherche.

Le défi peut se présenter sous l'une des formes suivantes :
* Une personne se lance elle-même le défi.

- Le leader d'un petit groupe lance le défi à son groupe.
- Un responsable de département lance le défi à son équipe.
- Le pasteur lance le défi à l'église.
- Un animateur de classe biblique lance le défi aux membres de sa classe.

Au moment voulu, les participants donneront le nombre de récits bibliques qu'ils connaissent et ce qu'ils ont appris de leur recherche. Le leader du moteur de recherche biblique peut diriger cette réunion de partage selon l'exemple ci-dessous :

Leader : frère Brun, dans quel moteur de recherche êtes-vous ?

Frère Brun : Je suis dans le moteur de recherche de la Genèse.

Leader : Combien de récits avez-vous trouvé ?

Frère Brun : J'en ai trouvé deux.

Leader : Quel sont les titres de ces récits ?

Frère Brun : Caïn et Abel, et Sodome et Gomorrhe.

Leader : Avez-vous trouvé ces récits dans d'autres moteurs de recherche ?

Frère Brun répond par oui ou par non. Si la réponse est affirmative, le leader lui demandera s'il a remarqué des différences dans la façon dont les récits sont présentés dans les divers moteurs de recherche. Frère Brun décrira alors ces différences. Si on en a le temps, le leader peut aussi lui demander de donner une synopse de ces histoires.

Les leaders du moteur de recherche biblique peuvent aussi lancer des défis spécifiques comme les suivants :
1. Faites une recherche sur le système du sanctuaire.
2. Faites une recherche sur toutes les histoires du moteur de recherche de 1 Rois.

3. Faites une recherche sur le prophète Zacharie.
4. Faites une recherche sur dix histoires dans le moteur de recherche d'Ézéchiel.

Les participants peuvent travailler individuellement ou en groupes. Ils peuvent élaborer un tableau spécial du moteur de recherche biblique, dans lequel les colonnes indiquent les noms des moteurs de recherche (Les livres de la Bible) et les lignes portent les noms des personnes ou groupes participant. Le leader du moteur de recherche biblique inscrira le nombre de récits bibliques que chaque personne ou groupe connaît dans chaque moteur de recherche, en mentionnant le nombre dans la colonne du moteur de recherche dont le récit provient.

Appendice G
D'autres méthodes
d'études bibliques[5]

La méthode Vasteras

LA MÉTHODE VASTERAS porte le nom d'un pasteur suédois qui l'a conçue pour encourager les membres de son église à étudier plus la Bible et à participer davantage. L'aspect le plus important de cette méthode est la participation de chaque membre.

Comment utiliser cette méthode :

1. Répartir les participants en petits groupes et choisir un responsable pour chaque groupe.
2. Lire ensemble le passage choisi, en assignant quelques versets à chaque participant.
3. Accorder dix minutes pour la méditation, pour que chaque participant puisse revoir le passage et annoter le texte avec les symboles suivants :
   a. « + » pour les versets où ils découvrent de nouvelles vérités ou pensées.
   b. « ? » pour les versets difficiles à comprendre.
   c. « ! » pour les versets qui les touchent ou parlent à leur conscience.
   d. « * » pour les versets qu'ils aimeraient mémoriser.

---

5 Ces méthodes sont inspirées du livre A, B, C . . .   Z for Youth Ministries, Département des ministères de l'Église de la Conférence générale de l'Église adventiste du septième jour, Silver Springs, Maryland, 1986, vol. 1, p. 66-69.

Sur une feuille de papier, chaque participant inscrira les trois versets qu'il trouve les plus remarquables, et expliquera les raisons de son choix.

La méthode silencieuse

Le leader présente le passage à étudier, puis les participants se retirent dans un endroit tranquille et répondent à plusieurs questions concernant le passage, à l'aide d'un guide d'étude qui leur a été donné au préalable. Après un temps donné, ils se retrouvent pour partager leurs réponses les uns avec les autres et discuter de ce qu'ils ont découvert.

La méthode de réponse en cercle

Le petit groupe s'assied en cercle et lit le passage qui doit être discuté. Chacun à son tour, les participants donnent leur opinion sur le passage. Si quelqu'un n'a rien à dire lorsque vient son tour, on passe à la personne suivante.

La méthode de dissertation

Avec cette méthode, un orateur présente le sujet et l'explique. Cette méthode est la moins conseillée pour les jeunes qui peuvent la trouver un peu trop « scolaire ». Lorsqu'on l'emploie, l'orateur doit fournir un plan aux participants, utiliser des supports visuels, et encourager les participants à interrompre pour poser des questions. Il doit également proposer aux participants de lire les textes.

La méthode de la profondeur

Cette méthode consiste à reprendre plusieurs fois le même passage de l'Écriture et à répondre à différentes questions. On peut par exemple poser les questions suivantes :
- Que dit ce texte au monde ?
- Quel problème présente-t-il ?
- À quelles questions répond-il ?
- Quel est son objectif ?
- Quelle est son application ?

La méthode du verset biblique

Avec cette méthode, l'étude se concentre sur un verset biblique en particulier. Les participants lisent plusieurs fois le verset, méditent dessus et essaient de répondre individuellement aux questions suivantes :

- Quel message personnel puis-je trouver ici ?
- Y a-t-il ici des promesses de Dieu pour moi ?
- Y a-t-il un commandement auquel je dois obéir ?
- Y a-t-il un avertissement pour moi ici ?
- Puis-je trouver du réconfort dans ce verset ?

Chaque personne essaiera de trouver d'autres versets qui concernent le même sujet ou qui sont en contradiction avec ce verset. Les participants discuteront alors de leurs découvertes en groupe. L'objectif est que tous participent à la discussion. Il faut pour cela encourager les participants à poser des questions et exprimer leurs opinions.

La méthode de réécriture de la Bible

L'objectif de cette méthode est de découvrir le message d'un passage biblique particulier pour aujourd'hui. Par exemple, on étudiera Éphésiens 3.7–13 et on le réécrira pour notre époque. Cette méthode requiert de la réflexion et de la créativité.

1e étape : Prendre le passage et le lire à voix haute, puis silencieusement.

2e étape : Compléter les informations suivantes sur le texte:
- Ce texte meditde:_____
- Ce texte a dû être écrit quand Paul était : _____
- Le point central de ce message est :_____

3e étape : Partagez vos réponses sur ce passage pour voir si vous le comprenez correctement.

4e étape : C'est la partie la plus difficile. Réécrivez le texte avec vos propres mots, pour votre époque et votre culture. Soyez créatif, intéressant, utilisez un langage moderne, ainsi que des personnages actuels, le cas échéant. Vous pourriez commencer ainsi: « Je descendais la rue qui passe devant l'église lorsque j'eux cette pensée. »

5e étape : Lisez au groupe ce que chacun a écrit. Voyez quelle version reflète le mieux le sens du texte.

La méthode théologique

Cette méthode a pour objectif l'étude de la Bible de façon théologique ou doctrinale, et de bien comprendre le message qu'elle nous adresse personnellement. Par exemple, on étudiera Éphésiens 1-3 dans le but d'identifier les informations théologiques et doctrinales du texte. Donnez chaque chapitre à deux personnes et complétez les étapes suivantes :

1e étape : Quel est l'objectif principal de ce chapitre ? Complétez ces phrases :
- L'objectif principal d'Éphésiens 1 est_____
- L'objectif principal d'Éphésiens 2 est :_____
- L'objectif principal d'Éphésiens 3 est :_____

2e étape : Donnez un titre à chaque paragraphe et remplissez le tableau suivant : (cela peut être fait par les groupes de deux qui ont travaillé sur les chapitres.)

Texte	Nom
1. Éphésiens 1.1,2	Exemple : Dire « Bonjour » à l'église
2. Éphésiens 1.3-14	
3. Éphésiens 1.15-23	
4. Éphésiens 2.2-10	
5. Éphésiens 2.11-22	
6. Éphésiens 3.1-13	
7. Éphésiens 3.14-19	
8. Éphésiens 3.20,21	

3e étape: Prenez six minutes pour discuter de la pertinence et de l'importance de chaque texte pour vous, en tant que croyants du XXIe siècle.

4e étape : Prenez cinq minutes pour discuter de ce que votre groupe doit faire – ou vous-même devez faire - en réponse à ce que vous avez découvert.

5e étape : En groupe, identifiez les perles de vérité les plus inspirantes dans ce passage et écrivez-les de façon à ce que tout le monde puisse les voir.

La méthode méditative

L'objectif de cette méthode est de comprendre la Bible de façon méditative, et d'être inspiré par la Parole de Dieu. Par exemple, étudiez Éphésiens 2 dans le but d'identifier les bases de méditation du texte.

1e étape : Lisez le texte pour vous-même et notez les points les plus utiles pour votre vie spirituelle. Cherchez-en un ou deux qui vous inspirent particulièrement sur Dieu et ce qu'il a fait pour vous en Christ.

1.   Le verset _____ me dit:_____

2.   Le verset _____ me dit: _____

2e étape : Mettez en commun les versets et phrases que chaque membre du groupe a choisis et votez pour choisir les trois que vous préférez. Réécrivez ces versets pour exprimer ce qu'ils veulent dire pour vous et votre groupe.

1.   Le verset _____ dit: _____
2.   Le verset _____ dit: _____
3.   Le verset _____ dit: _____

La méthode « Ce que cela signifie pour moi »

L'objectif de cette méthode est d'aider les participants à apprendre à découvrir le sens personnel de l'Écriture. Par exemple, étudiez Jean 5.1-18 et déterminez ce que ce récit veut nous dire aujourd'hui. Voici quelques étapes pratiques pour comprendre le passage :

1e étape : Priez et demandez à Dieu de vous diriger, avec votre groupe, vers les vérités de sa Parole, pour que vous les appliquiez à votre vie.

2e étape : Lisez Jean 5.1-18 ensemble à voix haute. Prenez alors trois minutes pour le lire chacun silencieusement.

3e étape : Remplissez les espaces ci-dessous à partir des informations que vous avez apprises :

Chapitre 1
        a. _____
        b. _____
        c. _____

Chapitre 2
        a. _____
        b. _____
        c. _____

4e étape : Faites la liste des trois vérités les plus importantes concernant Jésus ou Dieu que vous avez découvertes dans cette étude.

1. _____
2. _____
3. _____

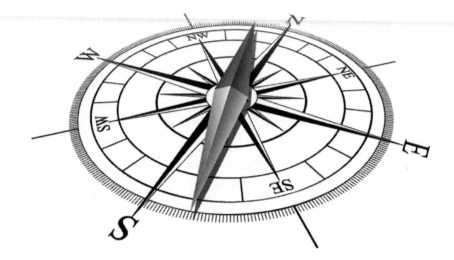

Bibliographie

Bibliographie

Les textes bibliques sont de la version Louis Segond, sauf mention contraire.

Achtemeier, Paul J., ed. *Harper's Bible Dictionary*. San Francisco: Harper & Row, 1985.

Barker, Steve. *Good Things Come in Small Groups: The Dynamics of Good Group Life*. Downers Grove, IL: InterVarsity, 1997.

Block, Peter. *Flawless Consulting: A Guide to Getting Your Expertise Used*, 2nd ed. San Francisco: Pfeiffer, 2000.

Bruce, A. B. *The Training of the Twelve; or Passages out of the Gospels, Exhibiting the Twelve Disciples of Jesus under Discipline for the Apostleship* (p. 99). New York: A. C. Armstrong and Son, 1889.

Burrill, Russell. *Creating Healthy Adventist Churches through Natural Church Development*. Berrien Springs, MI: North American Division Evangelism Institute, 2003.

Chan Sam. *Evangelism in a Skeptical World. How to Make the Unbelievable News about Jesus More Believable*. HarperCollins Publishing, USA., 2018.

Church Ministries Department of the General Conference of Seventh-day Adventists, *A, B, C... Z for Youth Ministries*. Silver Spring, MD: Church Ministries Department of the General Conference of Seventh-day Adventists, 1986.

Daft, Richard L. *The Leadership Experience*, 5th ed. Mason, OH: South-Western Cengage Learning, 2011.

Day, A. Colin. Collins. *Thesaurus of the Bible*, rev. ed. London: Collins, 2003.

Dockery, D. S., Butler, T. C., Church, C. L., et. al. *Holman Bible Handbook* (684). Nashville, TN: Holman Bible Publishers, 1992.

Dunn, James D. G. *The Epistles to the Colossians and to Philemon: A Commentary on the Greek Text.* Grand Rapids, MI: William B. Ecrdmans, 1996.

Eckman, James P. *Exploring Church History.* Wheaton, IL: Crossway, 2002.

Elwell, Walter A., and Barry J. Beitzel, eds. Baker *Encyclopedia of the Bible.* Grand Rapids, MI: Baker, 1988.

Flowers, Karen, and Ron Flowers. *Family Evangelism: Bringing Jesus to the Family Circle*, Silver Spring, MD: Family Ministries Department of the General Conference of Seventh-day Adventists, 2003.

Galli, Mark, and Ted Olsen. *131 Christians Everyone Should Know.* Nashville: Broadman & Holman, 2000.

Handy, Charles B. *Beyond Certainty: The Changing Worlds of Organizations.* London: Hutchinson, 1995.

Helm, P. *Disciple. In Baker encyclopedia of the Bible* (Vol. 1, p. 629). Grand Rapids, MI: Baker Book House, 1988.

Jacobs, Edward E., Robert L. Masson, and Riley L. Harvill. *Group Counseling: Strategies and Skills*, 3rd ed. Pacific Grove, CA: Brooks/Cole, 1998.

Janzen, Waldemar. *Exodus.* Believers Church Bible Commentary. Scottdale, PA: Herald, 2000.

Kim Parker; Pew Research Center. *Yes, the Rich Are Different*. https://www.pewsocialtrends.org/2012/08/27/yes-the-rich-are-different/., 2012.

Laurie, George. "Making the Invitation Compelling." I *Growing Your Church through Evangelism and Outreach*, edited by Marshall Shelley, 137–142. Nashville: Moorings, 1996.

Linthicum, R. *Building a people of power: Equipping churches to transform their communities*. Seattle, WA: World Vision Press, 2005.

MacArthur, John. *Evangelism: How to Share The Gospel Faithfully*. Thomas Nelson Inc. Nashville Tennessee, USA., 2011.

Manser, Martin H. *Dictionary of Bible Themes: The Accessible and Comprehensive Tool for Topical Studies*. London: Martin Manser, 2009. Logos Bible Software.

Mark E. Denver. *What is a Healthy Church*. Wheaton, IL. Good News Publishers, 2007.

Maxwell, John. *"The Potential around You." Growing Your Church through Training and Motivation: 30 Strategies to Transform Your Ministry*, edited by Marshall Shelley, 4:18–19. Minneapolis: Bethany House, 1997.

McKenna, David L. Isaiah 1–39. *The Preacher's Commentary*, vol. 17. Nashville: Thomas Nelson, 1993.

Merrill, Dean and Marshall Shelley. *Fresh Ideas for Discipleship & Nurture*. Carol Stream, IL: Christianity Today, 1984.

Merrill, Dean. *Fresh Ideas for Preaching, Worship & Evangelism*. Carol Stream, IL: Christianity Today, 1984.

Neufeld, Thomas R. Y. *Ephesians*. Believers Church Bible Commentary. Scottdale, PA: Herald, 2001.

Newton, Gary C. *Growing toward Spiritual Maturity*. Wheaton, IL: Crossway, 2004

Ostrander, Susan A. *Women of the Upper Class*. Temple University Press. Philadelphia, PA., 1986.

Packer, James I. *Growing in Christ*. Wheaton, IL: Crossway, 1994.

Patton, M.Q. *Qualitative Research Evaluation Methods*. Thousand Oaks, CA: Sage Publishers, 1987.

Powell, K., Mulder, J. & Griffin, B. *Growing Young: Six Essential Strategies to Help Young People Discover and Love Your Church*. Baker publishing Group, Grand Rapids, Michigan, USA., 2016.

Prime, Derek. *Opening up 1 Corinthians*. Leominster, UK: Day One, 2005.

Rainer, Thom S. *Surprising Insights From The Unchurched and Proven Ways to Reach Them*. Grand Rapids, MI: Zondervan, 2001.

Richards, Larry O. *The Bible Reader's Companion*. Wheaton, IL: Victor Books, 1991.

Sabbath School and Personal Ministries Department of the General Conference of Seventh-day Adventists. "Cool Tools for Sabbath School Action Units." Silver Spring, MD: Sabbath School and Personal Ministries Department of the General Conference of Seventh-day Adventists, 2009. http://www.sabbathschoolpersonalministries.org/site/1/leaflets/Action%20Units.pdf.

Sahlin, Monte. "Net Results." *Adventist Review*, September 7, 2000. http://archives. adventistreview.org/2000-1541/1541story1-3.html.

Schwarz, Christian A. *Natural Church Development: A Guide to Eight Essential Qualities of Healthy Churches*, 6th ed. Carol Stream, IL: Church Smart, Charles, Illinois, 2003.

Spence-Jones, H. D. M., and Joseph S. Exell, eds. *Isaiah*, vol. 1. The Pulpit Commentary. New York: Funk & Wagnalls, 1910.

Spoon, Jerry and John W. Schell. "Aligning Student Learning Styles with Instructor Teaching Styles." *Journal of Industrial Teacher Education* 35, no. 2 (1998): 41–56.

Sweet, Leonard, Brian D. McLaren, and Jerry Haselmayer. *A is for abductive: the language of the emerging church*. Grand Rapids: Zondervan, 2003.

Tracy, Brian. *Eat That Frog: 21 Great Ways to Stop Procrastinating and Get More Done in Less Time*. San Francisco: Berrett-Koehler, 2001.

Utley, R. J. (1998). Vol. Volume 5: *The Gospel according to Paul: Romans*. Study Guide Commentary Series (Ro 12:2). Marshall, Texas: Bible Lessons International

Weeden, Larry. K., ed. *The Magnetic Fellowship: Reaching and Keeping People*. Carol Stream, IL: Christianity Today, 1988.

White, E. G. *Christian Temperance and Bible Hygiene*. Battle Creek, MI: Good Health Publishing Co., 1890.

_____*The Adventist Home*. Washington, DC: Review and Herald, 1952

_____*Christian Service*. Washington, DC: Review and Herald, 1925.

_____*Christ's Object Lessons*. Battle Creek, MI: Review and Herald, 1900.

_____ *Education*. Pacific Press Publishing Association, 1903.

_____*Evangelism*. Washington, DC: Review and Herald, 1946.

_____*Pastoral Ministry*. Silver Spring, MD: Ministerial Association of the General Conference of Seventh-day Adventists, 1995

_____*The Desire of Ages*. Mountain View, CA: Pacific Press, 1898.

_____ *The Ministry of Healing*. Mountain View, CA: Pacific Press Publishing Association, 1905.

_____*Welfare Ministry*. Washington, DC: Review and Herald, 1952.

Wilson, Jaye L. *Fresh Start Devotionals*. Fresno, CA: Willow City Press, 2009.

Made in the USA
Columbia, SC
05 June 2024

36340250R00217